WORLD TEACHER
이 세 계 식   교 육   에 이 전 트
4

네코 코이치 지음 Nardack 일러스트 이승원 옮김

레우스 *Reus*

리스 *Wreath*

형님, 엄청 기다렸다고!!

와아… 꿈만 같아.

제자들과 함께 즐기는 케이크 파티.

에밀리아 *Emilia*

오래 기다렸지?
자아, 케이크가
다 만들어졌어.

시리우스 *Sirius*

월드 티처

이세계식 교육 에이전트

네코 코이치 지음
Nardack 일러스트
이승원 옮김

4

CONTENTS

Illust:Nardack

리스가 왕의 딸이라는 게 판명된 혼전 의식으로부터 며칠 후…… 엘리시온에서 풍양제가 열렸다. 그리고 그날부터 리스는 우리가 사는 다이아장에서 살게 됐다.

정보 조작을 위해 학교를 쉰 리스도 축제가 끝날 즈음에는 등교하게 되었기에, 우리의 일상은 되돌아왔다.

그리고 리스가 다이아장에서 살게 된 첫날…….

"부, 부족한 몸이지만 잘 부탁드립니다!"

이제까지와 달리 한 지붕 아래에서 살게 되었으니 긴장하는 것도 무리는 아니지만, 그래도 시집이라도 가는 듯한 대사를 읊는 것은 좀 그렇다는 생각이 들었다.

내가 긴장할 필요 없다고 가벼운 어조로 말하자, 에밀리아는 약간 화난 듯한 표정으로 나를 탓했다.

"시리우스 님! 여자에게 있어 한 지붕 아래에서 산다는 건 그만큼 중요한 거예요!"

뭐, 순수한 리스가 타인을 사랑하는 마음을 즐길 수 있을 리도 없고, 지금은 처음으로 싹튼 이 감정 때문에 당황했을 뿐이리라.

여러모로 마음이 복잡할 나이이니, 여자애 두 명에게는 앞으로 말을 골라가면서 해야겠다.

"미안해. 옷 갈아입을 때나 너희가 남이 시선을 피하고 싶을 때는 너희 방에 들어가지 않도록 조심할게."

"아뇨. 시리우스 님은 조심할 필요 없어요. 그리고 이건 저희 방의 열쇠예요."

"······이 집의 마스터키를 가지고 있는 나한테 왜 이걸 주는 건데?"

나는 다이아장의 관리인이기 때문에 마스터키를 가지고 있다. 그러니 이런 열쇠는 필요 없는데······.

"저기······ 보쌈을 하고 싶으시면 언제든지 찾아오세요."

에밀리아는 볼을 붉히며 그렇게 말하더니, 그대로 도망쳤다.

에밀리아에게 이런저런 걸 가르쳐준 엄마에게는 감사하고 있지만, 좀 수위를 조절해줬으면 좋았을 거라는 생각이 들었다. 여러모로 문제가 많은 듯한 느낌이 들었다.

참고로 보쌈을 할 생각은 없기에 열쇠는 정중히 돌려줬다.

그리고 이전과 다르게 제자들과 같은 장소에서 살게 된 나는 아침에 여유가 생겼다.

특히 에밀리아는 나와 한집에서 살게 되어서 기분이 좋아졌는지 더욱 열정적으로 훈련에 임했으며, 새로운 마법을 터득하기도 했다.

레우스와의 모의전도 요즘 들어서는 취향을 바꿔, 다양한 수단을 통한 공격을 막아낼 수 있을지 시험해보게 되었다.

적이 정정당당하게 공격하기만 할 거라는 보장은 없으니, 내가 전생에서 쌓은 전투방식을 구사해서 그에게 다양한 전투 경험을 쌓게 해주는 훈련이다.

리스는 나와 시선이 마주치면 얼굴을 새빨갛게 붉히면서 딱딱하게 굳어버리지만, 훈련에는 진지하게 임하고 있으며 실력 또한 쑥쑥 늘고 있었다.

　힘들지만 충실한 나날들이 즐겁다……며, 미소를 지으며 리스가 말했을 때는 나도 기뻤다.

　"그럼 오늘도 열심히 해볼까."

　"""예!"""

　나는 그런 제자들과 함께 오늘도 이른 아침부터 훈련을 시작했다.

《혁명》

우리가 학교에 입학하고 3년이 흘렀다.

올해도 학교에서는 새로운 학생들을 받았고, 새 로브를 걸친 수많은 종족의 신입생들이 강당 앞에 모여 있었다.

다양한 마음을 품고 있는 신입생들을 보고 있자니 왠지 반가운 느낌이 들었다. 겨우 3년 밖에 지나지 않았는데 이런 느낌이 드는 건 내가 정신적으로는 할아버지이기 때문일까?

하지만 나는 그런 파릇파릇한 신입생들을 미소 띤 얼굴로 바라보고 있을 짬이 없었다.

"만나서 반가워. 나와 대결을 해줬으면 해."

"너, 무능이라면서? 어떤 비겁한 수단을 써서 여기에 있는 건지 모르겠지만, 무능이면 무능답게 이 학교에서 꺼지라고."

"이런 무능이 유명해지다니, 이 학교도 갈 데까지 갔네."

그렇다……. 신입생의 하극상 때문이다.

무색이라는 게 알려진 나를 상대로 왜 하극상을 하려 하는 것인가?

그건 내가 이 학교에서 최강의 존재라는 소문이 퍼졌기 때문이다.

입학 직후에 리스 일로 싸운 적이 있지만, 그 후로는 내 실력을 주위에 드러내지 않았다.

정보통인 레우스의 부하의 말에 따르면, 나에 대한 소문이 멋대로 퍼져나간 것 같다.

우선 내 제자이자 은랑족인 에밀리아와 레우스는 매우 눈에 띈다.

에밀리아는 이 학교에서 손꼽히는 미인인데다, 마법도 뛰어나고, 신체능력도 엄청나다.

게다가 예의까지 발라서 주위 사람들에게 완벽한 여성이라 불리고 있으며, 종족뿐만 아니라 성별을 가리지 않는 인기인이 되었다.

그리고 레우스는 자기에게 덤비는 상대를 쓰러뜨리다 보니, 어느새 이 학교의 실력자 중 대부분을 쓰러뜨리고 말았다. 그 결과, 검술에 있어서는 이 학교 제일이라 불리게 되었다.

그런 남매의 주인이자, 무색인데도 당당하게 이 학교에서 공부를 하고 있는 나는 대체 어떤 존재일까……라는 이야기가 퍼져나간 것이다.

남매는 나 때문에 그렇게 강해질 수 있었다고 말하고 다녔으며, 그 말이 소문이 되어 퍼져나가면서 더욱 부풀려진 결과……내가 이 학교 최강이라는 소문이 생겨나고 만 것이다.

나를 쓰러뜨리면 이 학교의 정점에 설 수 있다는 묘한 소문도 퍼져나가면서, 작년에는 몇 달 동안 나에게 도전하는 신입생이 끊이지를 않았다.

그래서 올해도 소문에 낚인 신입생이 도전을 해왔지만…….

"멈춰. 형님에게 덤비고 싶으면 우선 나를 쓰러뜨려 보란 말이야."

"시리우스 님을 성가시게 하려 한다면 제가 따끔한 맛을 보여 주겠어요."

내가 나서기도 전에, 에밀리아와 레우스가 먼저 나서서 대신 그들과 싸웠다.

레우스는 자신에게 덤빈 신입생을 데리고 훈련소에 간 후, 순식간에 박살을 내줬다.

참고로 마법 전투일 경우에는 에밀리아가 대신 싸웠으며, '에어 샷' 한 방으로 마무리 지었다.

뭐, 남매 덕분에 나는 싸우지 않아도 되었고, 그 결과 소문의 신빙성이 더 짙어지고 만 것이다.

결국 정면으로 덤비면 무리라고 생각한 신입생이 내가 혼자 있을 때를 노렸지만, 그런 녀석들은 사람들이 없는 곳으로 데려가서 몰래 무력화시켰다.

누구한테 당한 건지 감이 오지 않을 만큼 순식간에 기절시키자, 겁을 먹은 신입생은 두 번 다시 나에게 다가오지 않았다.

그리고 리스는 그 사건 이후로 자신의 생각을 나에게 솔직하게 말하게 되었다. 또한 나와 달리 평화로운 일상을 구가하고 있다.

리스는 뛰어난 물마법 술사일 뿐만 아니라, 남들의 이목을 자연스럽게 끄는 불가사의한 매력과 온화한 성격을 지녀서 그런지 남모르게 인기가 좋아 그녀에게 시비를 거는 자도 없었다.

왠지 내 주위만 살벌한 것 같은 느낌이 들었지만, 그런 녀석들은 극히 일부에 불과했으며 나를 선배로서 순수하게 따르는 신입생이 더 많았다.

특히 남매는 이 학교에서 1, 2위를 다투는 실력을 지녔으면서
도 으스대지 않고 남들을 잘 돌봐주기에 주위 사람들에게 인기가
좋았다. 레우스는 자기가 쓰러뜨린 녀석들을 차례차례 부하로
삼아 이상한 무리를 만들고 있었기에 좀 골칫거리지만 말이다.

나는 그런 남매의 주인으로서 다가가기 힘든 존재로 여겨지고
있는 것 같지만, 이상한 짓거리를 하는 녀석이 없는 걸 보면 미
움을 사고 있는 것 같지는 않았다.

물론 우리를 좋지 않게 생각하는 녀석들도 존재한다.

가문에 집착하는 귀족들, 특히 그레고리의 옛 제자들 중에 그
런 녀석들이 많았다.

복도에서 마주치면 나를 노려보았고, 귀를 기울여보면 무능이
니 아인 같은 소리를 해댔다.

나는 이미 익숙해서 한 귀로 흘려 넘겼지만, 내가 그런 소리를
듣는 걸 용납 못하는 남매가 있으니 자제해줬으면 좋겠다. 그럴
때마다 남매의 머리를 쓰다듬으며 달래거나, 멱살을 잡으며 말
려야 하는 내 심정을 좀 알아줬으면 한다.

그 외에는 딱히 별문제 없는 녀석들이지만, 최근 들어 나를 향
한 그들의 시선에서 위화감이 느껴졌다.

나를 노려보는 시선에서 꿍꿍이가 있는 듯한 느낌이 감돌았다.

겉보기에는 학교가 평소와 다름없는 것 같지만, 일부에서는
불온한 공기가 감돌고 있는 듯한 느낌이 들었다.

"……학교가 좀 이상한 것 같지 않습니까?"

오늘은 케이크가 아니라 푸딩을 가져다주면서 학교장에게 물어봤지만, 그는 푸딩을 먹으면서 약간 불만을 표시했다.

"푸딩도 맛있지만, 역시 저는 케이크가 입에 맞는 것 같군요."

"질리지 않도록 신경 쓰고 있으니까요. 그것보다 제가 방금 물어본 것 말인데……."

"예. 당신 말이 맞습니다. 이상한 건 귀족들…… 특히 그레고리의 옛 제자들이죠. 실은 저도 귀찮은 보고를 좀 받았습니다."

그레고리를 대신해 그들을 가르치고 있는 선생님의 말에 따르면, 요즘 들어 그들의 태도가 나빠졌다고 한다.

"입학식 때도 여러모로 사고를 쳐댔고, 제가 마음에 안 드는 것도 이해가 됩니다만…… 요즘 들어 좀 활발해진 것 같죠?"

3년 전…… 리스를 건 드로 전에서 그 녀석들의 얼굴에 먹칠을 해줬지만, 당시에는 나와 싸웠던 알스트로 이외에는 금방 잠잠해졌다.

특히 그레고리가 범죄자가 되어서 사라진 건 자업자득이며, 그 문제에 내가 얽혀있다는 건 알려지지 않았다. 그러니 내가 그들의 반감을 살 이유가 없었다.

"아마 이번 일은 에밀리아 양과 레우스 군이 계기일지도 모릅니다. 그들은 인간족우월주의자이며, 수인을 인정하지 않으니까요."

과거에도 이런저런 일이 있었던 탓인지, 인간족과 수인 사이의 골은 여전히 깊었다.

엘리시온은 수인에게 관용적이지만, 자존심이 강한 귀족들은 여전히 수인을 배척하고 있다.

참고로 내가 그들의 반감을 산 것은 그런 남매의 주인이기 때문이며, 무속성 주제에 으스대듯 잘난 표정으로 돌아다니는 게 마음에 들지 않기 때문이란다.

"얼마 전에 레우스 군이 수인을 싫어하는 실력자를 때려눕혔죠. 수인이 자기들 위에 서는 게 납득 안 되지만, 함부로 덤볐다간 거꾸로 당하고 말 게 뻔하니 노려볼 수밖에 없는 겁니다. 정말…… 인간족과 수인은 그렇게 다르지도 않은데 말이죠."

과거에는 수인을 전부 쫓아내서 엘리시온을 인간족으로 통일하자는 주장을 하는 자도 있었다고 한다.

하지만 그런 요구를 리스의 아버지인 카디어스 왕이 허락할 리가 없다.

그런 녀석들이 저지른 나쁜 짓을 전부 조사해서 완전히 박살 내준 후 몰락시키거나 변경에 있는 영지로 쫓아냈다고 한다.

나는 딸을 귀여워하는 딸 바보 같은 일면밖에 보지 못했지만, 역시 그는 왕으로서도 우수한 남자다.

그렇게 수인 차별자들이 줄어들었는데도 완전히 사라지지는 않았으며, 그레고리 또한 그중 한 명이었던 것이다.

"그중에서도 그레고리는 지나칠 정도로 수인을 싫어했습니다. 다른 이들보다 과격했죠. 그런 그가 자기 반으로 뽑은 학생들이니, 비슷한 생각을 가진 이들이 많을 겁니다."

"그래서 우리를 노려보는 학생이 많은 거군요. 손을 쓰려는 건지는 모르겠지만, 그 두 사람에게는 조심하라고 일러두죠."

"그렇게 해주세요. 그리고 그들은 선생님이 바뀐 후에도 성실하게 수업을 들었답니다만, 요즘 들어 수인이 있는 학교의 수업 따위는 듣기 싫다는 불평을 늘어놓기 시작했다는군요."

"부모님에게 보고를 하고 있는 거죠?"

"예. 덕분에 일부 학생은 얌전해졌지만, 그런 학생의 부모 중에는 수인을 싫어하는 이도 많아서 오히려 찬동하는 지경이죠. 자신의 가치관을 자식에게 강요하는 부모가 많아서 곤란하니까요."

"……골치 아픈 이야기군요."

개인적으로 무슨 일을 당해서 싫어한다면 모르겠지만, 부모가 싫어한다는 이유로 수인을 싫어하는 것이다.

한번 머릿속에 뿌리내린 생각을 바꾸는 것은 쉽지 않아 보였다.

하지만 머릿속이 굳어버린 부모는 몰라도, 아직 어린 학생들이라면 방법에 따라서는 생각을 바꿀 수 있을지도 모른다.

나는 그런 생각을 하다, 방금까지 난처한 표정을 짓고 있던 학교장이 자신만만한 표정을 짓고 있다는 사실을 문득 눈치챘다.

"실은 학생들의 생각을 바꿀 행사를 준비 중입니다. 좀 거친 방식이기는 하지만, 근본적인 생각을 바꿔버릴 수 있겠죠."

학교장은 겉모습만 보면 상냥해 보이지만, 선혈의 드래곤 같은 살인귀들을 주저 없이 처분할 정도의 냉철함도 지녔다.

그런 사람이 거친 방식이라고 말하는 걸 보면, 꽤 큰일이 될 것 같은 느낌이 들었다.

하지만 내용을 물어봐도 가르쳐줄 것 같지 않았기에, 나는 전부터 궁금했던 질문을 하기로 했다.

"물어볼 게 있어요. 그레고리는 왜 수인을 싫어하는 거죠? 아니, 싫어한다기보다 증오하는 것에 가까울 것 같군요."

"……공공연하게 떠들고 다닐 이야기는 아닙니다만, 피해를 본 당신들에게는 알 권리가 있겠죠. 그레고리는 원래부터 인간족 우월주의자라 수인을 혐오했습니다만, 그게 심해진 것은 바로 몇 년 전 일 때문입니다. 그의 아버지가 어느 수인과 무속성 인간에게 살해당했죠."

"원한……인가요. 증오하는 심정은 이해합니다만, 같은 종족이라는 이유만으로 남을 향해 분노를 퍼붓는 건 이해가 안 되는군요."

"동감입니다. 하지만 그 증오도 곧 끝날 겁니다. 실은 그레고리가 이곳에서 좀 떨어진 곳에 있는 마을에 잠복해있다는 정보를 입수했죠."

나는 지도를 보지 않더라도, 그 마을의 이름만으로 위치를 떠올렸다. 마차로 가면 하루 만에 갈 수 있는 거리다.

"이건 학교 측의 문제이니, 제가 직접 마무리를 짓죠."

"예. 살인귀를 마을에 데리고 오는 남자이니, 내버려 둘 수 없죠."

학교장은 미소를 짓고 있지만 마력이 날카로워진 걸 보면 꽤 열 받은 것 같았다.

학교장으로서의 책임, 그리고 지금까지 그레고리 때문에 쓴맛을 봐야 했으니, 이번에는 그가 직접 나서려는 것 같았다.

"준비해야 할 게 있으니, 모레 현지로 향할 겁니다. 그러니 저와 마그나는 이틀 동안 학교를 비울 겁니다. 그래서 그 건으로 시리우스 군에게 부탁드릴 일이 있습니다."

"제가 할 수 있는 일이라면 도와드리겠어요."

"금방 상하지 않는 케이크를 만들어주세요."

"결국 단거냐! 그럼 쿠키도 괜찮지 않나요?"

"아뇨, 케이크로 부탁합니다!"

"……예."

일단 냉장고 같은 마도구를 만든 다음, 그 안에 케이크를 넣어서 건네기로 했다.

그리고 학교 수업이 끝나고 가르간 상회에서 시장을 본 후, 다이아장에 돌아간 우리는 저녁 식사를 마치고 거실에서 느긋하게 시간을 보내고 있었다.

레우스와 리스는 보드게임을 하고 있었고, 에밀리아는 뜨개질을 하면서 두 사람을 쳐다보고 있었다. 그리고 나는 테이블에서 마석에 마법진을 새기는 작업을 하고 있었다.

전용 도구를 사용해 마석을 가공하고 있는데, 이건 정말 어렵고 섬세한 작업이다. 고생해서 완성해도 결함이 발견될 수 있다. 이미 몇 번이나 도전을 했지만 납득이 될 정도의 완성도에 도달한 물건은 단 하나도 만들지 못했다.

그리고 오늘도…….

"……실패네."

마석에 새긴 마법진은 내 오리지널 마법인 '콜'인데…… 또 실패했다.

다른 용도로 쓸 수도 있지만, 치명적인 결함이 존재하는 것이다.

으음, 이걸로 몇 번째지? 아직 금전적으로 곤란하지는 않지만, 꽤나 많은 돈을 허비했기에 기분이 가라앉았다.

내가 아무 말 없이 고개를 푹 숙이자, 제자들이 내 곁으로 다가왔다.

"너무 가라앉지 마세요, 시리우스 님. 기분전환 삼아 차라도 한잔하시겠어요?"

"아, 부탁해. 그건 그렇고 새로운 마법진을 만드는 건 어렵네."

"시리우스 씨, 그건 그냥 어렵기만 한 게 아냐. 만약 새로운 마법진을 만들어서 주위에 인정을 받게 된다면, 그건 역사에 이름을 만길 수 있는 공적이잖아."

"형님이라면 문제없어! 그것보다, 형님. 전에는 엄청 강력한 '임팩트' 마법진을 그렸잖아. 이번에는 뭘 그리고 있는 거야?"

"'콜'이야. 이걸 쓰면 내 '콜'과 마찬가지로 너희의 목소리가 나에게 전해지겠지."

"정말인가요?!"

에밀리아는 홍차를 끓이다 상호통화가 가능해질 거라는 말을 듣고 바로 반응했다.

소리 없이 찻잔을 내려놓은 그녀는 내가 들고 있는 마석을 뚫어져라 쳐다보았다.

"시리우스 님! 이걸 이용하면 어디서든 제 목소리가 시리우스 님에게 전해지는 거죠?"

"그, 그래……. 하지만 사양이 달라진데다 중요한 결함이……."

"위험하지만 않다면, 제가 써봐도 될까요?"

에밀리아가 평소와 달리 박력이 넘치는 목소리로 그렇게 말하자, 나는 무심코 마석을 넘겨줬다.

그러자 에밀리아는 내가 건네준 마석을 사랑스럽다는 듯이 만져보더니, 나에게서 사용법을 들은 후 내 목소리가 닿지 않는 장소…… 자신의 방으로 돌아갔다.

참고로 사용방법은 자신의 마력을 마석에 흘려 넣으며 말하기만 하면 된다.

목표는 대기 중의 마력을 자동적으로 흡수해서 작동되는 기능을 넣고 싶었지만, 내 기술로는 아직 무리인 것 같았다.

이렇게 되면 시행착오를 반복하면서 서서히 완성도를 높일 수밖에 없다.

그러니 실험에 협력해주는 건 매우 반가운 일이었다.

나는 에밀리아가 방에 돌아간 후, '콜'을 발동시켰다.

"에밀리아, 내 말 들려?"

『……아, 됐어. 예. 잘 들려요, 시리우스 님!』

"어? 누나?"

"에밀리아의 목소리가…… 어디서 들리는 거지?"

"에밀리아, 나도 들려. 거기서 나를 향해 무슨 말을 해봐."

『예. 시리우스 님, 오늘 밤에는 제가 시리우스 님과 한 침대에

서 같이…….』

대담한 고백 도중에 에밀리아와의 교신이 중단됐다.

그리고 옆을 바라보니, 레우스가 고개를 갸웃거리고 있었으며, 리스는 볼을 약간 붉히고 있었다.

"저기, 형님. 나, 방금 누나 목소리를 들었어."

"나도 들었어. 그런데 에밀리아는 대담하네. 나도 좀 적극적인 편이 좋을까?"

"역시 안 되네……."

원래라면 지정한 상대에게만 들리게 만들고 싶었지만, 뭔가 잘못된 것인지 일정범위에 있는 사람들 전원에게 목소리가 전해지는 것 같았다.

범위는 다이아장의 정원 정도다. 이래서야 단순한 스피커나 다름없다.

그리고 중요한 결함이란 바로 마력의 소모가 극심하다는 것이다.

"시리우스 니이이임……."

리스의 허락을 받고 방에 들어가 보니, 에밀리아가 마력 고갈 때문에 침대에 쓰러져 있었다.

어릴 적부터 단련을 해온 에밀리아도 이렇게 되어버렸다.

같은 효과를 지녔으며 마력 효율이 뛰어난 '에코'라는 바람마법이 있으니, 이건 완벽한 실패작이다.

뭐, 지금은 실패작보다 에밀리아를 신경 써야겠지.

"에밀리아, 괜찮아? 자아, 편하게 누워."

"으으…… 시리우스 니임…… 우후후……."

마석을 회수한 후, 나는 정신이 든 에밀리아에게 무릎베개를 해줬다. 실험에 협력해준 보답 삼아서 말이다.

에밀리아는 마력 고갈로 인해 괴로워하고 있지만, 내가 무릎베개를 해주는 게 기쁜지 꼬리를 흔들며 기뻐하고 있었다. 한동안 이대로 둘까.

"……좋겠네. 시리우스 씨, 나도 실험에 협력할게."

"나는 기절하는데 익숙해, 형님!"

"기절하는 걸 전제로 삼지 말아줬으면 좋겠는데……."

새로운 마법진의 연구는 잘 되지 않지만, 다이아장에서는 평소와 마찬가지로 평범한 나날이 계속되고 있었다.

그리고 이틀 후, 학교장은 마그나 선생님을 데리고 학교를 나섰다.

그의 목적은 그레고리를 잡는 거지만, 소동이 벌어지지 않도록 겉으로는 새로운 훈련장을 개척하러 가는 것으로 해뒀다.

학교장과 마그나 선생님이 자리를 비우기는 했지만, 학교 수업은 문제없이 진행됐다. 우리 반은 마그나 선생님을 대신해 다른 선생님이 교단에 섰을 뿐이며, 딱히 큰 변화는 없었다.

"이와 같이 상급마법은 전황을 바꿀 수 있을 정도의 힘을 지닌 반면……."

그리고 대신 온 선생님에게서 상급마법에 대해 설명을 듣고 있을 때, 복도에서 수많은 발소리가 들렸다.

그와 동시에 학교 전체에서 불온한 기척이 느껴지기 시작했을 즈음, 내 옆에 앉은 남매도 위화감을 느낀 것 같았다.

"⋯⋯형님, 뭔가 이상하지 않아?"

"저도 같은 생각이에요. 모르는 냄새가 몇 개나⋯⋯ 왠지 불길한 예감이 들어요."

"응. 나도 느꼈어. 무슨 일이 일어날지는 모르겠지만, 위기가 닥칠 때까지는 함부로 움직이지 마."

아직 누가 적이고 아군인지 알 수 없는데다, 우리가 함부로 날뛰다간 다른 학생들까지 피해를 입을지도 모른다.

내가 경계심을 품으며 '서치'로 주위를 조사해보니, 학생들과 명백하게 다른 반응이 학교 곳곳에서 느껴졌으며, 일부 교실에서는 전투가 벌어진 것 같았다.

그리고 그 반응이 교실 앞까지 닥쳐온 바로 그때⋯⋯.

"움직이지 마!"

문이 박살 날 것처럼 거칠게 열리더니 다수의 남자들이 교실 안으로 밀려들어 왔다.

상황을 파악한 선생님은 바로 초급마법을 사용해서 근처에 있던 남자를 날려버렸지만, 그 틈에 접근한 다른 남자가 선생님의 목에 나이프를 댔다.

이미 다른 남자가 학생들을 인질로 잡자, 선생님뿐만 아니라 우리까지 움직일 수 없었다.

상대는 겨우 네 명이지만 모험가 같은 복장을 하고 있었으며, 내가 다 감탄을 할 만큼 이런 일에 능숙해 보였다. 어쩌면 싸움을 생업으로 삼는 용병일지도 모른다.

용병으로 보이는 남자들이 이 교실에 네 구석으로 흩어지자, 또 한 명의 남자가 교실 안으로 들어오더니 교단에 섰다.

그자는 복장에 꽤 돈을 들인 것 같았다. 아무래도 이 남자는 용병이 아니라 귀족인 것 같았다.

"자아, 무슨 일이 일어난 것인지 이해 못한 너희에게 설명을 해주지. 현재 이 학교는 우리의 우두머리이기도 한 그레고리 님께서 점거하셨다."

그 남자의 말을 듣고 일부 학생들은 분노를 터뜨렸지만, 선생님을 인질로 잡힌 탓에 아무것도 할 수 없었다.

"그러니 헛된 저항을 관두고 얌전히 있도록. 함부로 움직이면 이 남자는 시체가 될 것이며, 너희 중 한 명을 다음 인질로 잡겠다."

그는 그렇게 말했지만, 학생들은 아직 어린애에 가까우며 마법이라는 힘까지 지녔으니 순순히 시키는 대로 할 리가 없다.

좀처럼 입을 다물지 않는 학생들을 본 남자 귀족이 짜증을 내기 시작했을 즈음, 마크가 앞으로 나서면서 주위에 있는 이들에게 말했다.

"다들 진정해. 우리가 소동을 일으킨다고 어떻게 될 상황이 아냐. 일단 상대방의 요구를 들어보자."

"호오, 냉정한 녀석도 있는 것 같군. 하지만 나는 네놈처럼 어른스러운 척 하는 애가 싫거든."

"이런 우연도 다 있군. 나도 너 같은 어른이 싫어. 긍지 높은 귀족 주제에 이런 한심한 짓을 벌인 점도 포함해서 말이지."

남자 귀족이 진심으로 짜증을 내며 그렇게 말하자, 마크는 전혀 주눅이 들지 않으며 냉정하게 자신의 의견을 말했다. 이거야말로 긍지 높은 귀족다운 모습이라는 생각이 들었다.

그런 마크에게 감화된 다른 학생들이 마음속에 쌓인 울분을 토하듯 벌떡 일어섰다.

"맞아! 학교를 점거해놓고 용서받을 수 있을 것 같아?!"

"반역자 놈들! 왕께서 가만히 계시지 않을 거야!"

"이익, 닥쳐라! 네놈들 같은 긍지를 잃은 꼬맹이들은 모르겠지. 이건 반역이 아니라 혁명…… 우리는 숭고한 목적을 이루기 위해 들고 일어선 것이다!"

……골치 아프게 됐군. 저런 녀석들에게는 무슨 말을 해봤자 먹히지 않을 것이다.

저자는 윗사람이 적당히 둘러댄 말에 휘둘리며, 자신이 하는 짓이 옳다고…… 정의라고 여기고 있는 듯한 눈빛을 띄고 있었다.

그 일방적인 태도를 보고 학생들이 질렸을 즈음, 자신의 말에 취한 남자 귀족이 외쳤다.

"잘 들어라! 그레고리 님은 어리석은 수인을 전부 없애고, 엘리시온을 인간족만이 통치하는 진정한 낙원으로 만들기 위해 들고 일어나셨다. 너희는 그 모습을 지켜볼 증인이 되어줘야겠다. 영광으로 알아라!"

우리는 질리다 못해 어이없어 했다.

어리석은 수인…… 진정한 낙원?

내가 듣기에는 어이없기 그지없는 소리다.

게다가 인간족만이 아니라 수인의 능력도 있었기에 나라가 돌아가고 있는데, 수인을 없애고 낙원이 만들어질 리가 없다. 설령 그게 실현되더라도, 그런 비정상적인 사상을 지닌 나라는 머지않아 파멸하고 말 것이다.

그야말로 어린애의 어리광이다.

우리를 꼬맹이라고 하지만, 누가 더 꼬맹이인지 모르겠다.

유심히 보니 주위에 있는 용병들도 어이없는 표정을 짓고 있었다. 그들은 혁명에 전혀 흥미가 없으며, 그저 돈에 고용되었을 뿐인 것 같았다.

"우리의 사상을 이해한 것 같구나. 때가 되면 다음 지시를 내릴 테니 그때까지 얌전히 있어라."

어이없어하는 우리를 보고 말싸움으로 이겼다고 착각한 귀족은 만족스러운 표정을 지으며 고개를 끄덕이더니 근처에 있던 의자에 앉았다.

주위의 용병들도 우리를 감시할 뿐이니, 상황을 좀 정리해야 할 것 같았다.

일전에 가르간 상회의 잭에게서 들은 소문 중에 혁명이라는 게 있는데…… 아무래도 이게 그 혁명인 것 같았다.

학교를 노린 것은 귀족 자제가 많은 학생들을 인질로 잡기 위해서일지도 모른다.

하지만 이 학교는 천재지변조차 일으킬 수 있는 매직 마스터가 학교장이며, 그 외에도 뛰어난 마법 실력을 지닌 학생들과 마법을 익히고 있는 수많은 학생들이 있다.

보통은 이런 학교를 노리지 않을 것이다. 차라리 학교 기숙사에 숨어들어서 한 명씩 납치하는 게 나을 것이다.

그런데도 굳이 이 학교를 노린 것은…… 학교장이 자리를 비웠다는 사실을 알기 때문일까?

학교장이 엘리시온을 떠나고 한나절이 지났다. 우연히 이렇게 적절한 타이밍에 쳐들어 왔다고 보는 것은 어려웠다.

즉, 그레고리의 목격 정보는 의도적인 것일 가능성이 크며, 이것은 예상 이상으로 계획적인 범행인 것 같았다.

내 눈앞에 있는 귀족은 단순한 바보 같지만, 방금 저자가 언급한 그레고리는 학교장으로부터 몇 년이나 도망 다니고 있을 만큼 뛰어난 자다. 방심은 금물이리라.

게다가 저 녀석들은 다수의 용병을 고용한 것 같으며, 학교 곳곳에서 전투가 벌어지고 있는 반응이 느껴졌다.

이 교실에 난입한 것처럼 기습을 한 것이리라. 전체적으로 볼 때 학교 측이 열세인 것 같았다.

이대로 기다려봤자 새로운 정보를 얻을 수는 없을 것 같으니, 슬슬 움직이도록 할까.

현재 이 교실 안에 있는 적은…… 총 다섯 명이다.

숫자는 적지만 전투에 익숙해 보이는 용병들은 교실 곳곳에 흩어져 있어서 한꺼번에 해치우는 것은 좀 귀찮을 것 같았다.

게다가 손발이 묶인 선생님이 인질로 잡혔으며 함부로 움직였다간 저들이 학생에게 해를 끼칠 가능성도 있다.

"에밀리아…… 레우스."

내가 낮은 목소리로 말을 걸자, 남매는 나를 향해 고개를 돌렸다.

그리고 책상 밑으로 수신호를 보내서 각자가 노릴 상대를 정해주자, 남매는 알았다는 듯이 자신의 꼬리를 내 몸에 댔다.

자아…… 헛된 저항을 관두라고 했지만, 그럼 헛되지 않은 저항이라면 해도 되는 거겠지?

그리고 내가 주위의 주목을 모으듯 손을 들자, 남자 귀족은 귀찮다는 듯한 표정을 지었다.

"저기, 죄송한데요."

"뭐냐? 내가 얌전히 있으라고 말했을 텐데?"

"실은 배가 아파서 그러는데, 화장실 좀 가도 될까요?"

"헛소리하지 마라! 그런 걸 허락해줄 것 같으냐!"

"부탁이에요! 진짜로…… 위험하단 말이에요."

내가 배를 움켜잡으며 자리에서 일어난 후, 도움을 요청하듯 귀족을 향해 걸어갔다. 내가 그런 눈치 없는 행동을 취하자, 귀족은 근처에 있는 용병에게 고함을 질렀다.

"뭐, 뭐하는 거냐! 어이, 너! 빨리 저 녀석을 제압해라!"

"하아, 귀찮네. 어이, 꼬맹이. 심정은 이해하지만 얌전히 앉아 있어."

근처에 있던 용병이 나를 막으려는 듯이 손을 뻗었지만, 나는 비틀거리는 듯 하면서 그 손을 피한 후, 귀족에게 더욱 다가갔다.

이번에는 등 뒤에서 용병이 손을 뻗었지만, 나는 앞쪽으로 몸을 숙이면서 그 손을 피했다. 그리고 내 발에 걸린 것처럼 바닥을 구르면서 그대로 꽁꽁 묶인 선생님과 용병 근처로 다가갔다.

"이 녀석, 대체 뭐하는 거야?"

"몰라. 어이, 그만 좀 누워 있고 빨리 일어나."

그리고 인질을 감시하던 용병이 혀를 차면서 내 머리를 발로 툭툭 차자, 나는 고개를 들면서 그 용병의 발을 움켜잡은 후……

"예, 금방 일어날게요. 이 위치라면 딱 적당하거든……요!"

……있는 힘껏 잡아당겼다.

갑자기 쓰러진 용병은 팔로 바닥을 짚은 덕분에 뒤통수를 바닥에 찍지는 않았지만, 내가 연달아 날린 팔꿈치치기는 피하지 못했다.

체중이 실린 팔꿈치치기가 용병의 복부에 정확하게 꽂히자, 거품을 물며 눈이 뒤집힌 그는 꼼짝도 하지 못했다.

우선, 한 명…….

"이, 이 자식!"

근처에 서 있던 용병이 검을 휘둘렀지만, 나는 상대의 품속으로 파고들며 공격을 피한 후, 용병의 턱을 주먹으로 올려쳤다. 그 일격에 의해 뇌가 흔들린 용병은 신음을 흘리면서 무너졌다.

"이 꼬맹이가! 인질이 어떻게 되더라도…….'

"인질? 그런 게 어디 있는데?"

방금까지 인질이었던 선생님은 내가 이미 확보했다.

그리고 교실 곳곳에 있던 용병들은…….

"시리우스 님, 이쪽은 이미 끝났습니다."

"이쪽도 끝났어, 형님."

그들이 나에게 정신이 팔린 틈을 이용해, 남매가 용병들을 제압했다.

겨우 몇 초 만에 상황이 뒤집히자, 클래스메이트뿐만 아니라 교탁 앞에 있던 귀족까지 얼이 나가버렸다.

"자아, 이제 형세가 역전된 것 같은데 언제까지 얼이 나가 있을 거야?"

"이……이런 짓을 하고 무사할 줄…….."

"그건 내가 할 말이야. 하찮은 짓에 상관없는 사람들을 휘말리게 한 너희한테 그딴 소리를 듣고 싶지는 않아."

"하찮은 짓이라고!? 네놈 같은 꼬맹이가 뭘 안다고…….."

"하찮아. 어린애인 나도 알 만큼 말이야."

내가 딱 잘라 말하자, 남자 귀족은 겁먹은 것처럼 아무 말도 하지 못했다.

그제야 도망치려는 듯한 기색을 보였지만, 나는 그를 놓아줄 생각이 없다. 순식간에 상대의 품속으로 파고든 나는 팔을 움켜잡으면서 그대로 엎어치기를 날렸다.

"좋아. 이걸로 전부 다 제압했군. 빨리 묶어버리자."

"알았어! 어이, 로프 가지고 있는 사람 없어?"

"이걸 써. 오후 수업에 쓰려고 준비해뒀던 거야."

수건 같은 천 조각으로 묶어두는 건 좀 불안했는지, 클래스메이트가 준 튼튼한 로프로 묶었다.

우리가 그 녀석들을 묶자, 클래스메이트들도 약간 마음이 진정된 것 같지만 아직 대다수의 학생들은 머리를 감싸 쥐고 있었다.

뭐, 느닷없이 이런 놈들이 쳐들어 와서 혁명이니 뭐시기니 하고 떠들어댄 것이다. 머리를 감싸 쥐는 것도 무리는 아니다.

이런 상황에서는 어른인 선생님이 차분한 모습을 보여야 하겠지만, 난처하게도 풀려난 후에도 꼼짝도 하지 못했다.

"크…… 으…… ."

"형님, 선생님이 좀 이상해."

"의식은…… 있는 것 같네. 경련을 하고 있는 것 같은데, 혹시 독에 당한 걸까?"

"시리우스 님. 저 사람을 묶다가 이걸 발견했어요."

에밀리아가 내민 것은 바늘 몇 개와 조그마한 용기였다. 그 바늘 끝에는 독 같은 게 묻어 있었다.

아마 선생님을 묶으면서 이 바늘로 찌른 것이리라. 혹시 몰라 '스캔'으로 조사해봤지만, 목숨에는 지장이 없는 것 같았다.

"바늘에 독이 묻어 있다면, 이게 해독제겠지."

"아, 치료는 나한테 맡겨줘. 다친 곳이 없는지도 조사해볼게."

리스는 여차할 때에 대비해 대기하게 했지만, 결국 나설 기회가 없었다. 게다가 치료는 리스가 더 적임자일 것이다. 나는 용기를 건네면서 '스캔' 결과를 알려줬다.

선생님은 리스에게 맡겨두면 될 테니, 이제 이 상황을 어떻게 할지 생각해봐야겠다.

우선 클래스메이트들이 진정하도록 말을 걸려고 한 순간, 나보다 먼저 에밀리아가 앞으로 나섰다.

"여러분. 심정은 이해하지만 우선 진정하세요. 그냥 떠들어대기만 해선 의미가 없어요."

"하, 하지만, 앞으로 우리가 어떻게 해야……."

"이럴 때야말로 냉정을 유지해야 해요. 지금은 함부로 움직이면 위험할 테니, 우선 정보부터 수집하도록 하죠."

"누나 말이 맞아. 우선 이 녀석들한테서 뭐라도 좀 알아내자."

그리고 레우스도 에밀리아의 옆에 서더니, 클래스메이트들을 향해 구김 없는 미소를 지었다.

이런 상황에서도 레우스가 평소와 다름없는 미소를 짓자, 클래스메이트들도 차분해지기 시작했다.

"……그래. 다들, 에밀리아 양과 레우스 군의 말을 들었지? 이런 상황이니까 우리는 냉정해져야 해."

"으, 응."

"그……래. 다들 무사하니까 일단 진정하자."

혼란에 빠져서 떠들어대기라도 하면 곤란하지만, 이제 진정한 것 같으니 괜찮으리라.

내가 말을 하지 않아도 남매는 자기가 할 일을 이해하고 있는 것 같았다.

그런 남매를 보며 무심코 감탄했을 때, 두 사람은 이러면 된 건지 물어보는 듯한 미소를 지으며 나를 쳐다보았다. 나는 그런 남매를 향해 고개를 끄덕였다.

다들 진정한 것 같으니 포박한 이들을 교탁 앞으로 옮겨서 심문을 하려고 한 순간…… 학교 전체가 흔들리더니 밖에서 방대한 마력의 흐름이 느껴졌다.

고개를 갸웃거리면서 '서치'를 쓰려고 한 순간, 창밖을 쳐다보던 학생이 고함을 질렀다.

"어, 어이! 밖을 봐!"

이 교실은 마법 훈련을 할 때에 이용하는 훈련장 근처에 있기에, 창문을 통해 널찍한 훈련장이 한눈에 들어왔다.

그리고 고함에 가까운 목소리를 들으며 창문을 통해 밖을 쳐다보니…….

"저건…… 골렘이지?"

"뭐, 뭐가 어떻게 된 거야? 저렇게 많은 골렘은 처음 봐."

"안쪽을 봐! 다른 반의 학생들도 있어!"

훈련장은 어른 두 명 크기의 바위 골렘이 대량으로 줄지어 있었고, 그 사이에서는 저항에 실패한 듯한 학생들이 한 줄로 줄지어 서서 걷고 있었다. 방향을 보아하니 투기장 쪽으로 향하고 있는 것 같았다.

그건 그렇고 이상한걸. 숫자는 학생들이 훨씬 많은데, 전혀 저항을 하지 않는 게 이상했다.

내가 시력을 강화해서 쳐다보니, 학생들 중에는 공허한 눈빛을 띤 자가 많아 보였다.

학생들이 절망에 찬 표정을 짓고 있는 이유는 그들의 목덜미를 보니 바로 알 수 있었다.

"……예속의 목걸이인가."

"읔?! 시리우스 님, 혹시 저 학생들이 전부……."

"그래. 예속의 목걸이를 차고 있는 것 같아. 용케도 저걸 대량으로 준비했네."

저 목걸이를 차면 서서히 마력을 빼앗기면서 제대로 싸우지도 못하게 되니, 체념하는 것도 무리는 아니었다.

그리고 저 목걸이는 만들기가 힘든 마도구인 만큼 비싸다. 그리고 훈련장으로 향하는 학생들이 백 명이 넘는 걸 보면, 저들의 배후에는 거금을 지닌 존재가 있을 것이다.

옛날에 저 목걸이를 찼었던 남매는 연행되고 있는 학생들을 비통한 표정으로 쳐다보았다.

"……기다려주세요."

"우리가…… 반드시 구해줄게."

하지만…… 남매는 과거와 달리 강해졌다.

그 사실을 증명하듯, 남매는 그저 슬퍼하는 게 아니라 학생들을 구해내겠다며 투지를 불태우고 있었다.

이대로 돌격할 것 같지는 않지만 혹시 모르니 남매의 머리를 쓰다듬어서 진정시키고 있을 때, 클래스메이트 몇 명이 긴장한 표정으로 다른 이들에게 말했다.

"어, 어이……. 우리끼리 이 상황을 어떻게 하는 건 무리 아냐?"

"골렘만이 아니라 마법을 사용하는 귀족과 용병도 상대해야 하잖아. 우리만으로는 버거워."

"어떻게든 도망쳐서, 외부에 도움을 청하는 편이 좋지 않을까?"

그들의 말대로 학교를 빠져나가 마을과 성에 도움을 요청하는 편이 좋을 것이다.

분산해서 이동하면 학교에서 빠져나가는 것도 어렵지 않겠지만, 이렇게 계획적으로 움직이는 녀석들이 대책을 세워놓지 않았을 리가 없다.

내가 생각에 잠겨있는 사이, 클래스메이트들은 도망칠 방법을 의논하고 있었다. 바로 그때, 로프에 꽁꽁 묶인 남자 귀족이 갑자기 큰 소리로 웃어댔다.

"하하하하하! 어리석은 꼬맹이들아! 그렇게 쉽게 도망칠 수 있을 것 같으냐?"

"뭐가 어렵다는 거야! 우리가 다 같이 도망치면 한 명 정도는……."

"겁쟁이인 너희가 도망칠 거라는 건 예상하고 있었다. 자아, 저 벽을 봐라!"

그 말을 듣고 학교를 둘러싼 벽을 쳐다보니, 옅은 빛으로 된 벽이 상공을 향해 뻗어나가고 있었다.

"저, 저게 뭐야? 오늘 아침에는 저런 게 없었……지?"

"봤나 보구나. 저건 외부의 적이 침입하는 걸 막기 위한 결계지만, 학교에 있는 자들을 가두기 위한 것이기도 하지. 즉, 너희가 도망치는 건 불가능하다는 거다."

"헛소리하지 마! 저딴 결계 정도는 내 마법으로 박살을 내주겠어!"

"잠깐만 있어봐! 저기 있는 저 사람…… 선배야!"

벽을 쳐다보니, 한 남학생이 결계를 향해 마법을 사용하고 있었다.

그가 쓴 것은 바위도 박살 내는 불속성 중급마법 '플레임 랜스'지만, 마법이 작렬했는데도 결계는 꿈쩍도 하지 않았다.

하지만 그 남학생은 몇 번이나 마법을 날렸고…… 결계는 파괴되지 않았다. 그리고 결국 그에게 다가온 골렘과 용병들에게 포위당했다. 그 후에도 남학생은 격렬하게 저항했지만, 결국 잡혀서 목걸이를 채워진 채 연행되고 말았다.

그 일련의 광경을 본 클래스메이트는 또 머리를 감싸 쥐었다.

"말도 안 돼……. 저 결계, 선배의 마법에도 꿈쩍도 하지 않았잖아."

"하지만 우리 모두가 일제히 공격을 하면 구멍 정도는……."

"……관둬라."

클래스메이트들은 포기하지 않은 것 같지만, 그걸 막은 사람은 말을 할 수 있을 만큼 몸이 회복된 선생님이었다.

리스에게 부축을 받으며 의자에 앉은 선생님은 클래스메이트 전원이 들을 수 있도록 천천히 이야기했다.

"저건…… 학교장 님이 직접 설계해서 만든 마도구로 펼친 결계다. 아직 미완성 단계지만, 우리조차 구멍을 뚫기 힘들 뿐만 아니라 부서져도 바로 재생되지. 너희가 저 결계에 구멍을 뚫는 건 아마 무리일 거다."

"……저렇게 튼튼한데 왜 미완성인 거죠?"

"방어에 있어서는 완성 단계지. 하지만 문제는 사용기간이다.

저건 대기 중의 마력을 반 년 가량 모아야 쓸 수 있는데다, 한 번 발동되면 마력이 바닥날 때까지 풀 수 없어."

아까 느껴진 묘한 위화감은 바로 저 결계에서 흘러나온 것 같았다.

시험 삼아 광범위 '서치'를 써봤지만, 결계에 막힌 것인지 학교 밖의 반응을 감지할 수가 없었다. 역시 물리적인 것뿐만 아니라 마력적인 것도 막는 것 같았다.

"그런데 한 번 발동되면 얼마나 지속되죠?"

"……하루다."

클래스메이트들은 잔혹한 현실을 알고 고개를 숙였다.

아무리 이 학교가 넓다고 해도, 골렘과 목걸이를 찬 학생들을 이용한 인해전술을 상대방이 쓴다면 내일까지 숨어 있는 건 무리다.

반 전체가 무거운 분위기에 휩싸이는 가운데, 묶여 있는 귀족과 용병들이 한목소리로 웃음을 터뜨렸다.

"드디어 사태를 파악한 것 같군. 알았으면 빨리 나를 풀어다오. 그러면 목걸이는 채우지 않겠다."

"저 검은 머리 꼬맹이와 수인은 절대 안 봐줄 거다!"

"너희는 반쯤 죽여주마!"

포박된 녀석들이 떠들어대고 있지만, 나는 그들을 무시하며 지금까지 얻은 정보를 정리했다.

저 녀석들의 목적은 수인을 완전히 배척하고, 인간족만의 나라를 만드는 것이다.

그러기 위해서는 성을 점거해서 왕을 쫓아내고 새로운 정책을 세워야만 하겠지만, 그들은 성이 아니라 학교를 노렸다.

학생을 인질 혹은 전력으로 삼아서 이용하려는 거라고 생각했지만, 예속의 목걸이를 대량으로 준비한 것을 보면 새로운 가능성이 머릿속에 떠올랐다.

아마…… 학생들을 방패막이로 이용하려는 것이리라.

결계가 사라질 때까지 목걸이 때문에 저항하지 못하는 학생을 늘린 후, 그 후에는 수많은 학생들을 방패삼으며 성으로 쳐들어갈 생각이다.

귀족의 자제는 건드리기 힘들 테고, 함부로 죽이면 왕의 명성이 땅에 떨어질 것이다.

전부 어린애이기는 하지만, 마법을 익힌 수많은 학생들에게 날뛰라는 명령을 내린다면 피해는 어마어마할 것이다.

비인도적인 작전이지만, 효율적인 전략이기는 했다. 전생에서는 이기기 위해 수단과 방법을 가리지 않았던 내가 보기에 나쁘지 않은 작전이라는 생각이 들었다.

하지만…… 구역질이 났다.

잘난 척 떠들어대며 자기들의 행위를 미화하고 있지만, 이 일과 상관없는 수많은 아이들을 휘말리게 한 것이다.

이런 어린애 억지 같은 혁명에 어울려주는 것도 얼간이 같은 짓이니, 슬슬 본격적으로 움직여볼까.

방향성은 정했지만, 느긋하게 있을 시간은 없을 것 같았다.

간단하고 빠른 방법을 써야겠다고 생각한 나는 귀족의 멱살을 거칠게 잡으며 들어올렸다.

"어이, 이 혁명이라는 바보짓에 관여한 귀족과 용병은 몇 명이지?"

"네, 네놈, 뭐하는 거냐?! 감히 나에게 명령을…… 커억?!"

귀족이 반항적인 태도를 취하자, 나는 따귀를 한 방 날려줬다.

볼이 시뻘겋게 부어올랐지만, 아까와 다른 내 모습을 보고 놀란 귀족은 아무 말도 하지 못했다.

"……내 말 안 들렸어? 이 일에 귀족과 용병이 몇 명 가담했는지 빨리 대답해!"

"히, 히익…… 네, 네놈은 대체 뭐냐?!"

"모르면 됐어. 너한테는 이제 볼일이 없다고…….."

"아, 알았다! 말할 테니까 그만해라! 놔달란 말이다!"

용병이 가지고 있던 나이프를 겨누면서 살기를 뿜자, 남자 귀족은 공포에 떨면서 정보를 토해냈다.

하지만 내 예상대로 이 녀석은 별다른 정보를 가지고 있지 않았다. 이 정도 협박에 굴하는 걸 보고 예상은 했지만 말이다.

아무튼 현재 판명된 것은 그레고리를 필두로 해서 귀족이 서른 명 정도 이 일에 가담했으며, 자금을 제공하고 있는 후원자가 있다고 한다.

또한 여러 집단의 용병을 동시에 고용했기 때문에 정확한 숫자는 모른다고 한다.

"용병 중에서 엄청 강한 녀석이 있는데, 그 녀석이 용병집단을 통솔하고 있으니, 나는 잘 모른다."

"……그래? 그럼 이제 푹 쉬라고."

내버려 둬도 시끄럽게 떠들어대기만 할 것 같았기에, 나는 그의 목을 졸라서 기절시켰다.

그 후 용병들에게도 이야기를 들어봤지만, 그들은 귀족과 다르게 순순히 입을 열지 않았다. 결국 예전에 도적들에게 썼던 저주 같은 협박으로 실토하게 했다.

하지만…… 수고를 들였는데도 얻어낸 정보는 귀족에 알려준 것과 별반 다르지 않았다. 용병을 통솔하고 있다는 남자와도 접점이 없어서 잘 알지 못한다고 한다.

클래스메이트들은 내 일련의 행동을 보고 약간 질린 것 같았지만, 변명을 늘어놓는 것도 귀찮을 것 같았기에 그냥 내버려 뒀다.

그리고 심문을 마치고 용병들의 기절시켰을 즈음, 내 뒤편에는 제자들이 줄지어 서서 내 말을 기다리고 있었다.

"이제부터 뭘 할 건지 너희는 알지?"

"예! 이런 나쁜 짓을 두고 볼 수는 없어요."

"이런 바보 같은 짓을 한 녀석들을 전부 날려버리겠어!"

"나도 힘낼게! 아빠…… 폐하를 건드리지 못하게 할 거야!"

내 말을 듣고 고개를 끄덕인 제자들은 용병들에게서 빼앗은 무기를 들고 있었다. 손질만큼은 잘된 검과 나이프 몇 자루지만, 애용하는 무기를 다이아장에 두고 온 우리에게 있어 이것은 귀중한 무기다.

그런 행동을 보고 우리의 의도를 눈치챈 마크와 클래스메이트들은 긴장한 표정으로 입을 열었다.

"시리우스 군. 너희는 설마……."

"그래. 도망칠 수 없다면 싸울 뿐이야. 상대는 강적인데다 머릿수도 많지만, 머리만 잘 쓰면 어떻게든 될 거야."

"어떻게든 된다니…… 농담이지?! 바위 골렘을 조종하는 귀족뿐만 아니라 용병도 잔뜩 있다고!"

"나도 마법에는 자신이 있지만, 싸워본 적이 거의 없는데……."

"역시 우리만으로는 힘들어. 어떻게든 학교에서 빠져나갈 방법을 찾는 편이 좋지 않을까?"

"아냐, 마크. 그 녀석들과 우리의 전력 차는 그렇게 심하지 않아. 우선 가장 골치 아파 보이는 골렘 말인데……."

바위 골렘은 튼튼해 보이지만, 중급마법인 '플레임 랜스'로 충분히 파괴할 수 있다. 게다가 움직임도 우리에 비해 느린데다, 약점인 마법진을 노리지 않더라도 다리만 부수면 움직임을 봉할 수 있다.

그 외에도 내가 눈치챈 점과 약점을 말해주자 전력 차가 압도적일 정도로 심하지 않다는 걸 눈치챈 클래스메이트들의 눈빛에 활력이 돌아오기 시작했다.

"나와 같이 가겠다면 말리지 않겠어. 하지만…… 싸울 수 없거나, 전투에 익숙하지 않은 사람은 여기에 남아. 상대를 죽여야 할 경우도 있으니까, 여기 남는 것도 부끄러워할 일이 아냐."

"나는 당연히 싸울 거야. 호르티아 가문의 긍지를 위해서만이 아니라, 한 명의 남자로서 그 녀석들을 용서할 수 없거든. 내 마법을 그 녀석들에게 보여주겠어."

"나, 나도 갈래! 우리 학교를 그딴 녀석들이 멋대로 하게 둘 수는 없어!"

"이대로 순순히 잡힐 바에야…… 싸우겠어!"

마법을 배웠지만 전투에 적성이 없는 학생들은 아직 만족스럽게 움직일 수 없는 선생님과 함께 교실에서 농성을 하게 했다. 뒷일은 선생님에게 맡기면 될 것이다.

클래스메이트의 절반 이상이 참가하기로 했지만, 이 숫자로 전면전을 펼치는 것은 무모할 것이다.

다음 수를 생각하며 '서치'로 조사를 해보니…… 아무래도 그 녀석들이 오고 있는 것 같았다.

갑자기 복도에서 수많은 발소리가 들려오자 교실이 술렁였지만, 나는 적이 다가오는 게 아니라는 걸 설명한 다음 문을 열었다. 그러자 복도에는 레우스의 부하인 수십 명의 학생들이 서 있었다.

"형님, 괜찮습니까!"

"너희였구나! 무사해서 다행이야."

"몇 명이 다치기도 했고, 합류를 못한 녀석도 있지만, 일단은 무사해요!"

"좋아! 이제부터 우리는 그 녀석들과 싸우러 갈 거야. 다들, 도와줘!"

"""예!"""

레우스의 부하들이 합류한 덕분에 교실 안이 붐볐지만, 학생들의 사기는 올라갔다.

하지만…… 아직 부족하다.

아까 조사한 반응에 따르면, 다른 교실에도 많은 학생들이 남아 있는 것 같았다. 용병들에게 교실을 점거당하고 연행될 때까지 기다리고 있는 것인지, 그들을 해치우고 앞으로 어떻게 할지 고민하고 있는 학생들이리라.

그중에는 투기장으로 향하는 혈기왕성한 학생들도 있는 것 같지만, 겨우 십여 명이서 가봤자 금방 당할 것이다. 목걸이를 채워서 이용할 생각이라 죽을 가능성은 적을 테니, 아무 작전 없이 나선 녀석들은 내버려 두기로 하자.

나는 남아 있는 학생들의 위치를 파악한 후, 제자들을 불러서 앞으로 어떻게 할 것인지 설명했다.

"잘 들어. 이제부터 각 교실에 가서 전력을 모으는 거야. 너희라면 골렘과 용병 정도는 식은 죽 먹기겠지만, 학생들에게는 벅찬 상대야. 하다못해 숫자만이라도 앞서야만 해볼 만하겠지."

"정면승부를 벌이는 게 아니라, 우선 머리를 쓰는 거군요."

"그래. 내 마법으로 알아낸 정보가 있으니까, 너희는 그걸 다른 애들에게 알려줘."

"알았어. 그런데 형님이 직접 설명하면 되지 않아?"

"나보다 너희가 더 신용 받고 있잖아? 그리고 나는 너희와 같이 행동하지 않을 거야."

"""어?!"""

제자들은 내 말을 듣고 깜짝 놀란 표정을 지었다.

그들에게는 미안하지만, 사실 학교의 결계가 작동한 순간부터 이럴 작정이었다.

"나는 이제부터 결계를 조사할 거야. 어쩌면 빠져나갈 구멍이 있을지도 모르고, 너희의 무기도 가져와야 하잖아."

"그, 그럼 다 같이 조사하는 편이 좋지 않을까?"

"아냐. 서둘러 학생들을 모와야 하거든. 끌려간 학생들을 한 곳으로 모은 다음, 또 골렘과 용병을 이쪽으로 보낸다면 골치 아플 가능성이 커."

"하지만 시리우스 님 혼자 가실 필요는……."

"저기…… 너희는 내가 없으면 아무것도 못하는 거야?"

제자들은 차갑게 들릴 수도 있는 그 말을 듣고 눈을 치켜떴지만, 내 제자들이라면 이해하고 있을 것이다.

귀족에게 도발을 받았다고는 해도, 미궁 때는 내 힘을 빌리지 않고 돌파하고 싶다고 자기 입으로 말했었으니까 말이다.

"너희는 어른이 상대일지라도 지지 않을 만큼 강해졌어. 그런데 마음은 여전히 약해빠진 거야?"

"……아뇨. 저는 시리우스 님에게 지켜지는 게 아니라, 시리우스 님을 지키고 싶어요."

"맞아. 나는 형님과 나란히 서기 위해 강해질 거야. 나, 힘낼게!"

"나도…… 혼자만 뒤처지고 싶지는 않아!"

"바로 그거야!"

생각해보니, 그들은 도움이 되고 싶다는 마음만으로 나를 따라오고 있었다.

어쩌면 내가 이런 말을 할 필요는 없었을지도 모른다.

그리고 남매만이 아니라 리스 또한 결의에 찬 눈빛을 띠며 주먹을 말아 쥐었다. 예전 같으면 망설였겠지만, 아버지와 화해를 한 덕분에 심적으로 성장한 것 같았다.

나는 제자들에게 '서치'로 얻은 정보와 적절한 조언을 해줬다.

이번에는 많은 학생들을 이끌며 집단전을 펼쳐야 하니 집단으로 싸울 때 지켜야 할 철칙, 그리고 유리하게 싸울 방법을 가르쳐줬다.

"저 결계는 미지수니까, 경우에 따라서는 나도 도중에 포기하고 너희와 합류할 생각이야. 그때까지 잘해."

"이쪽은 맡겨주세요. 시리우스 님에게 배운 걸 잊지 않으며, 열심히 싸우겠어요."

"무리는 하지 마. 위험해지면 후퇴하는 것도 방법이거든."

마지막으로 제자들의 머리를 쓰다듬어주고 교실을 나서려고 한 순간, 마크가 나를 불러 세웠다.

언뜻 보면 나만 혼자서 도망치는 것 같지만, 마크는 우리의 대화를 듣고 있었는지 상큼한 미소를 지으며 나에게 악수를 청했다.

"미력하지만 나도 저 세 사람을 돕겠어. 그러니 시리우스 군은 마음 놓고 다녀와."

"긍지 높은 귀족이 타인의 시종을 돕는 건 좀 그렇지 않아?"

"그들은 시종이 아니라 내 클래스메이트이자 동료야. 그러니 궁지 같은 것과는 아무 상관없어."

"그래? 미안하지만 다른 애들을 부탁해, 마크. 너도 무모한 짓은 하지 마."

"그건 내가 할 말이야. 네가 얼마나 강한지 알고 있지만, 상대는 전투로 먹고 사는 어른들이야. 조심해."

"그래!"

나는 악수를 나눈 후, 마크의 눈길을 받으며 교실을 뛰쳐나갔다.

나는 우선 다이아장으로 향했다.

에밀리아와 리스는 마법이 메인이니 괜찮지만, 레우스는 평범한 검으로는 전력을 다해 싸우지 못한다.

건물을 빠져나간 나는 곧 골렘을 거느린 용병들과 마주쳤다. 하지만 골렘은 '매그넘'으로 촉매인 마법진을 파괴하고, 용병은 체술로 무력화시킨 후에 계속 내달렸다.

그리고 학교 기숙사로 이어지는 길로 향했지만, 기숙사는 결계 밖이기 때문에 나갈 수가 없었다. 다이아장도 결계 밖이니, 여기를 어떻게든 돌파해야만 한다.

전력을 다한 '매그넘'이라면 결계에 구멍을 낼 수 있을지도 모르지만…….

"위로 지나갈 수 있을지 시험해볼까."

우선 '에어 스탭'을 발동시켜서 하늘로 날아올라 보니, 예상대로 고도를 높일수록 빛이 옅어지면서 결계가 사라졌다.

튼튼한 결계라지만 날아다니는 마물에 대한 대비는 되어 있지 않았다. 뭐, 이건 미완성이라니, 학교장이 돌아오면 문제점을 정리해서 알려줘야겠다.

그건 그렇고…… 학교장은 이 상황을 어떻게 해결할 생각일까?

가짜 정보에 휘둘려 학교를 벗어났을 뿐만 아니라, 자신이 만든 결계까지 이용당했다.

이 정도 불상사라면 책임을 추궁당해 학교장 자리에서 쫓겨날 것이다.

하지만…… 400년 넘게 살아온 엘프이자, 수많은 경험을 해온 인물이 이렇게 간단히 당할까?

케이크에 푹 빠져서 어린애 같은 모습을 보이기도 하지만, 그의 진정한 모습은 자기단련을 게을리 하지 않는 노력가 같은 엘프다. 지식과 경험도 풍부할 테니 이 상황을 예상하지 못했을 리가 없다.

어쩌면…… 결계를 이용당한 게 아니라 일부러 이용해서 적이 도망치지 못하게 가둔 게 아닐까, 하는 생각이 들었다. 일전에도 무시무시한 소리를 했었던 것이다. 어쩌면 이 소동은 학교장의 의도한 것이며, 우리 모두가 로드벨의 손바닥 위에서 놀아나고 있는 게 아닐까?

뭐…… 여러모로 생각을 해봤지만, 그건 어디까지나 내 예상에 지나지 않는다.

어쩌면 진짜로 속았을 가능성도 있으며, 만약 그렇다면 나중에 돌아왔을 때 두들겨 패주면 될 것이다.

그런 생각을 하는 사이에 다이아장에 도착한 나는 서둘러 무기와 필요한 물건을 챙긴 후, 결계 안으로 돌아갔다.

결계 밖에 나갔으니 성이나 마을에 가서 구조를 요청해도 되겠지만, 나는 일부러 그러지 않았다. 그뿐만 아니라 제자들과 서둘러 합류할 생각도 없다.

왜냐면 나는 제자들이 이 상황에서 다양한 경험을 쌓게 하기로 마음먹은 것이다.

이런 생각을 하게 된 것은 일전에 미궁에서 벌어진 일 때문이다.

그때는 내가 때맞춰 도착했지만, 다음에도 그렇게 도와줄 수 있을 거라는 보장은 없다. 내 몸은 하나이며, 내 눈이 닿지 않는 곳에서 제자들이 위험해 처할 가능성이 있는 것이다.

그러니 제자들에게는 자신의 힘만으로 사태를 해결하는 경험을 쌓게 하고 싶었다.

마음 같아서는 제자들과 함께 싸우고 싶지만, 나는 따로 할 일이 있는데다 내가 곁에 있으면 제자들도 나에게 기대게 될 것이다.

힘든 상황이지만, 일단 제자들을 믿으며 멀찍이서 지켜보기로 했다. 물론 위험한 상황에 처한다면 바로 엄호할 거지만 말이다.

다른 학생들에게는 미안하지만, 내 제자들과 함께 고생을 해줘야겠다.

뭐, 이 경험이 장래에 큰 도움이 될 거다.

학교로 돌아간 나는 일단 건물 옥상에 올라가서 준비를 시작했다.

그리고 얼굴을 가릴 가면과 온몸을 감싸는 로브를 걸치며 변장을 마쳤을 즈음…… 건물에서 수많은 학생들을 거느린 제자들이 모습을 드러냈다.

학생들의 숫자는 백 명이 넘으며, 그들은 의기양양하게 투기장을 향해 걸어가고 있었다. 에밀리아와 레우스가 선두에 서 있는 걸 보면, 각 교실에 있던 학생들을 모으는 데 성공한 것 같았다.

성큼성큼 나아가는 그들을 골렘과 용병들이 막아섰지만, 레우스를 필두로 한 학생들이 차례차례 쓰러뜨렸다. 특히 남매가 마법으로 화려하게 골렘을 쓰러뜨리자 다들 환성을 질렀으며, 집단 전체의 사기도 높아졌다.

유심히 보니 남매는 하급생만이 아니라 상급생의 신뢰도 얻은 것 같았다.

상당한 리더십을 발휘하는 제자를 보니 왠지 기뻤다.

상황을 보아하니 한동안은 문제가 없을 것 같았다. 그럼 나도 내 일을 해야겠다.

'서치'를 발동시켜서 골렘과 용병들의 위치를 찾아보니, 그들은 학교 곳곳에 흩어져서 숨어 있는 학생들을 찾고 있는 것 같았다.

그들을 처리하는 게 내 일이다.

내버려 두면 결전이 벌어질 투기장에 저들이 몰려와서 제자들의 배후를 노릴 것이다.

즉, 내가 하려는 것은 전력의 균형을 맞추는 것이다. 이미 많은 학생들이 잡힌 상황이라, 적측이 압도적으로 유리하다.

그러니 전력이 비슷해지도록 내가 균형을 맞춰주기로 했다.

'서치'를 사용한 결과, 투기장에 있는 적은 골렘을 포함해 총 70 정도인 것 같으며, 학교 부지 안에 흩어져 있는 녀석들은 30 정도인 것 같았다.

나는 가까운 곳에서 느껴지는 반응을 향해 조용히 이동했다.

내가 도착했을 때에는 이미 학생들과 용병들의 전투가 벌어지고 있었다.

전투는 팽팽한 것 같지만, 용병 측은 골렘을 만들어낼 수 있는 귀족이 있기에 학생들이 서서히 밀리고 있었다.

그리고 쥐고 있던 무기를 골렘이 튕겨낸 바람에 한 학생이 위기에 처하자, 나는 건물 뒤편에 숨은 채 '임팩트'를 사용했다.

내가 날린 충격은 골렘의 마법진을 분쇄했다. 그리고 나는 '매그넘'을 날려서 용병의 팔과 다리를 공격했다.

상대가 갑자기 비명을 지르면서 쓰러지자, 학생들은 놀란 것 같았다. 나는 그들에게 뒷일을 맡기기로 하고 다음 표적을 향해 이동했다.

내가 다음에 발견한 것은 좁은 건물 사이를 수색하며 걷고 있는 용병 두 명이었다.

수색이 귀찮은지 주의를 기울이지 않고 있었기에, 나는 몰래 다가가서 나이프로 목을 벴다.

그 소리에 다른 용병이 고개를 돌렸지만, 나는 이미 레우스의 대검을 휘둘렀다. 그리고 반사적으로 공격을 막기 위해 들어 올린 팔과 함께 용병을 두 동강 냈다.

흠…… 할아버지의 검을 만든 사람의 작품답게 좋은 검이다.

레우스가 마음에 들어 하는 것도 이해가 되지만, 정교함을 추구하는 나에게는 좀 맞지 않았다.

용병은 해치웠지만, 시체가 발각되어서 적들이 경계하면 곤란하기에, 마법진으로 판 구멍에 시체를 묻어서 증거를 인멸했다.

나는 그런 식으로 행동하면서 학생들 몰래 작업을 계속했다.

건물 뒤편에서 뒤편으로 이동하며 확실하게 용병들과 귀족들을 처리했고, 제자들이 눈치챌 만한 위치에 있는 상대는 건물 옥상에서 장거리 저격마법 '스나이프'로 해치웠다.

이러고 있으니…… 전생에서 했던 일들이 생각났다.

이런 식으로 목표를 은밀하게 처리하는 걸 생업으로 삼았었는데, 다시 태어난 후에도 비슷한 일을 하고 있다는 게 왠지 신기했다.

나는 딱히 사람을 죽이는 걸 좋아하지 않는다.

전생에서도 일이라 생각하며 살인을 저질렀다.

하지만 지금은 제자들을 위해…… 아니, 제자들의 미래를 지켜주고 싶은 나 자신을 위해 이러고 있다.

제자들이 장성하는 그때까지, 나는 얼마든지 손을 더럽힐 각오가 되어 있다.

"가슴을 펴고 할 말은 아니지만…… 나도 힘낼 테니까 너희도 열심히 해."

수많은 학생들을 이끌며 선두에 서서 나아가는 제자들의 뒷모습을 나는 지켜본 후, 다음 목표를 향해 필살의 마법을 사용했다.

"남은 적은…… 열둘……."

—— 레우스 ——

형님이 교실에서 나간 후, 우리는 바로 행동을 시작했다.

형님의 정보에 따르면, 옆의 옆 반에서는 우리와 마찬가지로 적들을 제거하고 교실에서 농성을 벌이고 있다고 한다. 나는 싸울 수 있는 동료들만 데리고 그 교실 앞에 섰다.

하지만 그 교실의 문은 잠겨 있었기 때문에 안에 들어갈 수가 없었다. 결국 누나가 문을 두드리며 말을 걸었다.

"저는 카라리스 반에서 온 에밀리아라고 해요. 누구 안 계신가요?"

"에, 에밀리아 양?! 무사했군요!"

"예. 아까 저희 반에도 적들이 쳐들어왔는데, 지금은 전부 잡아서 안전을 확보했어요. 여러분의 상황을 알고 싶은데, 안에 들어가도 될까요?"

"예. 금방 열어드릴게요!"

문 너머에서 쿵쾅거렸다. 책상과 의자로 벽을 만든 걸까?

하지만 형님이 이곳에 있었다면 감점이라고 말했을 것이다. 우리가 용병들에게 협박을 당해 이런 소리를 했을 가능성도 있는데, 제대로 확인도 해보지 않고 문을 열어주니까 말이다.

하지만 나도 상대가 형님이라면 바로 문을 열었을 것이다. 즉, 나도 충분히 이럴 가능성이 있다. 앞으로는 주의해야겠다.

"에밀리아 양, 들어와!"

"고마워요. 무사해서 다행이에요."

"너, 너희도 무사해서 다행이야!"

내가 그런 생각을 하는 사이, 교실의 문이 열렸다. 그리고 우리를 맞이한 사람은 이 반의 대표를 맡은 남자다.

누나를 보고 얼굴을 붉히는데, 혹시 누나에게 반한 걸까? 하지만 누나는 형님 거니까 건드리려고 하면 내가 날려버릴 거야.

대표인 남자를 노려보며 교실에 들어가 보니, 안에는 부서진 책상과 의자가 굴러다니고 있을 뿐만 아니라, 기절한 용병들이 묶인 채 바닥을 나뒹굴고 있었다.

그들을 쓰러뜨리기는 했지만, 아직 불안한 건지 우리가 들어왔는데도 여전히 고개를 숙이고 있는 학생들이 많았다.

게다가 우리와 달리 부상을 입은 이도 있는 것 같은데, 치료마법을 쓸 수 있는 학생이 적은 건지 고통을 참으며 자기 차례를 기다리고 있었다.

"어찌어찌 적들을 쓰러뜨리기는 했지만, 보다시피 상황이 좋지 않아……."

"여러분은 앞으로 어떻게 하실 거죠?"

"그게…… 아직 정하지 못했어. 이대로 교실에서 농성을 할지, 안전한 장소를 찾기 위해 이동을 할지로 의견이 나뉜 상태거든."

"싸우자는 사람은 없는 거야?"

"실은 선생님이 적의 공격을 받고 쓰러진 바람에, 다들 겁을 먹어서……."

확실히 이 교실 안의 공기는 무거웠다. 불안을 느끼며 무릎을 감싸 안고 있는 녀석도 있었다. 제대로 싸울 수 있는 상태가 아닌 것 같았다.

"나, 치료마법이 특기야. 우선 선생님을 살펴봐도 될까?"

"정말?! 미안하지만 부탁할게. 마법이 효과가 없어서 이러지도 저러지도 못하던 참이야."

누나와 나는 학교 안에서 꽤 눈에 띄는 존재지만, 리스 누나 또한 엄청난 치료마법을 쓰는 사람으로서 유명했다.

리스 누나는 별다른 상처가 보이지 않는 선생님에게 다가가더니, 조사하였다.

"이건…… 우리 선생님과 같은 독에 당한 것 같아. 용병의 짐 안에 해독제가 없었어?"

"아…… 아직, 조사해보지 않았는데……."

"빨리 조사해봐! 목숨에는 지장이 없더라도, 독 치료는 서둘러야 한단 말이야!"

리스 누나는 남을 치료할 때 유독 엄격해진다.

그런 리스 누나의 박력에 압도당한 학생들이 허둥지둥 용병의 품속을 뒤졌다.

"선생님은 리스에게 맡겨두면 되겠죠. 저희 쪽은 선생님 이외에는 딱히 다친 사람이 없다는 점만 빼면, 여기와 비슷한 상황이에요."

"역시 그렇구나. 하다못해 선생님이 당하지 않았다면……."

"여러모로 불안한 상황이지만, 이대로 농성을 해봤자 상황은 좋아지지 않을 거예요. 그러니 저희는 싸울 수 있는 이들을 모아서 적에게 맞설 생각이에요."

"말도 안 되는 소리 하지 마! 골렘뿐만 아니라 용병도 있다고. 우리가 이길 수 있을 리가 없어……."

우리 반과 마찬가지로 반대하는 학생도 있지만, 누나가 미소를 짓자 다들 대꾸하지 못했다. 거기 너, 누나에게 뚫어져라 쳐다보지 말라고.

"아뇨, 이길 수 있어요! 골렘도 튼튼하기는 하지만 중급마법이면 파괴할 수 있고, 용병도 여러 명이 힘을 합치면 충분히 쓰러뜨릴 수 있어요."

누나는 형님이 가르쳐준 정보를 다른 이들에게 알려줬다. 남들을 이끌 때는 목소리에 자신감을 담아서 말하라고 형님이 가르쳐줬었다. 그렇기에 누나는 아무것도 걱정할 필요 없다는 듯이 웃으면서 말했다.

"저희는 장점은 숫자예요. 이렇게 비열한 짓을 하는 상대와 정정당당하게 싸울 필요 없죠. 다 같이 힘을 합쳐 박살을 내주죠. 저희의 힘으로 학교를 되찾는 거예요!"

"할 수…… 있을까?"

"이미 저희와 함께 싸우려는 이는 40명이 넘고, 이제부터 다른 교실을 돌면서 사람들을 더 모을 거예요."

"그, 그래. 혼자서 싸우는 게 아니구나……."

"나는 싸우겠어! 에밀리아 양은 내가 지킬 거야!"

"고마워요. 하지만 저는 일편단심 시리우스 님이랍니다."

"……그렇구나. 그래도 나는 포기 안 해!"

이 반의 대표 격인 남자는 낙심했지만, 곧 부활했다. 포기하지 않는 마음은 중요하지만, 누나는 일편단심 형님이니까 포기하는 편이 좋을 거야.

"물론 나도 선두에 서서 싸울 거야! 골렘과 용병 따위 전부 날려버리겠어!"

"오오! 형님, 의욕이 넘치는구나!"

"우리도 형님을 따르겠어!"

이 반에서 싸울 수 있는 동료를 열 명 정도 모으고, 싸움에 익숙하지 않은 학생들은 선생님들을 데리고 우리 반에 가게 했다.

그 후에도 우리는 동료들을 계속 모았다.

어느 교실에서는 귀족과 평민이 말다툼을 벌이고 있었기에 나와 누나가 끼어들어 말렸고, 용병들에게 교실이 점거당한 곳은 기습을 해서 해방시키는 등, 우리는 서서히 동료들을 모으며 건물 안을 돌아다녔다.

잘난 척을 하는 귀족이나 설득이 성가신 학생들 중 태반은 우리가 오기 전에 적에게 돌격해서 전멸했기에, 전체적으로 성가신 일은 적은 편이었다.

그리고 건물 안을 한 바퀴 돌았을 즈음…… 우리에게는 백 명이 넘는 동료가 생겼다.

현재 우리는 건물 입구에 모였다. 그리고 적에게서 빼앗은 무기를 나눠가지며 싸울 준비를 하고 있었다.

"이 정도 숫자면 해볼 만할 것 같군요."

"시리우스 씨가 가르쳐주신 적의 숫자보다 많으니까, 해볼 만할 거야."

잡힌 학생들이 모여 있는 투기장에서는 적의 반응이 골렘을 포함해 총 70 정도 느껴진다고 형님이 말했다.

그리고 거기에는 우리와 악연으로 얽힌 그레고리의 반응도 느껴진다고 말했다. 그 녀석 때문에 쓴맛을 톡톡히 봤으니, 내 손으로 베어주고 싶지만…….

"내 검만 있다면……."

용병에게서 빼앗은 검은 가벼운 데다 약해서 부러질 것만 같았다.

그란트 할아버지가 만들어준 그 검이라면 골렘을 얼마나 벤들 칼날도 상하지 않을 테니 나도 전력을 다해 싸울 수 있을 것이다.

"어쩔 수 없네. 너는 체술과 마법으로 싸우렴."

"응!"

하지만 형님에게 체술도 배워뒀으니 싸우는 건 무리가 없다. 그리고 내 마법도 바위 골렘 정도는 박살 낼 수 있을 것이다.

가벼운 검을 휘두르며 감촉을 확인하고 있을 때, 우리보다 먼저 학교에 입학한 선배들이 누나 앞에 모였다.

"에밀리아, 우리도 준비를 마쳤어."

"예. 그런데 정말 제가 여러분의 리더를 맡아도 될까요?"

"응. 괜찮아. 우리를 모은 사람은 너희잖아. 그리고 우리는 지휘에 익숙하지 않거든."

"나도 마찬가지다. 뭐, 너보다는 내가 낫겠지만 말이야."

"뭐? 헛소리하지 마!"

"그만해. 상황이 상황이니까 우리가 선배라는 건 신경 쓰지 말고 에밀리아가 하고 싶은 대로 해."

"고맙습니다. 아직 미흡한 부분이 많지만 최선을 다할 테니, 잘 부탁드립니다."

뭐, 누나가 예쁜데다 예의도 바르고 마법도 잘 쓰니, 학교에서 인기가 좋다. 그런 누나가 자신만만하게 이길 수 있다고 말하니, 다들 누나를 믿고 따르는 것이다. 이게 형님이 말했던 카리스마라는 걸까?

이런 과정으로 리더가 된 누나는 다른 이들의 주목을 받으면서 형님에게 들었던 주의점을 설명했다.

"……이상입니다. 혼자서는 당해낼 수 없을지도 모르지만, 저희 전원이 힘을 합쳐 싸우면 충분히 이길 수 있는 싸움이에요. 다들 무사히 돌아오죠!"

누나는 천천히 손을 들어 올리더니, 투기장 쪽을 손가락으로 가리키면서 외쳤다.

"출발하죠!"

누나의 말에 맞춰 움직이기 시작한 우리는 선배들과 함께 앞장을 서며 투기장으로 향해 걸어갔다.

이렇게 많은 인원이 움직이면 눈에 띌 테니, 도중에 몇 번이나 마법을 사용하는 귀족과 용병들과 마주쳤다. 하지만 우리의 숫자를 보고 이길 수 없다고 생각한 건지 골렘에게 공격 지시를 내리고 바로 꽁무니를 말며 도망쳤다.

"거기냐! '플레임 너클'."

내가 날린 화염 주먹이 골렘의 가슴에 새겨진 마법진이 파괴되자 몸이 산산조각 났다. 골렘의 약점은 몸 어딘가에 존재하는 마법진이며, 그게 파괴되면 몸을 유지할 수 없어서 산산조각 나고 만다.

옆에서는 선배들 몇 명이 골렘을 교란하면서 빈틈을 이용해 무기와 마법으로 마법진을 파괴했다.

"미궁에서 싸운 모래 골렘에 비하면 상대하기 쉽네."

"마법진이 큰데다 눈에 띄는 장소에 있잖아."

"역시 학교장 님이 얼마나 뛰어난 실력자인지 다시 실감했어요."

마법진이 아닌 팔이 부서져도 재생되지 않을 뿐만 아니라, 움직임이 둔해서 누나와 리스 누나의 마법으로 손쉽게 처리할 수 있었다.

수적 우세 덕분에 골렘을 간단히 해치운 우리가 그런 말을 하고 있을 때, 선배와 마크가 어이없다는 표정을 지었다.

"너희는…… 여유가 있구나. 아니, 이럴 때는 믿음직하다고 해야 하려나?"

"평소 훈련에 비하면 별것 아니니까요. 하지만 방심은 할 수 없어요."

"그런 걱정은 안 해. 그런데 레우스 군. 마법을 그렇게 써도 괜찮은 거야? 아직 갈 길이 멀잖아."

"문제없어. 이 마법은 보기보다 마력이 많이 들지 않거든. 아직 몇 십 번은 더 쓸 수 있어."

하지만 마크의 말도 옳으니, 앞으로는 검 위주로 싸워야겠다.

화끈하게 적을 해치우면 아군의 사기가 올라가기에 마법을 사용했던 건데, 이제 충분한 것 같았다.

그렇게 우리는 몇 번이나 전투를 치르면서 별문제 없이 앞으로 나아갔다.

그리고 적들을 일격에 해치우던 나는 어느새 선배들보다 앞에 나서고 있었다.

사기도 충분한 것 같기에, 누나도 만족스러운 표정으로 고개를 끄덕이고 있었다.

"아직까지는 순조로운 것 같군요."

"응! 나도 준비운동이 잘된 것 같아."

나는 체력과 마력은 충분히 남아 있을 뿐만 아니라, 의욕 또한 넘치고 있었다.

그것도 그럴 것이, 형님이 우리를 믿고 이 일을 맡겨준 것이다. 형님의 신뢰에 부응하지 못해서야, 형님의 제자라고 자처할 수 없다.

그렇다…… 미궁 때 같은 실수는 두 번 다시 하지 않을 것이다.

그렇기에, 나는 이번 전투에서 변신하지 않기로 결심했다.

변신하면 강해지지만, 지나치게 힘에 의존하게 된다. 게다가 이번에는 나 혼자 싸우는 게 아닌데다 동료들이 휘말릴 수도 있기에 하지 않기로 했다.

내가 그런 맹세를 하는 사이, 우리는 목적지인 투기장에 도착했다. 우리는 그곳에서 멈춰선 후, 작전회의를 시작했다.

"……드디어 도착했네. 이제 어떻게 할까?"

"우선 정면에서 쳐들어가면 불리하겠지?"

선배들의 말대로, 투기장에서 우리를 기다리고 있을 적들은 함정을 파놨을 게 틀림없다.

그러니 좋은 작전이 없을까 싶어 의논을 해봤지만, 누나는 아무 말 없이 투기장을 올려다보았다.

"시간을 너무 끌면 학교 곳곳에 있는 용병이 돌아올 테니까, 빨리 끝내는 편이 좋겠지?"

"응. 이제 와서 망설여봤자 아무 소용없어."

"그래. 그런데 에밀리아, 아까부터 너무 조용하네. 혹시 다른 의견이 있는 거야?"

이 자리에 있는 이들이 결단을 내리길 요구하자, 누나는 딱 잘라 이렇게 말했다.

"돌격하죠!"

누나의 지시에 따라 우리는 돌격을 했지만, 시합장 안에 펼쳐진 기묘한 광경을 보고 무심코 멈춰 섰다.

그것도 그럴 것이, 관객석에는 연행된 수많은 학생들이 앉아 있었으며, 예속의 목걸이를 차고 있어서 그런지 불길한 느낌이 감도는 눈길로 우리를 일제히 쳐다보고 있었다.

그리고 시합장의 중심에는 전투의 흔적이 남아 있으며, 구석에는 싸워서 진 학생들에게 한창 목걸이가 채워지고 있었다.

"학생들의 숫자가 많은걸. 리스 누나, 몇 명이나 될 것 같아?"

"으음…… 적어도 200명은 넘을 것 같아."

"너희는 왜 이렇게 냉정한 거야?"

뒤편에 있던 선배가 그렇게 중얼거렸다. 뭐, 나와 누나는 노예가 되었던 적이 있고, 리스 누나는 형님과 만나고 이런저런 경험을 한 덕분이리라.

수많은 학생들의 시선을 받으면서 시합장 중심으로 걸어가자, 지면에 마법진이 생겨나면서 수많은 골렘이 생겨났다.

전투가 벌어질 거라고 생각하며 몸을 긴장시킨 순간, 갑자기 큰 목소리가 투기장에 울려 퍼졌다.

"잘 왔다. 용감하고 무모한 소년소녀들이여."

관객석 한쪽에 귀족만이 앉아 있는 귀빈석 같은 장소가 있는데, 방금 그 목소리는 거기에 있는 의자에 잘난 듯이 앉아 있는 아저씨가 한 말인 것 같았다.

아름다운 귀금속으로 자신의 몸을 잔뜩 치장한 귀족 같은 남자인데, 엄청 뚱뚱했다. 건강은 전혀 챙기지 않는 사람 같았다.

그리고 그 남자의 옆에는 증오스러운 적인 그레고리도 서 있었다.

"설마 저 사람은…… 고리아 님인가?!"

"마크는 저게 누구인지 알아?"

"응. 이 엘리시온에서 1, 2위를 다툴 정도의 자산을 지닌 귀족이야. 그래. 저 사람이라면 고가인 예속의 목걸이를 대량으로 준비할 수 있겠지."

마크의 설명에 따르면 수인을 싫어하는 녀석들 중 한 명이며, 리스 누나의 아버지인 임금님과도 말다툼을 한 적이 있다고 한다. 그때는 코가 납작해졌다고 한다.

"무슨 소리를 그렇게 지껄여대는 거지? 너희는 이 혁명의 여흥이다. 빨리 싸워라."

그딴 소리 안 해도 싸울 생각이지만, 이런 짓을 해놓고 왜 저렇게 잘난 척을 해대는 걸까? 분명 자신은 잘못하지 않았다고 생각하는 게 틀림없다.

"우리의 싸움을 구경하려는 것 같네. 정말 취향 한 번 끝내주네."

도와주러 온 사람들을 보고 기뻐하는 이들의 눈앞에서 그들을 박살 내서 마음을 꺾어버리는 짓을 몇 번이나 반복한 것 같다고 리스 누나는 말했다.

그러니 관객석에 있는 학생들의 눈빛이 저런 것이다.

"거꾸로 말하자면, 이렇게 귀찮은 짓을 할 전력이 있다는 거야. 방심하지 마, 레우스."

"알았어! 하지만 그 전에 누나가 시킨 일부터 해야지."

투기장에 돌격하기 전, 누나는 상대에게서 정보를 얻어내면서 시간을 끌라고 말했다.

나는 앞으로 나선 후, 고리…… 고 뭐라는 녀석에게 말을 걸었다.

"저기, 고 씨. 싸우기 전에 물어볼 게 있는데 말이야. 왜 이딴 짓을 벌인 거야?"

"나는 고리아다! 그리고 이건 혁명이란 거지. 우리는 너희 같은 아인들을 우대하는 왕을 쓰러뜨리기 위해 들고 일어선 것이다!"

"외모는 그렇게 차이가 나지도 않는데, 왜 그렇게 수인을 싫어하는 건데? 나는 인간족을 좋아한다고. 특히 형님과 리스 누나…… 그리고 디 형도 좋아해!"

"인간족을 좋아해?! 이 더러운 놈! 더러운 수인 따위의 호의는 필요 없다!"

저렇게 심하지는 않았겠지만, 옛날의 나도 저런 느낌이었을까?

그 시절에는 노예인 나와 누나를 괴롭히는 인간족이 싫었다.

하지만 형님에게 구원받고, 에리나 씨와 디 형의 보살핌을 받다 보니, 종족 같은 건 아무래도 상관없다는 사실을 알았다.

그런데 이 녀석은 나보다 훨씬 나이가 많은데도 그걸 모른다. 저딴 녀석과 비교하는 것도 싫지만, 형님이 훨씬 어른스럽다는 생각이 들었다.

"마물 같은 귀와 꼬리를 달린 주제에, 순수한 인간과 몸을 섞어서 숫자만 늘려대는 놈들. 아인 따위는 마을 밖이나 숲에서 살면 된다. 이 혁명이 끝나면 아인을 전부 쫓아낸 후, 엘리시온은 선택받은 인간족만이 사는 낙원으로 만들 거다!"

고리아가 그런 주장을 하자, 옆에 서 있던 그레고리도 동조했다.

"낙원에 아인의 피는 단 한 방울도 필요 없다. 그리고 무능도 필요 없지! 하나도 남김없이…… 몰살시켜주마!"

잘은 모르겠지만, 그레고리가 수인과 형님 같은 무색을 싫어하는 건 자기 아버지가 그런 사람들에게 살해당했기 때문이라고 들었다.

가족이 살해당해서 괴로운 건 알지만, 몰살시키려고 하는 게 이해가 안 되었다. 뭐, 나는 상대가 마물이라 그런 걸지도 모르지만 말이다.

"……내가 이런 말을 하는 것도 좀 그렇지만, 너는 어린애 같네."

"닥쳐라! 네놈들은 빨리 무기를 버리고 투항해라! 안 그러면 관객석에 있는 녀석들이 목걸이에 의해 죽을 거다!"

예속의 목걸이에는 소유자의 명령에 따라 착용자를 죽이는 기능이 있다. 그 기능 때문에 죽는 사람을…… 나는 본 적이 있다.

그레고리가 던진 그 말에 주위에 있는 이들이 술렁거렸지만, 고리아가 그의 폭주를 막았다.

"기다리게, 그레고리 님. 인질을 죽이면 계획에 지장이 생기지 않나."

"헉?! 미, 미안하네. 아인이 말대꾸를 하는 바람에 흥분한 것 같군."

"정신 차리게. 뭐, 목걸이의 권한은 전부 내가 가지고 있으니,

자네가 그러는 건 무리겠지만 말이야."

그 대화는 두 사람만 들을 수 있을 만큼 작았지만, 형님에게 배운 '부스트' 덕분에 내 귀에는 확연하게 들렸다.

하지만 내가 들었다면 물론······.

"우랴아아아아압——!"

나는 주저 없이 가장 가까운 곳에 있는 골렘을 향해 '플레임 너클'을 날렸다.

힘이 과했는지 약점인 마법진뿐만 아니라 골렘의 상반신이 산산조각 났지만, 전투 개시를 알리는 신호로써는 적당하는 생각이 들었다.

"다들, 가자!"

내 공격을 신호삼아 뒤편에 있던 동료들도 행동을 시작했다.

골렘이 일제히 덤벼들었지만, 수적 우세한 우리의 공격에 의해 서서히 숫자가 줄어들었다. 하지만 몇 마리만 남았을 즈음, 또 지면에 마법진이 생기더니 새로운 골렘이 만들어졌다.

아마 관객석 곳곳에 있는 귀족들이 골렘을 마법으로 만들어내고 있는 것이리라. 그 녀석들을 어떻게 하지 않는 한, 이와 같은 일이 계속 반복될 것이다.

"느닷없이 덤벼들 줄이야. 역시 아인은 야만스러운 존재군."

"뭐, 좋아. 이건 여흥이니까 말이지. 얼마나 버틸지 기대되는걸."

우리가 지칠 때까지 기다리는 건지, 관객석에 서 있는 귀족들과 시합장 구석에서 이쪽을 쳐다보고 있는 용병들은 나서지 않았다.

하나같이 우리를 내려다보며 웃고 있지만…… 두고 봐. 곧 네 놈들 면상에 주먹을 꽂아주마.

그리고 내가 열 마리째 골렘을 박살 내고 지면에 세 번째 마법 진이 생겨났을 때…….

"찾았어! 골렘을 만드는 건 저 녀석이야!"

"저 녀석을 노려! 마법을 못 쓰게 하는 거야!"

"다른 학생이 맞지 않도록 조심해!"

다른 입구를 통해 투기장에 들어와서 관객석으로 이어지는 통로에서 숨어 있던 동료들이 일제히 몸을 날렸다.

그 동료가 날린 '플레임 랜스'는 귀족을 날려버렸고, 다른 곳에서는 선배들이 귀족을 지면에 쓰러뜨리며 제압했다.

덕분에 골렘이 만들어지는 속도가 눈에 띄게 떨어져 골렘이 몇 마리만 남자 고리아가 고함을 질렀다.

"쳇……. 예상했던 것보다 더 끈질기구나. 이렇게 되면 학생들을 이용해서 저 녀석들을 제압하도록 할까."

"그렇게는 안 돼요!"

"누구…… 커억?!"

바로 그때, 투기장의 지붕에서 뛰어내린 누나가 고리아의 등 뒤에 착지하더니, 그와 동시에 용병들에게서 빼앗은 침을 그의 목에 놨다.

그러자 교실에서 선생님이 꼼짝도 못하게 됐던 것처럼, 고리아는 신음을 흘리며 그대로 쓰러졌다.

이번 작전은 우선 두 팀으로 나뉘어서 한쪽이 미끼가 되고, 다른 한쪽은 골렘을 만들어내는 귀족을 쓰러뜨려 적들의 주의가 우리 쪽으로 쏠린 틈을 이용해 누나가 목걸이의 소유자를 쓰러뜨린다, 였다.

내가 그 녀석들에게 말을 건 것도 목걸이의 소유자를 파악하기 위해서였는데, 적들이 간단히 넘어와서 다행이었다.

일단 다른 방법도 생각해뒀지만, 이번에는 상대가 방심해줘서 손쉬웠다. 나도 앞으로는 말조심을 해야겠다.

"이놈들! 무능의 노예가 건방지게! 불꽃의 창이여……."

"그렇게는 안 돼요! '에어 샷.'"

거의 동시에 마법 준비를 시작했지만, 무영창인 누나가 더 빨랐다.

바람 구슬은 그레고리의 복부에 꽂히더니, 그대로 상대를 벽 쪽으로 날려버렸다. 꽤 아파보였지만, 저 정도면 많이 봐준 편이다. 나는 더 강렬한 공격을 맞아본 적이 있다고.

"자아, 이제 목걸이의 열쇠를 찾아서…… 윽?!"

기습에 성공한 우리가 기뻐하고 있을 때, 누나는 고리아의 옷을 움켜쥐면서 우리를 향해 있는 힘껏 몸을 날렸다.

좀 허둥대면서 몸을 날린 바람에 머리부터 떨어질 뻔했지만, 누나는 마법으로 바람을 조종해서 발부터 착지하는데 성공했다. 아까 기습 때 올려다봐야 할 만큼 높은 천장에서 뛰어내렸는데도 누나가 무사했던 것은 이 방법을 사용했기 때문이다. 참고로 고리아는 생각했던 것보다 더 무거웠는지 누나가 지면에 거칠게 내던졌지만, 살아 있으니 큰 문제는 없을 것이다.

"에밀리아, 갑자기 왜 이러는 거야?"

"공격을 받았어요. 제가 아까 서 있던 곳을 보세요."

그 말을 듣고 쳐다보니, 누나가 아까 서 있던 바닥에 나이프 한 자루가 꽂혀 있었다.

그리고 귀빈석 쪽의 통로에서 한 남자가 나타나더니 누나를 노려보았다.

"쳇…… 감이 좋은 계집애군."

라이오르 할아버지만큼은 아니지만, 상당히 단련된 육체를 지닌 거한이었다.

그리고 등에는 그 남자의 키만 한 긴 검을 매고 있으며, 철제 가슴 갑옷과 가죽 방어구를 장비한 그 모습으로 볼 때 용병인 것 같았다. 아마 교실에서 형님이 심문할 때 들었던 용병을 통솔하는 남자가 바로 저자일 것이다.

아직 꽤 떨어져 있지만, 저 녀석이 강하다는 건 한눈에 알 수 있었다.

전에 우리를 해치웠던 용족과 비슷한 분위기가 느껴졌다.

"이 자식들아, 튀어나와라! 너희가 나설 차례다!"

남자가 그렇게 외치자, 투기장 곳곳에 숨어 있던 용병들이 모습을 드러내더니, 내 동료들과 격돌했다.

하지만 용병의 숫자는 많지 않았다. 부상자가 발생하기는 했지만, 아직 수적으로는 우리가 유리했다. 그리고 골렘을 만드는 귀족을 대부분 해치웠으니 우리가 유리…….

"골렘이다! 용병 중에도 마법을 쓸 수 있는 녀석이 있어!"

"아까보다 커! 골렘을 상대하는 인원을 늘려!"

용병의 마법에 의해 만들어진 골렘은 귀족이 만들어낸 것과는 크기와 움직임이 명백하게 달랐다.

"헤헷, 귀족의 물러터진 마법과 똑같이 취급하지 마. 우리는 전쟁을 치르며 갈고닦은 진짜 마법이라고!"

"그럼 마법을 쓴 본인을 노려주지!"

마크가 다수의 '플레임 랜스'를 용병을 향해 날렸지만, 상대는 마법을 영창하면서 이동해서 그걸 피하거나 골렘을 조작해서 방패로 삼았다.

"마법이 안 통하면 직접 베어넘겨 주마!"

"그렇게는 안 되지!"

할트가 돌격해서 검으로 베려 했지만, 다른 용병이 그를 막아섰다. 아, 방금 눈치챘는데, 할트도 있었구나.

하지만 큰일인걸. 방금 등장한 용병들이 예상했던 것보다 더 강해.

개개인의 실력도 뛰어나지만 연계가 엄청 능숙했다. 아까 누나를 노렸던 용병의 지시에 따르는 걸 보면, 저자의 수하이리라.

이대로 있다간 내 동료들이 위험할 것이다.

지금 바로 내가 전부 베어버리고 싶지만…….

"누나, 다른 사람들을 부탁해. 저 녀석은…… 내가 해치우겠어!"

"아냐. 저자는 둘이서 상대해야 해."

"하지만 다들 고전하고 있는데다, 이 녀석을 빼앗기지 않기 위해 누군가가 지키고 있어야만 하잖아?"

발치에 쓰러져 있는 고리아는 목걸이를 찬 학생들을 뜻대로 죽일 수 있으니까, 빼앗겨선 안 된다. 이 녀석을 지키면서 학생들을 엄호할 수 있는 건, 장거리 공격에 능숙하고 항상 침착한 누나뿐이다.

"그러니까 나한테 맡겨, 누나. 걱정하지 마. 상대는 형님이나 라이오르 할아버지가 아니라고."

옆을 보자 그 용병도 시합장으로 내려왔었기에, 나는 강파일 도류 자세를 취했다.

강적인 건 틀림없지만, 미궁에서 맛봤던 그 분한 마음은 두 번 다시 느끼고 싶지 않다.

반드시…… 이기겠어!

"……알았어. 너는 저 남자를 해치워서 시리우스 님에게 칭찬을 받으렴."

"응! 그러면 형님은 누나보다 나를 더 칭찬해줄까?"

"아냐. 나는 리더를 맡았잖니. 아마 나를 더 칭찬해주실 거야."

"정말, 이럴 때는 다투지 좀 마."

"아, 맞다. 아무튼 누나와 리스 누나도 조심해!"

큰일 날 뻔했다. 리스 누나가 말려주지 않았다면 또 누나와 다툴 뻔했어. 역시 리스 누나가 있으니 안심이 된다니깐.

"맡겨만 줘. 아, 레우스. 여기 상처가 났잖니."

"살짝 스친 거니까 내버려 둬도 돼."

"그래도 안 돼. 레우스, 잘 들어. 어떤 부상이든 내가 고쳐줄 테니까, 꼭 돌아오는 거야."

"······응!"

그래······. 그때는 리스 누나에게 우리가 당하는 모습을 보여 줬잖아.

질 수 없는 이유가 하나 더 늘었다.

나는 저 녀석에게 이겨야만 할 뿐만 아니라 무사히 돌아와서 리스 누나에게 치료를 받고, 형님에게 칭찬을 받아야만 한다.

리스 누나에게 조그마한 상처를 치료받은 후, 나는 용병들을 향해 한 걸음 나아갔다.

아무래도 상대도 나와 싸우고 싶은 건지, 내가 다가오기만 기다리고 있었다.

"흐음······ 네가 가장 싸울 맛이 날 것 같은걸. 자아, 어디 덤벼봐."

"······간다!"

나는 단숨에 파고든 후, 검이 부러지지 않도록 조심하면서 휘둘렀다.

용병은 그 일격을 검으로 막아냈지만, 상대가 대비를 철저하게 하고 있었기에 밀어붙일 수가 없었다. 내가 연이어 공격을 하려고 하자, 용병은 뒤로 물러서며 피했다.

난처한걸. 역시 저 녀석이 쥔 검이 더 튼튼한 것 같다. 이대로 칼을 맞대다 보면 내가 쥔 검이 먼저 부러질 것이다.

방금도 검이 부러질 것 같아서 전력을 다해 휘두르지 못했다. 라이오르 할아버지가 봤다면 나를 죽이려 들었을 것이다.

그럼 마법을 날려줄까도 했지만, 용병은 싸움을 잠시 멈추려는 것처럼 어깨에 칼을 걸치며 나를 향해 웃음을 흘렸다.

"흐음…… 귀족들이 재롱이나 부리는 사교장인가 했더니, 이런 녀석도 있을 줄이야. 우리를 이렇게 궁지에 몰만도 한걸."

"궁지로 끝날 것 같아? 우리는 너희에게 이길 거라고!"

"자신감으로 가득 찬 말…… 좋아. 젊다는 증거지. 네 이름을 가르쳐주겠어?"

"이럴 때는 자기가 먼저 이름을 밝히는 게 예의라고 형님한테 들었어."

"이거 실례했군. 나는 용병단 기간테스의 리더인 도미닉이다."

"형님의 첫 번째…… 아니, 두 번째 제자인 레우스다!"

나는 또 파고들면서 전면에 마력으로 된 충격파를 일으키는 강파일도류의 기술, 충파(衝破)를 펼쳤다.

이거라면 검이 닿지 않으니 부러질 걱정을 할 필요가 없지만, 도미닉이라는 용병은 공중으로 몸을 날려서 그 공격을 피했다.

그리고 공중이라 마음대로 움직일 수 없는 도미닉을 향해 '플레임 너클'을 날리기 위해, 나 또한 공중으로 몸을 날렸다.

"하하! 좋아! 망설임이 없군……! 더 마음에 드는걸!"

도미닉이 냉정하게 나이프를 던지자, 나는 검을 휘둘러서 쳐냈다.

그 후에도 도미닉이 나이프를 연이어 던지자, 결국 우리는 서로에게 결정타를 날리지 못한 채 착지했다.

"이번에는 내 차례다!"

먼저 착지한 도미닉이 공격해 왔다. 그의 공격을 정면에서 받아냈다간 나는 검과 함께 두 동강이 나고 말 것이다.

그래서 나는 상대의 검의 측면을 쳐서 공격의 궤도를 어긋나게 하며 피했다. 형님이 자주 쓰는 기술이며 잘만 쓰면 상대의 빈틈도 만들어낼 수 있지만, 나는 공격을 빗나가게 하는 게 한계였다.

"그런 검으로 꽤 버티는 구나! 하지만 이것도 막을 수 있을까?"

도미닉은 갑자기 뒤편으로 몸을 날려 거리를 벌리더니, 품속에서 조그마한 주머니를 꺼내서 내던졌다.

그 주머니를 반사적으로 베려다, 형님과 했던 훈련을 떠올린 나는 몸을 숙이며 그 주머니를 피했다.

"오오, 용케도 피했는걸. 검술에 자신이 있는 녀석은 보통 저런 걸 베는 버릇이 있는데 말이지."

"형님에게 배웠어. 저런 것에는 보통 독이나 움직임을 봉쇄하는 게 들어 있다고. 그 외에도 너처럼 팔이나 발목에 나이프를 숨겨두거나, 손목에 뭔가를 숨겨두는 경우도 있다고 들었어."

"……어이, 네 형님은 대체 뭐야? 네 스승이냐?"

"그래. 나에게 모든 것을 가르쳐준 사람이지!"

좀 싸워보고 안 것인데, 이 녀석은 형님이나 라이오르 할아버지보다 약하다. 아니, 어쩌면 힘이나 검술 실력은 내가 한 수 위일 것이다.

이렇게 약해빠진 검으로 저 녀석의 공격을 막아낼 수 있다는 게 그 증거다.

하지만…… 엄청 싸우기 힘든 상대다.

내가 다가가면 그만큼 물러서서 나이프를 던지거나, 아까처럼 주머니를 던지는 것이다. 나보다 나이가 많은 만큼, 전투경험은 도미닉이 많은 것 같았다.

이제부터 어떻게 공격할지 고민하고 있을 때, 도미닉이 검을 집어넣으면서 나를 향해 손을 내밀었다.

"레우스……라고 했지? 너, 우리 동료가 되지 않겠어?"

"뭐? 무슨 소리를 하는 거야?"

"어린애 주제에 이렇게 검을 잘 쓰는 녀석을 죽이는 게 아쉬워서 말이지. 우리는 뒷세계에서 살고 있기 때문에 종족 같은 건 개의치 않아. 동료 중에 수인도 있지. 너라면 우리도 얼마든지 환영해주지."

"수인을 쫓아낸다는 녀석에게 고용된 녀석이 그딴 소리 하지 마."

"보수가 매력적이어서 받아들였을 뿐이야. 솔직하게 말하자면, 저딴 녀석들에게 끝까지 어울려줄 생각은 없었어. 결계가 풀리면 돈만 빼앗아서 도망칠 생각이었지."

"결국 악당이네! 나는 그딴 녀석의 동료가 되고 싶지 않아."

"악당? 너, 진심으로 그딴 소리를 하는 거냐?"

도미닉은 갑자기 듣는 사람을 열 받게 하는 웃음을 흘렸다. 대체 왜 저러는 거지? 너는 명백한 악당이잖아.

"네가 형님이라고 부르는 녀석 말인데…… 아마 우리와 마찬가지일걸?"

"뭐? 그럴 리가 없다고. 본 적도 없으면서 헛소리하지 마!"

"아니, 내 공격과 뒷세계에서 쓰이는 기술, 그리고 암기에 대해 아는 것만 봐도 수상해. 네 형님은 뒷세계에서 살아왔거나, 뒷세계 녀석들과 싸워본 적이 있을걸? ……즉, 뭔가 찔리는 구석이 있다는 증거이기도 하다고."

"형님이…… 너희와 마찬가지?"

그러고 보니 형님은 한밤중에 혼자서 외출할 때가 있고, 이 녀석이 말한 것처럼 나쁜 짓에도 훤하다. 그리고 형님한테서 때때로 피 냄새가 느껴진 적이 있었다.

게다가 몇 년 전, 도적을 심문하는 형님을 본 도적 동료들은 이렇게 말했다.

저 꼬맹이는 범상치 않다, 뒷세계를 모르는 녀석이 이런 살기를 뿜을 수 없다고 말이다…….

"틀림없어. 너는 악당인 우리의 동료가 되기 싫다지만, 네 형님은 우리와 마찬가지지. 믿었던 사람에게 배신당한 기분이 어때?"

"……상관없어."

"아앙? 너, 지금 뭐라고……."

"상관없다고 했잖아! 형님이 뭐든 나는……."

그렇다. 저주받은 아이라는 사실을 알고 절망한 나머지 바보 같은 짓을 하려고 했던 나를 두들겨 패서라도 말려준 사람이 바로 형님이다.

훈련 때나 라이오르 할아버지와 싸우면서 몇 번이나 쓴맛을 봤지만, 그때 형님에게 두들겨 맞았을 때보다 아팠던 적은 단한 번도 없다.

그렇게 진심으로 나를 대해줬고, 누나와 나를 지금까지 지켜봐줬으며, 길러준 형님이 뭐든……

"나는 평생 따르기로 결심했어! 전투 중에 헛소리를 지껄이지 말라고!"

"쳇! 동요하게 만들려고 했더니 실패했군."

"뭐야. 전부 거짓말이었던 거야?"

"아니, 절반은 진심이었어. 네 실력이 아깝다는 건 진짜니까 유감인걸."

"아무래도 상관없어. 나는 너를 쓰러뜨리고 형님에게 칭찬을 받을 거라고."

"그건 무리야. 확실히 너는 나보다 검술 실력과 완력이 뛰어나. 하지만…… 나도 이기기 위해 여러 방법을 준비해뒀거든."

도미닉이 품속에서 꺼내든 것은 조그마한 마석이었다.

그것을 공중을 향해 던지자 불꽃의 창이 생겨나더니, 그것은 그대로 날아올라 커다란 폭발을 일으켰다. 그 폭발음 때문에 투기장 안이 한순간 조용해졌지만, 곧 전투는 다시 시작되면서 시끌벅적해졌다.

방금 그건 '플레임 랜스'의 마법진이 그려진 마석 같지만, 저건 한 번 사용하면 돌이 가루가 되어서 두 번 다시 사용할 수 없다.

그런데 왜 내가 아니라 하늘을 향해 던진 걸까?

"표정을 보아하니 이해를 못한 것 같군. 좋아, 가르쳐주지. 방금 폭발은 말이지. 학교 전체에 흩어져 있는 내 동료들을 이곳으로 부르는 신호다."

"뭐?!"

"겨우겨우 우리와 비등하게 싸우고 있는 너희가 후방 기습을 당하면 어떻게 될까? 그리고 덤을 주도록 할까. 어이!"

"그래!"

도미닉이 근처 관객석에 있는 동료에게 말을 걸자, 그 동료는 마석을 꺼내 시합장을 향해 던졌다.

그리고 지면에 떨어진 마석이 박살 나더니, 방금까지 싸운 상대보다 곱절은 될 듯한 몸집을 지닌 골렘이 나타났다.

"더 거대한 골렘도 추가해주지. 자아, 이제 어떻게 할 거지?"

거대한 골렘이 출현하자, 동료들이 동요했다.

안 그래도 불리한 상황인데, 투기장 밖에 있는 용병들이 돌아오기라도 했다간…….

"누나! 저 골렘을 어떻게든…….."

"죽어라! 어리석은 수인아!"

"시리우스 님이 허락할 때까지, 저는 절대 못 죽어요!"

"에밀리아! 오른쪽에 있는 선배가 포위당할 것 같아!"

위험하다……. 누나와 리스 누나는 그레고리와 동료들의 엄호를 하느라 정신이 없었다. 이런 상황에서 거대한 골렘이 하나 더 나타나면서 상황을 악화시켰다.

"그럼 너를 먼저 쓰러뜨리겠어!"

나는 도미닉을 단숨에 쓰러뜨리기 위해 '부스트'를 발동시킨 후, 단숨에 상대의 품속으로 뛰어들어서 검을 휘둘렀다.

아까보다 훨씬 빠른 공격이었는데도 도미닉은 검으로 막아냈다. 적이지만 대단한 녀석이다.

나는 한 번 더 검을 휘두르려 했지만, 방금 그 충격에 내가 쥔 검이 부러지고 말았다.

"아차!"

"헷, 역시 아직 꼬맹이군. 서두르니까 이렇게 되는 거다."

이미 승부를 갈렸다고 생각한 듯한 도미닉은 바로 공격해 오지 않았다. 숫자가 늘어난 골렘에게 밀리고 있는 내 동료들을 즐거운 듯이 쳐다보고 있었다.

젠장…… 내 검만 있으면 저 녀석을 후딱 해치우고, 주위에 있는 골렘도 얼마든지 베어버릴 수 있는데…….

전력을 다해 검을 휘두르지 못한다는 사실이 분하지만, 포기할까 보냐!

아직 나에게는 형님에게 배운 마법과 체술이 있다. 한 번 더 저 자식의 품속에 파고들어서 전력을 다한 '플레임 너클'을 날려주겠다.

내가 남아 있는 마력을 양손에 모으려고 한 순간, 주위에서 들려오는 목소리의 톤이 달라졌다.

"뭐야?! 쓰, 쓰러진다!"

"골렘에게서 떨어져! 다들 서둘러!"

그리고 바위가 박살 나는 격렬한 소리가 들리더니, 거대한 골렘의 머리에 커다란 구멍이 뚫리면서 쓰러지기 시작했다. 구멍이 난 장소에 마법진이 있었는지, 골렘은 쓰러지는 충격에 몸이 박살 나더니 두 번 다시 일어나지 못했다.

"어이어이, 대체 뭐가 어떻게 된 거야?! 어디서 공격이 날아온 거지?!"

"저 마법은……."

내가 놀란 사이에도 공격은 계속되어 거대한 골렘의 몸에는 차례차례 구멍이 생겼다. 그리고 구멍이 난 장소에는 하나같이 마법진이 존재했었다.

그리고 마지막 골렘이 쓰러진 순간, 내 앞에 뭔가가 꽂히면서 흙먼지가 피어올랐다.

그 흙먼지가 가라앉자…….

"내…… 검?"

내 파트너나 다름없는 검이 눈앞에 꽂혀 있었다.

골렘을 일격에 쓰러뜨리는 공격을 날릴 수 있으며, 다이아장에 있어야 하는 내 검을 가지고 온 사람이라면…… 형님뿐이다.

하지만 주위를 둘러봐도 형님의 모습은 보이지 않았다. 누나도 형님을 찾는 것 같지만 발견하지 못한 것 같았다. 뭐, 형님이 제대로 마음먹고 모습을 감춘다면 냄새를 쫓더라도 찾을 수 없겠지만 말이다.

그건 그렇고, 왜 모습을 보이지 않는 걸까?

게다가 형님은 거대한 골렘만 노렸다. 형님이라면 이 자리에 있는 모든 녀석들을 해치울 수 있을 텐데 말이다.

『너라면 할 수 있어. 해치워봐.』

마법에 의해 들려온 형님의 목소리를 듣고, 나는 눈치챘다.

그래. 형님이 모습을 드러내지 않는 건 우리가 이 상황을 해결하기를 바라기 때문이다.

그리고 이 녀석은 나보고 쓰러뜨리라는 것이다.

정말…… 무심결에 형님이 이 녀석을 쓰러뜨릴 거라고 생각한 나 자신을 두들겨 패고 싶다. 나는 언제까지 형님에게 의지만 하려는 걸까.

한심해서 미안해. 그리고…… 고마워.

이 녀석을 반드시 쓰러뜨릴 테니까, 형님, 지켜봐줘!

"가자, 은아(銀牙)!"

나는 눈앞에 꽂혀 있는 파트너를 뽑아든 후, 그 이름을 외치며 치켜들었다.

그란트 할아버지가 만들어준 검…… 은아는 평범한 검보다 몇 배는 무겁지만, 매우 튼튼하다.

강파일도류는 검을 전력을 다해 휘두르는 기술이 많기 때문에, 평범한 검은 간단히 부러지고 만다. 그렇기 때문에 내가 전력을 다해 휘두를 수 있는 검은 은아 뿐이며, 이 검의 무게에도 익숙해졌다. 이제 은아는 나에게 있어 소중한 파트너다.

"우랴아아아아압──!"

이제 검이 부러질 걱정은 없으니, 나는 전력을 다해 도미닉을 향해 공격을 날렸다.

골렘이 당한 탓에 동요한 상태에서도 내 일격을 검으로 막아낸 도미닉은 뒤편으로 튕겨져 날아갔다. 하지만 검에서 느껴지는 감각으로 볼 때…… 대미지가 제대로 들어가지 않았다. 아마 일부러 뒤편으로 몸을 날려 대미지를 줄인 것이리라.

"크으…… 아프네. 검이 바뀌었을 뿐인데 이렇게 달라지는 거냐."

"방금은 너를 검과 함께 두 동강 내버릴 생각이었는데 말이야."

"무시무시한 녀석인걸. 하지만 그렇게 여유 부려도 될까? 시간을 끌다 보면 내 동료들이 돌아올걸?"

"……과연 돌아올까?"

내 감이지만, 아마 도미닉의 동료들은 돌아오지 못할 것이다.

왜냐면 형님이 가져다준 파트너에서 희미하게 피 냄새가 났다.

그리고 형님이 우리와 헤어지고 꽤 시간이 흘렀다. 즉, 형님은 학교 안에 있던 용병들을 해치우고 다닌 것이다.

이 감이 빗나간다면 큰일이겠지만…….

"아직도 한 명도 오지 않는 건 이상하잖아? 즉, 이미 당한 게 아닐까?"

"쳇…… 그럴 수도 있겠군. 그럼 골렘도 네 동료가 쓰러뜨린 거냐?"

"동료가 아니라 형님이야. 아까도 말했다시피, 나에게 모든 걸 가르쳐준 사람이라고."

뭐, 형님이 마음을 먹으면 이딴 싸움은 금방 끝내버리겠지만 말이다.

어쩌면 우리가 투기장에 도착하기 전에 전부 끝내버리는 것도 가능했을 텐데, 그러지 않은 것은 우리에게 경험을 쌓게 해주기 위해서일 것이다. 왜냐면 형님은 우리가 쉬운 길로 가는 걸 용납하지 않으니까 말이다.

하지만 형님은 우리를 누구보다 걱정하며, 항상 따뜻하게 지켜봐주고 있다는 걸 나는 안다. 그런 형님의 제자라는 게, 나는 정말 기쁘다.

"젠장…… . 저딴 공격을 어떻게 막으라는 거야."

"형님은 이 싸움에 끼어들지 않을 거야. 그러니까 안심하고 덤벼."

"전혀 안심이 안 되지만 공격을 안 할 거라는 건 사실인가. 하지만 안심이 안 되는걸."

공격해 온 상황으로 볼 때, 형님은 우리가 불리할 때만 나서려는 것 같았다. 즉, 우리가 자기 힘으로 이 상황을 돌파하기를 바라는 것이다.

형님의 신뢰에 부응하기 위해 강파일도류의 자세를 취하자, 도미닉은 쓴웃음을 지으면서 이렇게 중얼거렸다.

"그건 그렇고 강파일도류인가. 검을 쓰는 녀석은 하나같이 다 그거냐."

"강파일도류는 아는 거야?"

"어이, 그걸 모르는 사람이 더 적을걸? 최강이라 불린 강검 라이오르의 유파니까 말이지. 하지만 유명한 만큼 겉모습만 흉내 낸 가짜 유파가 많아. 그래도 네 검술은 잘 다듬어진 것 같은걸."

"가짜? 나는 라이오르 할아버지에게 배웠으니까, 진짜라고."

"……네 말은 농담처럼 들리지 않는걸. 그리고 힘에서 밀리고 있는 것도 사실이지. 이거 각오를 다져야 하려나."

나는 도미닉이 항복할 줄 알았지만, 그는 품속에서 붉은색 환약 같은 걸 꺼내서 자기 입에 집어넣었다.

이 녀석은 아직 부상을 입지 않았고, 상처 치료를 빠르게 해주는 약 치고는…… 이상한 것 같았다.

"이 녀석은 '라이프 부스트'라고 하는데, 나를 끝내주게 만들어주는 극약이지!"

혹시…… 에리나 씨가 먹었던 그건가?

확실히 저걸 먹은 사람은 한계치까지 힘을 끌어올릴 수 있다지만, 효력이 사라지고 나면 후유증이 엄청나다고 들었다.

에리나 씨가 먹은 것은 형님이 효과를 약하게 만든 것이지만, 그래도 일어서지도 못하던 에리나 씨는 그 약을 먹고 건강해졌다.

그 대신, 내가 좋아했던 에리나 씨는…….

"자세한 건 모르지만, 그건 후유증이 엄청나다고 들었어."

"잘 아는 구나. 이걸 사용하고 나면 한동안 제대로 움직일 수 없지!"

곧 도미닉의 몸에 변화가 발생했다.

몸이 커진 것처럼 보일 만큼 근육이 부풀어 오르더니, 그는 방금까지 양손으로 들고 있던 검을 한 손으로 휘두르며 새빨개진 눈으로 나를 쳐다보았다.

"그 대신 엄청난 힘을 얻을 수 있지! 검에 얼마나 베이든, 마법을 얼마나 맞든 전혀 아프지 않다고!"

그리고 도미닉은 자세를 약간 낮추더니, 지면이 파일 만큼 힘차게 땅을 박차면서 나를 향해 돌진하더니 그대로 검을 휘둘렀다.

그저 일직선으로 다가올 뿐이니, 얼마든지 대응할 수 있을 거라 생각했지만…….

"빨라?!"

나는 반사적으로 검을 방패삼으면서 막았지만, 힘에서 밀린 나머지 그대로 뒤편으로 튕겨났다.

곧 균형을 잡으면서 착지하기는 했지만, 손이 저릴 정도의 일격이었기에 무심코 검을 놓칠 뻔했다.

"아까까지의 위세는 다 어디 간 거야? 내가 이렇게까지 했으니 좀 더 버텨달라고!"

"좋아, 해보자!"

방어만 하다간 진다! 그러니 공격을 하기 위해 앞으로 나섰지만, 내 공격은 전부 막혔다.

큭…… 마력이 꽤 줄기는 했지만, 부스트를 쓸 수밖에 없다.

"'부스트'!"

"하하하! 그렇게 나와야지!"

나도 마력으로 몸을 강화하면서 검을 휘둘렀지만, 그래도 힘에서는 도미닉에게 밀렸다. 하지만 내가 버텨낼 수 있었던 것은 형이나 라이오르 할아버지와 싸운 경험 덕분이었다.

틀에 얽매이지 않고 자유자재로 변환하며 공격하는 형님과, 모든 공격이 필살의 일격이 라이오르 할아버지. 그런 두 사람에 비하면 명백하게 수준이 낮은 상대였기에, 나는 어찌어찌 버틸 수 있었다.

하지만 이대로 싸움이 길어지면 지고 말 것이다. 에리나 씨 때는 형님이 손을 썼기에 효과가 하루 동안 지속됐지만, 원래 '라이프 부스트'의 효과는 한나절만 유지된다.

그리고 형님과 달리, 내 '부스트'는 오랫동안 유지되지 않는다.

게다가 도미닉은 피로조차 느끼지 않는지 시간이 지나도 기세가 줄지 않았기에, 나는 완전히 방어에만 전념하고 있었다.

"뭐하는 거냐! 그렇게 방어만 해대다간 강파일도류가 울 거다!"

"너와는 상관없어!"

"상관있다고! 강파일도류라는 건 방어를 개의치 않으며 상대를 베어버리는 일격필살의 검술이잖아!"

"그건 나도 알아!"

할아버지의 검술은 그런 느낌이지만, 나는 형님의 기술도 배우기 때문에 좀 다르다.

게다가…… 그 전투 스타일은 이미 과거의 유물이다.

현재 할아버지는 형님에게 지고 자신의 전투 스타일을 뜯어고쳤다.

상대를 일격에 쓰러뜨리는 것은 마찬가지지만, 다소 공격을 받을 각오를 하며 휘둘렀던 검이 확실하게 공격을 피하거나 흘려낸 후에 휘두르게 되었다.

"나는 이래봬도 강검을 동경했다고! 마물 무리를 검 하나로 쓸어버리는 그 최강자를 말이지! 진짜로 그 강검에게서 검술을 배웠으면, 그 괴물 같은 실력을 알고 있을 거 아냐아아앗!"

"당연, 하지! 하지만, 나는 언젠가, 그 강검을 쓰러뜨릴 거야!"

잠시라도 긴장을 풀면 '부스트'가 풀릴 것 같았다.

내가 그런 상황에서 필사적으로 공격을 막아내고 있는데도, 도미닉을 즐거운 듯이 떠들어대며 검을 계속 휘둘러댔다.

"최강을 쓰러뜨려?! 헛소리하지 마! 아무리 노력해본들, 아무리 힘을 길러본들, 최강을 따라잡는 건 불가능해!"

"그래도, 나는!"

"헛꿈 꾸지 말라고! 최강을 목표로 삼았던 나도 어느새 이 꼬락서니가 됐어! 아무리 발버둥을 쳐본들 천재에게 이길 수는 없단 말이야!"

"천재가, 뭐 어쨌다는 거야!"

"네놈을 궁지에 몰 실력이 있는데도, 최강의 상대는 되지 못했지! 그런 나한테 이기지 못하는 네가 그런 괴물에게 어떻게 이길 거냐고!"

"으윽?!"

서서히 시합장 벽 쪽으로 몰리는 가운데, 최후의 일격을 완전히 흘려내지 못한 나는 그대로 튕겨나면서 벽에 내동댕이쳐져 그대로 무릎을 꿇었다.

하지만 도미닉은 그런 나를 공격하지 않고 내려다보며 웃음을 흘렸다.

"이게 현실이다. 이제 그만 인정하고 편해지라고. 최강에게는 아무리 발버둥을 쳐봤자 이기지 못한다는 걸 말이야."

"……최강…… 최강…… 거 되게 시끄럽네. 아무것도 모르는 녀석이 멋대로 정하지 마."

괜찮아……. 미궁 때에 비하면 이 정도는 생채기나 다름없어.

입안에서 피맛이 돌기는 하지만…… 아직 움직일 수 있다.

나는 검을 지팡이 삼으며 몸을 일으킨 후, 마음만은 지지 않겠다는 듯이 도미닉을 노려보았다.

"그리고 나는 최강이 아니라도 돼. 나는…… 두 번째로 충분하다고."

"그건 무슨 소리야? 최강을 쓰러뜨린다는 헛소리를 지껄여놓고, 이제 와서 그딴 소리를 하는 거냐?"

"아냐! 최강은 형님이야! 나는…… 나는 강검을 쓰러뜨리고…… 두 번째가 될 거야!"

그렇다. 나는 형님 다음이면 충분하다. 그리고 형님을 지킬 수만 있으면 된다.

그러기 위해 나는 강해질 것이며, 언젠가 라이오르 할아버지를 쓰러뜨릴 거다.

그러니 이딴 녀석에게…… 질 수는 없어!

"영문 모를 소리 좀 작작 지껄이라고!"

"닥쳐! 도중에 포기한 쓰레기한테 그딴 소리를 듣고 싶지는 않아!"

이 녀석은 확실히 강하지만, 라이오르 할아버지였다면 이미 나를 검과 함께 두 동강냈을 것이다.

즉, 할아버지보다 약한 이 녀석한테는 나도 이길 수 있다!

모든 의지를 검에 담으면서 지면을 박찬 나는 검을 치켜들었다.

"우랴아아아아아아아앗──!"

나는 강파일도류의 처음이자 전부라 할 수 있는 기초인 '강천(剛天)'을 펼치며 도미닉을 향해 검을 있는 힘껏 휘둘렀다.

강철이 부딪치는 커다란 소리가 울려 퍼지더니, 주위에 충격파가 퍼져나가는 가운데…… 내 검이 도미닉을 밀어냈다.

검이 튕겨나며 물러선 도미닉에게 공격을 날리기 위해 내가 몸을 날리려던 순간, 갑자기 옆에서 용병이 굴러왔다. 내 동료에게 당한 듯한 용병이 내 발치 쪽으로 굴러오자, 나는 무심코 몸을 날리며 피했다.

그리고 내 눈앞에는 검을 수평으로 휘두르려 하는 도미닉이…….

"하핫! 내가 더 운이 좋은 것 같구나!"

저 일격을 공중에서 피하는 것은 무리이고, 검으로 막아봤자 저 정도 힘에 튕겨버린다면 버텨낼 자신이 없다.

이래서 할아버지가 함부로 공중으로 몸을 날리지 말라고 몇 번이나 말했지. 그리고 형님도…… 형님?

그렇다. 형님에게는 그게 있었지!

나는 마력을 다리에 집중시킨 후, 공중에 마력으로 된 발판을 만드는 '에어 스탭'을 사용해 몸을 날리면서 그대로 도미닉을 뛰어넘었다. 형님처럼 연속으로 사용할 수는 없지만, 한 번 정도라면 나도 사용할 수 있다.

바람을 가른 검이 내 발밑을 지나는 가운데, 아연실색한 표정으로 고개를 든 도미닉과 눈이 마주친 나는 그대로 검을 휘둘러서 그의 오른팔을 잘라냈다.

"아닛?!"

"한 방 더!"

잘려나간 팔이 바닥에 떨어지기도 전에 착지한 나는 도미닉이 몸을 돌리면서 휘두른 주먹을 피하면서 몸을 비튼 후, 그의 옆구리에 파트너로 일격을 날렸다.

발판을 만들었을 때 '부스트'의 효과를 중단됐지만, 전력을 다해 날린 일격이 뼈를 부수는 감촉을 느끼고, 도미닉은 그대로 튕겨져 날아갔다.

지면에 몇 번이나 튕기면서 굴러가던 도미닉은 투기장 벽에 부딪힌 후에야 멈췄다. 이런 녀석이여도 죽이는 건 싫어서 검의 옆면으로 때렸지만…… 아마 죽지는 않았을 것이다.

도미닉이 꼼짝도 하지 않자…….

"이긴…… 거야?"

몸 곳곳에 상처가 났고, 체력과 마력이 바닥났지만, 나는……
이긴 거지?

혼자서…… 이긴 거지?

『잘했어, 레우스.』

"……형님."

지켜봐줬구나.

나는 너무 기뻐서 눈물이 날 것만 같았지만, 아직 싸움이 끝나지 않았다.

형님이 거대 골렘을 해치웠지만, 아직 적은 남아 있었다.

괜찮아…… 아직 검을 휘두를 수 있어.

지금은 적을 한 명이라도 더 쓰러뜨려서 싸움을 끝내야만 한다.

그리고 전부 끝나면 형님에게 칭찬을 받는 거다!

"다음 상대는…… 누구냐!"

―― 에밀리아 ――

『에밀리아, 네가 동료들의 버팀목이야. 힘내.』

거대 골렘이 전부 박살 난 순간, 시리우스 님의 목소리가 제 머릿속에 전해졌어요.

아아…… 정말 행복해요.

저희를 항상 지켜봐 주시는 주인님에게서 힘내라는 말을 들으니, 제 마음은 열의로 가득 찼어요.

하지만 들뜬 기분으로 싸움에 임하면 안 되겠죠. 미궁에서 당한 굴욕을 또 맛보고 싶지는 않으니까요. 시리우스 님에게 안긴 채 잠드는 건 몇 번이든 좋지만요.

그러고 보니 리스도 저와 마찬가지로 시리우스 님의 목소리를 들었는지 의욕에 불타는 듯한 표정을 짓고 있어요.

역시 저희에게 시리우스 님의 말씀은 격려가 되는군요. 물론 시리우스 님이 곁에 계셔주시는 게 최고지만요.

"전투 중에 웃어대?! 나를 깔보는 거냐!"

아차. 그레고리를 까맣게 잊고 있었군요.

아까부터 저분과 마법 전투를 계속 벌여왔는데, 이 학교에서 예전에 선생님을 했던 만큼 상당한 실력을 가지고 있어요.

불과 흙…… 두 개의 정성 속성을 지닌 '더블'이기에, '플레임 랜스'를 날리면서 바위 골렘을 만들어내는 등 다른 속성의 마법을 동시에 사용하고 있죠.

불꽃의 창과 골렘을 동시에 신경 써야 하지만, 상대의 움직임은 얼추 파악했어요.

주로 사용하는 '플레임 랜스'는 확실히 강력하지만, 날아오는 속도가 느린데다, 뭔가에 부딪치면 폭발하는 특성을 지녔기에 제 '에어 샷'으로 간단히 요격할 수 있어요. 그리고 골렘 또한 차분하게 마법진을 노려서 무력화시키면 되죠.

시리우스 님이라면 마법이 발동되기 전에 파괴하실 수 있겠지만, 저는 발동 후에 격추하는 게 한계군요.

한눈을 판 저를 향해 또 '플레임 랜스'를 날렸지만, 저는 차분하게 요격했어요. 그리고 밀리고 있는 학생과 싸우고 있는 적을 향해 '에어 샷'을 날려서 엄호도 했죠.

"이 녀석! 그럼 이건 어떠냐!"

내가 엄호를 하는 사이에 영창을 마친 그레고리의 주위에는 '플레임 랜스' 여러 개와 골렘 세 마리가 존재했어요. 그는 그것들로 저를 공격했죠.

이 정도 물량의 공격을 받아보는 건 처음이지만…….

"저에게는 통하지 않아요. '에어 샷건', '에어 임팩트'."

'에어 샷'을 가늘고 무수히 분산시켜서 날리는 '에어 샷건' 마법으로 불꽃의 창을 전부 격추한 후, 천천히 날아가는 바람 구슬이 되어 날아가다 무언가에 닿으면 방대한 바람을 단숨에 일으키는 '에어 임팩트'로 골렘 한 마리를 해치웠어요.

두 마법 다 시리우스 님의 마법을 저 나름대로 흉내 낸 것이며, 처음 보여드렸을 때 시리우스 님에게 칭찬을 받았죠.

그리고 용병에게서 빼앗은 나이프를 던져봤지만, 상대의 볼을 스치고 지나갔어요. 역시 나이프 투척은 더 연습해야 할 것 같군요.

"수인 따위가 감히…… 골렘, 해치워라!"

그레고리는 화가 났는지, 남은 두 골렘에게 저를 공격하라는 명령을 내렸어요.

사실 '에어 임팩트'는 마력 소모가 심하니 마법진을 찾아서 '에어 샷'으로 공격하는 게 좋겠지만…… 저는 혼자가 아니에요.

"물이여, 부탁해! '아쿠아 필러'."

내 등 뒤에서 주위의 상황을 지켜보던 리스가 발동시킨 마법은 적의 발치에서 하늘을 향해 물을 격렬하게 분출시켜서 상대를 상공으로 날려버리는 마법이에요.

원래라면 바위 골렘을 들어 올릴 정도의 위력을 지니지는 않았지만, 리스는 물의 정령 덕분에 매우 강력한 물마법을 쓸 수 있어서 골렘을 간단히 날려버릴 수 있죠.

게다가 그 마법을 두 개 동시에 펼칠 수도 있죠. 공중으로 날려진 골렘은 자기 체중에 의한 낙하 충격을 견디지 못하고 박살이 났어요. 때때로 마법진이 무사해서 다시 일어서는 녀석도 있지만, 이번에는 둘 다 박살이 난 것 같군요.

"에밀리아, 기운이 넘치네. 역시 시리우스 씨가 보고 있기 때문이야?"

"물론이죠. 제가 얼마나 성장했는지 보여드려서, 나중에 잔뜩 칭찬받을 거예요. 레우스에게는 지지 않을 거라고요."

"후후, 나도 지지 않을 거야."

저희는 그레고리를 상대하는 것 외에도 다른 학생의 엄호, 그리고 발치에 있는 고리아를 빼앗기지 않는 것 등, 할 일이 잔뜩 있어요.

혼자서 그걸 다하려면 힘들겠지만, 리스가 곁에 있으니 아무 문제없어요. 한집에서 살며 함께 훈련을 받아온 저희의 연계는 그 누구도 깰 수 없죠.

무기를 놓친 학생에게 달려드는 용병에게 '에어 샷'을 날리고, 새롭게 만들어진 골렘은 리스가 '아쿠아 커터'로 갈가리 찢었어요. 저희는 서로의 등을 지키며 계속 싸웠죠.

강한 상대는 저희가 맡았고, 시리우스 님께서 거대 골렘을 전부 파괴하셨지만 아직 다수의 용병과 골렘이 남아 있어요.

하지만…… 저희의 사기는 내려갈 줄을 모르고, 전황 또한 저희가 유리해지고 있죠. 용병과 귀족은 차례차례 포박이 되어서, 이제 남은 숫자가 얼마 되지 않아요.

제압도 시간문제인 듯하니 더는 엄호를 할 필요가 없을 것 같군요.

하지만…… 레우스가 약간 밀리고 있는 것 같아요.

분위기가 달라진 상대의 맹공을 어찌어찌 막아내고 있지만, 꽤 궁지에 몰린 것 같군요. 누나로서 도와주고 싶지만, 이건 저 애가 스스로 원했던 거예요.

도와주면 화를 낼 것 같아서 가만히 있지만, 꼭 살아남으세요. 저희는 살아남아서 시리우스 님을 모시기로 결심했으니까요.

제가 레우스를 걱정하며 그레고리를 향해 고개를 돌려보니, 그는 새파랗게 질린 얼굴로 거친 숨을 내쉬고 있었어요. 아무래도 마력도 거의 바닥난 것 같군요.

"하아…… 하아…… 이럴 수가! 어째서…… 내가 먼저……."

"당신은 낭비가 심하니까요."

제 마력량은 원래 그렇게 많지 않아요. 아마 평범한 이들보다 조금 많은 수준이겠죠.

지금까지 레우스와 함께 마력 고갈을 반복하며 단련을 해왔지만, 그래도 원래부터 마력이 많았던 리스뿐만 아니라, 눈앞에 있는 그레고리보다 적을 거라고 생각해요.

그런데도 그레고리가 먼저 마력이 고갈된 것은 단순한 효율 차이 때문이죠. 저는 시리우스 님의 조언에 따라, 철저하게 낭비를 줄였으니까요.

그 외에도 훈련을 통해 다양한 경험을 쌓아왔으니, 당신보다 싸움에 대해 잘 알고 있어요.

저를 쓰러뜨리고 싶다면 공격의 위력에 집착하지 말고, 다른 마법을 쓰는 편이 나았을 거예요.

"이 녀석…… 무능이나 모시는 아인에게 이렇게 몰리다니, 굴욕 그 자체다!"

"적당히 하세요! 시리우스 님은 무능하지 않아요!"

더는 못 참겠군요. 저희를 구해주신 그분을 이렇게까지 욕하다니, 용서 못 해요.

"그러는 당신이야말로 정말 어리석어. 시리우스 씨와 수인들을 싫어할 시간이 있으면, 실력이나 갈고 닦는 편이 유익할걸?"

"흥. 내가 모처럼 손을 내밀어줬는데, 다른 반으로 가버린 녀석이 입은 살았구나."

"가문과 자신에게 이용가치가 있는 학생만 모으는 당신의 가르침 같은 건 받고 싶지 않았거든."

저도 화가 났지만, 리스도 꽤 화가 난 것 같군요. 평소 같으면 하지 않을 말을 입에 담을 정도니까요.

"하지만…… 나는 당신에게 조금은 고맙게 생각하고 있어. 왜냐면 당신이 나를 자기 반에 끌어들인 덕분에 시리우스 씨와 만날 수 있었잖아."

"저와 친구가 되었으니, 언젠가는 시리우스 님과도 만나게 되었을 거라고 생각해요."

"그렇게 됐다면 나는 시리우스 씨의 제자가 되지 않았을 거라 생각해. 그 힘든 시기가 있었기 때문에 제자가 되고 싶다고 생각했고, 에밀리아와 진정한 친구가 될 수 있었을 뿐만 아니라…… 시리우스 씨를 좋아하게 된 거야."

리스는 볼을 붉히면서 만족한 듯한 목소리로 그렇게 말했어요. 같은 여성인 제 눈에도 리스는 정말 귀여워 보여요.

하지만 이렇게 귀여운 리스를 보고도, 시리우스 님은 전혀 동요하지 않았어요. 다음에는 리스와 힘을 합쳐 시리우스 님을 유혹해볼까요? 그러면 저희를 안을 마음이 드실지도 몰라요.

"적당히 해라! 이건 아인과 무능을 쫓아내기 위한 혁명이다! 그딴 대화는 딴 데 가서 하란 말이다!"

"이런 건 혁명도 뭐도 아니에요. 죄도 없는 수인조차 쫓아내려 하다니, 당신은 대체 뭐가 그렇게 잘난 거죠?"

"닥쳐라! 아인과 무능이 없었다면…… 아버지는 죽지 않았을 거다!"

"그 슬픔은 이해하지만, 범인을 원망해야 정상 아닐까요? 이런 소동까지 일으키다니, 정말 지나치군요."

"아인 꼬맹이가 뭘 안다는 거냐! 누가 뭐라 하든, 나는 혁명을 이루고 말 거다!"

정말 누가 꼬맹이인지 모르겠군요. 저도 화난 바람에 말 한 마디 한 마디에 전부 반박하고 있네요. 좀 침착해져야겠어요.

바로 그때, 등 뒤에서 큰 소리가 들려서 돌아보니, 레우스와 싸우던 용병이 벽에 내동댕이쳐졌어요.

그리고 레우스는 검을 들고 남은 골렘을 향해 달려들고 있었…… 아, 부상을 당해놓고 대체 저 애는 뭘 하는 걸까요!

"정말, 아직 싸울 수 있다고 너무 무리를 하네. 에밀리아, 미안한데 잠시 자리 좀 비울게."

"부탁드릴게요. 저는 이 사람을 계속 상대하고 있을게요."

리스에게 레우스의 치료 및 설교를 맡겨도 괜찮겠죠.

쓴웃음을 지으며 레우스를 말리러 가는 리스를 쳐다보고 있을 때, 그레고리는 쓰러진 용병을 쳐다보며 이를 갈았어요.

"이 녀석이나 저 녀석이나…… 그렇게 잘난 척을 해놓고 아인에게 당한 거냐."

"인간족이라고 해서 다른 종족보다 뛰어나지는 않고, 그 반대 또한 마찬가지예요. 수인은 인간족과 외모가 조금 다르기만 할 뿐, 똑같은 인간이니까요."

"아인 따위와 인간을 똑같이 취급하지 마라! 아직 멀었어……. 나에게는 아직 남은 수단이 있지. 너희들, 나와라!"

그레고리가 그렇게 외치자, 옆에서 저를 향해 마법이 날아왔어요. 숫자가 많았기에 요격을 포기한 저는 고리아를 움켜쥐며 그 자리를 벗어났죠.

그레고리는 영창을 하지 않았으니, 혹시 동료가 있는 걸까요?

"봐라! 나에게 찬동하는 이들이 아직 이렇게 많단 말이다!"

귀빈석 통로에서 나타난 이들은 저희를 질색하는 귀족 학생들이었어요.

숫자는 열 명 정도지만, 다들 목걸이를 차지 않았죠. 아무래도 자신의 의지로 그레고리를 따르는 것 같군요. 그중에는 예전에 저희가 싸웠던 알스트로 씨도 있는 것 같아요.

"봐라, 아인한테 잡힌 얼간이를 감싸느라 움직임이 둔하구나.

너희 전원이 힘을 합치면 저 아인을 해치울 수 있을 거다!"

"네 주인은 절대 용서 못해! 빨리 내 앞으로 끌고 와!"

"역시 저 아인이었어. 평민 주제에 잘난 척 하지 마!"

"수인 따위는 우리 노예로 충분하다고!"

아하…… 아직도 현실을 직시하지 못하는 귀족이 잔뜩 있군요.

그리고 저들을 보고 든 생각인데, 저 학생들은 별다른 이유도 없이 수인을 싫어하는 것 같은 느낌이 들어요. 그레고리처럼 수인에게 분노를 느끼는 게 아니라, 그저 싫다는 이유 하나만으로 어린애처럼 억지를 부리고 있어요.

세뇌를 당한 건지는 모르겠지만, 적당히 좀 해줬으면 좋겠군요. 저 사람들에게 진심으로 설교를 해주는 사람은 없었던 걸까요?

저는 무심코 한숨을 내쉬면서 이 상황을 극복할 방법을 모색했어요.

발치에 있는 고리아를 지켜야만 하는데, 이미 저 귀족들은 영창을 마쳐 공중에는 십여 개의 마법이 떠 있었죠.

네다섯 개 정도라면 대처할 수 있지만, 속성이 전부 다른데다, 그레고리도 다수의 '플레임 랜스'를 발동시키고 있기에 요격은 힘들 것 같아요.

시리우스 님에게…… 아, 그분에게 의지할 수야 없죠.

저는 보호받기만 하는 게 아니라, 그분을 지켜드리고 싶어요. 그러니 이 정도로 포기할 수는 없어요. 게다가 시리우스 님이 손을 내밀어주시지 않는 것은 제가 혼자서 이 상황을 극복할 수 있다고 판단하셨기 때문일 거예요. 그분의 신뢰에 부응해야만 해요.

일단 '에어 샷건'으로 가능한 한 격추한 후, 그 다음에 회피하도록 할까요.

신속한 대응이 필요하겠지만, 저라면 가능할 거예요. 시리우스 님께 가르침을 받은 성과를 발휘할 때가 왔군요.

그리고 수많은 마법이 일제히 발사된 순간…… 제 눈앞에 갑자기 거대한 골렘이 나타나서 방패가 되어줬어요.

이 골렘…… 학생이 만든 골렘치고는 매우 정교하군요.

크기는 저희가 싸웠던 골렘과 크게 다르지 않지만, 움직임이 매우 정밀하며 관절도 인간과 비슷한데다 커다란 방패도 들고 있어요. 게다가…….

"뭐, 뭐야?!"

"부서지지 않아!"

바위도 부수는 마법을 수없이 맞았는데도, 골렘에게는 상처가 나지 않았어요.

하지만 그것도 당연해요. 이 골렘은 바위가 아니라 강철로 만든 거니까요.

주위를 둘러보니, 강철로 된 수많은 골렘들이 학생들을 지키면서 투기장 안을 돌아다니고 있었어요.

이렇게 정밀한 골렘을 잔뜩 만들어낼 수 있는 실력자라면…….

"위험했군요. 에밀리아 양, 괜찮나요?"

"마그나 선생님…….."

"예. 제가 왔으니 이제 안심해도 됩니다. 저 정도 공격으로 제 골렘을 부수는 건 불가능하니까요."

"마, 마그나?! 네, 네놈이 어째서 여기 있는 거냐?!"

고개를 돌려보니, 우리의 담임인 마그나 선생님이 골렘의 어깨 위에서 평소와 다름없는 미소를 짓고 있었어요.

마그나 선생님은 흙마법의 달인이라고 들었지만, 이 정도 실력자인 줄은 몰랐어요.

"당신들을 잡으러 왔어요. 그리고 저만 온 게 아니죠."

"그렇습니다. 저도 왔죠……. 한때 이곳의 교사였던 그레고리 선생님."

"아…… 으…… 너는……."

그 목소리의 주인은 관객석 한쪽에서 들려왔어요.

평소와 마찬가지로 상냥한 목소리인데도, 그 목소리를 들은 그레고리와 귀족 학생들은 무심코 한 걸음 물러섰죠.

이 학교의 수장이자, 매직 마스터라 불리는 엘프…… 로드벨.

물, 풍, 흙속성 적성을 지닌 '트리플'이자, 마법에 관해서는 세계 최강이라 불리는 분이에요.

시리우스 님이 마법만으로 승부한다면 이길 수 없을 거라고 딱 잘라 말할 분이죠. 시리우스 님도 케이크를 선물로 주면서 가르침을 여러 가르침을 받은 것 같아요.

최강의 마법사인 로드벨 님은 자신만만한 미소를 지으면서 천천히 몸을 일으키더니, 그레고리 일행을 날카로운 눈길로 쳐다보았어요.

"자아…… 각오는 되어 있겠죠?"

"자아…… 각오는 되어 있겠죠?"

제가 있는 관객석은 시합장보다 높은 곳이기에, 그레고리에게 다가가기 위해서는 뛰어내릴 수밖에 없어요.

꽤 높은 곳이라 위험하기는 하지만, 흙의 형태를 바꾸는 흙마법 '크래프트'로 계단을 만들어서 내려가면 되죠. 주로 공학과 도로정비에 쓰이는 마법이며, 시리우스 군은 이 마법을 구멍을 만드는 데 쓰는 것 같더군요.

계단으로 천천히 내려간 제가 시합장에 도착해보니, 예상보다 더 주목을 모으고 있는 것 같군요. 설마 이 정도 마법이 신기해 보인 걸까요?

무영창으로 마법을 발동시켜 계단을 만들면서 자연스럽게 걸어 내려왔을 뿐이잖아요? '크래프트'는 초급마법이니까, 누구나 조금만 노력하면 할 수 있을 거예요.

이미 마그나의 골렘에 의해 다른 용병과 골렘은 대부분 박살이 났고, 저는 전장이 된 시합장을 느긋하게 나아가면서 에밀리아 양의 옆에 섰어요.

"에밀리아 양, 수고했어요. 뒷일은 저에게 맡겨주세요."

"아뇨. 이왕 이렇게 됐으니, 저도 도울게요."

그 말은 고맙지만, 마음만 받도록 하죠. 이건 제 실수에서 비롯된 일이기도 하니까, 저 혼자서 해결해야 할 거예요.

"괜찮습니다. 저 정도 적이라면 저 혼자서도 충분해요."

"……예. 한 수 배우겠습니다."

에밀리아 양은 제 의도를 이해했는지 우아하게 인사를 건네며 물러섰어요.

그리고 뒤편에서 시선이 느껴지는 걸 보면, 제 마법을 관찰하고 있는 것 같군요. 저는 저런 태도를 싫어하지 않아요.

향상심을 지닌 에밀리아 양을 보며 만족한 저는 그레고리와 다른 학생들 앞에 섰어요.

"네놈이 왜 여기 있는 거지?! 분명 옆 마을에 갔을 텐데!"

"그 정도 정보에 제가 휘둘릴 거라고 진심으로 생각한 겁니까? 당신을 유인하기 위해 일부러 거기에 간 척을 했을 뿐입니다."

당신의 간계와 잠복 능력을 인정하니까 말이죠. 그런 함정 티가 풀풀 나는 정보를 접하고 위화감을 느꼈기에, 거꾸로 이용했습니다.

하지만 수많은 용병을 고용했을 뿐만 아니라, 이 정도 숫자의 목걸이를 준비한 고리아의 재력은 뜻밖이군요.

목걸이를 찬 학생들은 안 됐지만, 이것도 좋은 경험이 되겠죠. 목걸이가 얼마나 악독한 것인지 체험했을 테니 말이죠.

결계의 가동 마법진이 방치되어 있는 걸 보고 바로 수상하게 여겼어야 했어요. 덕분에 당신들을 궁지에 모는데 성공했죠.

"그, 그럼 네놈은 어떻게 들어왔지?! 나는 네놈이 마을을 나서는 걸 확인했단 말이다."

"그야 제가 결계의 제작자니까요. 통과할 방법은 얼마든지 있습니다."

실은 마그나의 마법으로 지하통로를 팠어요.

물론 통로는 막아뒀으니 탈출은 불가능합니다. 제가 만들어놓고 이런 말을 하는 것도 좀 그렇지만, 정말 결점이 많은 결계예요.

하늘을 통해 얼마든지 침입할 수도 있죠. 개선해야 할 점이 정말 많군요. 그 높이까지 날아오를 수 있는 마물은 이 주변에 없으니, 우선 지하로 침입하는 것부터 막기로 할까요.

"아무튼 당신들을 드디어 궁지에 몰았습니다. 얌전히 투항한다면 성에서 재판을 받게 해드리겠습니다만, 어떻게 하겠어요?"

뭐, 그레고리는 극형을 면하지 못하겠지만 말이죠.

게다가 이 일은 이미 왕인 카디에게도 보고해뒀고, 결계 밖에는 병사가 대기하고 있어요. 그리고 이번 사건에 관여한 귀족을 잡으라는 지시도 해뒀죠. 뭐, 관여한 귀족 중 대부분은 이곳에서 이미 당했지만 말이죠.

"투항? 헛소리하지 마라! 네놈을 해치우고 도망치면 되지 않느냐."

예상은 했지만, 그레고리는 투항할 생각이 없는지 웃음을 흘리며 저를 손가락으로 가리켰어요. 이미 다 끝났다는 것도 눈치 채지 못하다니, 정말 어리석군요. 설명해줄 이유도 없으니, 멋대로 떠들게 내버려 두죠.

"흐음, 저를 쓰러뜨리겠다고요?"

"아무리 네놈이라도 이렇게 많은 중급마법의 표적이 된다면 버티지 못할 거다! 동지들이여! 매직 마스터를 쓰러뜨릴 때가 왔다."

"예!"

"오, 오오! 매직 마스터를 쓰러뜨리면, 우리가 최강인 거지?"

"항상 으스대며 연설을 해대더니, 꼴좋네!"

이런이런, 그레고리의 감언이설에 학생들이 완전히 속아버린 것 같군요.

이제 사태는 수인이 어쩌고저쩌고와는 차원이 달라졌는데도, 전혀 눈치채지 못한 것 같아요. 그레고리는 장기말로 써먹기 좋은 학생을 모았을 뿐만 아니라, 자기 취향으로 잘 키운 것 같군요. 이런 애들은 쓴맛을 좀 봐야 자신이 어떤 짓을 저질렀는지 이해하겠죠.

"여러분, 저 남자에게 미래가 있다고 진짜로 생각하는 겁니까?"

"그레고리 씨는 증오스러운 수인에게 아버님을 잃으셨어! 그런 수인을 어떻게 용서하겠냐고!"

"그래! 수인 따위는 엘리시온에 필요 없어!"

"그럼 묻겠습니다. 그의 아버지가 어쩌다 죽었는지는 알고 있나요?"

"알아. 돈에 눈이 먼 아인과 무능에게 살해당했잖아?"

학생들이 말한 것처럼, 그레고리의 아버지는 자신의 저택에서 살해를 당했어요.

몰래 숨어든 수인과 무속성 인간이 나이프로 찔러 죽였으며, 그의 시체 주변에는 금화가 굴러다니고 있었죠.

하지만 그건 조작된 정보이며 진실이 아니에요.

"사실이기는 합니다만, 약간 다른 점이 존재합니다. 그의 아버지가 수인과 무속성 인간에게 살해당한 건 맞습니다만, 그 사람은 그들을 억지로 노예로 삼아 학대했죠."

심한 학대 탓에, 노예들은 증오심을 품게 되었다더군요.

그리고 인내심이 바닥난 그들은 자신들의 목숨을 바쳐 그레고리의 아버지를 죽였다…… 그렇게 된 거죠.

나중에 밝혀진 사실인데, 그들은 목걸이의 효과 때문에 전부 죽었지만, 대부분 만족스러운 표정을 지으며 숨을 거뒀다고 하더군요.

"자신이 소유한 노예들에게 살해당한 것은 귀족에게 있어 수치 그 이상도 그 이하도 아닙니다. 그래서 정보 조작을 통해 그 사실을 감춰졌고, 노예들이 폭주를 한 것으로 꾸며졌죠."

"아니다! 그 녀석들은 돈 때문에 내 아버지를 죽인 거다!"

"재산을 빼앗을 거면 경비가 엄중한 명가가 아니라 좀 더 작은 곳을 노릴 거예요. 아무튼 당신의 아버지가 죽은 건 자업자득이니, 수인이나 무속성인 사람을 증오하는 건 잘못된 일입니다."

"큭! 느, 늙은이가 뭘 안다고 그딴 소리를 지껄이는 거냐!"

"하찮은 복수심으로 이런 소동을 일으키고, 죄 없는 아이들을 휘말리게 한 당신의 마음 같은 걸 알 리가 없고, 알고 싶지도 않군요. 그레고리, 당신의 실수는 아버지를 반면교사로 삼지 않은 겁니다. 제가 과거에 몇 번이나 말했을 텐데요?"

"닥쳐라! 학교장 자리나 차지하고 앉은 늙은이!"

"좋아서 학교장의 자리에 쭉 앉아 있는 게 아닙니다. 관둘 때가 찾아오지 않는 것뿐이죠."

정곡을 찔러서 억지로 화제를 바꾸고 있는 것 같지만, 아무래도 상관없겠죠.

그를 따르는 귀족 학생들도 반신반의를 하고 있는 것 같군요. 자신들이 얼마나 불안정한 처지이며, 혁명도 일방적인 사적 원한에서 비롯된 거라는 걸 이해한 걸까요?

엘프라서 겉모습은 젊어 보이지만, 저는 이미 백 년 넘게 학교장을 맡아왔죠. 그러니 당신에 대해서는 어릴 때부터 잘 알고 있습니다. 그러니 늙은이라 불려도 할 말은 없지만, 저에게도 학교장을 관두지 못하는 이유가 있죠.

"그럼 내 손으로 영원히 은퇴시켜주마! 어이, 너희도 빨리 마법을 써라!"

"하, 하지만……."

"……그, 그게……."

"너희도 돌이킬 수 없는 데까지 왔다! 이제 와서 관둬도 용서받을 수 없다!"

"큭…… 제, 젠장!"

"나는 하겠어! 저 늙은이를 해치우고, 다음에는 그 무능도 죽여버릴 거야!"

"그래! 그 녀석을 죽이면 우리는 범죄자가 아니라 영웅이 될 수 있다! 자아, 내 뒤를 따라라!"

죄책감을 느낀 학생도 있는 것 같지만, 결국 그레고리에게 선동당해 각오를 다진 것 같군요.

그리고 몇 년 전에 문제를 일으켰던 알스트로 군은 시리우스 군에게 복수할 생각밖에 없는 것 같네요. 뭐, 이 소동에 가담했으니 부모도 그를 완전히 포기하겠죠. 그러니 그도 귀족으로서는 이제 끝난 거나 다름없을 거예요.

그런 학생들이 저를 쓰러뜨리기 위해 마법을 영창하더니, 그들의 머리 위에는 각양각색의 마법이 생겨났습니다. 저는 그 광경을 느긋하게 바라보고 있었죠.

흠…… 전체적으로 마법의 집속이 어설프군요. 동시에 만들어낼 수 있는 것도 두, 세 개밖에 안 되는 것 같아요. 전부 다 합쳐서 스무 개 정도 될 것 같군요.

그리고 그레고리는 다섯 개의 '플레임 랜스'를 만들어내며 나름 용쓰고 있습니다.

"참, 아까 질문에 대답하지 않았군요. 제가 학교장을 관두지 못하는 이유 말입니다만……."

"죽어라, 늙은이!"

"""우오오오오오오——!"""

"이 정도 실력으로 저보다 잘났다고 생각하는 당신 같은 사람이 많기 때문입니다."

일제히 날아온 마법이 폭발을 일으켰습니다만, 폭풍이 가라앉은 후에도 저는 여전히 멀쩡했어요.

"어……라? 맞았……지?"

"그, 그래. 분명 맞았어."

"왜 그러죠? 설마 겨우 한 번 공격하고 마력이 고갈된 건가요?"

"주눅 들지 마라! 연달아 공격하는 거다!"

놀란 표정을 짓는 걸 보니 무슨 일이 일어난 건지 이해하지 못한 것 같군요. 그럼 이번에는 좀 더 알아볼 수 있게 시범을 보이도록 할까요.

그들은 다시 주문을 영창하기 시작했지만, 서두를 필요는 없어요. 저라면 당신들이 영창을 마치기도 전에 마법을 날려서 전멸시키는 것도 가능하니까요.

하지만 이번에는 그들을 반성시킬 뿐만 아니라, 이런 어리석은 행위를 한 자들의 결말을 이 자리에 있는 학생들에게 보여줘야만 하죠.

일방적이고 도가 넘치는 사상이라는 게 얼마나 추한 것인지 알려주기 위해서 말입니다.

즉, 제가 하려는 것은 압도적인 힘으로 그들의 자신감을 산산조각 내는 겁니다. 그리고 위에 서는 이로서, 마법의 극치를 여러분에게 보여주려는 거죠.

가야 할 길이 너무 멀어 포기하는 자도 많지만, 저는 마법의 가능성이라는 것을 여러분에게 알려주고 싶어요.

그것을 몸소 실현하고 있는 자가 바로…… 시리우스 군이죠.

그와, 그리고 케이크와 만난 것이 수백 년 동안 살아온 저에게 있어 가장 멋진 일입니다.

자아, 딴생각은 그만 하기로 하고, 눈앞에 있는 문제부터 해결하도록 할까요.

아까는 정통으로 맞기 전에 대처했습니다만, 이번에는 그들의 영창이 끝날 즈음에 발동시키도록 하죠.

"이번에야말로 내 '플레임 랜스'로……!"

"우연이 몇 번이나 반복될 것 같냐!"

"그래. 네놈은 저 결계를 만든 장본인이었지. 하지만 다음에야말로 우리의 힘으로 꿰뚫어주마!"

"우연도 아니고, 결계를 쓰지도 않았습니다. '엘리멘탈 포스'."

'플레임 랜스'에는 '플레임 랜스'를, '에어 슬래시'에는 '에어 슬래시'를 날리는 식으로, 저는 상대가 날린 마법과 똑같은 마법을 똑같은 숫자만큼 날려서 전부 상쇄시켰어요. 물론 위력을 낮춰서 제 마법이 상대방의 마법을 관통하지 않도록 주의하면서 말이죠.

이번에야말로 무슨 일이 일어난 것인지 목격한 그레고리 일행이 망연자실한 표정으로 저를 쳐다보았어요.

"벌써 끝인가요? 혁명치고는 포기가 빠르군요."

"뭐?! 이, 이놈, 불꽃의 창이여……."

"'엘리멘탈 포스'."

그레고리가 먼저 정신을 차렸지만, 그가 영창을 마치기 전에 저는 또 마법을 발동시켰습니다. 이번에는 바위의 창을 생성시키는 중급마법 '어스 재블린'을 스무 발 정도 준비해서 공중에서 대기시켰죠.

이 현실에 그레고리 이외의 귀족 학생들은 전의를 상실했고, 그중에는 풀썩 주저앉는 자도 있었죠.

"아……니……."

"정말 느리군요. 영창은 원래 필요 없는 거라고 제가 과거에 몇 번이나 설명했을 텐데요?"

제가 발동시킨 마법은 '엘리멘탈 포스'라는 마법입니다.

그것은 수백 년 동안 제가 마법을 연구해서 만들어낸, 저만이 사용할 수 있는 오리지널 마법 중 하나죠.

'플레임 랜스'를 한 번에 여러 개 만들어내는 것은 다른 이들도 가능하지만, '엘리멘탈 포스'는 같은 마법만이 아니라 다른 속성마법도 한 번에 발동시킬 수 있습니다.

발동시킬 마법에 대해 숙지하고 있어야 하는 건 물론이고, 가장 중요한 것은 무영창이라는 점이죠. 다른 마법을 동시에 발동시키는 영창 같은 것은 생각해본 적도 없고, 엄청 길어질 게 뻔하니까요.

참고로 저는 현재 동시에 서른 개 정도를 만들어 내는 게 한계입니다.

"뭐하고 있는 거죠? 다음 마법을 준비하지 않는 겁니까? 기다리다 지치겠어요."

"대, 대체 얼마나 바보 취급——!"

"공격을 안 하겠다면, 제가 공격하죠. 그 자리에서 꼼짝도 하지 않는 편이 좋을 겁니다."

저는 지시를 내린 후, '어스 재블린'을 그레고리 일행을 향해 일제히 날렸어요.

강철조차 꿰뚫는 바위 창이 지면에 차례차례 꽂히는 광경을 투기장에 있는 모든 이들이 마른 침을 삼키며 지켜보고 있었습니다.

그리고 비명과 굉음이 어느 정도 가라앉았을 즈음, 바람마법으로 흙먼지를 날려보니 박살이 난 시합장과 울먹거리고 있는 그레고리 일행의 모습이 보이더군요.

좀 심했는지 시합장이 엉망진창으로 변했지만, 나중에 마그나에게 고치라고 하면 되겠죠.

"투항하겠습니까?"

"이렇게…… 강하……다니…….."

"빨리 대답해주면 좋겠군요."

최후통첩을 겸해 '멀티 엘리멘탈'을 발동시키려고 하자, 견디다 못한 누군가가 앞으로 튀어나오면서 나를 향해 무릎을 꿇고 고개를 숙였다.

"투항하겠습니다! 이런 짓은 두 번 다시 하지 않을 테니 용서해주십시오!"

"나, 나도 그래! 이런 괴물에게 어떻게 이기겠냐고!"

"으으…… 으으…… 내가 무능뿐만 아니라……."

학생들은 줄지어 투항했지만, 그레고리만은 투항할 생각이 없는 것 같았습니다.

하지만 주위의 전투는 이미 끝나가고 있는 것 같으니, 곧 항복하겠죠.

저는 그레고리에게서 시선을 뗀 후, 마무리 삼아 투기장 전체에 목소리가 전해지는 '콜' 마법을 발동시켰습니다.

『보십시오. 그레고리야말로 수인을 미워하는 자가 도달하게 되는 결말 그 자체입니다. 지나친 배척 행위는 이런 폭거를 올

바르다고 인식하고 말죠. 여러분의 목에 찬 목걸이가 그 증거입니다.』

좀 허풍이 섞이기는 했지만, 이 정도 상황에서는 딱 좋겠죠.

그것도 그럴 것이, 노예가 아닌 수많은 학생에게 예속의 목걸이를 채웠으니까요. 당신에게는 저들의 반면교사뿐만 아니라 원망의 대상이 되어줘야겠습니다.

"그 폭거의 결과는 여러분이 보고 있는 대로입니다. 싫은 상대를 좋아하게 되라고는 말하지 않겠습니다만, 인간족과 수인은 같은 세계를 살고 있는 동포입니다. 이유도 없이 싫어하지는 마십시오."

"하, 학교장 님! 저는 수인을 싫어하지 않습니다. 그저 그레고리 씨…… 그레고리에게 속았을 뿐이에요!"

"저도 마찬가지예요! 이 남자에게 이용당했을 뿐이라고요!"

"그런가요. 하지만 결국 결단을 내리고 행동을 한 건 바로 여러분입니다. 긍지 높은 귀족이라면 자신이 취한 행동의 책임을 지세요."

그레고리의 수족이었던 학생들이 꼴사납게 애원을 했지만, 이건 저 혼자서 어찌 할 수 있는 문제가 아니죠.

저들은 제가 학교장인 학교의 학생이지만, 이렇게 큰 죄에 협력했으니 감싸주는 건 무리겠죠. 부모 혹은 국가에서 내리는 처벌을 달게 받으세요.

"설령 부모님에게 울며불며 매달리더라도, 저를 비롯해 많은 목격자가 있죠. 도망치는 건 무리입니다."

고개를 푹 숙인 귀족 학생들, 그리고 투기장에 있는 학생들은 이쯤하면 됐겠죠.

마지막으로 만악의 근원인 그레고리는 눈을 보아하니 아직 완전히 포기하지 않은 것 같군요.

"뭔가 할 말이 있습니까?"

"네놈만, 네놈만 나타나지 않았으면 전부 뜻대로 됐을 텐데……."

"과연 그럴까요?"

아마 제가 나타나지 않았어도 당신들은 실패했을 겁니다.

선혈의 드래곤을 혼자서 전멸시킨 그라면 이 정도는 식은 죽 먹기니까요.

그런데…… 그의 모습이 보이지 않는 건 어째서죠?

"에밀리아 양. 당신의 주인인 시리우스 군은 어디 있죠?"

"시리우스 님은 저희와 따로 행동하고 계세요."

제자들을 아끼는 시리우스 군이 따로 행동하고 있다고요?

그 후, 에밀리아 양에게서 결계를 조사하기 위해 따로 행동하고 있다는 이야기를 들었지만, 저는 속지 않아요.

저희가 이 투기장에 온 것은 거대한 골렘이 파괴된 후지만, 눈에 보이지 않는 공격으로 마법진을 정확하게 공격할 수 있는 사람은 시리우스 군 뿐이니까요. 아마 시리우스 군은 숨어서 투기장을 지켜보며 남들 몰래 엄호를 하고 있는 거겠죠. 그리고 시리우스 군이 대대적으로 행동하지 않는 건 제가 뭘 할지 이해하고 있기 때문일 겁니다.

이번에 제가 그레고리 일행의 폭거를 사전에 막지 않은 것은 그들을 일망타진하기 위해서만이 아닙니다. 그레고리를 반면교사 삼아 학생들에게 현실을 알려주기 위해서이기도 하죠.

예속의 목걸이는 예상하지 못했지만, 이번 사건을 계기로 수인을 혐오하는 자들도 생각을 바꿀 겁니다.

이걸로 적은 전부 제거했으니, 학생들을 목걸이에서 해방시켜 주도록 할까요.

"그레고리. 학생들에게 채운 목걸이의 열쇠는 어디 있죠?"

"……목걸이의 권한은 고리아가 전부 가지고 있다. 열쇠가 어디 있는지는 나도 모르지."

"학교장 님. 그 사람은 마비로 움직이지 못하게 한 후, 저쪽에……."

그리고 제가 에밀리아 양을 향해 고개를 돌린 순간, 새하얀 안개가 투기장을 뒤덮었어요.

마력 반응으로 볼 때 '아쿠아 미스트' 같군요. 분석을 하는 사이에 안개는 더욱 짙어지더니, 눈앞에 있는 에밀리아 양의 모습조차 보이지 않아요.

주위를 둘러싼 안개 때문에 학생들이 동요한 가운데, 날카로운 목소리가 들려왔습니다.

"나리! 고리아를 확보했어! 도망치자!"

"잘했다!"

안개 너머에서 흥분한 듯한 남자와 그레고리의 목소리가 들려왔어요.

안개를 날려버리고 싶지만, 마법의 발생점을 부수지 않는 한 금방 안개에 뒤덮이고 말 테니, 우선 마력을 추적해서…….

"에밀리아, 저쪽이야!"

"확인했어요! '에어 샷', '윈드 스톰'."

하지만 에밀리아 양과 리스 양이 저보다 먼저 주위를 뒤덮은 안개를 날려버렸어요.

물마법이 특기인 리스 양이 안개의 발생점인 마법진의 위치를 찾았고, 에밀리아 양이 마법진의 핵을 부수면서 안개를 날려버린 거죠.

이거, 저 두 사람의 장래가 기대되는걸요.

"어이, 그레고리와 고리아는 어디 간 거야?!"

"안 보여! 빨리 찾아!"

"앗! 용병 두목도 없어!"

안개가 사라진 건 좋지만, 역시 그레고리와 고리아의 모습이 보이지 않는 군요.

학생들이 찾고 있는 것 같지만, 이미 그들은 투기장 밖으로 도망친 것 같습니다.

"하아…… 숨는 것뿐만 아니라 도망도 잘 치는 군요."

"학교장 님! 차분하게 그런 소리를 할 때가 아닙니다!"

"예! 방금 빼앗긴 사람이 학생들이 생명줄을 취고 있단 말이에요!"

"진정하세요. 그들은 학교 밖으로 도망칠 수 없으니 금방 잡을 수 있을 겁니다. 안심하세요."

에밀리아 양과 리스 양은 당황했지만, 그럴 필요 없습니다. 결계가 있으니 학교에서 도망치는 건 쉽지 않고, 이미 대책도 세워뒀으니까요.

"마그나. 손을 써뒀겠죠?"

"예. 골렘을 배치해뒀습니다."

이곳에 오기 전에 저와 마그나가 만들어둔 수많은 골렘이 결계를 따라 배치해뒀죠. 저희가 만든 골렘을 그레고리가 쓰러뜨리는 건 무리일 테고, 전투가 벌어지면 그들의 위치도 바로 알 수 있을 겁니다.

"하지만…… 제 예상대로라면 그들이 골렘과 맞닥뜨리는 일은 없을 겁니다."

—— 그레고리 ——

어째서지?!

내가 왜 이렇게 한심한 꼴로 도망쳐야 하는 거냐!

내 계획상으로는 학생들을 인질삼아 성으로 돌격한 후, 학생들을 방패삼으며 왕족을 몰살시킬 예정이었다.

그러기 위해 돈에 눈이 먼 돼지 새끼와 손을 잡은 건데, 어째서 이렇게 된 거지?!

내가 숨을 헐떡거리면서 결계를 향해 뛰어가고 있는 가운데, 이번 혁명을 위해 고용한 용병이 뒤쪽을 경계하면서 따라오고 있었다.

"어이, 나리! 추격자는 없는 것 같아!"

팔이 잘려나간 상처 부위를 지혈하고, 남은 팔로 고리아를 들쳐 맨 용병은 미심쩍은 표정을 지으며 나를 쳐다보았다.

아인 학생에게 졌을 때는 한심하다고 생각했지만, 그 상황에서 도망치는 데 성공한 것은 분명 이 남자 덕분이다. 아인에게 질 수준의 실력밖에 없지만, 생존 능력 하나만큼은 대단한 것 같았다.

"흥, 그 상태에서 용케도 살아 있었구나."

"헷! 약으로 고통을 느끼지 못하거든. 그래서 기절했다 금방 깼다고."

이 녀석은 이길 수 없다고 판단하고 기절한 척을 했던 건가.

그리고 빈틈을 이용해 '아쿠아 미스트'의 마법진이 그려진 마석을 던진 후, 고리아를 들쳐 매고 도망친 것이다.

"젠장. 그 비싼 녀석을 이런 데서 쓰게 될 줄이야. 완전 최악인걸."

"흥. 최악인 건 바로 나다. 하지만 아직 방법은 남아 있지."

상황은 최악이지만, 우리에게는 목걸이의 권한을 지닌 고리아가 있다.

목걸이를 억지로 벗겨내려 하면 장착자가 죽는다. 그러니 아무리 뛰어난 기술자라도 열쇠도 없이 목걸이를 벗겨내려면 시간이 걸린다.

게다가 벗겨내야 하는 목걸이는 수백 개나 되는 것이다. 하루 이틀 만에 전부 벗겨내는 것은 무리다. 그 사이에 이 돼지도 회복이 될 테니, 이제 이 녀석을 설득해서 몇 명이라도 죽여서 본보기로 삼으면 된다.

그러면 그 녀석들도 우리를 따를 수밖에 없다는 걸 이해할 것이다.

아니…… 처음부터 그랬어야 했다. 이 돼지가 학생을 함부로 죽이지 말라는 헛소리를 하며 방심하다 마비를 당한 바람에 계획이 어긋나고 만 것이다.

이런 상황에서 학생들의 목숨을 챙기는 것 자체가 헛된 짓이다.

낙원을 이해하지 못하는 자는 소모품처럼 버리는 편이 낫다.

"그런데 어떻게 결계 밖으로 도망칠 건데?"

"내가 누군지 모르는 거냐! 닥치고 따라오기나 해라!"

결계는 튼튼하지만, 구멍을 파서 지나가면 된다. 아마 늙은이도 그 방법으로 안에 들어왔을 것이다.

설령 적이 있더라도, 이 용병이 적을 상대하는 사이에 나와 고리아만 도망치면 된다.

늙은이, 결계를 완성시키지 않은 걸 후회해라.

"나리, 멈춰!"

용병이 멈춰서면서 고함을 질렀다. 대체 왜 저러지?

지금은 서둘러야만…….

"나리, 멈추라고! 죽고 싶은 거야?!"

나는 그 말을 무시할 수 없었기에 투덜거리면서 걸음을 멈췄다.

불평이라도 해줄까 했지만, 용병은 표정을 굳히면서 고리아를 내던지며 짊어지고 있던 검을 쥐었다.

"어이, 네놈! 아무리 무거워도 그 남자는 귀족이다. 좀 더 정중히 다뤄라!"

"귀족은 둔해 빠져서 문제라니깐. 코앞에서 느껴지는 살기도 감지하지 못하는 거야?"

"살기? 그런 게…… 윽?!"

갑자기 뭔가가 몸속으로 들어오는가 싶더니, 맹렬한 한기가 느껴졌다.

이게…… 뭐지?

용병이 살기라고 했지만, 그 늙은이와 마찬가지…… 아니, 그 이상인가?

"어이어이, 괴물 수인과 괴물 엘프 다음은 뭐야? 이 학교는 대체 어떻게 되어먹은 곳이냐고."

늙은이의 살기가 목덜미에 나이프를 댄 느낌이라면, 지금 이건 수십 개의 나이프가 피부에 살며시 꽂힌 듯한 느낌이다.

몸 전체가 저린 듯한…… 서 있을 뿐인데도 식은땀이 나며 온몸이 떨렸다.

내가 거친 숨을 내쉬는 가운데, 건물 뒤편에서 묘한 남자가 모습을 드러냈다.

키와 체격은 어린애에 가깝다. 하지만 복장이 괴상했다. 얼굴과 몸을 가리는 가면과 로브를 걸치고 있는 것이다.

이상한 꼬마지만, 나를 떨게 만드는 이 살기는 이자에게서 뿜어져 나오고 있었다.

이 녀석은 마치 산책이라도 하듯 천천히 나에게 다가오더니,

그리고…….

"어디 가는 거지?"

차가운 목소리로…… 그렇게 말했다.

—— 시리우스 ——

"……너희들, 강해졌구나."

나는 투기장에서 싸우는 제자들을 먼 곳에서 쳐다보며, 그들이 잘 싸운다고 생각했다.

하지만 레우스는 마무리가 어설펐다.

용병…… 독순술로 이름을 안 도미닉을 쓰러뜨린 것은 좋다. 하지만 도미닉을 날려버린 후, 적을 완전히 해치웠는지 확인해보지도 않고 다른 적과 싸우러 간 것은 명백한 실수다.

싸움에서 이기자마자 내가 바로 칭찬을 해준 바람에 저렇게 된 것일지도 모른다. 뭐…… 나도 기뻐서 무심코 그랬던 거니 불만을 늘어놓을 자격이 없을지도 모르지만 말이다.

그 결과, 적이 도망쳤을 뿐만 아니라 목걸이의 권한을 지닌 중요한 인물까지 놓치고 말았다.

하지만 레우스는 아직 젊고, 경험이 부족한 것도 사실이다. 지금은 실패를 두려워하지 않으며 도전하고, 다양한 것을 배우면서 강해지면 된다.

뒤처리는…… 내 일이다.

"어디 가는 거지?"

하늘을 날아서 앞지른 나는 살기를 뿜으면서 그레고리와 도미닉을 막아섰다.

약간 강한 살기를 뿜자, 도미닉은 짊어지고 있던 남자를 내팽개치며 전투태세를 취했다. 생사가 오고가는 지옥을 헤쳐온 용병답게 위험을 감지하는 능력이 뛰어났다.

그에 비해 그레고리는 살기에 집어삼켜진 채 주문 영창조차 하지 않으며 멍하니 서 있었다.

"네놈은 누구야?"

"……이름을 밝힐 필요는 없겠지. 너희의 적이라는 것만 알면 충분하잖아?"

"흥! 어이없는 녀석이군!"

내가 미스릴 나이프를 꺼내들자, 도미닉은 그레고리를 툭툭 두드려서 정신을 차리게 했다.

"어이, 나리! 언제까지 얼이 나가 있을 거야!"

"헉?! 이, 이 녀석은 대체 누구냐?!"

"내가 묻고 싶다고! 하지만 내 감으로 볼 때, 이 녀석은 괴물이야! 방심하면 바로 당할 거야!"

그레고리가 겨우 정신을 차리며 전투태세를 취하자, 도미닉은 대검을 한 손으로 치켜들며 나에게 달려들었다.

도미닉은 손잡이가 큰 양손용 대검을 나뭇가지 휘두르듯 자유자재로 휘두르며 덤볐지만, 라이오르 할아버지에 비하면 애들 장난 같은 수준이었다.

나는 간단히 공격을 피하다, 수직으로 내리치는 검을 뒤편으로 몸을 날리면서 거리를 벌렸다. 그러자 도미닉은 공격을 멈추면서 생각에 잠긴 듯한 표정으로 나를 쳐다보았다.

"쳇…… 이거 고생 꽤나 해야 할 것 같은 상대군. 내 공격이 스치지도 않잖아. 너는 대체 뭐야?"

"전체적으로 난잡한걸. 페인트와 잔재주에도 힘이 너무 들어 갔고, 검술 자체가 조악해."

"해설 고마워. 혹시나 해서 묻는 건데 우리를 놔주지 않겠어? 이대로 싸워봤자 너나 우리나 득 될 게 없잖아."

상대가 얼마나 강한지 알아보는 것은 살아남는 비결이며, 용병으로서 경험이 풍부한 도미닉은 내 실력을 눈치챈 것 같았다.

검을 지면에 꽂으면서 항복하듯 손을 들어 올렸지만, 옆에 있던 그레고리가 화를 냈다.

"네놈, 뭐하는 거냐! 빨리 쓰러뜨리란 말이다!"

"이제 그만 상황 파악 좀 해! 이런 괴물을 상대하려면 목숨이 몇 개나 있어도 모자라다고!"

"크윽…… 어쩔 수 없지. 어이, 너. 나를 놔주지 않겠느냐? 금화라면 얼마든지 주마."

"돈 따위는 필요 없어. 그리고 나는 너희를 놓아줄 생각도 없지."

그레고리는 물론이고, 용병단 기간테스의 리더인 이자도 뒷세계에 대해 잘 아는 것 같으니 살려두면 귀찮아질 게 뻔했다.

"어이, 좀 봐달라고. 우리는 혁명 같은 것에는 관심 없어. 그리고 금화가 싫으면 백금화도 있어. 저기 쓰러져 있는 녀석은 엄청 부자거든. 우리를 도와주면 평생 놀고먹으며 살 수 있을 걸?"

"혀가 잘 돌아가는 걸. 네 꿍꿍이가 뭔지 알아. 내가 돈에 정신이 팔리면, 그 틈에 마법으로 해치울 심산이지?"

내가 도미닉에게 집중하는 사이에 마법을 영창하려던 그레고리에게 그렇게 말하자, 작전이 들통 난 그는 혀를 찼다.

내 시선이 자신에게서 떨어진 틈을 이용해 도미닉이 검을 움켜쥐며 달려들었지만, 나는 나이프로 검을 빗겨내면서 그의 배에 발차기를 날렸다.

"쳇, 빈틈이 없잖아! 빌어먹을!"

"그러는 너는 빈틈투성이군."

나는 도미닉이 수평으로 휘두른 대검을 피하면서 파고든 후, 그의 팔을 잡으며 발을 걸어차서 쓰러뜨렸다.

하지만 아무리 배를 걸어차고 뒤통수를 지면에 찧어도, 도미닉을 벌떡 일어나며 공격해 왔다.

"제대로 공격을 날렸는데도 기절조차 안하네."

"당연하지! 끝내주는 약을 먹었으니까 말이야!"

"'라이프 부스트' 말이구나. 위험한 약을 썼군."

여러 가지 이유가 있기는 했지만, 결과적으로 엄마의 마지막 남은 시간을 갉아먹은 약이다.

몸에 주는 부담이 최대한 적어지도록 조절하기는 했지만, 아무리 부작용을 억누르더라도 그걸 먹은 순간 어머니는 단 하루만 살 수 있게 되었다.

하지만 그 덕분에 엄마는 충실한 하루를 보낼 수 있었던 것 또한 사실이다. 그렇기에 나는 마음이 복잡했다.

"불꽃의 창이여, 플레임 랜…… 앗?!"

도미닉의 뒤편에서 그레고리가 마법으로 엄호를 하려 했지만, 내가 날린 '매그넘'에 의해 '플레임 랜스'는 불꽃이 모여들기 전에 파괴됐다.

"나리, 엄호하라고!"

"닥쳐라! 불꽃의 창이여, 플레임 랜…… 큭?!"

한 명이 주의를 끄는 사이에 다른 한 명이 상대를 해치운다. 2대1 상황에서의 정석적인 연계전술이지만, 도미닉은 파트너 운이 없는 것 같았다.

그것도 그럴 것이 그레고리는 동작이 너무 커서, 그의 마법을 전부 내가 무력화하고 있었다. 냉정을 잃었을 뿐만 아니라, 마법을 발동시키는 것이 지나치게 집착하고 있었다.

그런 상황에서 초조해진 도미닉이 입으로 품속에서 꺼낸 주머니를 던졌지만, 레우스 때 이미 봤기 때문에 나는 옆으로 몸을 날려서 그걸 피했다.

"피할 거라고 예상했지!"

아무래도 방금 그건 견제인 것 같았다. 내가 주머니를 피한 사이에 거리를 벌린 도미닉은 검을 땅에 꽂으면서 소형 나이프를 세 개나 던졌다.

나이프에 뭔가를 묻혀둔 것 같았기에, 나는 날에 닿지 않도록 조심하며 그걸 피했다. 그리고 그중 하나를 공중에서 낚아챈

후, 상대를 향해 던졌다.

"아앗?! 눈 한 번 더럽게 좋네!"

도미닉은 자신에게 날아오는 나이프를 칼로 쳐내더니, 이번에는 입으로 마석을 발사하며 검을 치켜들었다.

반사적으로 '스트링'을 채찍처럼 휘둘러 마법진이 발동하기 전에 마석을 옆으로 쳐냈다. 그러자 마석은 떨어진 곳에서 폭발을 일으켰다.

나는 도미닉이 휘두른 검을 나이프로 막아내며 그의 복부를 걷어찼지만, '라이프 부스트'에 의해 통각이 마비된 그에게는 통하지 않는 것 같았다.

"여기라면……! 바위 시종이여…… '록 골렘'."

그 틈에 내 뒤편으로 이동한 그레고리가 골렘을 세 마리 만들어냈지만, 나는 손만 등 뒤로 돌려서 모든 골렘의 마법진을 '매그넘'으로 파괴했다. 목표를 보지 않았지만, 이 정도는 '멀티태스크'를 쓰지 않고도 얼마든지 할 수 있다.

"이럴 수가?! 이렇게 간단히 파괴하다니!"

"뭐, 파괴되기 쉬운 마법만 써대는 네 탓이야."

에밀리아와 싸우면서 그 점을 깨달았으면 좋았겠지만, 유감스럽게도 그는 굴욕만 맛본 것 같았다.

이제부터 벌어지는 일은 단순작업이나 마찬가지다. 나는 도미닉의 공격을 피하면서 그레고리의 마법을 무력화시켰다.

그리고 둘이서 덤비면서도 나에게 상처 하나 입히지 못하자, 그들은 점점 초조해지는 것 같았다.

"젠장, 더는 시간을 들일 수 없다고!"

"하아…… 하아……. 서두르지 않았다간 그 늙은이가 올 거다. 어떻게 좀 해봐라!"

"쳇, 귀족님은 아무렇지도 않게 그딴 소리를 하네."

그레고리는 마력 고갈로 숨을 헐떡이면서도 여전히 잘난 척을 해대고 있었다.

도미닉은 그의 잔소리를 한 귀로 흘리면서 웃더니, 검을 또 지면에 꽂으며 나를 손가락으로 가리켰다.

"어이, 우리도 시간을 더 들일 수 없으니까 이번 공격으로 끝장을 내주겠어."

"비장의 카드가 있으면 빨리 써봐. 그런 걸 아낄 상황이 아니잖아?"

"너무 그러지 말라고. 고가의 마석을 잔뜩 쓴 데다, 동료까지 전멸했단 말이야. 하지만 네 말도 옳긴 해. 도망치는 건 관두고, 전력을 다해 네놈을 죽여주지."

"뭐?! 네 이놈, 지금까지 대충 싸우고 있었던 거냐?!"

"귀족님과 다르게, 나는 용병이야. 살아남기만 하면 된다고!"

그야말로 용병다운 말이지만, 나도 전생에서 비슷한 삶을 살았으니 심정은 이해가 됐다.

"간다! 내 비장의 카드를 받아라!"

도미닉은 내 좌우를 향해 마석을 던지더니, 지면에 꽂아뒀던 검 또한 나를 향해 던졌다. 아무래도 방금 던진 마석은 아까 나한테 던진 것과 같은 물건 같았다.

내가 몸을 숙여서 정면에서 날아오는 검을 피했다. 그리고 나를 지나친 검에 이어진 무언가가 용병의 손에 쥐어져 있었다.

저건…… 쇠사슬인가. 손잡이가 크다 했더니, 안에 쇠사슬이 들어 있었던 것이다.

"피할 수 있으면 피해봐!"

도미닉은 고함을 지르면서 쇠사슬을 당기자, 나를 지나쳤던 검이 다시 나를 향해 뻗어왔다.

그리고 도미닉은 나를 향해 뛰어왔다. 그런 그는 커다란 나이프를 손에 쥐고 있었다.

좌우에는 아까 던졌던 폭발하는 마석이 있으니, 나는 사방이 막히고 말았다. 한 팔을 잃은 상태에서도 용케 이런 공격을 펼쳤다는 생각이 들었다.

하지만 나는 전생에서 더 악랄한 공격을 펼치는 적들과 싸워왔다.

게다가 나는 혼자서 많은 인원을 상대하는 게 당연했고, 사방에서 공격을 당하는 것 또한 일상다반사였다. 그러니 이 정도로는 당황조차 하지 않았다.

일단 '에어 스탭'으로 높이 점프하거나, 마석을 '스트링'으로 쳐내서 상대에게 맞춰도 되겠지만, 나는 정면승부를 펼치기로 했다. 이런 상황은 오래간만이니 예전 감각을 되찾고 싶었다.

우선 양손을 좌우로 뻗어 '매그넘'으로 마석을 파괴한 후, 등 뒤에서 다가오는 검을 장대높이뛰기를 하듯 피했다. 그와 동시에 검의 옆면을 발로 짓누르듯 걷어차서 지면에 꽂았다.

"괴물이냐!"

마지막으로 도미닉이 정면에서 다가왔다. 나는 그가 내지른 나이프를 몸을 비틀어 피하면서 손에 쥔 미스릴 나이프를 휘둘렀다.

일련의 동작이 끝나고 돌아보니, 남은 팔이 잘린 채 완전히 체념한 듯한 표정을 짓고 있는 도미닉이 눈에 들어왔다.

"오호라. 네가 그 수인이 말했던 형님이라는 녀석이군. 수인 말대로 최강이라는 것도 거짓말이 아닌 것 같네."

"너야말로 이번 공격은 대단했어."

"아앙? 이건 잔재주잖아?"

"수단이 뭐든 간에 이기기 위해 최선을 다하는 건 당연한 거야. 너는 그저 상대한 강자의 수준을 너무 낮춰봤어."

"흥, 너 같은 괴물을 어떻게 알아보겠냐고. 아아…… 완전히 졌네. 미안하지만 내 숨통을 끊어주지 않겠어? 약기운이 떨어져서 괴롭기 전에 죽고 싶거든."

"좋아. 양손이 없으니 자해도 할 수 없겠지."

내가 주저앉은 도미닉에게 다가가서 나이프를 목에 대자, 그 녀석은 웃으면서 입을 열었다…….

"고마…… 커억?!"

그 순간, 나는 주먹으로 도미닉의 턱을 올려쳤다.

그 순간, 고개를 치켜든 도미닉의 입과 코에서 불꽃이 뿜어져 나오더니, 눈을 까뒤집으면서 기절하며 그대로 지면에 쓰러졌다.

"방금 말했지? 강자의 수준을 너무 낮춰봤다고 말이야."

도미닉의 입에서 불꽃이 뿜어져 나온 것은 그가 입안에 불꽃의 마석을 넣어뒀기 때문이다.

아마 초급 '플레임'이겠지만, 기습적으로 맞는다면 대미지를 입을 것이다. 양날의 검이지만, 이게 진짜 비장의 카드일지도 모른다.

하지만 나는 과거에 시한폭탄이나 수류탄을 배 속에 넣어뒀다가 토하는 녀석과 싸운 적도 있다. 그런 것에 비하면 이 정도는 물러터진 편이다.

연기를 뿜으며 꼼짝도 하지 않는 도미닉에게서 돌아선 나는 표적인 그레고리를 향해 걸어갔다.

"다음은 네 차례다."

"어, 어째서냐?! 어째서 나를 노리는 거지?!"

"네놈은 큰 죄를 지은 장본인이기도 하지만, 개인적으로도 원한이 있거든."

"우, 원한?! 나는 네놈 같은 놈을 모른다!"

"그래? 그럼 이제…… 알겠지?"

도미닉의 결말을 보고 겁먹은 그레고리에게, 나는 가면을 벗고 정체를 드러냈다.

처음에는 나를 알아보지 못하고 당혹스러워했지만, 곧 분노를 터뜨리며 고함을 질렀다.

"네놈은…… 무능?! 겨, 겨우 평민 따위가 귀족인 나에게 이런 짓을 해도 된다고 생각하는 거냐?!"

"무슨 소리를 하는 거야? 너는 이미 귀족이 아니라 범죄자야.

아니, 혁명이라는 어이없는 짓거리에 수많은 학생들을 휘말리게 한 대죄인이지."

"이놈! 아인의 힘을 빌리지 않으면 아무것도 못하는 무능이이이이이이잇!"

"그럼 그 무능에게 궁지에 몰린 건 어디 사는 누구지?"

"닥쳐라! 닥쳐라, 닥쳐라, 닥쳐라! 이건 뭔가 잘못된 거다! 네놈이 속임수를 쓴 게 틀림없어! 불꽃이여…… '플레임'."

그는 얼마 남지 않은 마력으로 불꽃 구슬을 날렸지만, 내 '임팩트'에 의해 순식간에 소멸됐다.

만에 하나라도 놓치면 곤란하니, 겸사겸사 그레고리의 발에 '매그넘'으로 구멍을 내줘야겠다.

"크아아악?! 어, 어째서냐?! 왜 내 마법이 사라진 거냔 말이다!"

"좀 차분하게 생각해보는 게 어때? 분노에 사로잡혀 고함을 질러댄다고 어떻게 될 상황이 아니라는 것 정도는 이해하라고."

"크으윽…… 무능 따위가, 무능 따위가 감히 나에게……!"

지면을 주먹으로 두들기며 분통을 터뜨리는 걸 보면, 이제 실력 차를 인정한 것 같았다.

그리고 그레고리가 증오에 찬 시선을 보내는 가운데, 나는 근처에 떨어져 있던 도미닉의 검을 주워들었다.

"자아, 유언 정도는 들어줄 테니 말해봐."

"기, 기다려라. 왜 네놈이 나를 원망하는 거지? 너를 괴롭힌 적은 있다만, 네가 나를 죽이려 들 만한 짓은 한 적이 없단 말이다!"

"너는 내가 절대 용서할 수 없는 짓을 벌였어. 1년 전, 너는 선혈의 드래곤을 엘리시온에 데려왔지?"

"내, 내가 그 녀석들을 데려온 건 사실이다. 그 후에 죽었다고 들었다만……."

"내 원한은 바로 그거야."

그렇다. 나한테 있어 이 혁명은 딱히 문제될 만한 일이 아니다. 사상이라는 건 사람에 따라 다르며, 마음에 들지 않는다는 이유만으로 대립하고 분쟁을 일으키는 광경을 셀 수도 없을 만큼 봤으니까 말이다.

내가 이 녀석을 증오하는 이유는 단 하나…….

"네가 불러온 그 망한 녀석들 때문에 내 소중한 제자들이 죽을 뻔했어. 그게 내가 너를 처단하는 이유야."

"겨, 겨우 그딴 이유로?!"

"너한테는 그딴 이유에 불과할지도 모르지만, 나에게 있어서는 중요한 일이야. 언젠가 반드시 너를 후회하게 만들어주겠다고 생각하고 있었지."

"그건 그 녀석들이 멋대로 벌인 일이다. 나와는 상관이……."

"그 녀석들이 살인귀라는 걸 몰랐던 건 아니겠지? 설령 몰랐다고 하더라도, 그렇다고 용서해줄 수야 없지."

"나는 말렸다! 하지만 그 녀석들이 내 이야기를 듣지 않았…… 커억?!"

나는 그레고리의 변명을 듣고 있다가 짜증이 난 나머지 그의 안면을 두들겨 팼다.

코피가 났지만, 힘 조절은 했으니 문제될 건 없다.

"아까는 어쩔 수 없이 학교장에게 네 처리를 맡겼지만, 학교장에게서 도망친 네가 지금 이렇게 내 눈앞에 있잖아. 뭐, 이런 소동을 일으킨 네가 용서받을 수 있을 리가 없지. 그럼 이제 각오하라고."

"후, 후하하…… 싫다! 너나 죽어라!"

그레고리는 갑자기 품속에서 나이프를 꺼냈지만, 나는 손가락 두 개 사이로 그 나이프의 칼을 통과시킨 후, 상대의 주먹을 움켜잡았다. 그리고 그대로 힘을 줘서 그레고리의 손가락을 박살냈다.

"크아아아악——?! 지, 지금이다! 해치워라!"

그레고리가 고통을 참으며 외친 소리를 듣고 고개를 돌려보니, 내 등 뒤에 도미닉이 있었다. 얼굴에 화상을 입은 상태인데도 눈은 나를 향하고 있으며, 입에 문 나이프로 나를 베려 하고 있었다.

"너만 죽이면 분명…… 아닛?!"

그레고리가 승리를 확신하며 고함을 지른 순간…… 도미닉의 목이 허공을 갈랐다.

그리고 도미닉은 천천히 지면에 쓰러지더니 꼼짝도 하지 않고, 그의 목은 나와 그레고리 사이에 떨어졌다.

"히익?! 어, 어느새?!"

"목이 잘렸으니 더는 살 수 없겠지. 고통을 느끼지 못해서 다행이겠는걸."

통각이 없는 상대인 만큼 여러모로 성가셨지만, 그래도 몸과 뇌가 분리됐으니 이제 끝이리라.

도미닉이 죽은 걸 확인한 후, 나는 건물과 나무 사이에 쳐둔 '스트링'을 없앴다. 방금 사용한 것은 일정 속도 이상으로 닿으면 베이는 날카로운 와이어를 이미지를 한 것이다.

나는 도미닉이 아직 살아 있다는 걸 알고 있었기에, 이렇게 함정을 쳐둔 것이다. 그레고리에게 절망을 안겨주기 위해서 말이다.

"마지막은 네 차례야. 이 검으로 한 방에 죽일 거니까 저렇게 시신이 손상되지는 않겠네."

"아…… 으윽…… 안 돼……. 나는 아인을 없애야……."

이 상황에서도 그딴 소리를 지껄이는 거냐…….

이제 불쌍하다는 생각마저 들지만, 이제 슬슬 끝내도록 할까.

"부모를 무능과 수인에게 잃은 자가 무능에게 살해당한다. 과거에 사로잡혀 인과의 사슬을 끊지 못한 너 자신을 원망해라."

"이 괴물! 아니, 악마! 네놈은 인간의 탈을 쓴 악마다!"

"고마워. 옛날에는 저승사자라고 불린 적도 있거든. 악마 정도는 애교 수준이네. 그럼 네 소망에 따라 악마답게 행동해보도록 할까."

"아…… 아아아앗! 안 돼! 안 돼, 안 돼, 안 돼, 안 돼, 안 돼애애앳————!"

"그럼 잘 가."

용병의 검은…… 그레고리의 가슴에 깊숙이 박혔다.

※ ※ ※ ※ ※

"앗! 시리우스 님!"

그리고 그레고리와 현장 처리를 마친 나는 아직 마비된 고리아를 안아 든 채 투기장으로 돌아갔다.

시합장에 들어온 나를 가장 먼저 본 에밀리아는 환한 미소를 지으면서 뛰어왔다.

"수고했어, 에밀리아. 너희가 싸우는 모습을 쭉 지켜봤어."

"예! 저기…… 어땠나요?"

"훈련 성과가 확연하게 나타나고 있었고, 학생들의 엄호와 이 남자를 빼앗은 작전도 나쁘지 않았어. 정말 잘했어."

"정말인가요?!"

에밀리아는 눈을 반짝이면서 꼬리를 세차게 흔들어대자, 나는 그녀의 머리를 쓰다듬어줬다. 눈을 가늘게 뜨며 기뻐했지만, 아직 할 일이 남았으니 이쯤만 해두자. 내가 손을 떼자 에밀리아는 아쉬운 표정을 지었지만, 그녀는 곧 미소를 지으면서 내 옆에 섰다.

"나중에 더 칭찬해줄게. 우선 이 짐을 학교장 님에게 넘겨야 하거든."

"예! 아, 짐은 제가 들게요."

짐이란 고리아지만, 이런 하찮은 녀석을 에밀리아가 들게 하는 건 좀 그랬다.

나는 에밀리아의 제안을 사양한 후, 각 방면에 지시를 내리고 있는 학교장 앞에 섰다. 학교장이 그레고리를 쫓아올 줄 알았더니, 투기장에서 대체 뭘 하고 있었던 걸까.

"아, 시리우스 군. 기다리고 있었습니다."

"……학교장 님, 여기서 뭘 하고 계신 거죠?"

"그레고리가 고리아를 끌고 간 바람에 학생들이 혼란에 빠졌지 뭡니까. 그래서 안심시키고 있었죠. 그건 그렇고, 시리우스 군이 안아 들고 있는 건 고리아죠?"

"예. 아직 마비가 풀리지 않았지만, 움직이지 못하도록 묶어 뒀죠. 그리고 품속에서 이게 나왔으니, 넘겨드리겠습니다."

내가 건네준 것은 수십 개나 되는 열쇠 다발이었다. 이것이 바로 학생들이 찬 예속의 목걸이를 풀 열쇠다.

열쇠와 목걸이의 숫자가 맞지 않지만, 학교장의 말에 따르면 학생들이 찬 목걸이는 양산품이기 때문에 같은 열쇠로 열리는 게 많다고 한다.

그런데도 꽤 무게가 나가는 그 열쇠 다발은 넘겨주자, 학교장은 만족스러운 표정을 지으며 고개를 끄덕였다.

"감사합니다. 마그나. 이 열쇠로 학생들을 풀어주세요."

"알았습니다."

열쇠는 마그나 선생님과 다른 선생님에게 건네졌고, 선생님들은 학생들을 몇 줄로 나눠 세운 후, 목걸이를 풀어줬다. 한시라도 빨리 목걸이에서 벗어나려고 새치기를 하거나, 앞으로 뛰어나오는 매너 나쁜 학생들도 있지만, 그런 학생들은 마그나 선생님의 골렘에게 잡혀 후편으로 옮겨졌다.

목걸이에서 해방되어 기뻐하는 학생들을 쳐다보고 있을 때, 학교장은 미소를 지으며 나를 칭찬했다.

"수고했습니다. 고리아와 열쇠를 멋지게 확보해줬군요."

"……감사합니다."

"학교장 님께서 당황하지 않으신 것은 시리우스 님에게 미리 의뢰를 해두셨기 때문이군요."

미리 말해두겠는데, 나는 그런 지시를 받은 적이 없다.

아마 남들이 보기에는 아무것도 하지 않은 듯한 나를 생각해서 이런 식으로 말해준 것이리라. 부정하고 싶지만, 보는 눈이 있으니 그냥 말을 맞춰주기로 했다.

"학교장 님. 그레고리와 용병 말인데, 제가 가보니 그 두 사람은 자기들끼리 다퉜는지 둘 다 죽어 있었습니다."

"그런 일이 있다니 말도 안 돼요! 시리우스 님이라면 그런 남자가 떼로 덤비더라도…… 우읍!"

나는 상황이 복잡해질 것 같았기에, 에밀리아의 입을 손으로 막았다.

내가 눈짓을 보내자 에밀리아는 얌전해졌지만, 내 손이 자기 입에 닿아 있어서 기쁜지 그녀는 그대로 있었다.

"그래서 저는 홀로 남겨져 있던 이 남자를 손쉽게 확보했어요."

그레고리와 도미닉이 죽은 후, 나는 잠시 생각에 잠겼다. 그리고…… 이 둘은 도망치다 사이가 틀어져서 싸우다 둘 다 죽은 걸로 해두기로 했다.

아직 어린 내가 거대한 검을 가슴에 박아 넣거나, 목을 잘랐다는 걸 공표할 수도 없으니까 말이다.

그래서 도미닉의 사체는 그레고리의 마법에 당한 것처럼 보이게 하기 위해 목을 붙인 다음 불의 마법진으로 태웠고, 그레고리는 도미닉의 검이 가슴에 박힌 상태로 방치해뒀다.

귀족과 용병은 딱히 사이가 좋을 듯한 조합이 아니니, 아무것도 모르는 사람이 보면 그렇게 보여도 이상할 게 없었다.

참고로 고리아는 마비 때문에 제대로 움직이지 못하는데다, 해독제도 먹지 못했는지 의식이 몽롱한 것 같았다. 그리고 그의 위치에서는 내 모습이 보이지 않았을 것이다. 그래도 혹시 모르니 일단 자리를 벗어난 다음 나중에 쫓아온 내가 시체를 발견한 듯한 연기를 했다. 그러니 내가 범인이라는 건 모를 것이다.

내 거짓 보고가 끝나자, 학교장은 잠시 동안 쓴웃음을 지은 후, 곧 평소와 다름없는 미소를 지으며 고개를 끄덕였다.

"으음…… 그렇게 됐나요. 알았습니다. 그런 걸로 알아두죠."

"예. 저는 별 고생 없이 임무를 마쳤어요."

나는 미소를 지으며 학교장과 시선만으로 대화를 계속 나눴다.

내가 자기들끼리 싸우다 죽은 걸로 처리하라고 호소하자, 학교장은 어쩔 수 없다는 듯이 고개를 끄덕였다.

"부상자의 치료도 리스 양 덕분에 잘 끝난 것 같군요. 뛰어난 전투능력을 지녔을 뿐만 아니라 많은 학생들을 이끌고, 용병들의 리더를 쓰러뜨렸으며, 뛰어난 치료 능력으로 학생들을 구했어요. 당신의 제자는 정말 대단한 것 같습니다."

"감사합니다. 제 자랑스러운 제자들이죠."

내가 본심을 털어놓자, 옆에 있던 에밀리아가 꼬리를 흔들며 기뻐했다.

에밀리아는 내가 그녀의 입을 막고 있던 손에 볼을 비비고 있지만, 그냥 좋을 대로 하게 내버려두기로 했다.

"아…… 시리우스 씨. 무사해서 다행이야."

학교장에게 고리아를 넘겼을 즈음, 부상자를 치료하던 리스가 나를 발견하고 다가왔다.

종종걸음으로 다가온 그녀는 내 몸을 머리에서 발끝까지 살펴본 후, 안심한 것처럼 고개를 끄덕였다.

"다친 곳은 없는 것 같네."

"리스야말로 무사해서 다행이야. 치료만이 아니라 에밀리아와 레우스를 돕느라 고생이 많았지?"

"에헤헤……. 힘들기는 했지만, 내 힘이 남들에게 도움이 되니 정말 기뻤어. 이것도 시리우스 씨가 나를 단련시켜준 덕분이야."

"그래요. 전부 시리우스 님 덕분이에요."

"너희의 노력이 결실을 맺었을 뿐인데 말이지……."

내 생각에도 내 제자들은 이번에 정말 잘해줬다고 생각한다.

그러니 상을 주고 싶은데…….

"저기 가지고 싶은 거나 내가 해줬으면 하는 건 없어? 내가 들어줄 수 있는 거라면, 무리하지 않는 범위 안에서 가능한 한 들어줄게."

"어?! 저기…… 정말인가요?"

"기쁘기는 하지만, 시리우스 씨도 노력했는데, 우리만 그러는 건 좀……."

"너희는 이렇게 무사히 위기를 극복했으니까, 상을 받아도 돼. 사양하지 말고 말해봐."

"고맙습니다. 무리하지 않는 범위…… 고민이 되네요!"

"에밀리아, 일단 진정하자! 하지만…… 뭐가 좋을까? 케이크 한 개를 통째로 먹고 싶은데……."

"나중에 다시 물어볼 테니까 생각해둬. 그런데…… 레우스는 어디 있어?"

이 이야기를 들으면 펄쩍 뛰며 기뻐할 레우스의 모습이 보이지 않았다.

아까부터 찾고 있었는데…… 보이지 않았다.

"저기, 레우스라면……."

에밀리아의 시선이 향하고 있는 곳을 쳐다보니, 시합장 벽 쪽에서 무릎을 꼭 끌어안은 채 앉아 있는 이의 등이 눈에 들어왔다.

혹시…… 저 애가 레우스인가?

패기가 전혀 느껴지지 않는데다, 가라앉은 분위기를 자아내고 있어서 다가갈 수가 없었다. 그리고 레우스의 부하들이 그의 근처에서 우물쭈물하고 있었다.

나도 평소와 너무 달라서 레우스를 바로 알아보지 못했다.

"……저 녀석, 왜 저러고 있는 거야?"

"그게…… 용병 두목을 놓쳤을 뿐만 아니라, 고리아까지 빼앗긴 게 충격인가 봐요."

"시리우스 씨에게 칭찬을 받을 수 있을 거라며 기뻐했었으니까, 그만큼 충격을 심하게 받은 것 같아."

"하아……. 어이, 레우스!"

내가 부르자 레우스는 이쪽을 향해 고개를 돌렸다. 하지만 그의 표정은 가라앉아 있었으며, 귀와 꼬리도 축 처져 있었다. 레우스가 저런 상태이니 나도 영 기분이 좋지 않은걸.

"레우스, 빨리 이쪽으로 와. 하우스!"

"…………응."

내가 레우스를 근처로 부르는 호령을 입에 담자, 그는 몸을 일으켰다. 하지만 걸음이 무거워 보였으며, 애용하는 검 또한 질질 끌면서 털레털레 다가왔다.

"왜 그렇게 가라앉은 거야? 너는 그 녀석에게 이겼잖아."

"하지만…… 내가 방심한 바람에 큰일이 날 뻔했잖아."

"하아, 이 바보 제자는 정말……."

그런 티나는 거짓말을 하지 말라고.

나는 고개를 숙인 레우스의 머리에 꿀밤을 놨다.

"너는 큰일이 날 뻔한 것도 신경을 쓰고 있지만, 나한테 혼날 거라고 생각해서 이렇게 가라앉은 거지? 솔직하게 말해봐."

"…………맞아."

"그럼 그건 네 착각이야. 나는 전혀 화나지 않았어. 오히려 잘했다고 칭찬해주고 싶은 심정이야."

"뭐?!"

레우스는 그 말을 듣고 놀랐는지 고개를 들었다. 나는 그런 레우스의 반응을 개의치 않고 그의 머리를 쓰다듬어줬다.

레우스는 당황했지만, 그래도 내가 쓰다듬어줘서 기쁜지 미소를 지었다.

"네 실수는 도미닉의 생사를 확인하지 않은 거야. 그건 이해했지?"

"응. 그 바람에 큰일이 날 뻔했어."

"그것만 알았으면 됐어. 그리고…… 이번 상대 말인데, 아직 너한테는 일렀어."

단순히 강하기만 한 상대라면 문제될 게 없었겠지만, 도미닉은 뒷세계에서 살아온 남자였다. 이기기 위해 비겁한 수단도 주저 없이 저지르며, 죽은 척도 아무렇지 않게 하는 녀석이다.

만약 도미닉이 이해득실을 개의치 않으며 레우스를 처음부터 해치우려 했다면 꽤 위험했을지도 모른다.

사실 나는 중간부터 언제든 도미닉을 죽일 수 있도록 '스나이프'로 조준을 해뒀던 것이다.

그런 상대에 대비한 훈련을 더 시킨 다음에 싸우게 하고 싶었지만, 그래도 레우스는 이겼다.

네 성장에 기쁘면서도, 반성할 점을 이해하고 있다면 화낼 이유가 없다.

"그리고 너는 '라이프 부스트'까지 사용한 상대에게 이긴 거잖아. 좀 더 가슴을 펴. 나는 네가 자랑스럽다고."

"형님…… 나, 기뻐해도 돼?"

"그래. 너희가 이 싸움을 승리로 이끌었으니까, 마음껏 기뻐해. 자아, 좀 더 쓰다듬어줄게."

"만세~!"

내가 약간 세게 레우스의 머리를 쓰다듬어주자, 에밀리아와 리스는 약간 부러워하는 듯한 눈빛을 머금었지만, 두 사람도 레우스가 기운을 되찾아서 안심한 것 같았다.

그리고 레우스에게 상에 대해 이야기를 해주고 있을 때, 어느새 다가온 학교장이 우리를 보며 웃고 있었다.

"후후후, 멋진 스승이군요. 그렇게 가라앉아 있던 레우스 군을 이렇게 간단히 기운을 차리게 할 줄은 몰랐습니다."

"레우스는 가장 무서운 상대를 혼자서 맡은 이번 싸움의 최고 공로자니까요. 애초부터 가라앉을 필요가 없었어요."

"맞습니다. 저도 그레고리만이 아니라 고리아에게도 신경을 썼어야 했어요. 그러니 레우스 군이 자책할 필요는 없습니다."

이 사람도 나름대로 생각이 있어서 적의 함정에 걸린 척을 하거나, 마지막까지 나서지 않았다는 것은 알고 있다.

현재 엘리시온은 전체적으로 위기에 대처하려는 의식이 약했다. 특히 일부를 제외한 귀족은 자신의 지위를 이용해 으스대기만 했다. 나라가 평화롭고 안정되었기 때문에 이런 문제가 생긴 것이다.

그런 녀석들을 깨우치기 위해, 학교장은 사건이 터질 거라는 걸 알면서도 일부러 방치한 것이다.

그 결과, 수인에 대한 편견에 사로잡힌 어리석은 자의 말로를 사람들에게 보여줬다. 그러니 학생들의 생각은 크게 달라졌을 것이다.

하지만 까딱 잘못했으면 반란에 의해 나라가 망했을지도 모른다.

사실 왕과 일부 사람들에게는 사전에 이야기가 되어 있었으며, 결계 밖에 다수의 병사들이 대기해 있었다고 한다. 또한 학교를 덮친 용병들 중에도 첩자가 많은 것 같았다.

내가 장거리에서 용병들을 처리하고 있을 때, 학생들을 폭행하려 하는 얼간이 같은 용병이 있었다. 하지만 내가 저격하기 전에 그들을 해치운 집단이 있었다. 그런 상대에게 들키지 않도록 조심하거나, 적인지 아군인지 확인을 해가면서 저격을 하느라 고생했다.

마지막으로 그레고리의 도주를 허용한 것도, 학생들이 보지 않는 곳에서 그를 처리하기 위해서였을 것이다. 그 역할은 내가 가로챘지만, 학교장은 나에게 추적을 의뢰했다고 둘러댄 것이다.

결과적으로 잘 되기는 했지만, 레우스가 이렇게 정신적으로 가라앉게 만든 책임은 학교장에게도 있으니 반격을 하기로 마음먹었다.

"역시 학교장 님입니다. 몇 백 년 넘게 살아왔으면서도, 여전히 자신을 계속 돌아보시는 군요."

"당연하죠. 인간은 실수를 하는 생물이니까요. 반성하는 마음을 잊어서는 안 됩니다."

"그 사상은 정말 멋지다고 생각합니다. 그럼 솔선수범할 겸 당분 섭취를 줄이시죠. 요즘 너무 많이 드셨지 않습니까."

"……예?"

"구체적으로 설명을 드리자면, 한동안 케이크를 안 드릴 겁니다."

"저……저기, 시리우스 군?"

자기가 먼저 한 말인데도, 내 발언에도 일리가 있었는지 학교장은 세게 나오지 못했다.

방금 적들을 압도했던 자 답지 않게 어마어마하게 당황한 것 같았다.

우리의 대화를 듣고 있던 마그나 선생님은 학교장을 더는 못 보겠는지 다른 선생님에게 열쇠를 넘기고 우리의 대화에 끼어들었다.

"시리우스 군. 학교장 님은 매우 바쁘신 분이라 쉴 틈이 없으십니다. 그런 학교장 님에게 있어 시리우스 군의 케이크는 마음의 양식 그 자체죠. 그러니 재고해주지 않겠습니까?"

"그, 그렇습니다! 마그나, 말 한 번 잘했어요."

"마그나 선생님. 에밀리아를 골렘으로 지켜주셔서 감사합니다. 다음에 답례 삼아 케이크를 통째로 하나 가져다 드릴게요."

"학교장 님, 반성하시죠."

"마그나?!"

그리고 학생 전원이 목걸이에서 해방되고, 교실에서 농성을 하고 있던 학생들에게 이야기가 전해졌을 즈음, 드디어 학교 전체에 안도에 찬 분위기가 퍼져나갔다.

학생들의 반면교사가 된 그레고리는 죽었다는 사실이 알려졌으니, 한동안은 이런 짓을 벌이려는 자가 나타나지 않을 것이다.

학생들에게 있어 쓰디쓴 추억이 되겠지만, 고통 없이는 깨달지 못하는 이가 있다는 것도 사실이니, 사태의 중대함을 이제 충분히 알았을 것이다.

이렇게, 개인의 원념에서 시작되어 수많은 이들을 휘말리게 한 혁명은…… 학교 부지 안에서 막을 내렸다.

※ ※ ※ ※ ※

혁명이라는 이름의 폭거가 끝나고 이틀이 지났다.

학교 안에서 벌어진 전투의 흔적이 아직 남아 있지만, 학생들은 정신적으로 꽤 진정한 것 같았다.

참고로 학교는 이번 혁명 소동 때문에 휴교를 했다. 학생들은 기숙사에서 몸과 마음을 치유하고 있었다. 그리고 중요한 볼일이 있는 게 아니면 학교 부지 밖으로 나가지 말라는 엄명을 준수하고 있었다.

왜냐하면 이번 사건에 대한 학생들의 생각을 들어보기로 성에서 결정했기 때문이다. 아마 학생 중에 위험한 사상을 지닌 자가 없는지 조사하려는 의도를 지닌 것 같았다.

지금쯤 각 반에서는 성에서 온 병사와 학자들이 학생들을 불러서 개인 면담을 하고 있을 것이다.

참고로 연락이 올 때까지는 기숙사나 지정된 장소에서 대기해야 하지만, 우리가 사는 다이아장은 산속에 있기 때문에 볼일이 없는 사람은 좀처럼 오지 않는다.

그래서 차례가 되려면 한참 멀었다. 시간에 여유가 생기자,

나는 제자들의 소원을 들어주기로 했다.

"형님! 또 할래!"

"시리우스 님! 다음에는 제가 잡을게요. 지켜봐주세요."

"알았어. 자아, 잡아와."

즉…… 간단히 말해 놀아주고 있었다.

내가 던진 프리스비를 남매가 쫓아다니는 따뜻한 일상…… 아니지, 남매가 달린 후에는 흙먼지가 일어날 정도이니, 보는 사람에 따라서는 격투기만큼 열띤 경기처럼 느껴질지도 모른다.

아무튼, 우리는 겨우 이틀 만에 평소와 다름없는 모습으로 되돌아왔다.

피해를 입은 학생들에게는 미안하지만, 우리는 이번 소동에서 거의 피해를 입지 않았다. 오히려 다양한 고난을 극복하며 좋은 경험을 했다고 생각한다.

레우스가 좀 가라앉기는 했지만, 이제는 기운을 되찾았는지 힘차게 프리스비를 쫓아다니고 있었다.

참고로 제자들에게 상으로 소원을 하나씩 들어주겠다고 말하자, 레우스는 같이 놀아달라고 했다. 그래서 우리는 프리스비를 하고 있는 것이다.

"정말 즐거워 보이네. 보는 사람이 다 샘이 날 지경이야."

"저 두 사람은 프리스비를 좋아하거든. 하지만 나 말고 다른 사람이 던지면 싫어해."

우리는 몇 번이나 프리스비로 놀았지만, 그때마다 나만 프리스비를 던졌다.

지금까지 프리스비를 잡기만 했는데, 왜 질리지 않는 걸까?

"리스는 안 할 거야?"

"저 두 사람보다 먼저 프리스비를 잡을 자신이 없어. 저기 좀
봐……."

"제가 잡았어요!"

"앗, 누나! 그건 반칙이야!"

에밀리아. 동생의 등을 발판 삼는 건 좀 너무하잖아.

아무튼 프리스비를 잡은 에밀리아가 나를 향해 전력질주로 뛰
어왔다. 그리고 프리스비를 건네면서 머리를 내밀자, 나는 그녀
의 머리를 쓰다듬어줬다.

"음, 잘 잡았어."

"우후후…… 해냈어요!"

"다음에는 내가 잡을 거야! 형님, 빨리 던져!"

"……싫어하는 이유를 알겠네."

"이유? 나 말도 다른 사람이 던지면 싫어하는 이유 말이야?"

"그만큼 자연스럽다는 거야. 그럼 나도 도전해볼까?"

리스가 갑자기 의욕을 보이더니, 팔을 걷어붙이면서 남매의
옆에 섰다.

"리스도 드디어 눈치챈 것 같군요. 하지만 쉽지는 않을 거예요."

"다음에야말로 내가 꼭 잡을 거야."

"나도 안 질 거야! 하지만…… 한 번 정도는 이기게 해줬으면
좋겠어."

잘 모르겠지만, 리스도 참전하자 더욱 뜨거운 승부가 펼쳐졌다.

그 결과…… 전체적으로 보면 에밀리아가 5할, 레우스가 4할, 그리고 리스가 두 사람이 티나게 봐줄 때 몇 번 잡는데 성공했다.

오전에는 그러면서 놀고, 오후에는 과자를 만들었다.

리스는 내가 만든 과자를 잔뜩 먹고 싶다는 소원을 빌었다. 오늘은 훈련을 완전히 쉬기로 했기에, 지금부터 만들더라도 시간적 여유는 충분할 것이다.

"먹어보고 싶은 게 따로 있어?"

"으음…… 시리우스 씨가 만든 모든 종류의 케이크를 다 먹어보고 싶어."

"리스 누나, 그거 좋은 생각이야."

모든 종류…… 그렇게 종류가 많지는 않지만, 그래도 속이 더 부룩할 걸?

아, 리스라면 손쉽게 먹어치울 거라는 생각이 들었다.

"전부는 힘드니까 세 종류로 봐줘. 쇼트케이크와 치즈케이크, 그리고 과일케이크로 어때?"

"응. 좋아. 후후…… 꿈만 같아."

"형님, 형님! 나는 전에 형님이 말했던 타코야키라는 걸 먹고 싶어!"

"아, 그거 말이구나. 전용 철판이 없으니까 오코노미야키라도 괜찮을까?"

"그게 뭔지는 모르겠지만, 형님이 만드는 건 뭐든 맛있으니까

153

아무거나 좋아."

동그란 타코야키를 만들기 위한 철판을 가르간 상회에 부탁해 뒀지만, 아직 완성되지 않은 것 같았다. 특수한 형태라 의뢰를 했을 때도 이상하게 여겼지만, 새로운 요리를 만들기 위해 필요한 거라고 말하자 바로 납득했다.

하지만 지금부터 케이크를 만들 거니까, 오코노미야키는 오늘 저녁 식사로 삼아야겠다.

"좋아. 그럼 생지부터 만들어볼까."

"보고 있기만 하는 것도 좀 그러니까, 나도 도울게."

"생지를 섞는 건 나한테 맡겨줘!"

"시리우스 님, 준비 다 됐어요."

나는 바로 준비를 시작하려 했지만, 에밀리아가 이미 모든 준비를 마치고 조리실 앞에서 기다리고 있었다. 우리 대화를 들으면서 필요한 물건을 파악해 준비를 맞춰둔 것이다. 시종으로서 더욱 성장한 것 같았다.

"역시 에밀리아는 대단한걸."

"감사합니다. 하지만 오코노미야키라는 음식의 재료는 모르는데…… 뭘 준비하면 될까요?"

"아, 그건 저녁 식사로 삼을 거니까 아직 준비할 필요 없어. 아무튼 오늘은 케이크 파티를 하자."

"케이크 파티…… 말만 들어도 행복해!"

그리고 나는 기분이 좋아 보이는 제자들과 함께 케이크를 만들기 시작했다.

생지는 케이크 만드는 걸 예전부터 도왔던 제자들에게 맡기기로 하고, 나는 생크림을 비롯해 만들기 어려운 부분들을 담당했다. 오늘은 양을 많이 만들어야 하니, 당분을 적게 넣어야겠다.

그리고 잠시 후, 다 같이 만든 생지를 유사 오븐에 넣고, 생크림과 차가운 재료를 유사 냉장고에 넣었으니, 이제 준비는 일단락됐다.

이제 생지가 다 구워진 후에 마무리만 하면 된다.

"오븐을 크게 만들기 잘했어. 한 개씩 구우려고 했다간 한밤중이 되어야 끝났을 거야."

"시리우스 님, 아프가 하나 남았는데, 어떻게 할까요?"

"잘라서 먹을까?"

"예. 레우스, 접시를 가져오렴."

"응!"

에밀리아는 남은 아프를 잘라서 테이블에 놓았다.

이럴 때는 내가 가장 먼저 먹지 않으면 다들 음식에 손을 대지 않는다. 그래서 내가 손을 뻗으려 하자, 에밀리아는 아프를 하나 집어서 내 입가로 내밀었다.

"시리우스 님, 입을 벌려 주세요."

"저기, 혼자서도 먹을 수 있는데……."

"그래서는 제 상이라고 할 수 없잖아요!"

에밀리아가 볼을 부풀리더니, 약간 삐친 듯한 표정을 지었다.

그렇다. 에밀리아는 오늘 아침에 나에게 소원을 이야기했다. 그 소원이란 바로 나에게 봉사하고 싶다는 것이었다.

평소에도 봉사를 받고 있다고 생각하지만, 내가 세세한 부분은 맡겨주지 않는 게 불만인 것 같았다. 나로서는 홍차 준비와 청소, 요리만으로도 충분히 봉사받는다고 생각하지만, 에밀리아는 그것만으로는 만족할 수 없는 것 같았다. 그중 하나가 바로 이것인가.

"자아, 아~ 해주세요."

"풍양제 때도 그렇고, 너는 정말 이걸 좋아하는 구나."

"물론이죠. 아, 오늘은 등도 씻겨드릴게요."

"좋을 대로 해. 단, 알몸으로 들어오지는 마."

"……예."

왜 유감스러워하는 거지?

좀 부끄러움이라는 걸 느껴줬으면 좋겠다고, 아버지 같은 심정으로 아프를 먹고 있을 때 리스도 손에 쥔 아프를 나에게 내밀었다.

"자, 자아, 시리우스 씨!"

"리스, 너도…….."

"아, 싫으면 억지로 할 필요는…….."

"싫다고는 한 적 없어. 자아, 먹여줘."

"으, 응!"

리스는 얼굴을 붉히면서 나에게 아프를 먹여준 후, 자신의 손과 내 얼굴을 번갈아 쳐다보며 상냥한 미소를 머금었다.

"응. 에밀리아의 심정이 이해될 것 같아. 부끄럽지만…… 왠지 기뻐."

"리스라면 이해할 수 있을 거라고 생각했어요. 다음에…… 아니, 오늘 함께 시리우스 님의 등을 씻겨드리죠."

"뭐?! 으음…… 응. 해보자."

"잠깐만!"

애초에 셋이서 들어가기에는 욕실이 너무 좁…… 아니, 인원이 늘어날 줄은 몰랐다.

자제심은 강한 편이지만, 귀엽고 매력적인 두 사람과 이러고 있으니 가슴이 뛰는 것도 사실이다. 왠지 내가 덮치더라도 저 두 사람이라면 그냥 받아줄 것 같은 생각이 들었다. 특히 에밀리아라면 희희낙락하면서 옷을 벗을 것만 같았다.

덮칠 생각은 없지만, 사춘기의 육체에는 상당한 부담이니 좀 자제해줬으면 좋겠다.

"부탁이니까 두 명이 동시에 그러지는 마. 좀 조신함을 갖추라고."

"어쩔 수 없군요. 그럼 오늘은 제가, 내일은 리스가 할게요."

"최, 최선을 다할게!"

더 투덜댔다간 자신에게 매력이 없다고 생각하며 침울해할 것 같으니, 이쯤에서 끝내는 편이 좋을 것 같았다. 이제 와서 이런 말을 하는 것도 좀 그렇지만, 설마 이렇게 나를 좋아할 줄은 몰랐다.

나로서는 전생 때와 마찬가지로 제자들을 대하면서 키웠다고 생각하지만, 당시의 나는 완전히 아저씨였고 지금은 동년배 남성이니 어쩔 수 없는 걸지도 모른다.

딱히 제자를 아내로 받아들이는 것이 거부감을 가지고 있지는 않다. 일부다처제가 드물지 않은 것처럼, 이 세계에서는 남녀 관계가 관용적이니 딱히 남들이 이상하게 쳐다보지 않을 것이다.

하지만 나는 현재 정착해서 살고 있지도 않으며, 수입 또한 안정적이지 않다.

양쪽 다 마음만 먹으면 어떻게든 할 수 있지만, 나는 학교를 졸업하면 세계를 여행하며 교육자가 된다는 목표가 있다. 리스는 몰라도 내 여행에 동행해주는 에밀리아의 호의는 언젠가 받아줘야 할 것이다. 스승으로서가 아니라, 한 사람의 남자로서 말이다.

졸업을 하고 여행을 하다 안전한 지역을 찾고 난 다음이 이상적이겠지만, 애매한 관계를 유지하는 것도 좀 그러니 하다못해 약속만이라도 해두는 게 좋을까?

내가 고민을 하고 있을 때, 또 누군가가 나를 향해 아프를 내밀었다. 그 사람은 바로 레우스였다.

"형님, 입 좀 벌려봐."

"너까지 왜 이래?"

"응? 나도 형님을 좋아하잖아. 그러니까 먹어줬으면 좋겠어."

나와 레우스는 결코 그런 사이가 아니며, 우리 둘 다 노멀이다.

아마 레우스는 남녀 사이를 떠나 좋아하는 사람이라면 그 누구와도 이러는 거라고 생각하는 것이리라.

순수하고, 연애에 대한 지식이 적은 레우스는 위험하기 그지

없다. 정조교육뿐만 아니라 그런 쪽도 가르칠 필요가 있을 것 같았다.

참고로 나는 레우스가 내민 아프를 먹지 않으려 했지만, 그가 너무 슬픈 표정을 지었기에 결국 먹었다.

완성된 케이크 생지를 생크림과 과일로 장식하고 있을 때, 종소리가 들렸다.

"제가 나가볼게요."

내가 무슨 말을 하기도 전에, 에밀리아가 솔선해서 현관으로 향했다.

방금 그 소리는 현관에 달아둔 종에서 난 소리다. 문이 열리면 소리가 나도록 현관에 끈으로 묶어뒀던 것이다. 나는 기척을 통해 사람의 접근을 알 수 있지만, 이런 장치가 필요하기는 할 것이다.

그리고 쇼트케이크가 완성되었을 즈음, 문이 열리더니 에밀리아가 손님을 데리고 거실에 왔다.

"안녕, 시리우스 군. 갑작스레 찾아와서 미안해."

"공주님?! 무슨 일이시죠?"

"응? 내가 오면 안 되기라도 하는 거야?"

"그런 건 아닙니다만, 미리 알려주셨으면 좋겠군요."

손님은 바로 머리카락 색상을 바꿔서 변장을 한 리펠 공주였다. 물론 그녀의 뒤편에는 세니아와 멜트도 있었다.

리펠 공주가 느닷없이 찾아와서 놀라기는 했지만, 리스는 기삐하면서 자신의 언니에게 다가갔다.

"후후, 잠시 시간이 나서 이렇게 온 거야. 그건 그렇고…… 엄청 행복해 보이는 광경이 눈앞에 펼쳐져 있는걸."

리펠 공주는 리스의 자매답게 테이블 위에 놓인 케이크에서 눈을 떼지 못했다.

뜻밖의 손님이기는 하지만, 딱 좋은 타이밍에 찾아왔다.

손님이 셋이나 오니 좁지만, 좀 붙어 앉는다면 전원이 테이블에 둘러앉을 수 있었다. 에밀리아와 레우스가 의자를 가져오려고 했지만, 세니아는 고개를 저으며 사양했다.

"갑작스럽게 찾아온 데다, 저희는 시종이니 서 있어도 괜찮습니다."

"아뇨. 다이아장에서는 시종일지라도 다 같이 앉아서 식사를 하도록 되어 있답니다."

"서서 먹는 건 버릇없는 행동이야. 자아, 멜트 씨도 앉아."

"아, 미안하군."

남매의 박력에 압도당한 두 사람은 투덜대면서 앉았다. 주인인 리펠 공주와 한 테이블에 같이 둘러앉는 걸 신경 쓰는 것 같지만, 다이아장에서는 시종도 같이 식사를 하게 되어 있다. 리펠 공주도 신경 쓰지 않으며 리스와 즐겁게 이야기를 나누고 있으니 괜찮을 것이다.

그리고 리펠 공주는 이미 몇 번 몰래 이 다이아장에 온 적이 있으니, 슬리퍼 관습과 젓가락 사용법도 마스터했다.

차기 여왕답게 적응능력이 정말 뛰어났다.

리스가 리펠 공주를 상대하는 사이, 케이크 세 개가 완성됐다.

모든 케이크를 일정 크기로 자른 다음, 좋아하는 종류를 자유롭게 먹을 수 있도록 테이블에 놓는 사이, 에밀리아와 세니아가 인원수만큼의 홍차와 접시를 준비했다.

"하아…… 케이크가 이렇게 많으니 꿈만 같아. 오늘 이곳에 가자고 생각한 나 자신을 칭찬해주고 싶을 지경이야."

"기뻐해주시니 저도 기쁩니다. 하지만 일단 이건 제자들에게 주는 상이니, 그들을 우선해도 될까요."

"물론이야. 우리는 볼일이 있어 잠시 들른 것뿐이고, 케이크를 맛볼 수 있는 것만으로도 충분해."

"감사합니다. 자아, 너희도 사양 말고 많이 먹어."

"응! 그럼…… 잘 먹겠습니다!"

내가 케이크 한 개를 접시에 덜자, 리스를 비롯한 제자들이 케이크를 향해 손을 뻗었다.

에밀리아는 하나씩 접시에 두고 먹었으며, 레우스는 자기가 좋아하는 쇼트케이크를 두 개 확보했다. 그리고 리스는 접시를 케이크로 가득 채우는 등, 각자의 개성이 여실히 드러났다.

나는 한 개면 충분했고, 리펠 공주의 접시에는 모든 종류의 케이크가 하나씩 놓여 있었다.

"더 있으니 얼마든지 드세요. 세니아 씨와 멜트 씨도 드시죠."

"고마워, 시리우스 군. 한 번에 세 종류나 맛볼 수 있다니 행복하네."

"호의에 감사드립니다. 잘 먹겠습니다."

"고마워. 그럼 나는 이 과일 케이크를 먹지."

다들 케이크를 먹기 시작했으니, 나도 맛을 보려고 한 순간, 누군가가 나를 향해 케이크가 꽂힌 포크를 천천히 내밀었다.

그 범인은 에밀리아였다. 더는 말싸움을 하는 것도 귀찮았기에, 나는 아무 말 없이 그것을 먹었다.

"우후후…… 하나 더 어떠신가요?"

"그럴까? 하지만 에밀리아도 나만 먹여주지 말고 먹어."

"저는 두 개만 먹으면 충분해요. 이렇게 시리우스 님에게 시중을 드는 것만으로도 행복하답니다."

그리고 에밀리아는 진심으로 기뻐하며 나에게 케이크를 먹여줬다. 이러다 홍차까지 먹여주려고 할지 모른다는 생각이 들었기에, 나는 찻잔을 한 손에 쥐고 있었다.

우리가 그런 연인 같은 분위기를 자아내자, 리펠 공주는 재미있는 광경을 본 어린애 같은 표정을 지었다.

"뜨겁네. 그런데 에밀리아는 그렇다 치고, 시리우스 군도 남이 먹여주는 것에 익숙해 보이는걸. 전혀 부끄러워하지 않잖아. 항상 이러는 거야?"

"누나는 틈만 나면 저러니까, 형님도 익숙해진 거야."

그렇다. 꽤 익숙해졌다.

지금은 에밀리아지만, 예전에는 엄마가 나에게 자주 먹여줬다.

"이거 웬만한 유혹으로는 넘어오지 않겠네. 그에 비해 내 동생은……."

"언니. 케이크의 단맛과 과일의 새콤함이 절묘해요."

"……요 모양 요 꼴이잖아. 케이크에 매료되는 심정도 이해는 하지만 좀 정신 차려, 리스! 네가 시리우스 군과 결혼하면 그는 내 제부가 되니까, 언젠가 내 부하가 되어줄지도 모르잖아."

"어? 어? 언니는 과일 케이크를 싫어하나요?"

"아냐! 나도 그걸 좋아하지만, 지금 중요한 건 그게 아니잖아! 케이크 생각 좀 떨쳐내!"

뭐…… 먹을 것 앞에서는 좀 유감스러운 애가 되기는 하지만, 리스는 매우 매력적이에요.

리펠 공주가 나와 리스를 맺어주려는 이유는 알았지만, 그녀가 동생의 행복을 최우선으로 생각한다는 걸 알기에 화날 기분이 사라졌다. 하다못해 본인 앞에서는 말하지 않아줬으면 좋겠다.

이런 대화 끝에 드디어 언니의 말을 이해한 리스가 얼굴을 붉혔다. 그리고 리펠 공주는 태연한 미소를 지으며 나를 쳐다보았다.

"미안해. 좀 흥분한 것 같네."

"괜찮습니다. 그것보다 리펠 공주님은 무슨 일로 오신 거죠? 볼일이 있어서 왔다는 이야기밖에 못 들었습니다만……."

"볼일이 있는 사람은 내가 아니라 멜트야. 너희한테 간다는 이야기를 듣고 나도 따라온 거야."

"나는 말렸지만, 공주님께서 따라가겠다고 하도 고집을 부리셔서 말이지."

"투덜대면서도 데려가 주는 당신을 좋아해. 자아, 머리를 쓰다듬어줄게."

"이런데서 그러지 좀 마세요! 그리고 내가 여기에 온 이유 말인데……."

멜트는 리펠 공주에게 희롱을 당하면서 자신이 여기에 온 이유를 말했다.

결론부터 털어놓자면, 현재 학생들 상대로 진행되고 있는 개인 면담 때문에 왔다고 한다.

수업을 빨리 재개하기 위해, 성에서 추가적으로 인원을 보내는 게 결정됐다. 하지만 다이아장은 거리가 있어서 부르러 가는 게 귀찮다며 우리를 담당하는 사람이 투덜대고 있을 때, 마침 멜트가 곁을 지나가고 있었다고 한다.

리스가 어떻게 지내고 있는지 확인하고, 리펠 공주를 위한 케이크를 얻을 수 있을지도 모른다고 생각한 멜트는 그 사람에게서 다이아장에 사는 사람들은 자신이 담당하겠다고 말한 것 같았다. 그리고 이 사실을 리펠 공주에게 보고하자, 그녀는 멜트를 따라온 것이다.

설명을 얼추 마친 후, 멜트는 들고 있던 자료를 꺼내 테이블 위에 펼쳐놓았다.

"내가 너희의 개인 면담을 담당하게 됐어. 케이크를 다 먹은 후에 잠시 시간을 내주겠어?"

"좀 봐도 돼? 흠흠…… 좀 성가신 질문이 많네. 무의식까지 조사하기 위해서겠지만 시간이 걸리겠는걸."

"그래서 아직 전체 인원의 절반만 면담을 마쳤다고 합니다. 미안하지만 개인면담을 할 방이 없을까?"

"빈 방이 하나 있지만, 창고입니다. 레우스, 네 방에서……."

"……시리우스 군들은 전부 문제없음……. 내 사인도 해둘 까?"

레우스의 방에서 면담을 할까 생각하고 있을 때, 리펠 공주가 자료에 결과를 썼다. 서류 작업에 익숙한지 순식간에 작성을 마 쳤으며, 서류상으로는 우리의 면담이 끝난 걸로 되었다.

"아아…… 또 멋대로……. 그리고 공주님이 사인이 있으면 성 가시게 되니 절대 하지 마세요."

"언니. 우리야 면담을 안 해서 좋지만, 정말 이래도 괜찮은 거 예요?"

"뭐, 너희가 그런 한심한 짓을 할 리가 없잖아? 뭐, 설령 그런 짓을 저지르더라도 너희가 그럴 사람이라는 걸 알아보지 못한 우리 잘못이야."

"그래요, 리펠 님! 시리우스 님이 그런 어리석은 짓을 하실 리 가 없어요. 게다가 시리우스 님이라면 그런 소동을 일으키지 않 고도 아무도 눈치채지 못하게 사상을 바꾸실 수 있을 거랍니다."

"거 봐. 시리우스 군을 가장 잘 아는 에밀리아가 저렇게 말하 니까 괜찮아."

"……후반부에 문제발언이 있었던 것 같기도 한데 말이죠."

이렇게 몇 시간은 걸릴 작업이 왕녀의 독단으로 겨우 몇 분 만 에 끝났다.

그리고 리스가 언니에게 떠밀려서 나에게 케이크를 먹여주려 하고, 다이아장에서의 생활에 대해 이야기하는 등, 평온한 분위기 속에서 케이크 파티는 계속됐다.

　그리고 케이크가 얼마 남지 않자, 마지막 한 조각의 치즈케이크를 둘러싸고 세 사람이 소리 없는 전쟁을 벌이는 가운데, 또 종소리가 다이아장 안에 울려 퍼졌다.

　기척과 마력을 통해 상대가 누구인지 눈치챈 내가 에밀리아를 보냈다. 참고로 이번 방문자는 여러모로 문제 있는 인물이기도 했다.

　"저기…… 이쪽이에요."

　"실례하죠. 어, 리페 아닙니까. 이런 곳에서 볼 줄은 몰랐어요."

　"어머나, 아저씨. 오래간만이에요."

　찾아온 사람은 학교장인 로드벨이었다.

　그가 이곳에 온 것은 처음이지만, 지금은 사건의 뒤처리 때문에 바쁠 텐데 어째서 온 것일까?

　내가 의문을 느끼며 의자를 준비하자, 학교장도 테이블에 둘러앉았다.

　매직 마스터라 불리는 이 학교의 최고 책임자와 차기 여왕 후보가 평민의 기숙사에 모여 있다니, 꽤 엄청난 상황이라는 생각이 들었다.

　"그런데 아저씨는 무슨 일로 오신 거죠? 아직 일이 많으실 텐데요."

　"아…… 비명을 지르고 싶을 만큼 많기는 하죠. 잠시 기분 전환 삼아 여기에 온 거랍니다."

　기분 전환이 아니라 반쯤 도망친 것 같다는 생각이 들었다.

소동의 주범과 그에 찬동한 자들의 처벌, 그리고 자기 자식이 이 일에 휘말렸다는 사실을 알고 항의를 하러 온 귀족들에 대한 대응 등, 학교장이 할 일은 정말 많을 것이다.

혁명을 사전에 저지하지 못한 책임 문제도 져야 할 것이다.

원래라면 학교장의 자리에서 물러나야겠지만, 오랫동안 그 자리를 지켜온 만큼 현상유지를 하게 되었다. 나에게 있어서는 케이크 애호가에 지나지 않지만, 다양한 방면에서 활약하고 있는 사람 같았다.

"주범과 이번 소동에 가담한 귀족들의 칭호 박탈 수속 및 귀족 학생들의 집에 찾아가서 부모에게 설명…… 좀 적당히 해줬으면 좋겠군요."

반쯤 푸념에 가까운 말을 늘어놓고 있는 학교장의 시선은 테이블 위에 있는 케이크에서 떨어질 줄 몰랐다.

그러고 보니 그 후로 케이크 제공을 중단하고 있는데, 설마 이틀 만에 케이크 금단증상이 발병한 걸까? 어쩌면 너무 바빠서 당분 소모가 극심한 걸지도 모른다.

"……드실래요?"

"그래도 될까요?"

"바쁘신 와중에 여기까지 와주신 분을 그냥 보내는 것도 결례니까요."

여기서 도망치면 더 숨기 쉬운 장소에 갈지도 모르고, 여기에 온 건 무의식적으로 케이크를 갈구했기 때문일지도 모른다.

나는 이번 케이크 파티의 취지를 설명한 후, 제자들이 먹고 남은 거라면 먹어도 괜찮다고 학교장에게 말하자, 그는 환한 미소를 지었다.

"이야…… 기쁘군요. 이제 이틀은 더 싸울 수 있겠어요."

"역시 이틀밖에 못 버티는 건가요……."

"그럼 우선 이 치즈케이크를……."

"아저씨. 치즈는 저희가 노리는 거예요."

"맞아. 쇼트라면 남아 있어."

"마지막 하나는 절대 못 넘겨요!"

일단 학교장은 나이와 지위에서 높은 사람이지만, 다이아장의 물러터진 분위기와 케이크를 향한 집착 때문인지 제자들과 리펠 공주의 어조가 거칠었다. 뭐, 본인은 신경 쓰지 않는 것 같으니 괜찮겠지만 말이다.

"보아하니 여러분은 이미 충분히 먹은 것 같군요. 저는 일을 하느라 지칠 대로 지쳤습니다. 좀 양보해주지 않겠습니까?"

"그럴 수는 없어요! 애초에 아저씨가 연구에 너무 열중하는 게 문제예요. 이번 혁명도 연구에 몰두하지 않았다면 더 스마트하게 해결할 수 있었을 거잖아요."

"윽?! 그게…… 하하, 찔리는걸요."

"그러니 치즈는 안 돼요. 자아, 리스, 레우스. 아까 너희가 가르쳐준 가위 바위 보로 결판을 내자!"

"리페! 좀 봐주세요!"

낮은 수준의 다툼이 한동안 계속된 끝에, 쟁탈전에서 승리한 사람은 바로 리스였다.

치즈를 먹지 못한 학교장은 아쉬워했지만, 다른 케이크를 먹을 수 있었기에 어느 정도 만족한 것 같았다.

그리고 진짜로 케이크만 먹고 돌아간 학교장의 뒤를 이어, 리펠 공주도 성으로 돌아갔다.

리펠 공주와 멜트 덕분에 귀찮은 개인 면담이 간단히 끝났다. 이제 수업만 다시 시작되면 될 것이다. 드디어 혁명 소동이 끝났다는 실감이 들었다.

하지만 내가 할 일은 아직 남아 있었다. 레우스와 리스의 소원은 들어줬고, 이제 에밀리아의 소원을 오늘 하루 동안 들어주면 된다. 좀 조용해진 다이아장의 소파에 앉아 있던 나는 소동의 끝을 실감하며 안도의 한숨을 내쉬었다.

그날 저녁…….

"그러니까 알몸으로 오지 말라고 했잖아! 수건이라도 몸에 둘러!"

"시리우스 님에게 성장한 저를 보여드리고 싶어요!"

"나도 봐줘, 형님!"

"으으…… 알몸은 무리야……."

"적당히 해!"

……소동은 아직 끝나지 않았다.

《돌아갈 장소》

엘리시온에 오고 4년가량 흐르자…… 나는 얼마 전에 열다섯이 되었고, 레우스도 어제 나와 같은 나이가 되었다.

그리고 휴일에 우리는 모험가 길드로 향했다.

이 세계에서는 열다섯이 되면 모험가 길드에 등록할 수 있다.

참고로 모험가 길드는 마을의 발전에 없어서는 안 되는 존재이며, 전 세계 곳곳에 있다. 그리고 커다란 마을에는 반드시 존재하는 시설이다.

모험가 길드에 대해 대략적으로 설명하자면, 길드에 등록하면 우리가 토벌한 마물의 중요 부위를 길드에 팔 수 있고, 마을 측의 의뢰를 해결해서 보수를 받을 수 있다……고나 할까?

부평초 같은 모험가에게 있어 돈을 벌 수 있는 중요한 시설이기에, 학교를 졸업하고 여행을 할 거면 모험가 길드에 등록을 꼭 해야 한다.

여담이지만, 나보다 한 살 많은 에밀리아는 1년 전부터 등록이 가능했었지만, 나와 함께 등록하겠다며 지금까지 미뤄왔다.

아무튼 나와 레우스가 열다섯이 되자, 우리는 다 같이 등록을 하러 왔다.

"그런데, 리스도 등록을 할 거야?"

"응. 어머님도 예전에는 모험가로서 길드에 등록을 하셨대. 그래서 전부터 모험가를 좀 동경했어."

"하지만 리스 누나는 싸우는 걸 좋아하지 않잖아?"

"그건 그렇지만, 길드의 의뢰는 마물을 쓰러뜨리는 것만이 아니잖아."

길드의 의뢰는 다양하다.

마물 토벌을 비롯해 상인 호위, 경우에 따라서는 마을 청소 같은 것도 있다. 모험가 길드라는 것은 따지고 보면 무슨 일이든 다 하는 해결사 사무소 같은 거다.

게다가 리스는 치료마법 능력이 뛰어나니, 전투 의뢰를 받지 않더라도 얼마든지 돈을 벌 수 있을 테니 등록을 해두는 것도 나쁘지 않을 것이다.

"길드에 등록하면 저 혼자서도 거금을 벌 수 있는 거군요."

"에밀리아, 뭐 가지고 싶은 거라도 있어? 말해주면 내가 돈을……."

"아뇨, 제가 직접 돈을 벌 수 있게 되고 싶어요. 저희의 생활비는 시리우스 님께서 마련해주고 계시니까요."

"맞아! 앞으로는 우리가 돈을 잔뜩 벌어서 형님을 먹여 살릴 거야!"

나는 때때로 가르간 강회에 신상품 아이디어를 팔아서 수입을 얻고 있다. 그리고 그 수입으로 우리 전원의 식비를 비롯한 생활비를 마련하고 있는 것이다.

에밀리아는 그게 싫은 것 같지만, 너희는 내 제자이자 시종이니까 주인인 내가 먹여 살리는 것은 당연하다고 생각한다.

매달 용돈도 주고 있고, 원하는 게 있으면 이유를 들어본 다음 괜찮다 싶으면 사준다.

아무튼 나를 따라오는 제자들의 양육비만큼은 아끼지 않을 생각이다.

그건 그렇고, 지금까지 이 남매는 돈에 집착하지 않았는데 이런 이유로 돈을 벌고 싶어 할 줄이야. 눈물이 날 것 같다.

"예. 제가 돈을 벌어서, 시리우스 님이 자유롭게 지내실 수 있게 해드릴 거예요."

저기…… 그럼 기둥서방 아냐?

"마물을 쓰러뜨려서 돈을 벌고, 집에 돌아가서는 형님이 만든 밥을 먹는 생활도 나쁘지 않을 것 같아."

나보고 남자 전업 주부가 되라는 거야?

왠지 방금 느낀 감동이 퇴색되는 느낌이 들었다. 아무튼 그런 생활을 하게 되면 내가 타락할 것 같으니 마음만 받아두기로 했다.

엘리시온 한쪽에 있는 모험가 길드 엘리시온 지부.

뒷세계 정보를 모으기 위해 변장을 하고 몇 번 가본 적은 있지만, 이렇게 평범하게 들어가는 건 이번이 처음이다.

건물 안에는 술집도 있고 테이블과 의자도 잔뜩 있었다. 거기서는 다양한 종족이 모여서 술을 마시거나, 동료들과 즐겁게 잡담을 나누고 있었다.

그런 장소에 우리 같은 어린애가 들어가자, 당연히 주목을 모았다. 미심쩍어 하는 시선을 보내며 전혀 환영하지 않는 것 같지만, 우리는 개의치 않으며 당당하게 접수처라고 적힌 카운터로 향했다.

모든 카운터에 손님이 있었지만, 구석에 있는 카운터가 비교적 사람이 적었기에 우리는 그쪽으로 향했다. 그 카운터의 직원은 인간족 여성이며, 우리를 향해 부드러운 미소를 지었다.

"모험가 길드, 엘리시온 지부에 어서 오세요. 길드에 의뢰를 하러 오신 거라면, 우선 의뢰 내용과 금액을 이 용지에 기입해 주세요."

"아, 우리는 의뢰가 아니라 길드에 등록을 하러 왔어요."

"예? 아, 죄송합니다. 신규 등록자……이신가요?"

영업용 미소는 흐트러지지 않았지만, 그녀의 눈동자에는 걱정이 어려 있는 것 같았다. 환영받지 못하는 것 같지는 않지만, 그래도 그 감정은 곧 사라졌으니 개의치 않기로 했다.

여성 직원은 우리를 다시 쳐다본 후, 진지한 표정으로 물었다.

"확인을 위해 묻는 겁니다만, 길드 등록은 15세 이상만 가능하다는 건 알고 계시겠죠?"

"예. 우리 모두 15세 이상이니 문제없어요."

"……예. 여러분이라면 괜찮을 것 같군요."

규정은 15세지만, 겉모습과 분위기가 너무 어리지만 않으면 통과되는 것 같았다.

전생과 달리 개개인의 정보가 관리되고 있지는 않으니, 그런 부분은 담당자의 재량에 맡겨지는 듯 했다.

"보면 알 수 있나요?"

"지금까지 많은 모험가와 신입을 봤으니까요. 거짓말을 한다면 바로 알 수 있어요. 그럼 이 용지에 필요사항을 기입해주세요. 그리고 등록료로써 한 사람 당 은화 한 닢이 필요합니다."

그리고 여성 직원에게 용지를 넉 장 받은 후, 우리는 이름과 나이 같은 간단한 개인 정보를 기입했다.

용지에는 주 무기와 적성 속성 항목이 있었다. 리스는 그걸 보고 약간 머뭇거렸다.

"저기…… 저는 무기를 쓴 적이 없는데, 그럴 때는 뭐라고 쓰면 될까요?"

"그럴 때는 적지 않아도 돼요. 마법을 주로 사용하는 사람도 있으니까요."

"저는 나이프예요. 그러고 보니 시리우스 님도 나이프죠?"

"누나, 형님은 검도 쓴다고. 검이라고 써야 하지 않을까?"

"아뇨. 저와 마찬가지로 나이프예요!"

"검이야, 검!"

"별것 아닌 일 가지고 싸우지 마."

본인을 무시한 채 그런 걸로 싸우지 말란 말이다.

나는 나이프를 주로 쓰지만, 그건 어디까지나 내 전투 방식이 나이프에 잘 맞기 때문이지 무기 자체에 얽매이지는 않는다.

어느 쪽을 적든 성가실 것 같았기에, 나는 체술이라고 써뒀다.

그렇게 기입을 마쳤을 즈음, 직원은 속성을 판정하는 투명한 수정이 달린 마도구를 꺼냈다.

"다음은 적성 속성을 조사하겠습니다. 드물게 용지에 다른 속성을 적는 사람이나, 적성 속성을 모르는 분이 있기 때문에 등록을 하면서 판정을 하도록 되어 있죠. 그럼 에밀리아 님부터 부탁드립니다."

용지를 건넨 에밀리아가 판정도구에 손을 대자, 수정이 녹색으로 빛났다. 전에 봤을 때보다 빛이 강한 걸 보면, 에밀리아의 마력량이 늘어난 것이리라.

그 빛을 본 직원은 한순간 놀랐지만, 곧 미소를 지으면서 종이에 동그라미를 그렸다.

"에밀리아 님은 뛰어난 마력을 지니셨군요. 용지대로 바람속성이 틀림없다는 것도 확인했습니다. 그럼 다음은……."

그 후에도 레우스와 리스 때도 비슷한 상황이 벌어졌고, 주위에 있던 사람들도 그 빛을 보더니 우리를 주목하기 시작했다. 그리고 내 차례가 됐는데…….

"마지막은 시리우스 님입니다만…… 여기에 기입된 내용이 사실입니까?"

"예. 그래요."

"알았습니다. 저기…… 죄송합니다만, 사정을 설명한 후, 안쪽 방에서 판정을 할 수 있도록 요청할까요?"

아마 그녀는 주목을 모으는 상황에서 내가 불우함의 상징처럼 여겨지는 무속성이라는 게 알려지면 귀찮은 일이 벌어질 수도 있다는 말이 하고 싶은 것이리라.

나를 이렇게 배려해주는 걸 보면 상냥한 사람 같았다.

"고맙습니다. 하지만 저는 여기서 해도 괜찮아요."

"……그런가요. 그럼 여기에 손을 올려주시죠."

판정도구에 손을 대자, 수정은 제자들을 아득히 능가하는 빛을 뿜기 시작했다. 무심코 눈을 가늘게 떠야 할 정도로 강한 빛이지만, 무색이라는 것은 확연하게 알 수 있을 것이다.

이 정도면 충분할 거라고 생각하며 손을 떼려고 한 순간, 갑자기 둔탁한 소리가 나면서 수정에 금이 가면서 빛이 잦아들었다.

다들 망연자실한 표정으로 그 광경을 지켜보는 가운데, 남매는 힘찬 목소리로 떠들어댔다.

"역시 형님은 대단해!"

"시리우스 님이라면 이 정도 쯤은 아무것도 아니죠. 너무 대단해서 다른 사람들도 말문이 막힌 것 같군요."

"그, 그런 건 아닐 거야. 그래도…… 마력이 강하면 이렇게 되는구나."

"여, 역시 학교의 학생 분들이시군요. 마도구를 부순 사람은 저도 처음 봤습니다."

직원도 놀랐지만, 우리가 학교의 학생이라는 걸 떠올리고 납득한 것 같았다. 덕분에 무속성에 관한 것도 대충 넘어갔으니 잘 된 걸로 여기기로 했다.

주위에 있는 모험가들의 비웃음을 살지도 모른다고 생각했지만, 학교의 학생이라는 간판은 내가 생각했던 것보다 더 대단한 것 같았다.

귀찮은 일이 줄었으니 등록을 계속하기로 했는데, 이제부터 장소를 옮겨서 실기시험을 보는 것 같았다.

길드에는 베테랑 모험가이기도 한 교관이 있으며, 이 사람이 낸 과제를 통과하면 등록 완료인 것 같았다.

곧 체격이 좋은 중년 인간족 남자가 왔다. 가죽으로 된 갑옷과 갑옷토시를 걸쳤지만, 오랜 경험을 통해 기른 움직임과 위압감으로 볼 때, 이 사람이 실기시험을 담당하는 베테랑 교관이 틀림없는 것 같았다.

"흠…… 너희가 이번 등록 희망자구나."

"예. 당신이 저희의 교관이죠?"

"그래. 우선 자기소개부터 할까. 내 이름은 리드라고 한다. 시험이 끝날 때까지는 리드 교관이라 불러줬으면 좋겠군."

"예. 저는 시리우스라고 합니다. 그리고 이 아이들은……."

그대로 제자들을 소개한 후, 리드 교관은 우리를 데리고 건물 뒤편에 있는 훈련장으로 향했다.

훈련장의 구조는 학교와 별반 차이가 없었다. 굳이 다른 점을 찾자면 학생이 아니라 젊은 모험가가 훈련을 하고 있다는 점이다.

훈련장 한쪽에는 흙마법으로 만든 표적이 있었는데, 리드 교관은 우리를 그곳으로 데려간 후 실기시험에 대해 설명했다.

"모험가 길드에 등록하려면 어느 정도의 실력이 필요하다. 그러니 지금부터 너희의 실력을 보고 등록을 시킬지 말지 판단하겠다."

"어느 정도 실력이면 되는데? 리드 교관과 싸우는 거야?"

"상황에 따라서는 그렇게 되겠지만, 우선 용지에 적힌 주 무기나 적성속성 마법을 보여줬으면 한다. 그 후, 신경 쓰이는 점이 있으면 내가 물어보지."

"무기를 쓰지 않는 저는 마법을 써도 될까요?"

"전투능력이 있는지 없는지 확인하려는 거니까 마법을 써도 돼. 하지만 선배로서 한 마디 하자면, 마력 고갈이나 적이 접근한 상황에 대비해 무기를 쓰는 편이 좋을 거다."

"합기도는 체술이라고 할 수 있으려나?"

"합기도? 잘은 모르겠다만, 다른 공격마법을 익혔다면 나중에 보여줬으면 한다. 우선…… 레우스부터 해볼까."

"응!"

우리가 아까 작성한 용지를 쥔 교관이 그렇게 말하자, 레우스는 의욕에 찬 표정을 지으며 앞으로 나섰다. 그런 레우스를 향해 미소를 지은 리드 교관은 그의 등을 몇 번이나 쳐다보았다.

"기운이 넘치는걸. 그런데 너는 그 대검을 진짜로 휘두를 수 있는 거냐?"

"당연하지. 이정도로 무겁고 튼튼해야 내가 마음 놓고 있는 힘껏 휘두를 수 있어."

"흠…… 괜찮다면 한 번 들어봐도 될까?"

"그래."

레우스는 언뜻 봐도 50킬로그램은 나갈 것 같은 검을 한 손으로 들어서 건넸다. 그러자 교관은 대검을 양손으로 움켜쥐면서 한 번 휘둘러봤다.

"이건…… 무겁지만 멋진 검이군."

"내 파트너거든. 그란트 할아버지가 만들어준 거야."

"그란트?! 이 정도 검을 만들 수 있는 사람은 아마 그 사람뿐이겠지."

"평범한 검은 금방 부러져버려. 그런데, 이 표적을 베면 되는 거야?"

"그래. 누구에게 배운 건지는 모르겠지만, 네 검술을 보여봐라."

레우스는 교관에게서 검을 돌려봤더니, 표적을 향해 강천 자세를 취했다.

그리고 호흡을 가다듬은 레우스가 전력으로 검을 휘두르자…… 표적은 분쇄됐다. 그야말로 산산조각이 난 것이다.

굉음 때문에 주위에서 훈련을 하던 모험가들이 움직임을 멈출 정도였다.

"……실패했어."

"시, 실패? 왜 실패라는 거지?"

"두 동강을 낼 생각이었는데, 힘이 너무 들어가서 산산조각이 나버렸거든."

강파일도류는 모든 것을 베는 강(剛)을 추구하는 검술이지만, 그냥 휘두르기만 하는 것처럼 보여도 실은 상당한 기술이 필요한 검술이다.

조금이라도 힘의 방향이 어긋나면 충격이 분산되면서 방금처럼 목표를 분쇄하고 만다.

그런 기술을 감각만으로 사용하고 있으니, 라이오르 할아버지는 괴물인 것이다. 참고로 분쇄는 미숙하다는 증거이며, 할아버

179

지가 방금 광경을 봤으면 불같이 화를 냈으리라.

분쇄된 표적의 파편이 흩뿌려지는 가운데, 레우스는 교관을 향해 돌아서며 고개를 숙였다.

"한번만 더 해봐도 될까? 이번에는 깨끗하게 두 동강을 낼게."

"돼, 됐어! 네가 충분한 실력을 지녔다는 건 알았으니까 그만 해! 충분하다 못해 지나칠 지경이라고!"

"하지만 실패한 채로 끝내려니 찝찝하네. 할아버지였으면 뒤쪽에 있는 벽도 베었을 텐데……."

"부탁이니까 하지 마! 건물까지 파괴하면 곤란하다고!"

"지금의 나라면 벽을 베는 건 무리라도, 상처 정도는……."

"……레우스, 그만해."

"응!"

레우스가 내 말을 듣고 순순히 검을 집어넣자, 교관은 안도의 한숨을 내쉬면서 용지에 뭔가를 적었다.

"이렇게 비상식적인 신입은 처음인데…… 아무튼 레우스는 합격이다. 너라면 중급도 상대하기 힘든 쟈오라 스네이크와도 싸워볼만하겠지."

"쟈오라 스네이크라면 얼마 전에 벤 적 있어."

"……다음은 에밀리아다. 무기나 마법으로 표적을 공격해보도록."

참고로 쟈오라 스네이크는 엘리시온에서 좀 떨어진 호수에 서식하는 뱀 괴물이다. 웬만한 검은 다 튕겨내는 비늘과 공격이 명중하기 힘들게 하는 기묘한 움직임 때문에 중급 모험가도 토

벌이 힘들다고 여겨지는 마물이다.

얼마 전, 엘리시온에 처음으로 왔을 때 신세를 졌던 여관 '봄바람이 머무는 나무'에서 쟈오라 스네이크 고기가 필요하다고 해서 쓰러뜨리러 갔었다. 그리고 우리가 쟈오라 스네이크의 움직임을 봉쇄한 틈에, 레우스가 검으로 두 동강을 냈다.

중급 모험가조차 고전하는 마물을 모험가도 아닌 애가 이미 벤 것이다. 교관은 당황한 것 같지만, 베테랑의 의지를 발휘해 흐트러진 모습을 보이지 않으며 에밀리아를 쳐다보았다.

"제 마법으로 옆에 있는 표적을 공격해도 될까요?"

"그래. 너는 바람마법과 나이프라고 적혀 있던데, 둘 다 보여줬으면 한다."

"예. 그럼……."

에밀리아는 품속에서 투척용 나이프를 몇 개 꺼내더니, 그걸 전부 팔꿈치와 무릎 같은 관절 부위에 명중시켰다.

아마 에밀리아는 상대의 움직임을 봉쇄하려는 것이리라. 그리고 움직임이 저해되는 부위에 나이프를 꽂은 후, 마지막으로 표적의 중심에 '에어 샷'을 날려서 박살 냈다.

과정은 달라도 결과는 레우스와 똑같았다.

"이 정도면 될까요?"

"하, 합격. 다음은 리스다."

교관도 에밀리아의 실력을 보더니 바로 합격이라 말했다.

다음 차례인 리스는 약간 긴장한 것 같았기에, 나는 그녀의 어깨를 가볍게 두드려줬다.

"리스, 평소처럼 하면 되니까 걱정하지 마."

"응. 그럼…… 갑니다."

리스는 심호흡을 한 다음, 물구슬을 날리는 초급 물마법 '아쿠아'를 펼쳤다.

하지만 그 구슬은 일반적인 구슬보다 몇 배는 컸다. 표적 전체를 감쌀 수준이었다. 그리고 물구슬이 심하게 탁해지면서 마법이 해제되자, 흙으로 된 표적은 그대로 무너지면서 진흙 덩어리로 변했다.

"상대를 혼란시키기 위해 쓰는 마법이에요. 인간상대로 쓰면 익사하니까 바로 해제해요."

"공격에 적합하지 않은 마법을 이런 식으로 쓸 줄이야. 그런데 아까 말했던 합기도라는 건 어떤 거지?"

"적이 다가왔을 때에 대비한 호신술이에요. 말보다 실제로 보여드리는 편이 나을지도 몰라요."

"그럼 내가 적 역할을 할게."

"부탁해."

레우스는 검을 내려놓더니, 평소의 절반 정도만 힘을 주며 주먹을 휘둘렀다. 그러자 리스는 재빨리 레우스의 손목을 움켜쥐며 자기 쪽으로 잡아당기며 발을 걸어찼고, 레우스는 공중에서 몸을 한 바퀴 회전시키며 내던져지더니 그대로 지면에 내동댕이쳐졌다.

이미 연습 때 몇 번이나 이 공격을 당했던 레우스는 낙법을 완벽하게 해냈다. 그는 아무 일도 없었다는 듯이 일어서면서 몸에

묻은 먼지를 털었다.

"상대의 힘을 이용해서 던지기 때문에, 저처럼 힘이 약한 사람도 쓸 수 있는 기술이에요."

"흠…… 이런 기술이 있었군. 쓸 수 있는 상대는 한정되겠지만, 호신용으로는 충분하겠지."

베테랑인 교관은 레우스가 일부러 던져진 게 아니라는 걸 이해한 것 같았다.

그리고 리스에게도 합격이라고 말한 후, 내가 기입한 용지를 쳐다보던 교관의 눈빛에 약간의 망설임이 어렸다.

"네가 시리우스군. 마도구를 박살 낼 정도의 마력량을 지녔다던데, 적성이 무속성이라니…… 잔혹한 현실인걸."

"뭐 하나만 물어볼게요. 저 말고도 그 마도구를 부순 사람이 있나요?"

"마도구가 낡아서 부서진 것 이외에는…… 아, 과거에 한 명 있었지. 매직 마스터라 불리는 로드벨 님이지. 그분이 마도구에 손을 대자 수정이 산산조각 났다더군."

다시 태어난 후로 계속 노력해왔지만, 그 매직 마스터는 내 지금 나이에 전생의 나이를 더한 것보다 더 오래 산 데다, 적성 속성도 세 개나 된다.

게다가 재능과 지위에 빠져 자만하는 건 고사하고, 아무리 업무가 바빠도 마법 연습을 거르지 않는 노력가이며, 마법에 관해서는 로드벨이 나보다 훨씬 뛰어날 것이다.

하지만 어째서일까? 학교장을 떠올리면 혁명 소동 때의 그 늠

름한 모습보다, 케이크를 맛있게 먹는 모습만 떠올려지는 것은.

"그리고 주 무기는…… 체술? 무기는 쓰지 않는 건가?"

"쓰지 않는 게 아니라 상황에 따라 전투 방식을 바꾸거든요. 굳이 꼽자면 나이프일 겁니다."

"으음…… 미안하지만, 너는 나와 모의전을 해줬으면 한다."

"좋아요. 룰은 어떻게 하죠?"

"상대에게 유효한 일격을 먹이거나, 상대가 패배를 인정하면 승패가 갈린 걸로 하지. 나는 무기를 쓰지 않고, 손속에도 사정을 둘 테니 마음 놓고 덤비도록."

그리고 서로가 맨손으로 일정 거리를 두며 대치했다.

모의전을 하게 됐는데, 어떤 식으로 공격할까? 체술을 보여주기로 했으니, 마법을 쓰지 않기로 하고, 내 전투 방식을 너무 드러내는 것도 좀 그러니 단숨에 결판을 내도록 할까.

내가 상대의 발치를 노리려는 것처럼 낮은 자세로 파고들자, 교관은 그걸 예상한 것처럼 주먹을 내지르며 요격했다.

나는 그 손을 잡은 후, 아까 리스가 한 것처럼 교관을 내던지려 했다. 하지만 그는 한 번 본 것만으로 대처법을 찾아낸 것 같았다.

그는 내 힘에 저항하지 않으며 몸을 공중으로 날리더니, 등이 아니라 두 발로 지면에 착지했다. 그리고 내 손을 잡은 채, 한사코 힘을 주고 있었다.

역시 베테랑이라 불리는 사람다웠지만, 내 손을 잡고 있는 것은 판단 미스다.

나는 한사코 떨어지지 않으려 하는 상대의 품속으로 파고들었다.

내 손을 쥔 교관의 팔을 두 발로 고정한 후, 상대의 엄지가 천장을 향하게 잡으며 몸을 밀착시키며 그대로 꺾자 깔끔하게 기술이 들어갔다.

교관은 고통 때문에 지면에 쓰러졌지만, 나는 기술을 유지했다. 즉, 전생의 프로레슬링이나 격투기에서 봤던 팔 십자 꺾기를 쓴 것이다.

확실하게 들어가면 상대와 체격 차이가 얼마나 나든 벗어나는 게 불가능하다. 극심한 통증을 느끼면서도 억지로 떼어내려고 했다간 근육이 상하기에, 아마추어가 함부로 쓰면 위험한 기술이다.

처음 보는 기술에 당한 교관이 당혹스러워하며 고통을 참고 있을 때, 나는 이렇게 말했다.

"항복하겠어요?"

"하…… 항복……하지."

이렇게 우리 전원은 합격했다.

그 후, 카운터로 간 우리는 모험가 길드의 등록 증명증…… 길드 카드가 완성될 때까지 기다렸다.

참고로 리드 교관은 어린애인 나한테 진 걸 전혀 개의치 않았다. 오히려 재미있는 기술이라고 칭찬하며 가르쳐달라고 했다.

은퇴를 했지만 여전히 자신을 계속 갈고 닦을 뿐만 아니라, 무속성인 나도 남들과 똑같이 대해주는 이 사람과 친하게 지내고 싶다는 생각이 들었다.

카드 작성에 좀 시간이 걸리니, 그 사이에 여성 직원에게서 길드에 대한 이야기와 주의사항에 대해 들었다.

"길드 카드에는 특수한 마법진이 새겨져 있으며, 처음에 그 마법진에 피를 한 방울 뿌려야 해요. 그러면 마력이 동조하면서, 이 길드 카드는 이 세상 유일의 카드가 되죠. 본인증명용으로도 쓸 수 있습니다."

"즉, 엘리시온이나 다른 마을에 들어갈 때, 심사가 간단해지는 거군요."

"예. 예외도 있지만요. 대륙에 따라 형태가 다르지만 마법진은 공통이니, 어느 모험가 길드에서도 쓸 수 있어요. 그리고 등록과 동시에 랭크가……."

그 후의 설명을 요약하자면, 등록과 함께 랭크라는 게 새겨지며, 의뢰와 토벌을 하면서 공적을 인정받으면 랭크가 올라간다고 한다.

초급이나 중급 모험가라는 말은 특정 랭크의 사람들을 가리키는 단어라고 한다.

처음 등록을 하면 랭크가 10급에서 시작하며, 7급까지는 초급 모험가라고 불린다. 그리고 6급이 되면 중급 모험가라 불리게 되며, 3급 이상은 상급 모험가라 불리는 것이다. 참고로 최상위는 1급이지만, 그 위의 랭크도 존재한다고 한다.

그리고 길드의 의뢰는 랭크에 따라 나뉘며, 랭크를 올리지 않으면 받을 수 없는 의뢰도 존재한다.

기나긴 설명이 끝났을 즈음, 우리 넷의 카드가 나왔다. 우리는 각자의 이름이 적힌 카드를 쥐었다.

"카드에 마법진이 그려진 장소가 있죠? 거기에 피를 뿌려 주세요."

카드는 나무로 되었지만, 탄력이 좋기 때문에 웬만해서는 부서지지 않을 것 같았다. 랭크가 올라가면 다른 재질로 된 카드로 교환된다고 하니, 좀 기대가 됐다.

일단 직원이 시키는 대로 마법진에 피를 한 방울 뿌리자, 마법진이 옅은 빛을 뿜기 시작했고, 잠시 후 그 빛은 잦아들었다.

"수고하셨습니다. 이걸로 등록이 완료됐습니다. 재발행에는 은화가 다섯 닢 드니 잃어버리지 않도록 조심해주십시오."

"예. 아, 등록료를 드리겠습니다."

나는 은화 네 닢을 직원에게 건넸다. 리스는 자신이 내겠다고 했지만, 내 제자니 사양하지 말라는 말로 납득시켰다.

은화를 받은 여성 직원은 갑자기 나를 진지한 표정으로 쳐다보았다.

"저기…… 개인적으로 충고를 드리자면, 요즘 신입이 무리를 하다 귀환하지 못하는 경우가 있다는 이야기를 들었어요. 여러분도 조심하세요."

아하, 모험가 등록을 하러 왔다고 말했을 때 걱정스런 표정을 지은 이유를 이제야 알았다.

이 사람은 몇 번이나 모험가 등록을 하러 온 신입을 배웅했고,

그들이 귀환하지 않았다는 보고를 들은 것이리라.

충고를 마친 후, 이번에는 평범한 미소를 지은 여성 직원은 우리에게 신입용 의뢰를 권해줬다.

하지만 우리는 아직 돈 걱정이 없기에 서둘러 랭크를 올릴 이유가 없었기에 의뢰를 맡지 않고 길드를 나섰다. 이제 등록 완료 뒤풀이를 하자는 생각이 든 나는 식재료를 사기 위해 가르간 상회로 향했다.

제자들은 걸으면서 기뻐 보이는 표정으로 길드 카드를 쳐다보고 있었으며, 그중에서도 리스가 가장 기뻐 보였다.

"많이 기쁜가 보네."

"응. 어머니와 마찬가지로 모험가가 된 거잖아. 게다가……
이걸로 나도 자기 몫을 할 수 있는 사람이 된 것 같아서 기뻐."

"리스 누나는 이미 자기 몫을 하고 있다고 생각해. 요즘은 푸른 성녀라고 불리잖아."

일전의 혁명 소동 때 리스는 용감하게 싸웠을 뿐만 아니라, 다친 학생들을 치료했다. 최종적으로 200명이 넘는 부상자가 발생했지만, 리스는 혼자서 그중 절반 이상의 학생들을 치료한 것이다.

뛰어난 치료마법과 마법량, 그리고 상냥한 목소리와 보는 이에게 안도감을 주는 미소에 반해버린 학생도 있다고 한다.

그 이야기는 학교 전체에 퍼져 나갔고, 리스는 어느새 '푸른 성녀'라는 이명(異名)으로 불리게 되었다. 당사자는 부끄러워서 그 이명을 부정하지만 말이다.

"다, 다른 사람들이 멋대로 그렇게 부르는 거잖아. 그래도 내 힘으로 모험가 길드에 등록했으니, 이제 자기 몫을 한다고 생각해도 되겠지?"

"물론이죠. 리스는 지금까지 최선을 다해 왔으니까요. 시리우스 님의 제자가 되고 얼마 지나지 않았을 때는 툭 하면 쓰러져 버려서, 시리우스 님과 저에게 업혔었죠."

"아냐. 너희가 도와줬기 때문에 나는 노력할 수 있었던 거야. 그러고 보니 벌써 4년이나 지났네……."

리스는 감개무량한 듯이 눈을 가늘게 뜨며 하늘을 올려다보았다.

아직 이야기를 해보지 않았지만, 리스는 졸업한 후에 어떻게 할지 정했을까?

예전에는 엘리시온을 좋아하지 않는 것 같았지만, 지금은 아버지와 화해하기도 했고, 그녀는 뛰어난 치료마법사니까 와달라고 하는 곳은 얼마든지 있을 것이다. 내 예상에는 리펠 공주가 리스에게 자신의 전속 의사가 되어달라고 본격적으로 권유할 것 같았다.

졸업하고 나서 같이 여행을 하지 않겠냐고 제안하면 리스는 바로 응하겠지만, 그건 나를 향한 그녀의 마음을 이용하는 짓이라는 생각이 들었다.

책임을 지는 게 싫은 것은 아니다.

그저 리스가 나아갈 길은 그녀가 직접 정했으면 하는 것이다.

엘리시온에는 소중한 가족도 있으니 이곳에 남는 것도 이상하지 않다. 그녀가 어떤 결정을 하든, 나는 그 결정을 받아들일 각오가 되어 있다.

학교 졸업식까지 앞으로…… 1년 남았다.

리스 일은 보류하기로 했지만, 슬슬 여행을 떠날 준비를 해야 할 것 같았다.

—— 에밀리아 ——

모험가 길드에서 등록을 하고 며칠 후…… 저희 남매와 리스는 엘리시온의 여관 '봄바람이 머무는 나무'에 들렀어요. 저희의 주인인 시리우스 님에게 비밀로 했기에, 지금 이곳에는 저희 셋뿐이죠.

왜냐면 이제부터 저희가 할 이야기는 시리우스 님에게 비밀로 할 것이기 때문이랍니다.

시리우스 님에게 비밀을 만드는 게 싫지만, 그분을 기쁘게 해드리기 위한 일이라 생각하며 억지로 납득했어요.

그리고 이야기를 나누기 위해 저희가 테이블에 둘러앉자, 이 여관의 주인아주머니가 다가왔죠. 저는 그분을 향해 고개를 숙였어요.

"오늘 이렇게 장소를 제공해주셔서 감사해요."

"테이블 정도는 마음대로 써도 돼. 그런데 별일도 다 있네. 너희가 시리우스와 따로 행동하다니 말이야."

"나도 그렇게 생각해. 누나는 형님한테서 떨어지는 날이 올 줄은 꿈에도 몰랐다고."

일을 하러 가야 한다면서 다른 곳으로 향하는 주인아주머니를 쳐다보고 있을 때, 레우스가 고개를 갸웃거리며 저에게 그렇게 말했다.

정말 무례한 동생이라니까요. 저는 시리우스 님을 좋아하지만, 끈질기게 쫓아다녀서 주인을 곤란하게 만드는 시종이 되고 싶지는 않아요.

시리우스 님도 혼자 있고 싶을 때도 있으실 테니, 저도 그런 주인님의 심정을 재빨리 눈치채며 거리를 두는 것 정도는 식은 죽…… 식은…… 죽…… 만나고 싶어요!

"누나?! 왜 나한테…… 아야야……."

"에, 에밀리아?! 왜 레우스의 머리를 으스러뜨리려고 하는 거야?!"

"앗?!"

아차, 시리우스 님을 생각하면 할수록 만나고 싶어질 테니, 관둬야겠어요.

벌써부터 시리우스 님이 그리워졌지만, 그분의 시종으로서 차분하게 행동해야만 해요.

저는 무의식적으로 펼친 아이언클로를 푼 후, 레우스의 머리를 쓰다듬으면서 사과했어요.

"으으…… 나는 왜 누나에게 이기지 못하는 걸까?"

"제가 누나이기 때문이에요. 그럼 본론에 들어가죠. 두 사람에게 와달라고 한 이유는 말이죠. 항상 신세를 지고 있는 시리우스 님에게 답례해야겠다는 생각이 들어서예요."

저희는 시리우스 님 덕분에 평온한 나날을 보내고 있어요.

식사와 질병, 강해지기 위한 훈련과 여러 보살핌 등, 언급하려 하면 끝이 없을 거예요.

그러니 그 은혜에 보답하고 싶다고 생각하며 몸과 마음을 바쳐 왔습니다만…… 제 몸은 좀처럼 받아주지 않으세요.

에리나 씨는 '남성은 어느 정도 연령이 되면 준비가 되니 적극적으로 어필하라'고 하셨는데 말이죠. 뭐가 잘못된 걸까요?

시리우스 님을 만족시키기 위해 가슴도 이렇게…… 아, 초조할 필요는 없어요. 몸은 언젠가 꼭 바치기로 하고, 우선 이번에 어떻게 답례를 할지 생각해보도록 하죠.

"일전에 저희는 길드에 등록을 했으니, 이제 돈을 얼마든지 벌 수 있어요. 그러니 저희끼리 번 돈으로 시리우스 님에게 선물을 할까 하는데……"

"오오! 누나, 좋은 생각이야!"

"응, 나도 찬성이야."

반대할 거라고는 눈곱만큼도 생각하지 않았지만, 두 사람 다 주저 없이 찬성해줬어요.

현재 시리우스 님은 가르간 상회에서 거래를 하고 계세요. 자세한 이야기는 못 들었지만, 언젠가 필요해질 물건을 주문할 거라고 말씀하셨죠.

그리고 저희에게 자유롭게 행동해도 된다는 허락을 해주셨어요. 아직 아침이 되고 시간이 많이 흐르지 않았지만, 저녁때까지는 돌아오라고 하셨으니, 서둘러 행동해야 할 것 같아요.

"그럼 빨리 시작하죠. 실은 이미 길드에서 의뢰를 두 건 정도 받아왔어요."

"누나, 그렇게 서두를 필요가 있을까? 오늘 하지 않더라도……."

"시리우스 님에게서 몇 번이나 떨어지고 싶지 않단 말이야."

"아하! 동감이야!"

"레우스, 동감하는 거야?! 아, 나도 심정은 이해하지만……."

시리우스 님의 시중을 드는 게 제 삶의 보람이니까 몇 번이나 자리를 비우고 싶지는 않아요.

아무튼 두 사람이 납득한 것 같으니, 저는 의뢰서를 꺼내서 테이블에 올려놨어요.

내용은 엘리시온 근처에 생긴 고블린 소굴 조사와 마을에서 좀 떨어진 호수…… 쟈오 호수에서 채취할 수 있는 수정화(水晶花) 납품이에요.

두 사람이 의뢰서를 읽더니, 의문에 찬 표정을 지으며 저를 쳐다봤어요.

"토벌이 아니라 조사와 채취 의뢰네. 보수는 동화 몇 닢과 은화 한 닢이잖아."

"맞아. 시리우스 씨에게 뭘 주려는 건지는 모르겠지만…… 그걸로 충분한 거야? 너무 비싼 걸 건네는 것도 예의에 어긋날 것 같지만, 가능하면 좋은 걸 준비하는 게 좋지 않을까?"

"모험가로 갓 등록한 저희가 맡을 수 있는 의뢰는 이것들뿐이었어요. 하지만 이 의뢰는 저희의 실질적인 목적이 아니랍니다."

그래요. 중요한 건 의뢰 장소에 가는 거죠.

그러기 위한 준비도 이미 다 해뒀답니다.

"예를 들어 고블린 소굴 조사 말인데, 길드 측에서는 공격을 받으면 도망치라고 했지만 해치우지 말라고는 하지 않았어요. 그리고 의뢰서에도 전멸시키지 말라는 내용은 없죠."

"누나, 그게 무슨 소리야?"

"레우스, 너는 조사를 빌미 삼아서 고블린을 전멸시켜. 겸사 겸사 매각용 뿔도 전부 확보하는 거야."

"응!"

"뭐어?! 위험……하지는 않겠네."

리스는 놀랐지만, 레우스라면 고블린 정도는 간단히 해치울 수 있을 거라는 데 생각이 미친 것 같아요.

길드에서는 멋대로 행동하지 말라며 화낼 것 같지만, 고블린은 가축을 공격하고 여자를 임신시킬 생각밖에 없는 마물이죠.

여성의 적을 쓰러뜨리는 거니까, 잔소리를 들을지 몰라도 저희 평가가 나빠지지는 않을 거예요.

조사를 위해 소굴에 갔다가, 고블린에게 들켜서 무심코 전멸시켰다고 보고하면 문제될 게 없을 거예요.

겸사겸사 랭크도 올릴 수 있을 테고, 돈도 벌 수 있으니 일석이조죠.

"잘 들어. 소굴을 발견하면 무심코 돌격해."

"그리고 무심코 전멸시키면 되는 거네!"

"그건 무심코가 아닌 것 같은데…….

"응. 그리고 도시락과 마실 걸 챙겨왔어. 마치고 나면 여기로 오는 거야."

"알았어, 누나. 지금 바로 출발할게."

"저녁때까지는 돌아오렴. 그럼 다녀와."

"조, 조심해서 갔다 와…….

제가 미리 준비를 다 해뒀기에, 레우스는 바로 출발했어요.

소굴이 있을 걸로 추정되는 장소는 평범하게 걸어가면 점심때나 되어야 도착하겠지만, 레우스의 속도라면 시리우스 님의 말하는 한 시간 정도 만에 도착하겠죠.

다음은 저희가 맡을 수정화 납품인데, 물론 저희가 할 건 그게 다가 아니에요.

"레우스가 고블린을 전멸시키는 것처럼, 우리도 단순히 수정화만 채취할 게 아니지?"

"물론이죠. 쟈오 호수에 뭐가 사는지 알고 있죠?"

"쟈오라 스네이크…… 말이지? 그럼…….

"예, 리스의 예상대로예요. 수정화를 채취하러 간 김에 겸사겸사 쟈오라 스네이크를 잡아서 소재를 파는 거죠."

"그건 무심코가 아냐! 게다가 겸사겸사라고 자기 입으로 말했잖아."

무심코가 아니라면 뭐라고 말하면 좋을까요?

저희 같은 신입 모험가가 중급 모험가도 고전하는 마물을 쓰러뜨리러 간다고 말하면 틀림없이 말릴 테니 당당하게 말할 수는 없죠.

"하지만 쓰러뜨리더라도 소재는 어떻게 가지고 올 거야? 이빨과 고기는 비싸게 팔리겠지만, 우리가 다 옮기는 건 무리잖아?"

"잭 씨에게 부탁해서 소형 마차를 빌렸어요. 시리우스 님을 위해서라고 말했더니, 엄청 싼 가격에 후불로 빌려줬어요."

"혹시 시리우스 씨에게 이미 들키지 않았을까?"

"비밀로 해주기로 했고, 마차도 가르간 상회가 아니라 다른 곳에서 넘겨받기로 했으니 괜찮을 거예요. 시간이 아까우니 서두르기로 하죠."

"신경 쓰이는 점이 좀 있지만…… 알았어."

저는 각오를 다진 듯한 리스와 함께 쟈오 호수로 향했어요.

엘리시온 입구 근처에 있는 마차 대기소에 가서, 잭 씨에게서 받은 표를 건네고 마차를 빌렸어요.

말 한 마리가 끌며, 여섯 명이 겨우 타는 조그마한 덮개 달린 마차지만, 장거리를 이동할 게 아니니 문제없을 거예요. 역시 잭 씨는 안목이 좋다니까요.

제가 마부석에 앉자, 리스는 고개를 갸웃거리며 이렇게 말했어요.

"에밀리아는 말도 몰 줄 아는구나."

"아뇨. 저 혼자서 말을 모는 건 처음이지만, 모는 방법을 배운 적이 있어요."

몇 년 전에 엘리시온에 올 때, 잭 씨에게서 말을 모는 법을 배웠죠.

그때는 말 두 마리가 모는 짐마차였지만, 이번에는 말이 한 마리니까 신중하게 몰면 어찌어찌 될 거예요.

"불안하지만, 마부를 고용할 수도 없잖아. 으음…… 가자!"

리스는 약간 불안한 것 같지만, 처음으로 길드의 의뢰를 받아서 그런지 의욕을 불태우고 있는 것 같아요. 그런 리스가 마차에 탄 후, 저희는 출발했죠.

문지기에게 길드 카드를 보여준 후, 엘리시온을 둘러싼 방벽을 빠져나간 저는 불가사의한 감각에 사로잡혔어요.

그것도 그럴 것이 시리우스 님 없이 마을 밖에 나간 것은 처음이니까요.

옛날 같으면 무서워서 나가지 못했겠지만, 지금은 주위의 풍경을 바라볼 여유도 있어요. 이것도 시리우스 님에게 수련을 받으며, 세상을 살아갈 방법을 배운 덕분이겠죠. 그런 주인님을 위해 무슨 일이 있더라도 이 의뢰를 성공시켜서 보답을 하고 말겠어요.

목적지인 쟈오 호수는 좀 떨어진 곳에 있으니, 저는 말을 모는 법을 연습하면서 이동했어요.

맑은 하늘에서 쏟아지는 햇볕을 쬐면서 고삐를 쥐고 있을 때, 리스가 제 옆에 앉았어요.

"말을 모는데 익숙해진 것 같네."

"이 애는 얌전하고, 제 명령을 잘 듣거든요."

"그냥 타고 있기만 하는 것도 좀 그러니까, 나한테도 말을 모는 법을 가르쳐주지 않을래?"

"좋아요. 우선 이 고삐를 천천히⋯⋯."

아직 마물의 기척이나 냄새가 느껴지지 않지만, 방심은 금물이겠죠.

저희는 주위를 경계하면서 마차를 계속 몰았어요.

그리고 약 두 시간 후, 저희는 목적지인 쟈오 호수에 도착했어요.

물가에는 마물이 모여드는 법이지만, 쟈오 호수에는 이 인근 생태계에서 상위에 군림하고 있는 쟈오라 스네이크가 서식하고 있기 때문에 다른 마물이 접근하지 않아요.

그 덕분에 말이 공격을 받을 가능성은 낮으니, 호수에서 좀 떨어진 나무에 말을 묶어두기로 했어요.

준비를 마친 저희는 우선 본래 의뢰인 수정화 채취부터 시작하기로 했답니다.

"스무 송이를 채취하면 되지?"

"의뢰서에는 그렇게 적혀 있지만, 많이 딴다면 그 만큼 보수도 많이 준대요."

수정화란 맑은 물속에서 피는 꽃이며, 꽃잎이 수정처럼 투명한 점이 특징이에요. 겉보기에는 조그마한 꽃이지만 해열제 및 치료 촉진제의 재료로 쓰이죠. 다양한 방면에서 활약을 하는 이 꽃은 얕은 곳에서도 피기 때문에 육지에서도 채취할 수 있어요.

대량으로 피기 때문에 단가가 싸고, 보수를 늘려주는 데도 한도가 있지만, 시리우스 님께서 자주 언급하시는 티끌 모아 태산이라는 말도 있으니까요.

원래라면 쟈오라 스네이크가 주변에 없는지 확인하고 채취해야 하지만, 저희는 진짜 표적은 바로 쟈오라 스네이크이기에 경계만 하면서 계속 채취했어요.

아무 일도 없었기에 채취를 계속 하던 저희는 수정화를 오십 송이 정도 채취했을 즈음, 주위의 변화를 눈치챘어요.

"……정령이 술렁거려. 온 것 같아."

"예. 저도 기척과 냄새가 느껴져요."

좀 떨어진 장소에서 물을 마시고 있던 조그마한 마물들도 사라진 걸 보면, 꽤 근처에 있는 것 같군요.

"어떻게 싸울 거야?"

"오늘은 둘 뿐이니까 제가 전위를 맡겠어요."

"호수 근처라 정령도 의욕이 넘치니까, 견제와 엄호는 맡겨줘."

저희는 채취를 중지한 후, 작전을 짜면서 수정화를 마차로 옮겼어요.

그 작업을 마쳤을 즈음, 호수에 커다란 그림자가 드리워지더니, 물방울 떨어지는 소리와 함께 쟈오라 스네이크 한 마리가 모습을 드러냈어요.

온몸이 황색 비늘에 뒤덮여 있으며, 입에는 수많은 이빨이 달린 거대한 뱀이에요. 몸길이는 제 수십 배는 될 듯하며, 자료에 따르면 더 큰 개체도 있다고 해요. 아마 이 마물은 아직 어린 개체일 거예요.

그리고 근처에 서 있는 저희를 발견한 쟈오라 스네이크는 커다란 몸을 호수 밖으로 내밀며 저희에게 다가왔어요.

웬만한 이들은 이 상황에서 부리나케 도망치겠지만, 저와 리스는 거대한 마물을 올려다보며 군침을 삼켰어요.

"장어 덮밥……."

"구운 것도 맛있었어……."

저희가 엘리시온에 갓 도착하고 '봄바람이 머무는 나무'에서 처음 먹었던 쟈오라 스네이크의 고기를 처음 먹었을 때, 시리우스 님은 장어 살 같다고 말씀하셨어요.

그리고 얼마 후, 시리우스 님은 쟈오라 스네이크의 고기를 이용해 새로운 요리를 만들어주셨죠. 검은 진한 맛이 나는 소스를 발라서 구운 다음, 쌀이라고 불리는 식재료와 함께 먹는 장어 덮밥이라는 요리는 정말 끝내줬어요.

한동안 안 먹었으니까…… 이 쟈오라 스네이크는 반드시 잡아서 가져가야겠다고, 저희는 마음속으로 결심했어요.

"고기는 꽤 비싼 가격에 거래되지만……."

"우리가 먹을 건 따로 확보해두자."

한 마음 한 뜻이 된 저희는 눈앞에 있는 먹잇감을 사냥하는 포식자가 되었어요.

저희에게 다가오는 쟈오라 스네이크가 한순간 겁먹은 듯한 반응을 보인 것 같지만, 아마 기분 탓일 거예요.

저는 나이프를 꺼냈고, 리스는 정령에게 말을 걸며 마법 준비를 시작했어요.

"갑니다!"

"부탁해! '아쿠아 필러'."

그리고 전투는…… 순식간에 끝났어요.

리스가 수많은 '아쿠아 필러'로 마물의 움직임을 봉쇄한 후, 제 '에어 슬래시'로 목을 절단하니 끝났죠.

평범한 '에어 슬래시'는 쟈오라 스네이크의 비늘에 튕겨나고 말아요. 하지만 저는 닿기만 해도 베일 듯한 예리한 바람을 이미지하라는 시리우스 님의 가르침에 따라 얇고 날카롭게 만들어냈기에 문제없이 벨 수 있었어요.

이게 통하지 않는다면 리스의 '아쿠아 커터'로 공격할 생각이었지만, 그럴 필요는 없었네요.

"그럼 피를 뺀 다음, 이빨과 비늘을 벗겨내죠."

"눈알이 토벌 확인 소재라서 비싸게 팔린댔지?"

리스는 그렇게 말하더니, 마물의 머리에 나이프를 찔러 넣었어요.

리스는 사람에게 상처를 입히기 싫어하는 상냥한 아이지만, 마물의 고기를 조리하거나 잘라낼 때는 망설임이 없죠. 전직 모험가였던 어머니의 영향과 교육 덕분일 거예요.

이 정도면 평범하게 모험가로서 살아갈 수 있을지도 모른다고 저는 생각하면서 쟈오라 스네이크의 이빨과 비늘을 벗겨냈어요.

"눈알과 희소한 부위는 확보했어."

"이빨과 비늘도 다 벗겨냈어요. 이제 고기를 가져갈 수 있을 만큼 쉽죠."

너무 시간을 들였다간 피 냄새 때문에 다른 마물이 몰려올 테니 서둘러 작업을 진행해야 해요. 이건 매각용이고, 이건 '봄바람이 머무는 나무'에 나눠줄 몫, 그리고 시리우스 님에게 요리를 해달라고 할 고기를 확보했어요.

시리우스 님에게 보답하기 위해 사냥한 고기를 건네 드리면서 요리를 해달라고 하는 것도 이상하지만, 저희는 시리우스 님이 만든 요리를 가장 좋아하니까…… 이것만은 어쩔 수 없죠.

마지막으로 깜빡한 게 없는지 확인한 후, 저희는 쟈오 호수를 벗어났어요.

그리고 저희는 엘리시온으로 돌아왔지만, 방벽에서의 심사와 모험가 길드에서의 보고 때 좀 성가신 일이 벌어졌어요.

모험가가 된 지 얼마 안 된 저희가 겨우 둘이서 쟈오라 스네이크를 사냥했으니 당연한 일일지도 몰라요. 이런저런 일이 있기는 했지만 결국 소재를 길드 측에서 매입해줬고, 수정화도 무사히 납품해서 의뢰를 무사히 달성했죠.

그리고 쟈오라 스네이크를 사냥한 영향인지 저와 리스의 길드 랭크가 두 단계나 올라갔어요. 한 번에 두 단계나 올라가는 일은 매우 드물다지만, 저희 실력을 아는 리드 교관이 한 마디 해준 덕분에 저와 리스는 10급에서 8급이 되었어요.

그 후, 가르간 상회에 마차를 반납하고 '봄바람이 머무는 나무'에 돌아가니 어느새 저녁이 되었어요. 서두른 덕분에 해가 지기 전에 돌아올 수 있었죠.

"어서 오렴. 무사히 돌아온 것 같구나."

"예. 방금 돌아왔어요. 그런데 레우스는 돌아왔나요?"

"아니, 아직 안 왔어."

"예. 그리고 이 고기를 받아주세요. 오늘 장소를 빌려주신 데 대한 답례예요."

아직 가공조차 하지 않은 고깃덩어리지만, 주인아주머니는 그게 이 여관의 인기 요리에 쓰이는 쟈오라 스네이크의 고기라는 걸 눈치챈 것 같아요.

"이런 걸 받아도 되겠어? 이 정도 양이면 은화 몇 닢은 될 거잖아?"

"안 받아주시면 또 팔러 가야 한답니다. 그냥 사양하지 말고 받아주세요."

"그래? 하지만 그냥 받는 건 좀 그러니까, 매입하도록 할게. 돈을 가지고 올 테니 잠시만 기다려주렴."

주인아주머니가 자리를 비운 후, 저희는 아침에 회의를 했던 테이블로 이동했어요.

아직 레우스가 돌아오지 않았으니, 이틈에 돈 계산과 뭘 살지 리스와 이야기해두도록 하죠.

"……전부 다 해서 금화 한 닢과 은화 열두 닢이군요."

"겨우 하루 만에 이렇게 많이 벌 줄은 몰랐어. 그래도 이 정도면 괜찮은 걸 살 수 있을 거야."

"너희들! 이런데서 돈 꺼내지 마."

리스와 함께 생각에 잠겨 있을 때, 돌아온 주인아주머니가 화를 내셨어요. 아직 어린애 같아 보이는 저희가 거금을 가지고 있는 모습을 남들이 본다면, 나쁜 생각을 하는 자가 있을지도 몰라요.

"죄송해요. 좀 생각이 짧았어요."

"알았으면 됐어. 자, 고기값이야. 그런데 저녁을 먹고 갈 거니?"

"아뇨. 돌아가서 시리우스 님과 함께 먹을 거랍니다."

"그래? 그럼 고기 답례 삼아 마실 거라도 대접해줄게. 실은 고기 재고가 얼마 안 되어서 좀 불안하던 참이었거든. 덕분에 살았단다."

저희는 주인아주머니가 과일즙으로 만들어준 주스를 마시면서, 레우스가 돌아올 때까지 시리우스 님에게 어떤 선물을 할지 이야기했어요.

한 시간 후…….

이제 그만 돌아가야 할 시간이 다 되었을 즈음, 레우스가 돌아왔어요.

몸 곳곳에 피가 묻어 있기는 하지만, 그는 환한 미소를 짓고 있었어요. 저 피는 전부 고블린의 피인 것 같아요.

"다녀왔어, 누나. 리스 누나."

"어서 오렴. 시간이 꽤 걸린 것 같지만, 그래도 무사해서 다행이야."

"어서 와. 다친 데는 없지?"

"응! 나는 괜찮아. 이런저런 일 때문에 늦기는 했지만, 돈을 꽤 벌어왔다고."

레우스는 자리에 앉더니, 오늘 벌어온 돈이 든 주머니를 테이블 위에 올려놓았어요. 그런데 그 주머니는 꽤 컸죠. 낮은 클래스의 의뢰인데다, 설령 고블린의 소재를 팔더라도 은화 몇 닢 정도나 벌 수 있을 거라고 생각했는데, 그 고블린의 소굴은 꽤 컸나 봐요. 레우스도 고생 많이 한 것 같군요.

저는 레우스에게 물이 든 잔을 내밀며 수고했다고 말해준 후, 주머니 안을 확인해봤어요. 그 안에는 석화와 은화 몇 닢, 그리고 금화가…… 어?!

"에밀리아, 왜 그래? 돈이 그렇게 많이 들어 있는 거야?"

"……여러 동전이 섞여 있어서 정확한 금액은 알 수 없지만, 적어도 금화가 열 닢 이상 들어 있는 것 같아요."

"뭐?!"

대체 제 동생은 무슨 짓을 한 걸까요?

고블린을 아무리 많이 쓰러뜨리더라도 이렇게 많은 돈을 하루만에 버는 걸 불가능해요.

즉, 다른 일로 이 돈을 손에 넣었다고 생각해야 되겠죠.

"레우스."

"누나, 왜 그렇게 무서운 표정을 짓는 거야?"

"아침에 여기를 나선 다음에 어떤 일이 있었는지 말해봐. 하나도 숨기지 마."

"으, 응! 으음, 내가 마을을 나간 후에……."

레우스는 항상 무게추를 달고 달리니, 고블린 소굴까지 쉬지 않고 뛰어갔다고 해요.

그리고 목적지인 숲이 보이기 시작할 즈음, 길을 달리고 있는 마차 하나를 발견했다는 군요.

"이상하게 서두르는 것 같더니, 도적에게 공격을 받고 있지 뭐야. 나도 적으로 여기고 달려들어서 전부 날려버렸어. 그리고 그 마차에 귀족 부부가 타고 있었는데, 묘하게 허둥대고 있더라고. 그래서 호위를 맡은 예쁜 누나한테서 자초지종을 들었어."

레우스는 괜한 소리를 하지 않으니까, 그가 예쁘다고 말한 그 호위는 상당히 아름다운 여성이었을 거예요.

이야기를 들어보니, 고블린 무리에게 공격을 받고 겨우겨우 도망치기는 했지만, 귀족의 외동딸과 호위를 맡은 여성의 여동생이 납치를 당했대요. 아마 그 고블린은 레우스가 향하던 소굴에서 온 거겠죠.

그리고 부부가 구출대를 파견하기 위해 마을로 돌아가려고 할 때, 도적에게 습격을 받았고 마침 근처를 지나가던 레우스가 개입한 것 같아요. 한나절 동안 두 번이나 공격을 당하다니, 정말 운이 나쁘군요.

귀족 부부와 호위 여성은 레우스에게 딸과 동생을 구출해달라고 부탁했지만, 레우스는 시리우스 님을 위해 돈을 벌어야 하기에 딱 잘라 거절했다고 해요.

"나는 이제부터 그 고블린 소굴에 무심코 들어가야만 해서 무리야…… 하고 말하며 거절했어."

"무심코, 같은 말을 하면 어떻게 해."

"문제는 그게 아니잖아! 그런데…… 그걸 거절했다고 할 수 있을까?"

적어도 레우스는 거절했다고 생각하는 것 같아요.

이거…… 아무것도 모르는 사람이 보기에는 엄청 멋진 행동 아닐까요? 소설 속 주인공 같네요.

그리고 곧 소굴을 발견한 레우스가 입구 쪽에 고블린이 없어서 불가사의하게 생각하고 있을 때, 여성의 비명 소리가 들렸다고 해요.

"그 목소리는 소굴 안에서 들려서 뛰어 들어가 보니, 안쪽에서 누나 두 명이 고블린에게 둘러싸여 있더라고. 그래서 일단 그 누나들에게 가까운 곳에 있는 녀석들부터 차례차례 베어버렸어."

일단 두 여성의 안전을 고려하긴 한 것 같으니 다행이에요.

그 후, 레우스는 소굴 안에서 날뛰면서 순식간에 고블린을 전멸시켰다고 해요.

"저기, 레우스. 고블린은 대체 몇 마리나 있었어?"

"……오십 마리까지는 셌는데, 그 후에는 생각이 안 나."

레우스라면 고블린 백 마리 정도는 간단히 해치울 수 있겠지만, 숫자가 많으면 여성들이 공격을 받았을지도 몰라요. 하지만 그런 일은 없었던 것 같네요.

그리고 고블린을 전멸시킨 레우스는 시체에서 뿔을 뽑기 시작했대요.

……여성 두 명을 방치해둔 채 말이죠.

"겁탈을 당할 뻔한 여성을 방치해두다니, 너는 대체 무슨 짓을 한 거야?"

저는 레우스의 어깨를 꽤 세게 움켜잡았어요.

시리우스 님의 제자이면서 여성을 함부로 대하다니, 이 애는 조교…… 아니, 교육을 좀 받아야 할 것 같군요.

"그, 그게 말이야! 몇 번이나 말을 걸었는데 대답을 안 하잖아. 그리고 시간도 아까웠단 말이야!"

"그래도 남자애라면 그 두 사람이 진정할 때까지 곁에 있어줘야 했어. 시리우스 씨를 목표로 삼는다면 그런 섬세한 배려도 익히도록 해."

"아, 알았어!"

레우스가 고블린의 뿔을 모으고 있을 때, 겨우 진정한 두 여성이 답례를 하고 싶다며 그에게 말을 걸었다고 해요.

그리고 레우스는…… 뿔을 모으는 걸 도와줬으면 한다고 말했어요. 그 순간, 뭔가가 부러지는 소리가 들린 듯한 느낌이 들었어요.

그 후, 레우스를 쫓아온 마차와 합류한 후, 딸과 여동생이 무사하다는 사실을 안 귀족 부부와 호위 여성이 그에게 매우 고마워했다고 했어요.

"'딸도 마음이 있는 것 같은데, 어떤가?' 같은 영문 모를 소리를 들었는데, 일단 나는 돈을 달라고 했어."

……또 뭔가가 부러지는 소리가 들렸어요. 이번에는 완벽하게 말이죠.

미묘한 표정을 짓는 귀족에게서 금화를 받고 엘리시온으로 함께 돌아오던 레우스는 저녁때가 다 되었다는 사실을 알고 그대로 부리나케 여기로 뛰어왔다고 해요.

돌아오자마자 길드에 의뢰 달성 보고를 했다는데, 고블린 소굴을 전멸시킨 바람에 우리처럼 꽤 성가신 일이 벌어진 것 같아요.

최종적으로는 가지고 온 대량의 뿔, 그리고 리드 교관의 한 마디 덕분에 상황이 원만하게 해결되었고, 임시 보너스를 받았을 뿐만 아니라 랭크도 한 단계 올라간 것 같아요.

"그렇게 된 거야. 나는 딱히 돈을 쓸 데가 없으니까 전부 누나에게 줄게."

"……고마워."

이렇게 소재를 매각 수입을 포함한 돈이 바로 이 주머니 안에 들어 있는 거금인 거예요.

겨우 한나절 만에 이렇게 많은 돈을 벌어온 레우스를 칭찬해 줘야겠지만, 왜 칭찬할 마음이 들지 않는 걸까요?

미묘한 감정이 응어리처럼 마음속에 남아 있으니, 나중에 시리우스 님에게 보고해야겠군요.

거금을 확보한 저희는 엘리시온에서 유명한 고급 장신구점에 갔어요.

가장 싼 것도 금화 몇 닢은 하는 가게죠. 저와 리스는 그곳에서 시리우스 님에게 어울릴 만한 장신구를 찾았어요. 참고로 레우스는 피범벅이라서 밖에서 기다리고 있어요.

한동안 고민한 끝에 뭘 살지 결정해서 계산을 마치고 보니, 밖은 어두워져 있었죠. 그리고 저희도 배가 고팠어요. 평소 같으면 저녁 식사 준비를 할 시간대이니 당연하겠죠.

곧 저녁 식사 시간이 다가오니, 서둘러 돌아가야겠어요. 그리고 반나절 넘게 시리우스 님의 얼굴을 보지 않았더니 빨리 만나러 가야겠어요.

그리고 지름길인 뒷골목으로 들어간 저희는 갑자기 수상한 기척이 느끼고 전투태세를 취했어요.

바로 그때, 세 남자가 저희 앞을 막아섰고, 뒤편에도 두 명이 나타났어요. 앞뒤에서 저희를 포위한 거죠.

"이야기는 들었지만, 이번 신입은 꽤 반반한걸."

"꽤 잘 팔리겠어."

"······저희에게 볼일이 있나요?"

음흉하게 웃는 남자들을 보고 불쾌해졌지만, 일단 이야기를 해보기로 했어요.

기척도 제대로 숨기지 못하는 걸 보면 실력은 뻔한 것 같지만, 일단 방심은 하지 말기로 하죠.

"뭐, 신입 모험가를 보호해주러 온 것뿐이야."

"갓 모험가가 된 신입에게 좋은 일거리를 소개해주러 온 거지."

"괜찮아요. 저희는 바쁘니 보내 주시겠어요?"

"그래. 빨리 비켜."

레우스도 배가 고파서 그런지 날카로워졌어요.

하지만 저는 레우스보다 더 기분이 좋지 않았어요. 이런 자들 때문에 시리우스 님의 곁으로 돌아가는 게 늦어지고 있으니까요.

"뭐, 좀 기다려봐. 우리가 소개해주는 일을 하면 거금을 벌 수 있다고."

"뭐, 대부분 우리 주머니에 들어오지만 말이야. 노예한테는 돈이 필요 없잖아?"

"……아하, 당신들이 범인이군요."

모험가 길드에 등록한 날, 여성 직원이 신입들이 돌아오지 않는다는 이야기를 들었어요.

오늘 아침에 의뢰를 받으러 갔을 때도 충고를 해주기에 자세하게 물어보니, 첫 의뢰를 받은 신입이 귀환하지 못하는 일이 요즘 들어 자주 일어나고 있대요.

모험가는 마물과 싸우는 게 일이지만, 신입에게는 위험한 의뢰를 맡기지 않아요. 그러니 이렇게 연달아 신인들이 귀환하지 못하는 사태가 벌어지는 게 이상하게 여겨지고 있죠.

게다가 모험가 중 대부분은 돌아갈 집이 없으며, 신입이니까 무리하다 마물에게 당한 거라고 여기며 제대로 조사를 하지 않은 것 같아요.

이야기를 들었을 때부터 이상한 구석이 있다고 생각했지만, 눈앞에 있는 남자들의 말을 들으니 뭐가 어떻게 된 건지 예상이 되는 군요.

"누나, 무슨 소리야?"

"신입 모험가가 돌아오지 않는다는 이야기는 전에 들었죠? 그 사람들은 저들에게 납치되어서 노예로 팔려나간 거예요."

"뭐?!"

레우스는 노예라는 말을 듣고 분노했지만, 어쩌면 다른 가능성도 있어요.

저는 마력을 끌어올리면서 레우스에게 가만히 있으라는 의미의 눈짓을 보냈어요.

"흐음…… 이 시점에서 그걸 눈치챈 사람은 아가씨가 처음이야."

"그래. 신입은 보통 첫 퀘스트에 성공해서 들뜨거나, 실패해서 축 가라앉아 있거든."

"뭐, 눈치챈 이상 이제 거절할 수 없어. 얌전히 따라오면 다치지는 않을 거야."

"노예는 되고 싶지 않고, 주머니 사정도 나쁘지 않으니 사양하죠."

"뭐?! 그럴 리가 없을 텐데 말이야. 너희 같은 꼬맹이가 모험가가 된 건 일거리가 없어 힘들거나, 돌아갈 장소가 없는 고아이기 때문이잖아."

"그러니까 우리가 그 문제는 해결해주겠다는 거야. 너희는 노예라는 안정적인 직업을 얻고, 우리는 돈을 손에 넣는 거지. 완전 상부상조네."

……너무 바보 같은 소리라 어이가 없군요.

아무튼 방금 그 말을 통해 눈앞에 있는 남자들이 저희의 적이라는 건 명백해졌어요.

그리고 거친 짓을 싫어하는 리스 또한 화가 났는지 눈앞에 있는 자들을 똑바로 쳐다보고 있어요. 일전의 리스라면 겁을 먹었을 텐데 말이죠. 정말 강해졌군요.

"리스. 피를 보게 될지도 모르지만……."

"괜찮아. 나도 익숙해져야만 하잖아. 그리고 나도 이 사람들을 용서 못할 것 같아."

"후후, 믿음직하군요. 그럼 뒤쪽을 맡아주세요."

"나만 믿어!"

시리우스 님의 곁에서 함께 훈련을 해온 저희는 말 한 마디…… 아니, 눈빛만으로도 의사소통이 가능해요.

그러니 누가 누구를 노릴지 이미 다 정해졌죠.

"뭐라고 지껄여대는 거야? 이거, 조교를 좀 해줘야겠는걸."

"레우스."

"누나, 왜?"

"봐줄 필요 없어."

"응!"

그 순간, 레우스가 한 걸음 내디디면서 검을 휘두르자 방금까지 떠들어대던 남자의 몸이 공중으로 튕겨났어요.

그리고 제 '에어 샷'이 두 남자를 날려버렸고, 리스의 '아쿠아 불릿'이 뒤편에 있는 남자 둘을 덮쳤죠.

남자들이 비명을 지르면서 쓰러지자, 저는 시리우스 님에게 배운 그 말을 그들에게 건넸어요.

"사냥꾼에서 사냥감으로 전락하니 기분이 어떤가요?"

이렇게 전투가 끝난 후, 저희는 그 남자들을 모험가 길드에 넘겼어요.

한동안 식사도 제대로 하지 못할 만큼 강력한 공격을 당한 자도 있지만, 이건 엄연한 정당방위이니 문제될 건 없겠죠. 그 남자들의 심문 및 진상규명은 길드에 맡기도록 하죠.

그리고 길드 사람들에게 고맙다는 말을 듣고 있을 때, 저희의 길드 등록을 담당했던 여성 직원이 웃으면서 저희에게 말을 걸었어요.

"고마워. 너희 덕분에 이번 사건이 해결됐어."

"아뇨. 어쩌다 보니 그렇게 된 거예요."

"겸손하네. 참, 배고프지 않아? 답례 삼아 저 술집에서 뭐든 다 사줄게."

"정말?! 나, 배고파 죽겠어!"

"해도 졌으니까 배가 고플 만도 해."

"그래요. 저도 배가……."

그리고 밖이…… 완전히 어두워졌다는 건……?

""""아아아아아아아아————?!""""

저희는 전력으로 내달렸어요.

훈련 때와 비교도 되지 않을 속도로, 그야말로 죽을힘을 다해 뛰고 또 뛰었죠.

이미 주위는 어두워졌고, 저녁 식사 시간 또한 한참 전에 지나갔어요.

사건에 휘말렸다고 해도, 시리우스 님의 말씀을 어겼다는 사실 때문에 저는 눈물이 날 것 같아요. 하지만 지금은 눈물이나 흘릴 때가 아니에요. 한시라도 빨리 돌아가서 시리우스 님에게 사과해야만 해요.

"누, 누나, 이제 다 왔어!"

"그렇……구나……. 이제 슬슬 한계……."

"리스, 조금만 더 가면 되니까 힘내……."

드디어 다이아장이 보이기 시작하자, 저는 호흡을 가다듬으면서 시리우스 님에게 어떻게 설명할지 고민했지만, 그것도 부질없는 짓이었어요.

왜냐하면 시리우스 님은 현관 앞에 서서 저희를 기다리고 계셨으니까요.

"저기…… 저희, 돌아왔어요…… 시리우스 님."

"…………."

저희는 현관에서 팔짱을 낀 채 기다리고 계신 시리우스 님 앞에 줄지어 섰어요.

하지만 시리우스 님은 아무 말 없이 조용히 저희를 쳐다보기만 하셨죠.

화가 나신 건지, 어이없어 하시는 건지 모르겠지만, 아무튼 이렇게 차가운 눈빛을 띤 시리우스 님은 한 번도 본 적이 없어요.

"저기…… 시리우스 님?"

"왜?"

"화나셨죠? 저희가 너무 늦게 돌아와서……."

"……우선 이유부터 들어볼까."

저희는 오늘 있었던 일을 숨김없이 전부 이야기했어요.

시리우스 님을 위해 돈을 벌고, 마물을 사냥하러 갔으며, 마지막에는 신입 모험가를 노리는 남자들과 싸운 것도 전부 이야기했죠.

리스와 레우스가 보충 설명을 하며 이야기를 끝낸 저희는 시리우스 님의 대답을 기다렸어요.

"……에잇!"

"""아얏?!"""

시리우스 님의 대답은 말이 아니라 꿀밤이었어요.

그리고 저희에게 꿀밤을 날린 후, 시리우스 님은 표정을 풀며 상냥한 미소를 지으셨어요.

"정말…… 골치 아픈 제자들이라니깐."

"화…… 안 나셨어요?"

"화? 너희는 나를 위해 고생했는데, 왜 내가 화를 내야 하는데? 방금 꿀밤은 나한테 걱정을 끼친 것과 저녁 식사가 늦어진 벌이야."

"형님, 걱정해준 거야?"

"당연하지! 뭐, 너희도 나이를 먹었으니 어느 정도는 눈감아줄 생각이지만…… 이렇게 늦을 줄은 몰랐어. 슬슬 찾으러 가봐야 하는 건지 생각하던 참이었어."

시리우스 님의 꿀밤은 따끔했지만…… 왠지 기뻤어요.

마치 엄마나 아빠처럼 저희를 걱정해주고, 진심으로 꾸짖어주는 시리우스 님의 마음은 정말 따뜻했어요.

　다른 두 사람도 저와 같은 심정인 것 같아요. 고통을 참고 있지만 표정은 왠지 밝아 보였죠. 저도 분명 저 두 사람과 비슷한 표정을 짓고 있을 거예요.

　"……왜 웃는 거야?"

　"아무것도 아니에요. 시리우스 님…… 걱정을 끼쳐 죄송합니다."

　"형님, 미안해!"

　"미안해, 시리우스 씨."

　"알았으면 됐어. 그러고 보니 너희도 이제 어엿한 모험가잖아. 내가 곁에 없어도 괜찮겠지."

　"아뇨! 저는 시리우스 님의 곁을 떠날 생각이 없어요!"

　"나도 마찬가지야, 형님!"

　"어엿한 모험가가 되었더라도, 시리우스 씨의 곁에 있고 싶어."

　앞으로 얼마나 성장하든, 혼자서 살아갈 수 있는 힘을 지니게 되던, 저는 시리우스 님의 곁을 떠나지 않을 거예요.

　저는 시리우스 님을 평생 모시기로 은월(銀月)에 맹세했으니까요.

　그런 저희를 본 시리우스 님은 쓴웃음을 지으면서 다이아장의 문을 열었어요.

　"설교는 이쯤 하기로 하고, 저녁을 먹자. 너희도 배고프지?"

　"배고파!"

　"나도 그래. 오늘 스튜를 푹 끓여뒀으니까 기대하라고."

　"어? 시리우스 씨도 안 먹은 거야?"

　"나 혼자 먼저 먹을 수도 없잖아? 식사라는 건 다 같이 먹어야 맛있어 지는 거니까 말이야."

시리우스 님은 약간 어이없어 하며 그렇게 말씀하시더니, 현관 안으로 들어가며 저희에게 손짓을 하셨어요.

"자아, 빨리 들어와. 요즘은 해가 지면 꽤 춥잖아."

저희를 덮친 남자들은 젊은 사람이 모험가가 되는 건 돌아갈 장소가 없기 때문……이라고 말했지만, 그건 틀린 말이 아니라고 생각해요.

실제로 그런 사람이 많기도 한데다, 저와 레우스는 마물에게 고향을 잃은 데다, 엄마와 아빠도 돌아가셨으니까요.

하지만 저희에게는 돌아갈 장소가 있어요.

저희가 돌아갈 장소는…… 시리우스 님의 곁이랍니다.

"""다녀왔습니다."""

"어서 와."

※※※※※

늦은 저녁 식사를 마친 후, 리스와 함께 뒷정리를 한 저는 테이블 앞에 앉아 한숨 돌렸어요.

그러니 아까 먹은 스튜가 생각났죠. 시리우스 님이 만든 요리는 하나같이 맛있지만, 오늘 스튜는 식재료의 맛이 잘 배어서 정말 끝내줬어요.

좀 맛이 진했지만, 빵을 찍어 먹으니 정말…… 끝내줬어요. 또 새로운 맛을 경험했네요.

"에밀리아…… 에밀리아!"

"앗?! 왜, 왜 그러세요?"

"스튜가 맛있었다는 건…… 나도 알아. 그래도 그걸 건네줘야 하잖아."

아차, 가장 중요한 일을 깜빡했군요.

그 말을 듣고 정신이 퍼뜩 든 저는 선물을 준비했어요. 그리고 저희 셋은 소파에서 책을 읽고 계신 시리우스 님 앞에 나란히 섰죠.

"시리우스 님, 잠시 실례해도 될까요?"

"응? 왜 그래?"

"아까 말씀드렸다시피, 이건 저희가 드리는 선물이에요. 받아 주세요."

"형님을 위해 열심히 번 돈으로 산거야."

"평소 신세를 지고 있는 우리가 주는 소소한 선물이야."

이미 이 선물에 대해 알고 계셨던 시리우스 님은 미소를 지으면서 받아주셨어요.

선물은 파란색 마석이 달린 펜던트예요. 시리우스 님은 심플하고 실용적인 걸 좋아하시니, 취향에 맞을 만한 걸 골라봤죠.

이미 이 마석에는 회복마법의 마법진이 새겨져 있으니, 마력을 불어넣으면 치료마법이 발동하도록 되어 있어요. 시리우스 님은 웬만해선 다치지 않는 분이시니 필요 없을 테지만, 시리우스 님의 안전을 바라는 저희의 마음이 담겨 있어요.

시리우스 님은 그 펜던트를 착용한 후, 저희의 머리를 쓰다듬어주셨어요.

"고마워. 소중히 간직할게."

우후후…… 저 미소를 보니 왠지 보답을 받은 듯한 느낌이 들어요.

선물을 하기 잘했다고 마음속으로 생각하고 있을 때, 시리우스 님은 갑자기 자리에서 일어서시더니 서랍에서 조그마한 상자를 꺼내셨어요.

"실은 나도 너희에게 줄 게 있어."

상자 안에는 마석이 달린 짧은 목걸이가 두 개, 그리고 조그마한 귀걸이가 들어 있었어요.

그중 녹색 목걸이를 꺼낸 시리우스 님은 고리를 풀더니, 저에게 건네주셨어요.

"전에 개목걸이가 가지고 싶다고 했지? 그래도 개목걸이를 좀 그럴 것 같아서 이걸 준비해봤어. 이건 초커라고 하는데, 목에 딱 밀착시켜서 착용하는 장신구야."

예전에 그런 말을 한 적이 몇 번 있지만, 시리우스 님께서는 기억하고 계셨군요.

시리우스 님께서는 레우스에게 빨간색 초커를, 리스에게는 같은 색깔 마석이 달린 은제 귀걸이를 건네주셨어요.

"너희에게 준 장신구에 달린 마석에는 '콜' 마법진이 새겨져 있어. 그러니 마력을 불어넣으면서 발동시키면 나에게 너희의 목소리를 전할 수 있지."

"오오! 드디어 완성했구나, 형님!"

"아직 미완성 단계야. 대기 중의 마력을 흡수하는 기능을 달기는 했지만, 마력이 모이는데 시간이 걸리는데다, 대화가 가능한 시간도 짧거든. 하지만 없는 것보다는 나을 거야. 이번처럼 귀가가 늦어질 것 같으면 연락을 할 수 있잖아?"

시리우스 님은 학교의 결계를 참고했다는 등의 설명을 하셨지만, 제 귀에는 그 말이 들어오지 않았어요. 저는 초커에서 눈을 떼지 못했죠.

"……시리우스 님. 부탁이 있어요."

"음? 뭔데?"

"시리우스 님께서 이 초커를 채워주시지 않겠어요?"

"좋아. 그럼 얼굴을 내 쪽으로 내밀어봐."

시리우스 님은 제 머리카락을 쓸어 올리더니, 제 목에 자신의 팔을 두르셨어요.

그것만으로도 충분히 기쁘지만, 사랑하는 주인님께서 직접 초커를 채워주신 순간…… 제 마음속은 환희로 가득 찼죠.

"목이 졸리지는 않아? 사이즈는 조절할 수 있어."

"아뇨……. 딱 맞아요."

개목걸이는 아니지만, 이걸로 저도 시리우스 님의 엄연한 노예예요.

그런 말을 해봤자 시리우스 님은 부정하시겠지만, 제가 마음속으로 멋대로 정한 거니 별문제는 없겠죠.

"형님, 형님! 나도 채워져!"

"나, 나도 부탁할게!"

"그래그래. 차례차례 해줄게."

레우스와 리스도 시리우스 님께서 주신 선물을 착용하고 기뻐했어요.

"다들 잘 어울리는걸. 고생해서 만든 보람이 있네."

"고마워요. 우후후……."

"누나, 괜찮아?"

"그냥 내버려 두자. 에밀리아는 지금…… 엄청 기뻐 보이는 표정을 짓고 있잖아."

아아…… 행복해서 죽을 것만 같아요.

《졸업을 향한 여정》

학교에 입학한 후 4년 하고 반 년이 지났다. ……그리고 우리는 반 년 후에 이 학교를 졸업한다.

이 시기에는 수업도 거의 없으며, 학생들은 전문분야의 수업에 집중하거나 개인 훈련을 주로 했다.

학생 개개인에게는 선생님에게서 졸업과제라 불리는 과제를 받으며, 그 과제에 합격하는 것에 주력하고 있는 것이다.

그 과제를 통과해서 합격하지 않는 한, 학교 측에서 발부하는 졸업증서를 받을 수 없다. 즉, 졸업을 못하는 것이다. 여담이지만, 합격 못하더라도 돈을 내면 몇 년 동안 학교에 더 다닐 수 있다. 그러나 그 기간 동안에도 졸업을 못한다면 퇴학을 당한다.

졸업과제는 선생님의 재량으로 정해지며, 각 학생의 특기분야와 상황에 따라 내용은 달라진다.

적성속성의 상급마법을 쓸 수 있게 되는 것이 흔한 과제지만, 모험가 등록을 한 학생들끼리 파티를 짜서 마물을 사냥하라, 같은 독특한 과제도 존재한다.

물론 내 제자들도 과제를 받았다. 에밀리아는 거대한 회오리를 만드는 바람 상급마법 '템페스트'를 장시간 유지하는 것이며, 레우스는 마그나 선생님이 만든 강철 골렘을 베는 것이었지만, 그 남매는 손쉽게 합격했다.

리스는 혁명 소동 때 수많은 학생을 치료했기에, 졸업할 실력이 충분히 된다면서 면제됐다. 실은 이미 물마법을 전문으로 하는 선생님보다 뛰어난 실력을 지녔기 때문에 면제됐다는 걸 학교장이 몰래 가르쳐줬다.

아무튼 제자들은 과제를 돌파해 무사히 졸업 자격을 손에 넣었다. 지금까지 노력을 계속해왔으니 이 결과 또한 어찌 보면 당연했다. 스승으로서 자랑스러웠다.

그 날, 나는 마크와 함께 훈련장에 있었다.

"불꽃이여, '플레임 랜스'."

무영창에 거의 근접한 수준의 마법을 발동시킨 마크의 머리 위에는 불꽃의 창이 네 개 존재했으며, 그는 그 창들을 표적을 향해 일제히 발사시켰다.

불꽃의 창은 폭발을 일으키면서 표적들을 박살 냈지만, 네 개의 표적 중 하나는 무사했다.

"큭…… 역시 동시에 제어하는 건 어렵군."

"그래도 세 개는 맞췄잖아. 나쁘지 않은 확률이라고 생각해."

입학 당시의 마크는 '플레임 랜스'를 기나긴 영창을 통해 겨우 하나 만들어냈지만, 지금은 네 개나 동시에 만들어낼 수 있다. 그레고리도 동시에 다섯 개가 한계였으니, 마크가 이 학교에서 얼마나 노력했는지는 그것만으로도 충분히 알 수 있었다.

하지만…… 마크는 아직 만족하지 않은 것 같았다.

그의 졸업과제는 '플레임 랜스'를 동시에 네 개 만들어내는 것이다. 하지만 마크는 다섯 개로 늘렸을 뿐만 아니라, 다섯 개 전부 표적에 명중시키는 걸로 변경했다.

귀족이라는 지위에 안주하지 않으며, 자기연마를 거르지 않는 마크는 정말 대단한 남자다.

나는 그런 마크가 마음에 들었기에 때때로 훈련을 도와주거나 조언을 해줬다.

"하지만 네 개로 이 명중률이면, 다섯 개 때는 명중률이 더 내려가지 않을까?"

"그렇겠지. 영차."

발치에 그려진 마법진에 마력을 흘려 넣자, 부서진 표적이 원상 복구됐다.

원래 부서진 표적을 처리하거나 다시 설치하는 건 귀찮지만, 이럴 때 흙속성 마법은 여러모로 편리하다.

"조언을 부탁해도 될까? 이대로 반복연습을 하면 되는 건지 좀 확신이 서지 않아."

"유감이지만 반복연습 이외에는 답이 없어. 불꽃의 창을 표적을 향해 날리는 이미지를 몸에 새길 수밖에 없는 거야."

나는 진지한 표정으로 쳐다보는 마크를 곁눈질하면서 표적을 향해 손을 뻗었다.

"달인의 영역에 도달하면 쏘기 전에 명중할지 말지 안다고 해. 그건 자신의 몸과 움직임을 명확하게 이미지할 수 있기 때문이지."

적어도 나는 그러하며, 먼 거리에서 저격을 할 때 그럴 수 없다면 스나이퍼라 할 수 없다. 어디까지나 내 지론이며, 세간에서도 그렇게 생각하는지는 모르지만 말이다.

우선 시범 삼아 내가 '임팩트'를 연사해서 다섯 개의 표적을 전부 박살 냈다.

"네 '임팩트'는 여전히 대단한걸."

"지금까지 셀 수도 없을 만큼 사용했잖아. 이미지도 완벽하고, 나는 조준을 잘하는 편이야."

전생에서는 다양한 총기를 사용했으며, 먼 거리에서 저격을 하기도 했다. 조건만 갖춰진다면 총알로 낸 구멍에 다음 총알을 통과시켜서 표적에 명중시키는 원홀 샷도 할 수 있다.

게다가 차분하게 조준을 하지 않고도 명중시킬 수 있는 기량이 없다면 살아남을 수 없는 세계에서 살아왔던 것이다.

"그러니 반복연습뿐이야. '플레임 랜스'만이 아니라 초급 마법을 동시에 제어하는 연습을 해보는 건 어때?"

"아하, 그렇게 해볼게. 그런데…… 시리우스 군은 괜찮은 거야?"

"뭐가 말이야?"

내가 표적을 수리하고 있을 때, 마크가 미안해하는 듯한 표정을 지으며 나를 쳐다보았다.

"내 훈련을 도와줘서 고맙지만, 너는 졸업과제를 마친 거야? 에밀리아 양과 레우스 군은 이미 합격했지?"

"아…… 그게 말이야. 실은 과제가 뭔지도 몰라."

내 과제는 마그나 선생님이 내기로 되어 있지만, 아무래도 학교장과 함께 어떤 과제를 낼지 논의하고 있는 것 같았다.

졸업까지 반년밖에 남지 않았으니, 이제 그만 과제가 뭔지 발표해줬으면 좋겠는데 말이다.

"그거 이상하네. 보통은 졸업 1년 전에 발표하는데 말이야."

"뭐, 선생님도 그건 알고 있을 테니 느긋하게 기다려볼 거야."

"보통은 어떻게든 합격하기 위해 발버둥을 쳐야 할 텐데, 너는 차분하네. 아니, 너니까 이럴 수 있는 걸지도 몰라."

"마크, 그게 무슨 소리야? 마치 내가 이상한 녀석이라는 소리처럼 들리는걸."

"뭐, 이상한 게 아니라 격이 다르다는 거야. 다들 에밀리아 양과 레우스 군의 실력에 주목하지만, 나는 네가 더 대단하다고 생각해. 만약 내가 네 선생이라면 어떤 과제를 내줄지 정말 고민이 될 거야."

마크 앞에서 실력을 선보인 적은 없지만, 그는 내 실력을 눈치챈 것 같았다.

그래도 마크는 예전과 다름없는 태도로 나를 대하고 있으며, 적극적으로 나에게 조언을 구하며 실력을 갈고닦았다. 겉모습뿐만 아니라 마음도 멋진 남자다.

"나는 너와 만나서 정말 다행이라고 생각해. 이렇게 여러 조언을 들은 덕분에 나는 내가 상상했던 것보다 훨씬 강해졌거든. 시리우스 군. 졸업을 하고 나면 에밀리아 양, 레우스 군과 함께 우리 가문을 섬기지 않겠어? 네가 도와준다면 호르티아 가문은 엘리시온에서 가장 뛰어난 귀족이 될 수 있을 거야."

"제안은 고맙지만, 나는 졸업하고 나면 여행을 떠날 예정이야. 그러니 미안하지만 사양할게."

"후후, 역시 거절하는 구나."

마크는 거절을 당했는데도 왠지 즐거워 보였다.

그리고 그는 내 조언에 따라 조그마한 불꽃을 다섯 개 만들어 내서 자유자재로 조종하는 연습을 시작했다.

"귀족답지 않은 생각일지도 모르지만, 너와는 대등한 친구로서 지내고 싶어. 그러니 거절해서 다행이라는 생각도 들어."

그리고 불꽃을 어느 정도 조종한 마크는 표적을 향해 날렸고, 최종적으로 네 개의 표적에 명중했다.

"그렇구나. 나도 마크와는 대등한 친구 사이로 지내고 싶어. 그건 그렇고, 방금은 꽤 괜찮았는걸. 나중에는 방금 그 불꽃을 '플레임 랜스'로 바꾸면 하면 돼. 즉, 원리는 똑같지. 조금만 더 힘써보면 되겠는걸."

"네 조언 덕분이야. 에밀리아 양과 리스 양만이 아니라 시리우스 군에게도 이명(異名)이 붙지 않는 게 이상하다니깐."

"나는 딱히 필요하지 않거든."

이명이란 뛰어난 실적을 남긴 인물에게 존경과 경외의 감정을 담아 붙이는 별칭을 말한다. 리스에게 붙은 푸른 성녀라는 게 바로 이명이다.

실은 내 눈앞에 있는 마크에게도 이명이 있다. 불꽃의 마법에 뛰어난 재능을 지녔으며, 외모만이 아니라 성격도 멋진 귀족인 그는 내 제자들에게 뒤지지 않을 만큼 인기가 있었다.

마크의 팬들은 그를 '불꽃의 왕자'라고 부른다고 한다.

참고로 에밀리아는 아름다운 은발을 비롯해 외모, 지식, 전투력, 예절 등, 모든 면에서 뛰어나기 때문에 '은의 여왕'이라 불리는 것 같았다.

에밀리아는 진짜 여왕과 알고지내는 만큼, 그런 이명이 붙었으니 기분이 묘할 거라고 생각했지만…….

『제가 여왕이라면, 시리우스 님은 어떻게 되죠? 왕이면 좋겠지만, 시종은 제가 주인님과 어깨를 나란히 하는 건 좀 그러니…… 신?』

전혀 개의치 않는 것 같았다.

그리고 레우스는 혁명 소동 때 애용하는 무기인 파트너의 이름을 외친 바람에 '은 송곳니'가 된 것 같았다.

참고로 본인은 그 이명이 불만인지 들을 때마다 나에게 푸념을 늘어놓았다.

『나는 형님의 검이지 송곳니가 아니라고. 그리고 파트너와 이름이 비슷해서 헷갈린단 말이야.』

『그래? 나는 멋지다고 생각해. 너는 검보다는 송곳니라는 이미지가 있거든.』

『오늘부터 나는 '은 송곳니'야, 형님!』

뭐, 내가 레우스에게 어울린다고 말했더니, 바로 받아들였지만 말이다.

아무튼 내 제자인 세 사람은 이명을 지녔지만, 스승인 나는 이명이 없다.

남들은 내가 그들의 스승이라는 사실에 의문을 품고 있는 것 같았다.

내가 싸우는 모습을 남들에게 보여주지 않은 탓이기도 하지만, 나를 잘 모르는 귀족 후배들에게서 시종에게 어울리지 않는 주인이라는 말을 몇 번이나 들었다.

하지만 나를 건드렸다간 제자들이 가만히 있지 않을 거라는 사실을 알기에, 결국 입만 놀릴 뿐 직접 나서지는 않았다. 정말 어이가 없는 일이다.

애초에 어울리는지 어울리지 않는지는 본인들이 정할 일이다.

제자들과 나란히 서지도 못하는 녀석들이 뭐라고 떠들어대든 전혀 신경 쓰이지 않는 데다, 전생에서도 비슷한 경험을 수도 없이 해서 익숙했다.

나는 그런 얼간이 같은 소리는 대충 흘려들으며 나답게 하루하루를 살아가고 있었다.

"뛰어난 시종을 거느린 주인인 만큼 그에 걸맞은 이름을 지녀야 하지 않을까? '은의 여왕', '은 송곳니'가 시종이라면 은과 관련된 이명도 괜찮을 것 같은걸."

"자기 이명을 직접 짓는 것도 이상하고, 반 년 후에는 졸업할 거잖아. 이대로 아무 일 없이 졸업할 수 있으면 그걸로 충분해."

"여전히 욕심이 없구나. 너답기는 해."

이명에 대한 이야기는 이쯤에서 끝낸 마크는 '플레임 랜스'를 다섯 개 만들어서 표적을 향해 날렸다. 이번에는 세 개만 명중했지만 남은 두 발도 아쉽게 표적을 스치고 지나갔다.

그 후에도 몇 번이나 연습을 하면서 명중빈도가 높아지기 시작했을 즈음…… 갑자기 훈련장 입구가 시끌벅적했다.

"두, 두목~! 큰일 났어요~!"

저 남자는 레우스가 학교 기숙사에서 지낼 때 한 방을 쓰던 학생이다. 이름은 로우이며, 학교에서는 정보통 같은 일을 하는 여우족 남자다.

그 로우는 새파랗게 질린 얼굴로 우리를 향해 뛰어왔다.

"무슨 일이야? 네가 나를 다 찾아오고 말이야."

이유는 모르겠지만, 레우스는 자신의 부하에게 나와 이야기를 하고 싶으면 우선 자신을 통하라고 엄명을 내려놨다. 그래서 로우가 나에게 직접 말을 거는 경우는 거의 없다.

하지만 나를 찾아다니며 고함을 지르는 걸 보면, 뭔가 골치 아픈 일이 벌어진 게 틀림없다.

"두목, 지금은 그런 걸 신경 쓸 때가 아니라고요! 레우스 형님이 학교장 님에게 불려갔다고요!"

"학교장 님? 불려간 이유가 뭐야? 딱히 짐작 가는 데는 없는데 말이야."

"후, 후배를 두들겨 패려다 건물 일부를 박살 냈대요!"

……뭐?

나는 훈련장 정리를 마크에게 맡긴 후, 학교장실 문 앞에 섰다.

로우에게서 자세한 이야기도 듣지 않고 여기로 뛰어오기는 했지만, 나는 냉정했다. 등 뒤에서 '두목이 필사적인 표정으로……'

같은 말이 들려왔지만 아마 기분 탓일 것이다.

잘 생각해보니 후배를 때릴 상황 같은 건 모의전에서 흔히 있을 수 있고, 레우스는 공격이 빗나간 바람에 뒤편의 벽을 부술 뻔한 적이 몇 번 있다. 아마 이 걱정은 기우로 끝날 것이다.

내가 심호흡을 한 번 하고 문을 향해 손을 뻗은 순간, 문이 갑자기 열렸다.

학교장실에서 나서려는 자가 있는 것 같았기에 내가 방해가 되지 않도록 옆으로 물러섰다. 그리고 안에서 나온 이는 내 얼굴을 보자마자 화들짝 놀랐다.

"윽?! 너만…… 없었으면……!"

그 남자는 증오에 찬 시선으로 나를 노려보더니, 분노를 드러내며 가버렸다.

분위기를 보아하니 이 학교에 입학한 지 1년 정도 된 학생 같은데, 방금 그 말과 태도로 볼 때 귀족인 듯 싶었다. 뭐, 후배가 저런다고 쌍심지를 켜는 것도 좀 그렇기에, 나는 노크를 하고 학교장실에 들어갔다.

그러자 소파에 앉아 있는 학교장과 맞은편 소파에 앉아 있는 내 제자 세 명의 모습이 눈에 들어왔다.

남매는 볼을 붉힌 채 언짢아하고 있었으며, 리스는 난처한 표정으로 레우스를 진정시키려는 듯이 그의 어깨를 두드리고 있었다. 아무래도 레우스를 진정시키기 위해 에밀리아와 리스도 부른 것 같았다.

방안에 있는 이들이 내 얼굴을 보고 환한 표정을 지었지만, 레우스는 시선을 돌린 채 겸연쩍은 표정을 지었다.

"아, 시리우스 군. 왔군요. 상황을 파악하고 있나요?"

"아뇨. 레우스가 사고를 쳤다는 이야기만 들었습니다."

"알았습니다. 그럼 자초지종을 설명하도록 하죠."

"죄송하지만, 레우스 본인에게서 이야기를 듣고 싶습니다. 만약 잘못된 부분이 있다면 지적해주세요."

학교장이 조용히 고개를 끄덕이며 입을 다물자, 나는 몸을 숙여 레우스와 시선을 맞춘 후, 그의 눈을 쳐다보며 설명을 요구했다.

"레우스. 무슨 일이 있었는지 가르쳐주지 않겠어? 나는 너한테서 어떻게 된 일인지 듣고 싶어."

내가 머리를 쓰다듬어주며 그렇게 말하자, 레우스는 미안해하면서 입을 열었다.

"형님. 방금 이 방을 나간 학생을 봤지? 나…… 그 녀석을 힘껏 패려고 했어. 주먹은 빗나갔지만, 그 탓에 훈련소의 벽이…… 부서졌다…….."

"네가 그렇게까지 한 이유가 있겠지?"

레우스는 감정을 솔직하게 표현하고 본능에 따라 행동하지만, 이유 없이 남을 때리려고 할 리가 없다. 그런 레우스를 화나게 하다니, 대체 상대는 무슨 소리를 한 것일까.

내가 추궁하자, 레우스는 분노에 찬 표정을 지으며 주먹을 말아 쥐었다.

"그 녀석은 아무것도 모르면서 형님을 몇 번이나 바보 취급했어. 처음에는 참았지만, 점점 심해지니까 도저히 참을 수가 없어서……."

레우스가 나와 다른 훈련소에서 검을 휘두르고 있을 때, 방금 그 학생이 자신의 시종이 되어달라는 권유를 했다고 한다. 그리고 레우스는 나를 모셔야 하니 그럴 수 없다고 딱 잘라 말했다.

그런데도 그 학생은 자신이 얼마나 뛰어나며 시종이 되면 우대해주겠다면서 필사적으로 권유를 했지만, 레우스는 계속 거절하며 훈련을 시작하려 했다.

그리고 귀족인 자신에게 무례하게 대했다면서 화를 낸 그 학생은 레우스에게 있어 금기나 다름없는 말을 입에 담은 것이다.

『너희 뒤편에 숨어 있기만 할 뿐, 아무것도 못하는 무능이 뭐가 그렇게 좋다는 거냐! 이명도, 별다른 공적도 없는 그딴 자식이……』

그 말을 들은 순간, 레우스는 무심결에 주먹을 그대로 휘둘렀다고 한다.

하지만 이성이 아직 남아 있었던 덕분에 주먹의 궤도를 바꾸기는 했지만, 결국 애먼 벽이 희생되고 만 것이다.

"웬만하면 참으려고 했지만, 요즘 저런 녀석이 너무 많아서 열 받았어. 형님이 얼마나 대단한지도 모르면서…… 감히 바보 취급을 해?!"

"그랬구나. 그런데 에밀리아도 언짢아 보이는데, 너도 비슷한 일을 겪고 있는 거야?"

"예. 저도 자기 시종이 되라는 권유를 많이 받고 있는데, 그중에는 강제로 시종으로 삼으려는 사람도 있어요. 그런 사람들은 격퇴해버리면 그만이지만, 시리우스 님을 바보 취급하는 이들도 많아서…… 정말 열 받아요."

"특히 에밀리아 양은 아름다우니 곁에 두고 싶어 하는 귀족도 많죠. 요즘 학생들은 에밀리아 양을 손에 넣기 위해 우선 동생인 레우스 군을 노리고 있습니다. 동생을 시종으로 삼으면 누나도 따라올 거라고 생각하는 것 같은데, 착각인 것 같군요."

학교장이 보충 설명을 해주자, 나는 머리를 감싸 쥐었다.

매번 드는 생각이지만, 남매는 나를 향한 악의에 과잉 반응하는 경향이 있다.

무슨 말을 듣더라도 냉정하게 행동하고 악의에 흔들리지 않는 정신을 지닐 수 있을 거라 생각했는데, 정신적인 면을 너무 방치한 것 같았다.

그리고 이번 사건은 제자들만이 아니라 나한테도 잘못이 있다.

실력을 숨기기 위해서라고 해도 남들 눈에 띄지 않으려고 한데다, 주위에 너무 신경을 쓰지 않은 것이다.

"시리우스 군. 당신이 악의를 신경 쓰지 않는다는 건 알지만, 제자들의 심정을 헤아려주세요. 자신이 존경하는 사람이 바보 취급을 당하는 걸 참아야 하는 상황이지 않습니까."

학교장이 그렇게 말하자, 남매와 리스는 고개를 끄덕였다.

그래……. 만약 내 눈앞에서 엄마가 욕을 듣는다면, 나는 욕을 한 녀석이 지옥조차 시시하게 느껴질 정도의 고통을 안겨줄 것이다.

제자들의 마음을 좀 더 생각해줘야 하는 걸지도 모른다.

"미안해. 나 때문에 괜한 고생을 하게 했네."

"시리우스 님은 아무 잘못 없어요! 저희가 몇 번이나 거절을 했는데도 계속 치근덕대는 사람들이 나빠요."

"그래! 형님이 얼마나 대단한지 알아보지도 못하면서 바보 취급이나 하는 녀석들의 시종은 죽어도 안 될 거야!"

"나는 시종이 아니지만, 두 사람과 같은 심정이야."

너희의 마음은 고맙지만, 이대로 있다간 더 골치 아픈 사건이 벌어질지도 모르겠군.

이번에는 레우스가 이성을 잃지 않아서 다행이지만, 레우스의 주먹이 정통으로 꽂혔다간 맞은 상대가 죽어버릴 가능성도 충분히 있으니까 말이다.

반 년 후에 졸업한다고 그냥 방치해둘 사안이 아닌 것이다.

"후후후, 시리우스 군은 제자들에게 정말 사랑받고 있군요. 하지만 레우스 군이 사건을 일으켰다는 사실에는 변함이 없습니다. 당신이 폭력을 휘두른 바람에 훈련장의 벽이 파괴되었고, 하마터면 학생이 다칠 뻔했죠. 그러니 책임을 져주셔야겠어요."

"……예. 제가 할 수 있는 일이라면 뭐든 할게요."

"하지만 당신은 시리우스 군의 시종이죠. 그러니 책임 소재는 시리우스 군에게 있어요. 자아, 시리우스 군 이외의 사람들은 전부 나가주시죠."

나만 남긴다는 건 단둘이서 할 이야기가 있기 때문이리라.

학교장이 책임소재라는 말을 하며 퇴실을 요청했지만, 레우스는 납득이 안 된다는 듯이 벌떡 일어서며 학교장에게 따졌다.

"어째서야! 잘못한 사람은 나니까 내가 그 책임이라는 걸 지면 되잖아!"

"레우스! 그만해!"

"잘 들으세요, 레우스 군. 불합리하게 들릴지도 모르지만 주인과 시종이란 원래 그런 관계입니다. 당신은 나중에 시리우스 군에게 개인적으로 벌을 받으세요. 그때까지 다이아장에서의 근신을 명하죠."

"으……."

그 말을 들은 레우스의 귀와 꼬리가 축 처졌다.

하지만 학교장의 말도 일리가 있기에, 나는 레우스의 머리를 쓰다듬으며 말을 건넸다.

"레우스, 걱정하지 마. 책임이라고 해봤자 벽 보수 공사를 하라는 거야. 어제 만들어둔 케이크가 있으니까, 다이아장에 돌아가면 그거나 먹고 있어."

"형님……."

"시리우스 군의 말대로 딱히 심각한 이야기를 하려는 건 아닙니다. 시리우스 군과 따로 할 이야기가 있어 남아달라고 하는 것뿐이죠."

"정말?! 아, 정말인가요?!"

"예. 그러니 이번 실수를 마음에 새겨두세요. 시종의 행동이 주인에게 해를 끼칠 수도 있다는 사실을 말이죠."

"……예!"

레우스는 어느 정도 납득했는지 소파에서 일어서더니 방을 나섰다.

에밀리아와 리스도 뒤를 따랐지만, 나는 그 두 사람의 어깨에 손을 올렸다.

"미안하지만 레우스를 부탁해. 아직 불만이 남아 있는 것 같으니까 곁에서 달래줘."

"맡겨주세요. 하지만 시리우스 님. 주인과 시종의 관계에 그런 면이 존재한다는 건 알지만, 솔직히 말해 저는 아직 완전히 납득하지는 못했어요. 저는 아직 어린애인 걸까요?"

"지금은 그걸 이해한 것만으로 충분해. 아직 어린애인 건 사실이니까, 언젠가 네가 나름대로 결론을 내리면 되는 거야. 성급하게 생각할 필요도 없으니, 천천히 성장해나가도록 해."

내가 불만을 드러내는 에밀리아의 머리를 쓰다듬어주자, 그녀는 꼬리를 흔들며 기뻐했다.

"리스, 부탁해. 나도 볼일이 끝나면 바로 돌아갈게."

"응. 두 사람과 함께 기다리고 있을게."

그리고 두 사람이 퇴실한 후, 학교장과 진지한 이야기를 하기 위해 마음을 다잡으려 한 순간, 문이 열리면서 제자들이 얼굴을 쏙 내밀었다.

"왜 그래? 두고 간 거라도 있어?"

"""만들어둔 케이크의 종류는?"""

"…………치즈."

그 말을 듣고 리스가 특히 기뻐하는 가운데, 제자들은 즐거워

하며 방을 나섰다.

좀 맥이 풀리기는 했지만, 이번에야말로 마음을 다잡…….

"제 몫은 없나요?"

"……따로 덜어뒀으니 안심하세요."

이제 와서 이런 소리를 하는 것도 좀 그렇지만, 내 주위에 있는 사람들은 하나같이 식탐이 엄청나다니깐.

이야기가 좀 탈선되기는 했지만, 마음을 다 잡은 내가 학교장을 보아하니, 꽤 진지한 이야기를 하려는 것 같았다.

나는 소파에 앉은 후, 학교장의 얼굴을 쳐다보면서 입을 열었다.

"훈련장의 벽과 귀족을 위험에 처하게 한 벌은 어느 정도죠?"

"아, 책임이라고 말하기는 했지만 그건 레우스 군을 반성시키기 위한 방편입니다. 사실 이번 일은 딱히 문제가 되지 않죠. 벽은 마그나에게 고치라고 하고, 그 학생 또한 정보수집을 게을리한 데서 비롯된 자업자득이나 다름없어요."

마그나 선생님이라면 벽은 금방 고칠 수 있을 것이며, 평소에 케이크를 얻어먹은 답례라면서 공짜로 해줄 것 같았다.

그리고 귀족 또한 자기가 폭언을 한 걸 인정했으며, 레우스의 성격을 모르고 시비를 거는 거나 다름없는 짓을 했으니 질책을 받을 이유는 없는 것 같았다.

"그리고 이번 일과 좀 관련이 있지만, 시리우스 군에게 남아 달라고 한 건 졸업과제 때문입니다."

"드디어 결정된 건가요. 그건 그렇고, 왜 마그나 선생님이 아니라 학교장 님께서 직접 알려주시는 거죠?"

"저와도 관련이 있기 때문입니다. 그건 그렇고, 시리우스 군은 이번 사건의 원인이 뭐라고 생각하죠?"

"남매의 마음을 생각하지도 않으며 권유를 계속한 귀족도 문제지만, 가장 문제인 건 제가 다른 학생들에게 얕보이고 있다는 거겠죠."

"알고 있나 보군요. 솔직히 말해, 시리우스 군이 그들의 주인이라 불리기에 걸맞은 실력이 지녔다는 게 알려지지 않은 게 이번 사건의 원인입니다. 그러니 그 점을 해결할 졸업과제를 생각해뒀죠."

즉, 내 실력을 주위에 알린……는 것 같은데, 대체 뭘 어쩔 심산인 걸까?

남들 앞에서 공개적으로 훈련을 하거나, 레우스를 평소처럼 박살 내주면 될까? 아니다. 그러면 시종인 레우스가 봐줬다고 주위에서 생각할 것이다.

"비공식적이지만 시리우스 군은 선혈의 드래곤을 혼자서 섬멸했고, 에밀리아 양과 레우스 군, 그리고 리스 양을 지금 수준까지 단련시킨 스승입니다. 현재 이 학교의 진정한 최강자는 당신이라고 저는 확신해요."

"즉, 제가 최강이라는 걸 알리라는 건가요?"

레우스처럼 강한 학생을 전부 해치우고 다니라는 건가?

그건 엄청 귀찮을 것 같았기에 질색인걸.

"그런 귀찮은 짓을 하지 않더라도, 한 번에 당신이 얼마나 강한지 알릴 방법이 있어요. 당신이 싸울 상대가 학생이라고 저는 한 번도 말하지 않았을 텐데요?"

"아하. 선생님과 싸우면 되겠군요."

설령 지더라도 어른 상대로 선전을 하면 강하다고 여겨질 테니, 내 실력이 충분히 알려질 것이다.

하지만 학교장은 내 말을 듣더니 고개를 저었다.

"아뇨. 대전 상대는 저…… 즉, 시리우스 군의 졸업과제는 저와 싸우는 겁니다."

"……진심이에요?"

"물론 진심이죠. 당신이라면 재미있는 싸움을 벌일 수 있을 거라고 저는 생각하거든요."

마치 산책이라도 가는 듯한 가벼운 어조지만…… 진심인 것 같았다.

하지만 이런 상황은 전혀 예상하지 못했다. 마그나 선생님과 싸울 가능성은 있다고 생각했지만, 설마 매직 마스터가 나와 싸우려고 할 줄은 꿈에도 몰랐다.

"하나만 물어보겠습니다. 학교장 님이 저와 싸우려는 이유가 있나요? 다른 선생님이라도 충분할 것 같은데요."

"저는 당신이 학생들의 가능성이 되어줬으면 합니다."

"가능성? 무색인 제가 말인가요?"

"무색이니 더 적합합니다. 평소 시리우스 군은 마법 영창을 하지만, 실은 무영창이 가능하죠? 그리고 당신의 제자들도 마찬가지라고 저는 생각합니다."

학교장은 내 실력을 알고 있으니 숨길 필요가 없을 것이다.

나는 고개를 끄덕이면서 무영창으로 '라이트'를 발동시켰다. 그리고 그 빛의 구슬을 잠시 동안 유지한 후, 없앴다.

"보다시피 가능합니다만, 그건 학교장 님도 마찬가지일 텐데요?"

"예, 저도 할 수 있습니다. 하지만 현재 엘리시온에서 무영창이 가능한 사람은 저와 시리우스 군, 그리고 마그나와 당신의 제자들뿐이죠. 저는 이곳에 백 년 넘게 머물렀지만, 제가 가르친 마그나 이외에 무영창이 가능했던 사람은 당신들뿐입니다."

듣자하니, 학교장이 무영창으로 마법을 발동시킬 수 있게 된 것은 백 년 전이라고 한다. 현재 학교장은 400살이 넘었다고 하니 300살 즈음에 무영창을 터득한 것이리라.

지금 이야기를 듣고 놀란 점은 두 가지다. 하나는 학교장이 300년 넘게 믿어온 마법의 상식을 부쉈다는 점, 그리고 다른 하나는 우리 이외에 무영창이 가능한 자가 나타나지 않았을 만큼 마법의 상식이 사람들의 마음속에 깊이 뿌리내려 있다는 점이다.

서로가 사용하는 무영창 방식에 대해 이야기를 해보니, 학교장은 나와 거의 같은 방식을 사용하고 있었다.

"강하게 이미지함으로서 무영창이 가능해지며, 마법은 새로운 가능성을 지닌다. 저는 그것을 널리 알리려 했지만, 아무도 믿어주지 않았죠. 그저 제가 천재라 그게 가능하다고만 여기더군요. 정말 난처했습니다."

학교장의 '트리플'은 정령이 보이는 사람에 버금갈 만큼 희귀한 것이라고 한다.

게다가 마법을 계속 탐구해온 인물이라는 게 널리 알려져 있으니, 아무리 설명을 하더라도 천재라 가능한 거라고 생각하는 것이다. 재능을 지닌 자만의 고민이라는 것이다.

학교장이 자조적인 말투로 볼 때, 그만큼 이 점 때문에 고뇌해온 것이리라.

"그렇기 때문에 시리우스 군이 저와 싸우면서, 저 이외에는 아무도 무영창을 할 수 없다는 상식을 박살 내줬으면 합니다. 마법이란 무한한 가능성을 지닌 것이라는 사실을 사람들에게 알려줬으면 하는 겁니다!"

"……저에게 본보기가 되라는 거군요?"

"단적으로 말하자면 그렇습니다. 그리고 무속성이라도 노력하면 이렇게 강해질 수 있다는 희망도 되어줬으면 합니다. 시리우스 군의 비밀주의를 알면서도 이런 부탁을 드리는 거니 강요는 하지 않겠습니다. 하지만 만약 부탁을 들어준다면 제가 할 수 있는 일이라면 뭐든 도와드리죠."

뭐든……. 매우 매력적인 제안이지만, 이 부탁을 받아들이면 나라는 존재가 부각되고 말 것이다.

내가 실력을 감추고 있었던 것은 귀찮은 권력자가 나를 자기편으로 만들려 하는 상황을 피하기 위해서, 그리고 위험한 존재라 여겨져서 생명이 위험해지는 상황을 피하기 위해서다. 나 혼자만이라면 몰라도 아직 미숙한 제자들이 표적이 되는 것은 피하고 싶었다.

하지만 이미 엘리시온의 왕과 왕녀에게 내 실력이 알려졌고, 제자들도 자기 몫을 할 수 있을 만큼 성장했다. 어린애라고 얕보이는 나이도 지났으니, 이제는 내 실력을 숨길 필요가 없을지도 모른다.

"게다가 시리우스 군은 교육자가 되는 게 목표라고 알고 있습니다만, 제자와 함께 성장하는 것도 엄연한 교육이라고 생각합니다. 뒤편에서 지켜보기만 하는 게 아니라, 그 아이들과 나란히 서서 성장하는 게 어떨까요."

"······그렇군요."

아까 제자들이 짓고 있던 비통한 표정을 본 순간, 꽤 충격을 받았다. 학교장의 말대로 그 녀석들에게 더 다가가는 편이 좋을 것 같았다. 나도 아직 멀었군.

"알았습니다. 당신과의 승부······ 받아주죠."

"전력을 다해 싸울 거죠?"

"물론, 전력을 다할 겁니다."

이렇게, 나는 학교장과 싸우게 되었다.

강검 라이오르에 이어, 이번 상대는 매직 마스터라 불리는 로드벨이다.

상성에서 유리해서 라이오르 할아버지에게는 이겼지만, 마법은 전혀 다른 영역이니 어떻게 될지 짐작조차 되지 않았다.

하지만 그가 강적이라는 것은 틀림없다.

그런 상대에게 내 실력이 얼마나 통할지 벌써부터 기대되었다.

학교장과 싸우기로 결정한 후, 우리는 다른 부분들을 결정했다.

우선 싸울 장소는 학교 투기장으로 정했다. 우리가 마음껏 싸울 수 있을 만큼 넓고, 학생들에게 마법의 가능성을 보여주기에 거기보다 좋은 곳은 없었다.

하지만 나와 학교장이 전력을 다해 싸운다면 주위에 영향이 미칠지도 모른다. 서로가 마법을 난사할 것이니, 어쩌면 관객석에 마법이 날아갈 가능성이 충분히 있는 것이다.

하지만 그 점에 대한 대책은 학교장이 이미 마련해둔 것 같았다.

혁명 소동 때 학교를 둘러싼 결계를 투기장의 관객석과 시합장 사이에 설치한 것이다. 일전의 소동 때 발견된 결점을 보완하기 위해 개량 및 강화가 되었으며, 결계를 임의로 켜고 끄는 것도 가능하다고 한다.

내 졸업과제에 대한 통보가 늦어진 것은 이 결계 때문이었다고 한다. 레우스 일을 떠나, 학교장은 애초부터 나와 싸울 생각이었던 것이다.

아무튼 우리는 주위를 개의치 않고 싸울 수 있게 되었다.

"승부는 이틀 후에 벌이기로 하고, 견학은 자유…… 그리고 선전 말인데, 각 선생님을 통해 학생들에게 전달하게 하죠."

"상대가 저니까 상대도 안 될 거라면서 보러 오지 않는 사람이 많을지도 몰라요."

"그건 곤란하죠. 견학을 안 하면 졸업을 시키지 않는 걸로 할까요?"

"그런 짓을 했다간 학생들이 항의하러 올 텐데요?"

"그럼 더 좋죠. 항의를 하러 당일에 와도 좋고, 전날에 오면 보러 오도록 설득하면 됩니다."

꽤 허술한 대처지만, 학교장은 그만큼 이 상황을 열망하고 있었던 걸지도 모른다.

어떻게 설명하든 네가 천재라서 가능한 거라는 대답만 듣고, 일정 수준의 실력을 갖추면 만족하는 자들만 봐왔을 테니 당연한 걸지도 모른다.

결국 임시 특별수업으로써 학생 전원에게 견학을 시키게 됐다.

"이 시합이 끝난 후, 여러분의 세계는 크게 변하겠죠."

"이제 관둘 생각은 없지만, 레벨이 너무 달라서 포기하는 사람도 있지 않을까요?"

"그건 그때 가서 생각하면 됩니다. 위에 선 자가 전체적인 질적 저하를 이해할 좋은 기회이기도 하겠죠."

때때로 푸념을 늘어놓으며 협의를 한 후, 나는 학교장실을 나섰다.

무대 준비를 비롯한 세세한 부분들은 학교 측에서 맡기로 했으니, 내가 할 일은 시합에 최상의 상태로 임할 수 있도록 컨디션을 조절하는 것뿐이다. 마법만으로 싸우면 내가 불리할 거라면서 무기 사용과 근접 전투도 허용됐으니, 전력을 다해 싸울 수 있다.

나는 학교장실을 나선 후, 바로 다이아장으로 향했다.

제자들도 목을 길게 뺀 채 기다리고 있을 테니, 빨리 결과를 알려줘야겠다.

그리고 다이아장에 돌아간 후, 나를 걱정하고 있던 제자들을 위로해주면서 학교장과 나눈 대화를 알려줬다.

레우스에게는 이번 일을 반성할 수 있도록 처벌에 대해서는 얼버무렸지만, 내가 학교장과 싸우기로 했다는 이야기를 하자 제자들은 입을 쩍 벌린 채 그대로 굳어버렸다.

그래도 제자들은 곧 미소를 지으면서 기뻐했다.

"아아 드디어, 드디어 시리우스 님의 실력을 세상에 알리는 날이 왔군요!"

"학교장을 쓰러뜨려서, 형님을 바보 취급한 녀석들에게 한 방 먹여주자고!"

"나도 응원할게. 하지만 상대는 매직 마스터니까 다치지 않도록 조심해."

제자들은 이렇게 기대해줬다.

한심한 싸움을 할 수 없다고 생각한 나는 다시 결의를 다졌다.

이틀 후…… 나는 투기장 대기실에서 홀로 준비운동과 장비 점검을 하고 있었다.

어제 푹 쉬었더니 몸은 가벼웠다. 지금이라면 만전의 상태로 싸울 수 있을 것 같았다.

"……좋아. 준비는 다 됐어."

무기는 제한되지 않았지만, 학교장이 상대라면 접근전을 벌일 기회가 적을 것 같았기에 디에게서 받은 검은 가지고 오지 않았다.

애용하는 미스릴 나이프와 투척용 나이프 몇 자루, 그리고 공격용 도구 몇 개를 챙기기만 하면 충분했다. 아무튼 쉴 새 움직여야 할 테니, 무기를 떨어뜨리지 않도록 벨트에 잘 고정되어 있는지 확인했다.

그리고 교복 이외의 방어구는 착용하지 않았다.

학교장은 마법을 연이어 사용할 수 있으니, 걸음을 멈췄다간 그대로 끝났다. 원래부터 내 마법은 회피를 중점에 두고 있으니 문제될 것은 없다.

신경 써서 장비 점검을 마쳤을 즈음, 나는 시합이 시작된다는 연락을 받고 시합장으로 향했다.

시합장에 들어선 나는 맞이한 이는 관객석을 가득 채운 학생들이었다.

수많은 이들의 시선을 받으며 시합장 중심으로 걸어간 순간, 투기장 전체에 울려 퍼질 듯한 목소리가 들려왔다.

『오래 기다리셨습니다. 이제부터 학교장 님과 시리우스 군의 시합을 시작하겠습니다.』

그것은 마그나 선생님의 목소리였다. 그는 관객석 한쪽에 있는 중계석에서 목소리를 넓은 범위에 전하는 바람마법 '에코' 마법진을 이용한 마도구로 중계를 하고 있는 것 같았다. 형태는 다르지만, 전생에 존재했던 확성기 같은 역할을 하는 도구 같았다.

주위를 둘러보니, 관객석에는 학생만이 아니라 성인 귀족도 다소 섞여 있었다.

아마 머릿속이 딱딱하게 굳은 귀족들과 자신의 현재 실력에 만족한 녀석들에게 이 싸움을 보여주려고 학교장이 일부러 초대한 것이리라.

그런데 귀빈석에 앉아 있는 인물은 내가 아는 사람들인데…….

『또한 오늘은 엘리시온의 차기 여왕 후보이신 리펠 님께서 와주셨습니다. 여러분, 리펠 님께 무례를 범하지 않도록 주의해주십시오.』

세니아와 멜트를 대동한 리펠 공주가 자리에서 일어나 손을 흔들자, 학생들은 환성을 질렀다. 인기가 있는 건 좋지만, 일부러 내 싸움을 보러 올 줄이야. 여전히 행동력이 있는 사람이라고 생각하며 나는 어이없어 했다.

관객석에 앉아 있는 리스를 쳐다보니, 입막음을 당하고 있었던 듯한 그녀는 몇 번이나 나를 향해 고개를 숙였다.

내가 한숨을 내쉬면서 고개를 돌려보니, 리펠 공주가 나를 향해 손을 흔들고 있었다.

『저는 학교장 님에 대해서는 잘 압니다만 시리우스 군에 대해서는 잘 알지 못하기에, 해설해주실 분을 초대했습니다.』

『호르티아 가문의 차남인 마크 호르티아입니다. 시리우스 군에게 이런저런 것들을 배웠으니 다소의 해설을 할 수 있을 거라고 생각합니다. 잘 부탁드립니다.』

『시리우스 님의 시종인 에밀리아예요. 시리우스 님에 대한 거라면 모르는 게 없으니 저만 믿으세요.』

마크는 그렇다 치고, 에밀리아……. 저 지금 거기서 뭘 하고 있는 거야?

시종이 태연한 얼굴로 실황을 맡고 있다는 사실에 머리를 감싸 쥐고 싶어졌지만, 그러고 보니 레우스가 아직 보이지 않았다. 그 녀석이 얌전히 있을 리가 없는데, 대체 어디에…….

"힘내라, 힘내라, 형, 님!"

"힘내라, 힘내라, 두, 목!"

관객석 한쪽이 시끌벅적하다 싶어서 쳐다보니, 레우스가 커다란 깃발을 흔들면서 동료들과 함께 큰 목소리로 나를 응원하고 있었다.

어제부터 뭔가를 숨기고 있다 싶더니…… 이런 걸 꾸미고 있었던 거냐. 내가 너무 부끄러워서 돌아가고 싶다는 생각을 하고 있는 가운데, 레우스는 검을 휘두르듯 깃발을 마구 휘둘러대고 있었다.

깃발이라는 건 그렇게 빠르게 휘두르는 게 아니라고 생각하는데 말이다.

『레우스! 너 지금 뭘 하고 있는 거니!』

바로 그때, 에밀리아가 마도구를 발동시키며 동생을 꾸짖었다.

잘했어. 저 부끄러운 응원단을 입 다물게 만들어달라고.

『그런 식으로 휘둘러선 깃발이 안 보인단 말이야! 깃발이라는 건 크게 원을 그리듯 휘두르라고 언니가 몇 번이나 말했잖니!』

"맞아! 그랬지!"

……진짜로 돌아가고 싶어졌다. 돌아가고 싶다고 해서 순순히 보내줄 상황은 아니지만 말이다.

그건 그렇고, 이 정보를 저 남매에게 알려준 언니라는 사람은 바로 그 고양이 귀 시종이겠지? 다음에 만나면 아이언클로를 날려줘야겠다.

　내가 정신적 대미지를 꽤 입었는데도, 세 사람의 실황중계는 계속되었다.

　『두 분은 이 시합을 어떻게 생각하죠? 저는 제 스승이신 학교장 님께서 이길 거라고 생각합니다만, 시리우스 군의 실력은 미지수이니 개인적으로는 선전해줬으면 합니다.』

　『다른 사람들은 학교장 님께서 이길 거라 대답하겠지만, 저는 시리우스 군의 실력을 어느 정도 알고 있죠. 분명 멋진 대결을 벌여줄 거라고 생각합니다.』

　『시리우스 님이 분명 이기실 거예요!』

　『두 분은 시리우스 군을 높이 평가하는 것 같군요. 하지만 다른 학생들은 그렇게 생각하지 않는 것 같습니다만…….』

　아마 절반 이상의 학생들은 왜 싸우는 거지…… 혹은, 무능이 무모한 짓을 벌이네…… 같은 의미가 담긴 시선을 나에게 보내고 있었다.

　『그런데 시리우스 군은 교복 이외의 방어구를 착용하지 않았는데, 괜찮을까요?』

　『시리우스 님은 방어보다 회피에 주력하며 싸우세요. 공격을 한 번이라도 맞으면 안 된다고 생각하시니, 장비 또한 익숙한 것들을 사용하며, 활동성을 중시하시죠.』

　『그렇군요. 확실히 학교장 님의 마법을 맞으면 무사할 수 없을 테니까요. 어쩌면 적합한 복장일지도 모르겠군요.』

『알았습니다. 자아, 이 시합의 참가자가 전부 등장한 것 같군요.』

내가 시합장 중앙에 도착했을 즈음, 맞은편 통로에서 학교장이 모습을 드러냈다.

평소 애용하는 로브가 아니라 장식품이 달린 호화로운 로브를 걸친 그는 매직 마스터라는 호칭에 걸맞은 복장을 하고 있었다.

『자, 잠깐만요, 학교장 님! 전력을 다한다는 이야기는 들었지만, 그 방어구는 착용하는 건 너무 하잖아요! 어른스럽지 못한 행동이라고요!』

『마그나 선생님. 꽤 호화로운 로브 같은데, 저게 대체 뭡니까?』

『……저건 학교장 님께서 전쟁 때나 강적과 싸울 때만 착용하는 방어구입니다. 엘프에게 전해져 내려오는 미스릴 실로 짠 거라 매우 가벼우며, 강철 갑옷보다 튼튼한 로브죠. 저걸 착용하셨다는 건…… 그 만큼 시리우스 군에게 기대하고 있다는 걸까요?』

매우 뛰어난 방어구를 착용한 것 같지만, 약았다는 생각은 들지 않았다.

미리 최고의 방어구를 장비할 거라는 이야기를 나에게 했었으며, 내가 쓸 고성능의 방어구와 장비도 준비해줬다.

하지만 나는 그것을 받지 않았다. 서로가 자신이 가진 물품만으로 싸우기로 정했던 것이다.

그것도 그럴 것이, 우리가 이제부터 벌이려는 것은 서로의 목숨을 앗아가기 위한 사투가 아니다.

나와 학교장은 전력을 다해 싸우고 싶을 뿐이다.

나를 향해 천천히 걸어온 학교장은 즐거운 듯이 웃고 있지만, 눈동자 깊숙한 곳에 어린 투지가 나까지 긴장하게 만들었다.

"드디어 이 날이 왔군요. 시리우스 군, 다시 한 번 묻겠습니다만 저와 진짜로 싸워줄 건가요? 지금이라면 없었던 일로 할 수 있어요."

"농담 마시죠. 더 높은 경지에 올라가기 위해, 학교장 님을 발판으로 삼겠습니다."

"발판이 되는 건 괜찮습니다만, 저는 쉽게 당해줄 생각이 없습니다. 그럼 슬슬 시합을 시작해볼까요."

최종 확인을 마친 후, 우리는 거리를 벌렸다.

시합장은 평지이며, 거리를 벌렸으니 내가 불리한 것처럼 보였다. 하지만 처음에는 학교장의 요청에 따라 구경할 맛 나는 싸움을 벌이기로 했었다.

학생들에게 이 싸움이 단순한 여흥이 아니라는 걸 이해시킨 후, 우리는 전력을 다해 싸우기로 했다.

그리고 적당히 거리를 벌렸을 즈음, 학교장은 '에코' 마법을 발동시켜서 이 자리에 있는 모든 학생에게 이야기했다.

『여러분은 지금 이런 생각을 하고 있겠죠. 이런 헛된 싸움을 할 필요가 있는 건가…… 하고 말이에요. 확실히 한 학생과 진심으로 싸우려 하는 저와, 매직 마스터에게 도전한 무모한 도전자의 싸움은 아무런 가치가 없는 것처럼 여겨질지도 모릅니다. 하지만 이 싸움이 끝난 후…… 여러분은 그게 엄청난 착각이라는 걸 알게 될 겁니다.』

학교장은 말을 잠시 멈추더니, 주위를 둘러보며 힘찬 목소리로 말했다.

『그러니 이 싸움을 잘 보십시오. 이 싸움을 통해 마법에는 무한한 가능성이 있고, 재능이 전부가 아니라는 걸 알 수 있을 겁니다. 그리고 제 앞에 서 있는 시리우스 군이 무색이라는 건 누구나 아는 사실이죠. 하지만 무능이라 야유당하는 무색이 노력만으로 얼마나 강해질 수 있는지 똑똑히 보십시오. 아무것도 모르면서 남을 깔보거나 하는 시대는 오늘 끝날 겁니다.』

연설이 끝난 순간, 관객석과 시합장 사이에 결계가 생겨났다.

그걸 확인한 학교장이 중계석을 쳐다보자, 마그나 선생님은 고개를 끄덕이면서 마석을 꺼냈다.

『그럼 학교장 님과 시리우스 군의 승부를 시작하겠습니다.』

마석에 의한 '플레임 랜스'가 하늘을 향해 발사되더니, 나와 학교장…… 아니, 로드벨의 싸움이 시작됐다.

"우선 솜씨 좀 보도록 할까요."

내가 선수를 양보하자, 로드벨은 매직 마스터다운 실력을 마음껏 뽐냈다.

무영창은 당연하고, 한 번에 '플레임 랜스'를 열 개 가량 만들어내는 것도 준비운동 수준이었다. 나라면 이 정도는 거뜬히 막아낼 거라는 듯이, 로드벨은 인정사정없이 나를 향해 공격을 퍼부었다.

구경할 맛 나는 싸움을 벌이기로 하기는 했지만, 이건 난이도가 너무 높은 거 아냐? 평범한 학생이었다면 바로 졌을 거라고.

관객석의 학생들 사이에서 결판이 났다는 듯한 분위기가 퍼져 나가는 가운데, 내가 손을 휘두르자 '플레임 랜스'가 전부 공중에서 폭발하며 소멸했다.

마법의 숫자만큼 폭발과 폭풍이 발상하자, 무슨 일이 일어난 건지 파악하지 못한 학생들이 술렁거렸다.

『……방금 무슨 일이 일어난 거죠?』

『저건 시리우스 군의 '임팩트'군요. 그와 훈련을 하면서 본 적이 있습니다. 하지만 그걸로 학교장 님의 방금 공격을 막아낼 거라고는 생각도 못했습니다…….』

『시리우스 님이라면 저 정도는 거뜬히 해내실 수 있어요.』

"형님! 역시 대단해!"

학생들이 아연실색하는 가운데, 로드벨은 또 '플레임 랜스'를 열 개 가량 날렸지만, 나는 아까처럼 전부 격추했다.

그걸 두 번 정도 반복한 후, 로드벨은 마법을 멈추면서 마그나 선생님을 향해 눈짓을 보냈다.

『여러분은 마법이 격추됐다는 점에만 주목하고 있는 것 같습니다만, 시리우스 군이 무영창으로 마법을 발동시키고 있다는 점은 눈치챘습니까? 정보에 따르면, 그는 독학으로 무영창 마법의 경지에 도달했다고 합니다.』

내가 무영창으로 마법을 쓰고 있다는 걸 눈치채지 못한 학생들을 위해 미리 이 말을 하기로 정해뒀던 것 같았다.

학생들은 그 말을 듣고 또 경악했지만, 아직 본격적인 싸움은 시작도 되지 않았다.

"후후후…… 역시 이 정도는 준비운동도 안 되는군요. 그럼 난이도를 좀 올려볼까요!"

피가 끓기 시작한 듯한 로드벨이 웃으면서 그레고리를 상대할 때 썼던 '엘리멘탈 포스'를 발동시켰다.

그와 동시에 불꽃 창, 물 구슬, 바람 칼날, 바위 창이 수없이 생겨나더니, 로드벨이 손을 휘두르자 일제히 발사됐다.

불꽃과 바위로 된 창은 '임팩트'로 격추할 수 있지만, 물과 바람은 완전히 파괴하는 게 어려우며, 궤도가 바뀔 수도 있기에 일부러 노리지 않았다.

"'임팩트' 연사!"

게다가 모든 마법이 나를 향해 날아오고 있지도 않았기에, 나를 향해 날아오는 마법만 요격하며 회피행동을 취했다. 동시에 여러 가지 생각을 할 수 있는 '멀티태스크'를 쓰면 이 정도는 식은 죽 먹기다.

그대로 시합장 안을 돌아다니듯 마법의 비를 피하자, 때때로 마법의 여파가 관객석에 덮치려 했다. 하지만 결계가 그 여파를 완전히 막았다.

수많은 마법이 결계를 강타하는 광경은 로드벨이 봐주고 있는 게 아니라는 걸 학생들에게 여실히 알려줬다.

『저기…… 시리우스 군이 말도 안 되는 움직임을 취하고 있는 것 같습니다만…….』

『자신을 향해 날아오는 바위를 발판 삼으며 움직이고 있는 거예요. 레우스의 검을 꿰뚫어 볼 수 있는 시리우스 님한테 저 정도는 아무것도 아니죠.』

『……무리야. 나는 저걸 막아낼 자신이 없어. 대체 어떻게 하면 저런 움직임을…….』

『저건 전부 평소 훈련에서 비롯된 거예요. 저분은 어릴 적부터 자신을 꾸준히 노력해오셨죠. 저와 레우스가 함께 덤벼도 상대가 안 될 정도니, 저 정도 공격은 위협조차 안 될 거예요.』

어떤 때는 남매뿐만 아니라 리스까지 포함해서 3대1로 싸울 때도 있다.

레우스의 검을 막으면서 에밀리아와 리스가 날리는 수많은 마법을 피하는 훈련을 한 덕분에 이 정도 공격에는 충분히 대응할 수 있다.

로드벨도 내 상황을 이해한 것인지 서서히 마법의 숫자를 늘리더니, 최종적으로는 서른 개 가량의 마법을 날렸다. 하지만…… 나는 아직 단 한 방도 맞지 않았다.

한동안 이런 상황이 계속되면서 내 눈이 이 공격에 익숙해졌을 때, 로드벨이 공격 방식을 바꿨다.

바위 창을 날리는 빈도가 줄더니, 발치의 흙이 솟아오르면서 내 움직임을 방해했고, 눈앞에 흙으로 된 벽이 생겨나며 내 진로를 차단하려 한 것이다.

그런 상황에서도 여전히 공격을 피하고 있지만, 귀찮은 건 사실이었다.

"크리에이트'! 성가신 짓을 하는 군요."

"원래 공격에 이용하는 마법이 아니지만, 이런 식으로 쓸 수도 있죠. 그것보다 공격을 피하기만 해선 저에게 이길 수 없어요."

으음…… 로드벨이 진심이라는 건 학생들도 이해한 것 같으니, 슬슬 공세로 전환하도록 할까.

"그럼 저도 본격적으로 시작하죠. '부스트'."

마력으로 육체를 강화한 덕분에 회피에 여유가 생긴 내가 로드벨에게 '임팩트'를 날렸다.

하지만 로드벨은 가볍게 스텝을 밟으면서 피하더니, 답례라는 듯이 마법을 날렸다. 뭐, 그라면 이동을 하면서 마법을 쓰는 건 아무것도 아닐 것이다. 그야말로 이동포대 그 자체였다.

"유감이지만, 간단히 당해주지는 않을 겁니다."

"그럼 이건 어떻죠? '스트링'."

마력으로 된 굵고 긴 실을 크게 휘두르자, 그 실은 채찍처럼 지면을 찢으면서 로드벨을 덮쳤다.

로드벨은 그 공격을 보고 놀랐지만, 역시 정면에서 뻗어나가는 공격인 만큼 간단히 피했다.

"휴우…… 놀랐어요. '스트링'을 그런 식으로 쓰다니…… 아니, 이 정도 강도의 실을 만들어내는 당신이 더 놀랍군요."

"칭찬 감사합니다. 하지만 제 공격은 아직 끝나지 않았어요."

아까부터 시합장을 뛰어다닌 것은 내가 만들어낸 마력 덩어리를 곳곳에 설치하기 위해서다. 그리고 방금 그 일격으로 로드벨을 내가 생각해뒀던 위치로 이동시키는데도 성공했다. 즉, 준비가 끝난 것이다.

마법의 여파 때문에 몇 개는 부서졌지만, 설치된 마력 덩어리에는 전부 '스트링'이 연결되어 있으며, 실을 통해 마력을 보내면 '임팩트'를 일제히 발사시키게 되어 있다. 방금까지 공격에 치중했던 로드벨은 이제야 주위에 존재하는 마력을 감지한 것 같았다.

"이건…… 설마 배후에도……?"

"예. 이 공격을 과연 피할 수 있을까요?"

그리고 '스트링'을 통해 마력을 흘려 넣으면서 스무 개 가량의 '임팩트'를 로드벨 쪽으로 발사시켰다.

『어, 엄청난 공방전이군요. 특히 시리우스 군이 사용하는 무속성 마법은 제가 알고 있는 것과 달라요. 혹시 새로운 마법을 만들어낸 건가요?』

『아니에요. 저건 여러분이 아는 무속성 마법을 강화해서 약간 다른 방식으로 사용하고 있을 뿐이에요. 마법이라는 것은 이미지하기 나름이라는 말을 저희는 시리우스 님에게서 몇 번이나 들었죠.』

『저도 그 말을 들은 적이 있습니다. 남들이 사용하는 마법을 당연하다 여기지 말고, 강하게, 그리고 깊이 이미지하면 얼마든지 성장할 수 있다고 했죠. 엄청 힘들기는 하지만, 저는 그 덕분에 성장할 수 있었습니다.』

로드벨이 전방위 공격에 어떻게 대응하나 했더니, 그는 흙으로 돔 형태의 방벽을 만들어서 막아냈다.

저 정도 두께의 방벽을 꿰뚫을 수 있는 위력으로 공격을 날렸지만, 방벽은 부서지지 않았다. 뚫지 못한 것은 방벽에 담긴 마력량이 엄청나기 때문이겠지만, 부서진 곳에서 모래가 흘러나오는 걸 보면 내가 과거의 드로 전에서 선보였던 방벽을 흉내 낸 것 같았다.

"흐음…… 실력자가 사용하면 이렇게 튼튼하군요."

"예. 이건 꽤 우수한 방벽이에요. 그리고 개량한 부분이 하나 더 있습니다."

남아 있던 방벽이 무너지나 싶더니, 덩어리가 되어서 흙 파편이 나를 향해 날아왔다. 방어에서 공격으로 바로 전환할 수 있는 공수에 뛰어난 마법으로 개량한 것 같았다.

위력은 초급 '록 불릿'보다 약한 것 같지만, 정통으로 맞으면 단숨에 목숨을 잃을 것이기에 나는 옆으로 몸을 날려서 피했다.

그리고 지면에 발이 닿은 순간…… 그 일은 일어났다.

"당신이 저를 유도한 것처럼, 저도 당신을 유도했습니다."

갑자기 내 발치에 '크리에이트'를 통한 커다란 구멍이 생겨났다.

반사적으로 '에어 스텝'으로 날아오르려 했지만, 나는 어떤 사실을 눈치채고 그 구멍에 그대로 빠졌다. 구멍 밑에 아무것도 없다는 걸 확인하며 착지한 내가 하늘을 올려다보니…… 떨어진 구멍보다 커다란 바위가 떨어지면서 구멍을 막아버렸다.

만약 반사적으로 날아올랐다면, 저 바위에 부딪혔을지도 모른다.

『시, 시리우스 군은 무사한 걸까?』

『저건 학교장 님의 상투수단 중 하나군요. 상대의 움직임을 봉

하거나 포획할 때 사용하는 방법이죠. 탈출하기 위해서는 안에서 구멍을 파거나, 저 커다란 바위를 부수는 수밖에 없어요.』

『그럼 시리우스 님은 괜찮으실 거예요. 저 정도 바위라면 부수신 적이 있으니까요.』

『확실히 커다란 바위지만 시리우스 군의 '임팩트'라면 부술 수 있겠지.』

『시리우스 님이라면 더 큰 바위도 맨손으로 부순 적이 있어요.』

『저기…… 맨손……이라고 했습니까?』

『예, 맨손으로요. '부스트'로 몸을 강화한 후, 마력을 두른 주먹으로 부수셨어요.』

『ㅠ………….』

자아, 구멍을 막은 바위를 부수면 탈출할 수 있겠지만, '서치'로 조사해보니 로드벨이 마법을 준비한 채 기다리고 있는 것 같았다. 바위를 파괴하고 탈출하더라도, 그 순간을 주저 없이 노릴 것이다.

그러니 나는 바로 탈출하지 않고 뭔가를 준비했다.

구멍 안에 아무 짓도 하지 않았기에 가능한 작업이다. 원래라면 구멍 바닥에 흙으로 된 창을 만들어 두거나 내가 떨어진 후에 물을 흘려 넣을 거라고 생각했지만, 그러지 않은 건 상대방도 더 싸우고 싶어 한다는 증거일 것이다.

잠시 후 준비를 마친 나는 천장의 바위에 '임팩트'를 날리면서 지면에 그린 마법진을 발동시켰다.

굉음과 함께 박살 난 바위와 먼지가 주위의 시야를 막았지만,

로드벨은 주저 없이 '윈드'를 발동시켜서 흙먼지를 날려버렸다.

그리고 로드벨은 준비해둔 마법을 날리려 했지만…… 나는 그 자리에 없었다.

"어디에 간…… 어?!"

"감이 좋군요!"

위치에 따라 다르지만, 관객석에 앉아 있는 학생들이라면 눈치챘을 것이다.

구멍을 막고 있던 바위가 파괴되는 것과 동시에, 로드벨의 등 뒤에 구멍이 생겼다는 사실을 말이다.

나는 구멍 안에서 '크리에이트'의 마법진을 그렸고, 바위를 부숴서 상대방의 주의를 끈 틈에 로드벨의 뒤편으로 이어지는 구멍을 만든 것이다.

로드벨의 의식이 완전히 정면을 향하고 있는 틈에 만든 구멍으로 튀어나온 나는 그의 등을 향해 '매그넘'을 날렸다. 실탄이 아니라 고무탄을 이미지한 탄환을 날렸으니 정통으로 맞더라도 죽지는 않을 것이다.

로드벨이 한 발 늦게 뒤돌아섰지만, 내가 날린 탄환은 이미 그의 코앞에 있었다.

틀림없이 명중……했다고 생각했지만, 목표를 향해 뻗어나가던 탄환의 궤도가 로드벨의 몸을 피하듯 휘어졌다.

『아아…… 썼군요.』

『마그나 선생님, 저게 대체 뭐죠? 제가 보기에 학교장 님의 몸에 바람을 두르고 있는 듯한데…….』

『저건 학교장 님이 장비한 로브의 능력입니다. 마력을 꽤 사용하지만, 발동되면 보다시피 바람이 몸을 중심으로 소용돌이치면서 날아오는 공격으로부터 몸을 지켜줬죠.』

『그런 마도구도 있군요.』

이 거리에서 탄환이 휘어진 걸 보면 상당히 강한 바람이 발생시키는 것 같았다.

하지만 비겁하다거나 어른스럽지 못하다는 소리를 할 생각은 없다. 나도 마법진을 그리는 도구를 비롯해, 그 외에도 이런저런 것들을 챙겨왔으니까 말이다.

즉, 도구의 질에서 차이가 나기는 해도 피장파장인 것이다.

"혹시나 해서 발동시켜두기를 잘했군요. 진짜로 당신에게는 상식이라는 게 통하지 않는걸요."

"무슨 소리를 하는 거죠? 제가 하는 건 누구나 생각만 미치면 할 수 있는 거예요. 그러니 저만 이런 소리를 듣는 건 불공평하다고요."

"후후, 그것도 그렇군요. 정말…… 당신과 빨리 만나서 같이 마법 연구를 했다면 어느 정도의 혁명을 일으킬 수 있었으려나요."

"저한테 너무 기대하지는 말아줬으면 좋겠군요. 그럼 슬슬……."

"그렇군요. 그럼 본격적으로 시작해볼까요."

몸도 달아올랐으니 학생용 데몬스트레이션은 이쯤하면 될 것이다.

나는 서로가 공격을 멈춘 틈을 이용해 로드벨에게 제안을 하나 했다.

"좀 신경 쓰이는 점이 있는데, 이 시합장은 학교장 님에게 유리하게 되어 있지 않나요?"

"흠…… 하지만 장소를 바꾸려고 해도 결계가 있는 건 여기뿐이니 주위의 피해가 신경 쓰일 텐데요."

마법의 여파로 시합장 곳곳에는 구멍이 나있지만, 여기는 엄폐할 만한 곳이 없기 때문에 마법이 특기인 로드벨에게 명백하게 유리했다.

다소의 핸디캡은 개의치 않을 생각이지만, 전생에서는 직업상 지형을 이용해 싸우는 일이 많았기에…….

"그러니 시합장을 좀 뜯어고쳐도 될까요? 금방 끝나요."

"좋죠. 당신의 진심이 보고 싶으니 얼마든지 자유롭게 이용해도 됩니다."

"고맙습니다. 그럼……."

나는 허락을 얻은 후, 호주머니에서 꺼낸 마석을 지면에 놓은 다음 그 위에 손바닥을 얹었다. 마석에 그려진 것은 '크리에이트'이며, 내가 마력을 흘려 넣어서 마법진을 발동시키자…….

"'크리에이트'…… 임계(臨界)!"

내가 그 말을 외친 순간 마석이 깨지더니, 방대한 마력이 시합장의 지면을 뒤흔들며 지진을 일으켰다. 동시에 주위의 지면이 함몰되거나 융기되더니, 평탄했던 시합장이 고저차가 극심한 지형으로 변했다.

내가 소모된 마력을 회복시키면서 몸을 일으키자, 로드벨이 아연실색한 눈길로 나를 쳐다보았다.

"자아, 어떤가요? 원하신다면 원래대로 되돌릴 수도 있어요."

"으음...... 아무도 생각도 안 했을 짓을 아무렇지도 않게 하는 군요. 어이가 없어서 말도 안 나오는걸요."

금화 몇 닢이나 하는 마석을 허비했으니 어이없어 하는 것도 무리는 아니다.

하지만 그런 발언을 한 학교장은 즐거운지 미소를 짓고 있으니 별문제는 없을 것이다.

어느새 관객석은 정적이 감돌고 있으며, 나를 무시하는 듯한 시선 또한 느껴지지 않았다.

이 싸움은 내 졸업과제지만, 나는 남매가 주인으로 모실 만한 남자라는 걸 알리기 위해, 그리고 로드벨은 마법의 가능성과 자신 이외에도 무영창이 가능하다는 걸 알리기 위해 싸우고 있다.

이제 서로의 목적을 달성한 것 같으니......

"그럼 계속해볼까요."

"예. 저도 전력을 다하겠습니다."

서로가 모든 힘을 쥐어짜내며 싸우기만 하면 된다.

그 말을 신호 삼듯, 나와 로드벨은 동시에 지면을 박찼다.

나는 앞쪽으로 내달리면서 마법을 날렸고, 로드벨은 뒤편으로 물러서면서 마법을 사용했다. 나는 접근전, 상대방은 원거리전을 노리고 있으니, 이런 움직임을 취하는 게 당연했다.

역시 마법이 주 무기인 로드벨은 상대와 거리를 벌리는 것에도 능했다.

몇 걸음만 내디디면 상대의 품속에 파고들 수 있는 거리지만, 로드벨도 내 움직임을 통해 뭘 노리는지 눈치챈 것인지 마법으로 내 발치와 내 이동 지점을 노렸다. 그 결과, 좀처럼 다가갈 수가 없었다.

게다가 흙벽과 구멍을 더욱 만들어내며 내 발을 묶으려 했다. 내가 회피를 못해 공격을 당하는 상황을 노리고 있는 것 같았다.

마법으로 싸우는 자에게 있어서는 올바른 전법이니, 비겁하다고 말할 생각은 없다.

물론 나도 틈틈이 '매그넘'으로 공격했지만, 예상보다 훨씬 몸놀림이 가벼운 로드벨은 그 공격을 피하거나, 아까와 마찬가지로 로브의 능력으로 막아냈다.

"당신의 회피 능력은 대단하지만, 접근을 못하게 하면 문제될 게 없을 것 같군요."

"그럼 정면에서 쳐들어가 볼까요!"

내가 바람 칼날을 종이 한 장 차이로 피한 순간, 흙벽이 내가 나아가려던 방향에 만들어졌다.

내가 이 흙벽을 피하는 순간을 노리려는 것 같지만, 이번에는 피할 필요가 없다.

"방해가 된다면 부숴버리면 돼. '런처'."

내가 말린 마력 탄환이 명중하자, 강력한 충격파를 발생하면서 흙벽의 중심에 커다란 구멍을 만들었다.

그 구멍 너머로 보이는 로드벨을 향해 고무탄 '매그넘'을 날리려 했지만, 로드벨은 로브의 능력을 발동시켰기에 중단할 수밖에 없었다.

"이래 봬도 '플레임 랜스'도 막아낼 수 있는 흙벽입니다만, 이렇게 간단히 박살 나 버리니 자신감이 사라질 것 같군요."

"겉보기에는 '임팩트' 같지만 방금 날린 건 '런처'라는 제 오리지널 마법이에요. 제가 사용하는 마법 중에서 위력에 특화된 녀석이니 흙벽 정도는 파괴할 수 있어야 하지 않겠습니까."

"아무래도 더 강력한 마법도 있을 것 같군요. 기대되는걸요!"

나와 대화를 나누며 정신을 집중시킨 듯한 로드벨은 바람 속성의 상급마법인 '템페스트'를 펼쳤다.

수많은 바람 칼날이 담긴 거대한 회오리가 표적을 집어삼켜서 갈가리 찢는 마법이다. 드디어 상급마법까지 쓰기 시작한 건가. 전투는 격렬하지만, 상급을 사용하는 상대와 싸울 기회는 흔치 않으니 여러모로 경험을 쌓아둬야겠다.

나를 향해 날아오는 '템페스트'는 광범위 공격마법이니 옆으로 몸을 날려 공격범위에서 벗어나야겠지만, 나는 일부러 회오리를 향해 달렸다.

『시리우스 군, 뭐하는 거야! 저걸 돌파하는 건 무리야!』

『학교장 님, 상대는 군대가 아니니까 상급마법을 쓰지 마세요!』

『역시 제가 쓴 것보다 훨씬 크군요. 하지만…….』

내가 돌격을 한 건 이미 '템페스트'에 대처하는 방법을 알기 때문이다.

이 마법은 에밀리아의 졸업과제이기에, 그녀가 다이아장에서 연습하는 광경을 보며 떠오른 대처법을 시험해봤으며 또한 성공했다.

언뜻 보면 회피가 어려워 보이지만, 실은 '부스트'로 강화한 육체와 '에어스텝'으로 뛰어넘어버리면 문제될 게 없는 것이다.

게다가 발밑을 지나는 회오리의 중심을 향해 '런처'를 몇 번 날리자, 내부에서 발생한 충격에 의해 회오리가 바람 칼날 몇 개만 남기며 사라졌다.

『회오리는 중심부가 약하니, 시리우스 님에게 걸리면 저렇게 간단히 부서지죠.』

『그, 그것도 대단합니다만…….』

『내가 잘못 본…… 건가? 시리우스 군이 하늘을 날아다닌 것 같은데…….』

『그건 '임팩트'를 발치에 발생시켜서 난 거예요. 하지만 제어가 어렵기 때문에 공중에서 한두 번만 사용할 수 있죠. 그리고 레우스도 배웠어요.』

"어? 누나, 그게 저런 거였어?"

『너는 입 다물고 깃발이나 휘두르고 있어.』

"응!"

실력을 감춰서 이길 수 있는 상대가 아니기에 재빨리 '에어 스텝'을 사용했지만…… 에밀리아 덕분에 얼추 얼버무릴 수 있었다. 하늘을 자유롭게 날아다닐 수 있다는 게 알려지면 바보 같은 녀석들이 떠들어댈 게 뻔하니까 말이다.

그대로 근처 언덕을 박차면서 단숨에 로드벨에게 파고들려 했지만, 그는 냉정하게 '엘리멘탈 포스'를 발동시켜서 또 탄막을 펼쳤다.

"좀 더 동요할 줄 알았는데 말이죠!"

"당신의 행동에 사사건건 놀라다간 끝이 없으니까요. 세세한
건 나중에 생각하기로 했습니다."

공중에서 마법을 피하기 위해 '스트링'을 근처 바위에 연결해
이동했지만, 마법은 집요하게 나를 따라왔다. 결국 커다란 바위
뒤편에 숨어서 공격을 피했다.

그 후에도 바위와 흙벽을 엄폐물로 이용하며 몇 번이나 접근
하려 했지만, 격렬한 마법 공격 때문에 다가갈 수가 없었다. 이
렇게 많은 엄폐물 사이에 숨은 나를 정확하게 노리는 상대방의
솜씨는 대단하다고 말할 수밖에 없다. 아무튼 걸음을 멈췄다간
그대로 끝장나고 말 것이다.

『저기…… 때때로 시리우스 군이 벽 위를 달리고 있는 것 같습
니다만…… 대체 어떻게 하고 있는 거죠?』

『평범하게 달리고 있는 거예요. 저와 레우스도 할 수 있으니,
그렇게 어려운 기술은 아니라고 생각해요.』

『내 생각에는 간단한 기술은 아닐 것 같은데 말이야.』

『그런가요. 언젠가 리스에게도 시켜볼 생각이었는데…….』

"나한테는 무리야!"

외야가 시끄러운 가운데, 나는 '매그넘'을 날리면서 로드벨을
어느 장소로 유도하려 했다. 그 탓에 마법을 완벽하게 피하지
못한 탓에 몸 곳곳에 미세한 상처를 입고 말았지만, 치명상과는
거리가 머니 괜찮을 것이다.

그리고 로드벨을 그 장소로 유도한 후, 나는 몸을 가속시키면서 정면에서 돌격했다.

"이 시점에서 돌격을 감행하는 겁니까!"

로드벨은 의문을 느끼면서 마법을 날렸지만, 나는 오른쪽 바위 위에 건 '스트링'을 잡아당기며 거의 직각으로 움직여서 마법을 피했다. 로드벨은 눈으로 나를 좇았지만, 나는 같은 방법으로 이동하면서 상대의 시야 밖으로 사라졌다.

보다시피, 로드벨을 이곳으로 유인한 것은 '스트링'을 걸 곳이 많은 바위 밭이기 때문이다.

나는 걸음을 멈추지 않으면서 상하좌우로 움직여 적을 교란한 후, 로드벨이 나를 완전히 놓친 틈을 노려서 그의 등 뒤로 이동했다.

"하앗!"

로드벨은 한 발 늦게 뒤돌아보았지만, 나는 이미 그를 향해 발을 휘둘렀다.

표적은 바로 턱이며, 그의 뇌를 흔들어서 전투불능으로 만드는 게 목적이다. 이정도로 접근한 이상, 로브의 능력을 쓸 틈도 없을 테니 분명 공격은 명중할 것이다.

우연히도 라이오르를 기절시킬 때와 같은 방법을 쓰게 됐지만, 그때와 다른 점은…….

"제가 접근전을 못할 거라고 생각했나요?"

상대가 방심하지 않는데다, 체술도 능하다는 점이다.

자신의 턱을 노리는 발차기를 몸을 젖혀 피한 로드벨은 그대로 오른 주먹을 휘둘러서 반격했다.

내가 어찌어찌 주먹을 흘려낸 후, 자세를 고치면서 로드벨을 쳐다보니, 그는 나를 향해 손가락 두 개를 들고 있었다.

그 손가락 끝에 마력이 집중되고 있다는 사실을 안 순간……
방벽을 돔 형태로 만들어뒀다는 사실이 머릿속을 스쳤다. 그리고 나는 주저 없이 검지와 중지로 로드벨을 가리키며 마법을 펼쳤다.

"'에어 샷건'."

"'샷건'."

서로의 손가락에서 뿜어져 나온 마법이 격렬한 파열음을 연달아 내며 시합장을 뒤흔들었다.

'샷건'은 이름대로 조그마한 '임팩트'를 대량으로 발사하는 마법이다. 발사된 충격탄은 부채꼴 범위로 퍼져나가지만 사정거리는 짧다. 하지만 범위 공격이기에 접근전에서 편리한 마법이다.

그에 비해 '에어 샷건'은 이 마법의 바람속성 버전이며, 에밀리아가 나를 흉내 내서 만든 오리지널 마법이다. 그러니 에밀리아만 쓸 수 있다고 생각했는데, 아무래도 로드벨은 혁명 소동 때 그 마법을 보고 익힌 것 같았다.

남의 마법을 멋대로 훔치지 말라는 말이 목까지 올라왔지만, 한 번 보기만 해도 재현할 수 있다는 건 정말 무시무시하네.

그것보다 속성이 다르기는 하지만 같은 능력의 마법이 격돌하면 어떻게 될까?

그 결과…… 무수히 발사된 산탄 중에서 상쇄되지 않은 탄환이 서로의 몸에 꽂히면서 우리는 뒤편으로 튕겨져 날아갔다.

대부분 상쇄되어서 통증이 크지는 않지만, 거리가 다시 벌어진 점은 뼈아팠다.

게다가 불의의 일격을 피할 수 있을 만큼 로드벨이 접근전에 능하다는 사실을 알았으니, 함부로 접근할 수도 없게 되었다.

"설마 마법이나 아니라 격투술에도 조예가 있을 줄은 몰랐어요."

"오래 살다 보면 이런저런 일을 겪기 마련이니까요. 하지만 그 일격을 흘려낸 시리우스 군도 대단합니다. 상대를 가까운 곳에 유인한 후 해치우는 필살의 일격이었는데 말이죠."

"저도 그 정도도 못하면 살아남을 수 없는 인생을 살아왔으니까요."

"이런이런…… 대체 그 나이에 어떤 삶을 살아온 거죠? 언젠가 가르쳐줬으면 좋겠군요."

그런 질문을 받는다면, 실은 이게 두 번째 인생이에요…… 하고 대답할 수밖에 없을 것이다.

하지만 로드벨이라면 헛소리 같은 내 말을 믿어줄 것 같지만, 전생이 어쩌고 하면서 각종 실험 및 질문 공세를 할 것 같으니 이야기하지 말아야겠다.

"자아, 저는 아직 마력이 충분히 남아 있습니다! 쉽게 당하지는 말아 주세요."

"학교장 님이야말로 방심하다 한 방에 당하지 말라고요."

매직 마스터라 불리는 만큼, 로드벨은 자료에서만 본 마법을 연이어 펼쳤다.

그런 마법에 대응하는 것은 매우 어렵지만, 이것도 좋은 경험이 될 것이다.

흙 상급마법 '어스퀘이크'는 일정범위의 지면을 붕괴시키면서 발치에 바위 창을 수없이 만들어내는 마법이지만, 나는 창의 측면을 걷어차면서 공격 범위에서 벗어났다.

불의 상급마법인 '익스플로드'는 목표 지점에 폭발을 일으키는 단순한 마법이지만, 폭발 범위가 넓기 때문에 피하느라 고생했다.

그런 식으로…… 나와 로드벨의 공방전은 한동안 계속되었다.

"……대단하군요. 솔직히 말하자면, 당신의 실력이 이정도일 줄은 몰랐습니다."

"휴우…… 칭찬 감사합니다."

내가 소모한 마력을 회복시키는 것도 이걸로 세 번째다.

'부스트'를 계속 유지한 상태에서 회피에도 마법을 이용하고 있기 때문이지만, 로드벨은 마력이 고갈될 징후조차 보이지 않았다.

그리고 소모전 양상을 띠기 시작하자, 로드벨이 마법을 해제하면서 나에게 제안을 했다.

"좀 더 계속하고 싶지만, 투기장이 한계인 것 같군요. 슬슬 끝내도록 할까요."

"예. 관객들도 탈진할 것 같으니까요."

상급마법 중에는 효과 범위가 넓은 마법이 많다.

아직 결계 덕분에 학생들이 피해를 입지 않았지만, 아까부터 계속 대미지를 입어서 그런지 거의 한계에 도달한 것 같았다.

"시리우스 군. 당신은 자랑스럽게 생각해도 됩니다. 제 마법을 이렇게 견뎌낸 사람은 시리우스 군 이외에는 강검뿐이니까요."

"강검과 싸운 적이 있습니까?"

"예. 20년 전에 길드의 의뢰로 커다란 도적단을 박살 내러 갔다가 싸운 적이 있습니다. 그는 도적들에게 속아서 고용당한 상태였죠. 제 마법과 강철 골렘을 전부 검으로 베어버리는 엄청난 기술을 선보이더군요."

그리고 진심으로 싸우게 되기 전에 오해가 풀렸고, 두 사람은 함께 그 도적단을 박살 냈다고 한다.

정말…… 그 할아버지는 대체 뭘 하고 다니는 걸까.

아마 은거하기 전의 일일 것이다. 그리고 그 당시가 전성기였으리라. 로드벨의 마법과 골렘을 웃으면서 베는 할아버지의 모습과, 두 최강자에게 공격을 받은 도적단이 완전히 박살 나는 광경이 눈앞에 어른거렸다.

"그러고 보니 레우스 군도 강검과 마찬가지로 강파일도류를 썼죠. 혹시 강검과 면식이 있습니까?"

"예. 어쩌다 보니 강검과 우연히 만나게 되어서 친해졌죠. 그 후, 레우스를 소개해줬더니, 검술을 가르쳐주더군요."

지금은 에밀리아를 손녀처럼 여기며 예뻐하고 있지만 말이다.

"오호라. 그 남자는 강한 상대에게만 흥미를 가지죠. 그럼 그 걸 사용해도……."

로드벨이 잡담을 마치면서 분위기를 바꾸자, 나도 전투태세를 취했다.

"자아, 계속해볼까요. 그리고 싸우기 전에 말해두겠습니다만…… 지형을 바꿔서 유리해진 사람은 당신만이 아닙니다."

그 말과 동시에 마법을 발동시키나 했더니, 주위의 암벽에서 수많은 사슬이 튀어나왔다.

흙으로 된 사슬로 상대를 옭아매는 중급마법 '어스 체인'이다. 숫자가 많은 데다 암벽의 측면을 비롯해 사방팔방에서 뻗어 나오고 있기에 피할 수가 없다.

전투 도중에 자신에게 불리한 지형으로 도망친 건 이걸 노렸기 때문인가…….

"내가 더 빨라!"

사슬이 나에게 닿기 전에 돌격해서 로드벨을 쓰러뜨리면 된다.

내가 한 걸음을 내디디자 흙벽이 나를 막아섰지만, 나는 '런처'로 흙벽에 구멍을 내고 거기를 통과하려다…… 수많은 마력 반응을 느꼈다.

"속도는 느리지만, 잘 쓰면 매우 편리한 마법이죠."

구멍 너머에는 수많은 '에어 임팩트'가 존재했다.

이것 또한 '에어 샷건'과 마찬가지로 에밀리아가 사용한 마법이며, 바람을 한계까지 압축한 구슬을 만든 후, 뭔가에 닿으면 내포한 바람을 단숨에 터뜨리는 내 '런처'를 흉내 낸 마법이다.

회피하고 싶지만, 빈틈이 거의 없었다. 이렇게 되면 각오를 다질 수밖에 없다.

"일단 물러서줘야겠어요!"

로드벨이 날린 다른 마법과 부딪힌 '에어 임팩트'가 일제히 터지면서 발생한 방대한 바람이 나를 뒤편으로 날려버렸다.

그대로 지면을 구르던 나는 바위에 부딪치고 나서야 겨우 움직임을 멈췄다.

『시리우스 님?!』

『지, 진정해! 마그나 선생님, 시합을 중단시키시죠!』

『학교장 님! 시합은 이쯤에서…… 학교장 님?!』

마그나 선생님은 시합을 중단시키려고 했지만, 시합장에 펼쳐진 광경을 보더니 말문이 막히고 말았다.

왜냐면 튕겨난 내가 몸을 금방 일으킨데 반해, 로드벨은 고통을 참듯 몸을 웅크리고 있었던 것이다.

내가 무사한 것은 바람이 닿기 직전에 '에어 스텝'을 사용해서 뒤편으로 몸을 날려서 대미지를 줄인 덕분이다.

그 대신 거리를 벌리고 말았지만, 나도 그냥 당하기만 하지는 않았다.

날아가기 직전, 나는 로드벨의 옆에 있는 바위를 향해 '매그넘'을 날렸던 것이다. 위력을 조절한 마력 탄환이 바위를 부수면서 튕겨나더니 로드벨의 옆구리에 꽂혔던 것이다. 탄환이 튕겨나는 걸 이용해 사각지대에서 공격을 해봤지만, 로드벨이 옆구리를 움켜잡으면서도 몸을 일으키는 걸 보면 결정타는 되지 못한 것 같았다.

그리고 이 공격은 두 번 다시 통하지 않을 것이다.

"으으…… 멋진 공격이었습니다. 설마 그 상황에서 공격을 해올 줄은 몰랐어요. 하마터면 집중하고 있던 마력이 흐트러질 뻔했죠."

"그랬군요. 그런데 일부러 거리를 벌렸다는 건……."

"예. 이 마법이 마지막입니다. 정통으로 맞으면 죽으니, 잘못된 판단을 내리지 않도록 주의하세요."

솔직히 말해 이 학교의 학생인 나한테 이런 대사를 웃으면서 건네서는 안 되지 않나는 생각이 들었다.

아무래도 로드벨은 나와 대화를 나누면서도 계속 마력을 모으고 있었던 것 같았다. 드디어 기나긴 집중을 마친 로드벨이 펼친 마법은…… 거대하기 그지없었다.

주변에 있는 수많은 돌과 바위가 떠오르더니, 전부 다 로드벨의 상공으로 모여들기 시작했고…….

『학교장 님! 그 마법을 쓰는 건 지나칩니다!』

『이, 이게 마법이야?! 매직 마스터는 대체 얼마나…….』

『시리우스 님!』

그건 시합장 절반을 뒤덮을 만큼 거대한 바위가 되었다.

그리고 그 거대한 바위는 천천히 움직이기 시작하더니, 나를 향해 낙하하기 시작했다.

이건…… 그야말로 산이군. '런처'로 박살 내는 건 무리다.

"오랫동안 연구한 끝에 만들어낸 제 오리지널 마법 '마운틴 프레셔'입니다. 시리우스 군을 위해 좀 크게 만들어봤죠."

그렇게 신경써줄 필요는 없는데 말이다.

무심코 딴죽을 날릴 뻔했지만, 지금은 저 산을 어떻게 할지부터 생각해야 한다.

다행히 낙하에 시간이 걸리는 것 같으니, 대기실이 있는 통로로 도망치거나 마법진으로 깊은 구멍을 만들어 피할 수 있을 것이다. 로드벨도 바위가 떨어지기 전에 내 옆에 깊은 구멍을 만들어줬다.

저 구멍이 함정일 가능성은 낮다. 로드벨은 거대한 바위를 자유낙하하게 한 후, 뭔가를 고대하고 있는 듯한 표정을 짓고 있었던 것이다.

즉 로드벨은 나를 쓰러뜨리려는 게 아니다.

저렇게 거대하고, 인간이 혼자서 상대하기에는 지나친 마법을 사용한 이유는…… 아마 나를 시험하기 위해서일 것이다.

"당신이라면…… 어떻게 할 거죠?"

순간의 미스로 목숨을 잃을 수도 있는 싸움이 펼쳐지고 있는데도, 로드벨은 중간부터 내가 자신의 마법을 어떻게 극복하는지를 즐기고 있었다.

그리고 나 또한 이 아슬아슬한 싸움을 즐기고 있었다.

이 느낌…… 생각나.

전생이 아니라, 몇 년 전…… 강검 라이오르와 싸웠을 때와 같은 느낌이다.

강검 라이오르, 그리고 매직 마스터라 불리는 로드벨.

둘 다 하나의 길을 추구하며 너무나도 강해진 나머지 적이라고 부를 자가 없어졌고, 결국 자신의 모든 힘을 쏟아 부으며 싸울 자를 갈망하게 되었다.

둘 다 몸도 마음도 어른인데도, 마치 어린애처럼 나와의 싸움을 즐기고 있었다.

그러니…… 나 또한 그 기대에 부응하고 싶다.

아니, 나도 그 두 사람처럼 내 힘을 시험해보고 싶었다.

『용을 상대하기 위한 마법을 학생에게 사용하다니, 제정신입니까! 학교장 님, 빨리 그 마법을 해제하세요!』

『시리우스 님, 혹시…….』

『시리우스 군, 왜 가만히 서 있는 거지?! 네 속도라면 효과 범위 밖으로 도망칠 수 있잖아!』

『저걸 부술 심산이신 건…….』

『……뭐?』

자아…… 최대한 발버둥을 쳐볼까.

바위가 나에게 꽂힐 때까지 약 십여 초…… 남았으려나?

우선 '매그넘'을 날려서 바위의 강도를 시험해보니, 표면이 부서지면서 조그마한 구멍이 생겼다. 아무래도 그렇게 튼튼하지는 않아 보였다. 원래 모래와 바위를 억지로 모아서 만든 거니 당연할지도 모른다.

하지만 지나치게 거대하니, '매그넘'으로 박살 내려고 하다간 며칠은 걸릴지도 모른다.

그리고 바위의 중심을 향해 '런처'를 날려보니, 꽤 커다란 구멍이 뚫리기는 했지만 완전히 파괴되지는 않았다. 남은 시간을 생각해보면 이대로 '런처'를 연달아 날리더라도 3분의 1조차 부수지 못하리라.

즉, 어느 정도 충격을 가하면 부술 수 있지만, 문제는 질량……
저 거대한 바위 전체에 충격을 침투시켜야 한다는 점이다.

나는 크게 심호흡을 한 후, 몸 안의 모든 마력을 오른손에 모
았다.

"대물(對物) 라이플…… 세트."

나는 대물 라이플을 이미지했다.

전생에서는 대전차 라이플이라 불렸으며, 이름대로 강철 덩어
리인 전차조차 꿰뚫을 정도의 위력을 지닌 총기다.

하지만 그걸 이미지해서 마법을 펼치면 어느 정도의 위력일
지…… 솔직히 말해 상상이 안 되었다. 그것도 그럴 것이, 전력
을 다한 '매그넘'과 '스나이프'는 진짜 이상의 위력을 지녔을 뿐
만 아니라 사정거리도 상승했던 것이다.

어쩌면 지형을 바꿔버리는 일격일지도 모르지만, 현재 내 앞
에는 지형을 바꾸는 존재가 존재했다. 전력을 다할 거라면 지금
이 기회다.

『……진짜로 부술 생각인 것 같군요.』

『가, 가능할까?』

『시리우스 님, 뜻대로 하세요! 제가 끝까지 지켜볼게요!』

오른손에 마력을 모아서 압축시킨 후, 마력을 회복시켜서 또
마력을 집중시켰다. 그리고 압축했다.

집중…… 압축…… 집중…… 압축.

그것을 몇 번 반복한 결과, 내 오른손에 생긴 마력 덩어리는

빛을 뿜기 시작했다.

마력 자체는 무색투명하기 때문에 원래라면 보일 리가 없지만, 이 녀석은 그 만큼 방대한 마력이 담겨 있다는 증거이리라.

"……안 돼."

하지만…… 부족했다.

아마 이거라면 저 거대한 바위의 중간에서 탄환이 움직임을 멈출 테고, 충격이 바위 전체에 전해지지는 않을 것이다.

하지만 나는 현재 마력고갈을 몇 번이나 되풀이한 탓에 몸 곳곳이 비명을 지르고 있으며, 긴장을 풀면 그대로 기절할 것만 같았다. 마력을 회복시키면 몸의 나른함이 사라지지만, 피로까지 사라지지는 않으니까 말이다.

뭐, 파괴에 실패하더라도 로드벨 정도의 실력자라면 내 발치에 구멍을 만들어서 나를 살려줄 것이다.

이제 시간이 다 되었고, 마력의 유지도 한계에 도달했지만…….

"……아직 멀었어!"

나는 이를 악물며 마력을 오른손에 집중시켰다.

부족하다면…… 한 번 더 하면 된다.

설령 관통에 성공하더라도, 바위 너머는 하늘이니 피해는 발생하지 않을 것이다.

게다가 유지하는 게 한계일지라도, 내 제자들은 훈련을 통해 단련하고, 성장하며, 몇 번이나 한계를 뛰어넘었다.

"그런데 스승인 내가 뛰어넘지 못해서야…… 체면이 안 서잖아!"

바위가 너무 커서 거리를 제대로 잡을 수가 없지만, 나는 위기에 처할 때까지 마력을 압축하고 또 압축한 후, 그 바위의 중심을 향해 오른손을 뻗었다.

"'안티머테리얼'…… 발사!"

내가 쏜 마력 탄환은 주위의 모래와 돌을 날려버릴 정도의 풍압, 그리고 마력의 빛으로 된 궤적을 남기며 바위에 정통으로 꽂혔다.

탄환이 꽂힌 바위의 중심에 거대한 구멍이 생기더니, 그 안에서 격렬한 파쇄음이 흘러나왔다. 그와 동시에 바위 곳곳에 금이 가기 시작했다.

아마 내부에서도 압축된 충격이 몇 번이나 파열되면서 바위를 꿰뚫고 있을 것이다.

그리고 바위 전체에 금이 가더니…….

『부서졌어?!』

『아아…… 역시 시리우스 님은 최고세요!』

"역시 형님은 최강이라고~!"

산산조각을 내지 못했기에 시합장 곳곳에 떨어지는 바위를 피하면서 로드벨을 쳐다보니, 그는 멋진 미소를 지으며 큰 소리로 웃고 있었다.

고생하기는 했지만, 만족한 것 같으니 다행이다.

"아하하하하하! 정말 대단하군요! 마법 하나로 저 바위를 부술 줄은 몰랐습니다! 마법의 가능성은 정말 무한대군요!"

"……찬물 끼얹는 소리처럼 들릴지도 모르지만, 말 한 마디 해도 될까요?"

"물론이죠."

"싸움은 아직 끝나지 않았거든요?"

나는 로드벨이 웃는 사이에 마력을 회복시켰지만, 아마 이게 마지막일 것이다.

몸속에서 느껴지는 고통을 참으며 '스트링'으로 마력을 보내자, 로드벨의 옆에 존재하던 바위에서 충격음이 발생했다.

그것은 암벽을 달릴 때 설치해둔 마력 덩어리였으며, 바위를 부순 후에 '스트링'을 연결해뒀다. 흔히 유선식 리모컨 폭탄 같은 것이며, 각도를 계산해서 '임팩트'를 발동시킨 덕분에 바위 덩어리가 로드벨을 향해 떨어졌다.

"아하하하, 아직도 이런 수를 숨겨놓고 있었던 겁니까!"

로드벨은 즐겁게 웃고 있지만, 바위를 파괴하는 게 아니라 이동해서 피하는 걸 보면 그도 마력이 얼마 남지 않은 것 같았다.

그리고 바위가 지면에 떨어지면서 흙먼지가 피어오른 순간……나는 몸을 날렸다.

"오호라! '임팩트'는 이런 식으로 쓸 수도 있군요. 당신은 정말 대단해요!"

"칭찬 감사합니다!"

"하지만 아직 멀었어요!"

나는 흙먼지를 이용해 단숨에 접근했지만, 로드벨은 차분하게 오른손을 휘둘렀다.

날카로운 일격은 내 안면을 향해 정확하게 날아왔지만…….

"그저 빠를 뿐이야."

아까 피하면서 느낀 건데, 근접전투에 있어서는 내가 한 수 위인 것 같았다.

나는 그 주먹을 종이 한 장 차이로 피하면서 더욱 로드벨에게 파고들었다.

하지만 로드벨은 내가 그의 오른손을 피하자마자 나를 향해 왼손을 내밀었다.

"에어 샷……."

"그리고!"

반사적으로 '에어 샷건'을 날리려 하는 손을 팔꿈치로 쳐낸 후, 거꾸로 쥔 미스릴 나이프를 로드벨의 목에 대자…….

"근접전투에서는 마법보다 나이프가 더 빠르죠."

끝났다.

원래는 총기보다 나이프가 빠르다는 말이지만, 이 세계에서는 그렇게 말하는 게 더 적절하리라.

흙먼지에 의해 관객석의 시선이 차단된 가운데, 로드벨은 나이프의 차가운 감촉을 느끼며 눈을 한 번 감더니 차분한 미소를 머금으며 이렇게 말했다.

"제가…… 졌습니다."

로드벨은 졌는데도 시원한 미소를 짓고 있었다. 나보다 나이가 훨씬 많지만, 어린애에게 졌다는 걸 순순히 인정하는 것 같았다.

하지만 방금 그 발언은…… 취소해줘야겠다.

"아뇨. 제가 졌습니다."

"예?"

로드벨은 무슨 말인지 모르겠다는 표정을 지었지만, 나는 애초부터 어떤 상황이 되던 질 생각이었다.

그것도 그럴 것이, 내가 이기면 학교장의 체면이 박살 나버리면서 골치 아픈 일이 벌어질 것이다.

이미 여러모로 일이 커지기는 했지만, 이제 나를 무시하는 녀석은 없을 것이다. 목적을 달성했으니 더 싸울 필요는 없다.

"그러니 뒷일은 부탁드릴게요."

"시, 시리우스 군?! 제가 패배를 인정했는데 이렇게 해야겠습니까?!"

"그럼 승자의 권한을 쓸 테니, 이 승부는 학교장 님이 이긴 걸로 해주세요. 곧 먼지가 가라앉을 테니 서둘러주세요."

"아아, 정말…… 어쩔 수 없군요. 진 자는 이긴 자의 말에 따르도록 하죠."

머리를 감싸 쥔 학교장에게서 나이프를 뗀 후, 나는 마법을 맞고 쓰러진 것처럼 바닥에 드러누웠다.

그리고 먼지가 가라앉자…… 관객석에 있는 이들은 쓰러진 나를 내려다보고 있는 로드벨의 모습을 보았다. 누구의 눈에도 승패가 명확하게 갈린 것처럼 보일 것이다.

『이, 이럴 수가?! 무슨 일이 일어난 건지는 모르겠지만, 결판이 난 것 같습니다.』

『시리우스 님?!』

"형님!"

『마그나 선생님! 결판이 났으니 빨리 결계를 해제해주세요. 에밀리아 양과 레우스 군이 난리법석을 떨 것 같다고요!』

눈을 희미하게 뜨며 관객석을 쳐다보니, 마크에게 잡힌 에밀리아, 얼굴이 새파랗게 질린 리스, 그리고 결계를 주먹으로 두들기고 있는 레우스의 모습이 눈에 들어왔다. 레우스가 전력을 다하면 결계를 부술 수도 있겠지만, 아직 이성이 남아 있는 것 같았다.

아무래도 제자들에게 엄청 걱정을 끼친 것 같았다. 아무래도 제자들은 성가실 정도로 나한테 들러붙어 울고불고 할 것 같으니 미리 각오를 해둬야겠다.

그리고 쓰디쓴 표정을 짓고 있던 로드벨이 마그나 선생님을 향해 손짓을 하자, 관객석을 지키고 있던 결계가 사라졌다.

『뭐라고 말해야 할지 감이 오지 않을 만큼 엄청난 싸움이었군요. 시리우스 군은 평소에 어떤 훈련을 하는지 가르쳐…… 에밀리아 양은 어디 갔죠?』

『결계가 사라지자마자 시리우스 군을 향해 뛰어갔습니다.』

에밀리아는 중계석에서 몸을 날리더니, 바람마법을 사용해 시합장에 안전하게 착지한 후, 나를 향해 뛰어왔다. 한편 레우스는 관객석에서 리스의 이름을 외치더니, 그녀를 찾자마자 들쳐업고 시합장으로 뛰어내렸다.

가장 먼저 도착한 이는 에밀리아였으며, 천천히 몸을 일으키는 내 앞에 서더니 금방이라도 울음을 터뜨릴 것 같은 표정으로 내 몸을 살폈다.

"시리우스 님, 다치신 곳은 없나요?! 지금 레우스가 리스를 데려오고 있어요!"

"진정해. 상처는 전부 생채기 수준이니까 걱정하지 마. 피곤한 건 마력 고갈 때문이니까, 놔두면 곧 가라앉을 거야."

"아아…… 다행이에요. 무사히 싸움이 끝나서 정말 다행이에요. 이렇게 더러워지시다니…… 잠시 실례하겠습니다."

큰 상처는 없지만, 격렬한 싸움과 흙먼지 때문에 몸 곳곳이 더러워졌다.

보다 못한 에밀리아가 수건으로 내 얼굴과 옷을 닦아줬다. 왠지 엄청 부끄러운걸. 하지만 걱정을 끼쳤으니 지금은 그냥 가만히 있어야겠다. 절묘한 힘 조절로 닦아주고 있어서 기분 좋은 것도 사실이니까 말이다.

"마실 것도 준비했어요. 혹시 더 필요한 건 없나요?"

"아, 충분해. 고마워."

나는 에밀리아에게서 물이 든 컵을 건네받은 후, 그녀의 머리를 쓰다듬어줬다. 그러자 에밀리아는 꼬리를 흔들면서 기뻐했다.

"에밀리아 양은 수완이 좋군요."

"시리우스 님의 시종이니 이 정도는 해야죠. 학교장 님도 드시겠어요?"

"그러죠. 하아…… 지친 몸에 스며드는군요."

물을 마시며 한숨 돌리고 있을 때, 레우스와 리스가 도착했다.

"형님!"

"자, 잠깐만, 레우스?! 이제 됐어! 내려줘~!"

리스를 업은 채 폭주하고 있는 레우스는 그녀의 목소리가 들리지 않는 것 같았다.

곧장 이곳으로 달려온 레우스는 리스를 내려놓더니, 그녀의 등을 밀면서 외쳤다.

"리스 누나! 빨리 형님을 치료해줘!"

"아, 알았으니까 진정해! 으음…… 생채기는 좀 있지만 심각한 부상은 입지 않은 것 같네."

"학교장 님이 나름 봐줬거든. 생채기와 가벼운 화상뿐이니까 안심해."

"생채기도 내버려 두면 안 된다고 시리우스 씨가 전에 말했었잖아. 바로 치료해줄 테니까 움직이지 마."

리스의 치료마법이 발동하자, 그녀의 손에서 흘러나온 물이 상처를 감싸더니, 따뜻한 감각이 온몸으로 퍼져나갔다. 기분이 좋지만, 물마법의 여파로 젖은 지면에 드러누운 바람에 온몸이 진흙 범벅이 됐으니 빨리 돌아가서 씻고 싶다.

그러고 보니 내가 리스에게 치료를 받는 건 드문 일이다. 학교에 입학한 후로 마법으로 치료해야 할 정도의 부상을 입은 적도 없고, 조그마한 상처는 혼자서 치료할 수도 있는 것이다.

멍하니 치료를 받고 있을 때, 나는 리스가 웃고 있다는 사실을 눈치챘다.

"왠지 기쁘네. 시리우스 씨는 부상을 입는 일이 거의 없잖아."

"형님이 다친 건 라이오르 할아버지와 싸웠을 때뿐이거든."

"다치지 않는 게 최고잖아?"

스승과 싸우다 두들겨 맞거나 전장에서 총을 맞는 등, 전생에서 고통에 익숙해졌던 것이다. 그러니 피할 수 있는 공격을 일부러 맞아봤자 득 될 것이 없다.

치료가 끝나 내가 레우스와 리스의 머리를 쓰다듬어주고 있을 때, 중계석에 있는 마그나 선생님의 목소리가 들려왔다.

『학교장 님, 이제 진행해도 되겠습니까?』

"아, 이렇게 느긋하게 있을 때가 아니었죠."

학교장은 잘 마셨다며 에밀리아에게 컵을 돌려준 후, '에코'를 사용하며 이야기를 시작했다.

『학생 여러분, 방금 싸움을 잘 보셨습니까? 이번에는 제가 이겼지만, 도중에 시리우스 군이 이길 거라고 생각한 분도 계시겠죠.』

관객석에 앉은 학생 중 절반 이상이 얼이 나간 듯한 표정을 짓고 있었지만, 학교장의 말을 듣고 고개를 끄덕이는 학생도 적지만 존재했다.

일전에 레우스에게 두들겨 맞을 뻔했던 귀족이 눈에 들어왔는데, 그는 입을 쩍 벌린 채 얼이 나가 있었다. 그리고 나와 시선이 마주치자 공포에 사로잡혔지만, 그자 이외에도 떨고 있는 학생이 꽤 있었다. 아마 나를 무시하던 귀족들일 것이다.

복수라도 당할 거라고 생각하며 떨고 있는 것 같지만, 쓸데없이 우리에게 간섭하지만 않는다면 아무 짓도 하지 않을 생각이다. 그러니 앞으로는 잘 생각해보고 행동을 취해줬으면 좋겠다.

대부분의 학생들은 경악을 금치 못하고 있었지만, 일부는 나를 자기편으로 삼으려는 것처럼 욕망에 찬 눈길을 보내고 있었다.

『여러분은 보셨을 겁니다. 시리우스 군이 보여준 멋진 움직임과 마법들을 말이죠. 마그나 선생님이 아까 말했다시피, 그는 누구에게도 가르침을 받지 않고 무영창을 익혔으며, 아까 제가 만들어낸 거대한 바위를 박살 낼 정도의 실력을 갖췄습니다.』

그건 그렇고, 아까 그 '마운틴 프레셔'는 정말 위험했다.

어찌어찌 부수기는 했지만, 상대가 처음부터 그걸 쓰거나 연사를 했다면 내가 졌을 것이다. 학교장은 그렇게 많은 마력을 사용하고도 이렇게 연설까지 하고 할 여유가 있으니, 충분히 그게 가능했을 것이다.

『설령 무색일지라도, 꾸준히 노력하면 이렇게 강해질 수 있습니다. 그리고 그가 펼친 공격마법은 '임팩트'라는 기본 마법을 진화시킨 것들이죠. 하지만 다른 방식으로 사용하면 이렇게 다양한 수단이 됩니다. 제가 싸우기 전에 말했던 마법의 가능성을, 그는 멋지게 선보였죠.』

그 말 때문에 관객석이 소란스러워졌으며, 희미하게 천재니까, 재능이 있으니까…… 같은 체념 섞인 발언이 들려왔다.

학교장은 숨을 크게 들이마시더니, 처음으로 학생들을 향해 고함을 질렀다.

『천재니, 재능이니 같은 말을 변명으로 삼지 마십시오! 마법은 무한한 가능성을 지니고 있듯, 여러분도 노력하면 무한한 가능성을 지닐 수 있습니다. 이 싸움을 보며 느낀 것들을 여러분이

헛되이 하지 않기를 빕니다.』

자신의 마음을 전부 전한 학교장은 만족스러운 미소를 지으며 마그나 선생님과 눈짓을 교환하며 마법을 풀었다.

그 후 마그나 선생님이 앞으로의 일정을 설명하는 가운데, 치료를 마치고 몸을 일으킨 나를 둘러싼 제자들이 환하게 웃고 있었다.

하지만 레우스는 약간 납득이 가지 않은 듯한 표정을 짓고 있었다.

"형님, 정말 대단했어! 하지만 이길 수 있었는데 져서 아쉽겠네."

"후후…… 안심하세요. 레우스 군. 아까는 그렇게 말했지만, 실은 시리우스 군이 이겼답니다."

"학교장 님?"

묘하게 만족스러운 표정을 짓고 있다 싶더니, 느닷없이 그런 소리를 했다.

마법을 풀었으니 그 목소리는 제자들에게만 들렸겠지만, 대체 왜 이러는 거지?

"시리우스 군, 아무리 귀찮은 일에 휘말리고 싶지 않다고 해도 하다못해 제자들에게는 진실을 가르쳐주세요. 상대가 아무리 강하더라도 스승이 진다면 분할 테니까요."

제자들이 그 말을 듣고 고개를 끄덕이자, 나는 또 사고를 칠 뻔했다는 사실을 깨달았다. 내 스승은 지는 걸 고사하고 다친 적도 없는 사람이라 그런 쪽의 감각이 둔한 걸지도 모른다.

교육자로서의 선배가 해준 조언이니, 제자들에게는 진실을 가르쳐주도록 할까.

"미안해. 너희에게는 말해줬어야 했구나."

"시리우스 님께서 사과하실 필요는 없어요. 그렇다면……."

"그래. 학교장 님이 말한 것처럼 내가 이겼어."

내 승리 선언을 들은 에밀리아와 리스가 눈을 반짝이며 손을 맞잡았고, 레우스는 양손을 번쩍 들며 기뻐했다.

"대단해! 역시 형님은 최고야! 나도 언젠가 형님처럼 강해질 거야!"

"뭐라고 하면 좋을지 모르겠지만, 역시 우리의 스승님은 정말 대단하네!"

"하아…… 시리우스 님께서 싸우시는 모습을 보며 몇 번이나 다시 반했다니까요……."

반응을 보아하니, 스승으로서의 면목은 지킨 것 같았다.

"그런데 학교장 님. 우리는 이대로 돌아가도 될까요?"

"아직 철수하기에는 일러요. 이번에는 왕족인 리페가 와 있으니까, 그녀의 말을 듣고 가세요."

"언니…… 대체 뭘 하러 온 걸까요?"

"그야 너희가 얼마나 대단한지 보러 온 거야."

"언니?!"

방금까지 귀빈석에 있던 리펠 공주와 두 시종이 시합장에 나타나자, 투기장에 있던 나와 학교장 이외의 학생들이 마른 침을 삼켰다. 학교장과 나는 그녀가 얼마나 신출귀몰한지 알기에 딱히 놀라지 않았다.

그리고 뒤편에 있던 세니아가 마도구를 가지고 왔다. 그 마도구에는 '에코'가 그려져 있는 것 같았다.

귀빈석에서 말을 할 줄 알았는데, 일부러 우리 곁에 와서 말을 하려는 것 같았다.

그런데 리스, 남들 듣는데서 그렇게 큰 목소리로 그 호칭을 쓰면 안 되잖아.

"언니? 혹시 너는 내 동생이 되고 싶은 거야? 푸른 성녀라 불리는 너라면 동생으로 삼아줄 수도 있어."

"아…… 죄, 죄송합니다!"

리스가 왕족이라는 건 비밀로 하고 있으니, 관객석에 있는 이들이 들었을지도 모르는 리스의 실언을 리펠 공주가 적절하게 얼버무렸다.

아니, 어쩌면 리스가 어디서든 자유롭게 자신을 언니라고 부를 수 있도록 일부러 저렇게 말한 걸지도 모른다.

아무튼 아는 이라고는 해도 공적인 자리에서 왕족을 함부로 대할 수는 없다. 그렇기에 학교장을 제외한 우리는 한쪽 무릎을 꿇으면서 리펠 공주에게 경의를 표했다.

『그럼 멋진 대결을 펼친 두 사람에게 리펠 공주님께서 한 말씀 하시겠습니다.』

리펠 공주는 쓴웃음을 지으면서 세니아에게 시선을 보내자, 그녀는 들고 있던 '에코' 마도구에 마력을 집어넣어서 공주의 목소리가 널리 퍼져나가도록 했다.

『우선 일어서세요. 로드벨, 그리고 시리우스…… 두 사람의 대결은 정말 멋졌어요. 과거에 이렇게 멋진 대결을 본 적이 없었을 만큼 정말 최고의 승부였죠.』

부드러운 미소를 머금으며 우리에게 찬사를 보내는 그 모습은 어엿한 왕녀님 그 자체였다.

하지만 학생들이 싸움에 열중한 사이, 리펠 공주가 아저씨를 날려버리라고 외쳐댔다는 걸 나는 알고 있다.

『정말 대단한 대결이었지만, 저는 매직 마스터를 상대로 끝까지 선전한 시리우스에게 주목해야 한다고 생각해요.』

……이야기가 이상한 방향으로 흘러가기 시작한 듯한 느낌이 들었다.

내가 불길한 예감을 느끼는 가운데, 리펠 공주의 호위인 멜트가 에밀리아에게 마도구를 건넸다.

세니아가 들고 있는 것과 같은 마도구였다. 아마 나도 무슨 말을 해야 하는 것 같았다. 불길한 예감이 더욱 커져갔다.

『시리우스, 당신이 무색이자 평민이라는 건 알고 있어요. 하지만 당신의 능력은 그런 점들이 단점으로 보이지 않을 만큼 뛰어나죠. 그 힘…… 저를 위해 쓰지 않겠나요?』

역시 권유를 하는 거냐!

이렇게 많은 사람들 앞에서 왕녀의 권유를 거절했다간, 상대방의 얼굴에 먹칠을 한 게 될 것이다. 게다가 리스의 언니이자 호감을 가지고 있는 상대에게 수치를 안겨주고 싶지도 않았다.

도망칠 구멍을 틀어막으며 권유를 하다니, 정말 방심할 수 없는 왕녀님이다.

리펠 공주의 말에 학생들이 술렁거렸지만, 에밀리아는 내가 인정받은 게 기쁜지 희희낙락하면서 마도구를 발동시켰다.

내가 비난 섞인 눈빛을 리펠 공주에게 보내자, 그녀는 자기만 믿으라는 듯이 한쪽 눈을 살짝 감았다.

아무래도 뭔가 생각이 있는 것 같았다. 아무래도 그녀의 뜻에 따를 수밖에 없을 것 같았다.

『……그러겠습니다.』

내가 그렇게 말한 순간, 주위가 시끌벅적해졌다.

그중에는 분통을 터뜨리는 자도 있었는데, 아마 나를 자기편으로 끌어들일 생각을 가지고 있던 자들일 것이다. 바로 그때, 나는 리펠 공주의 의도를 눈치챘다.

한 나라의 왕녀인 리펠 공주에게 권유를 받았으니, 다른 귀족이 나를 건드리지 못할 것이다. 왕녀에게 권유를 받은 나를 끌어들이려는 것은 왕녀에게, 그리고 이 나라에 싸움을 거는 거나 마찬가지인 것이다.

내 입으로 이런 말을 하는 것도 좀 그렇지만, 엘리시온 최강의 존재인 매직 마스터와 대등하게 싸울 능력을 지닌 나를 자기편으로 끌어들이고 싶어 하는 자는 많을 것이다. 이제부터 일어날 귀족들의 짜증나는 권유를 미리 차단해줬으니 고마워해야 할지도 모른다.

하지만 이대로 있다간 졸업 후에는 왕녀의 측근이 되고 만다.

나는 여행을 떠날 거라고 몇 번이나 말했었으니, 최악의 경우에는 야반도주라도 할까?

내가 야반도주를 계획하고 있는 와중에도, 리펠 공주의 연설은 계속됐다.

『하지만…… 당신은 더욱 강해질 수 있을 겁니다. 제 가신이 될 거라면 더욱 강해질 뿐만 아니라, 이 세상에 대해 더 많이 알아줬으면 좋겠군요. 시리우스…… 지금 바로 당신에게 명령을 내리겠습니다. 이대로 학교에 다니다, 졸업한 후에는 세계를 돌아보는 여행을 떠나세요.』

아하…… 이렇게 나온 거냐.

이러면 나도 당당하게 여행을 떠날 수 있다.

『그리고 제 곁으로 돌아왔을 때, 당신은 더욱 성장했을 테죠. 그때야말로 반드시 매직 마스터를 쓰러뜨리세요.』

『예. 반드시 해내겠습니다.』

리펠 공주는 내 대답을 듣고 만족했는지 세니아가 들고 있는 마도구를 치웠다. 그리고 멀리서는 알아보지 못할 만큼만 표정을 풀더니, 나한테만 들릴 정도의 목소리로 이렇게 말했다.

"……하지만 실은 아저씨에게 이겼지? 내 눈은 못 속여."

"역시 대단하시군요."

"아저씨가 저렇게 분한 듯한 표정을 짓고 있는데다, 리스가 만족스러운 표정을 짓고 있는걸."

리스는 그렇다 쳐도, 학교장의 표정은 평소와 다름없어 보였다. 하지만 리펠 공주의 관찰안에는 학교장의 미묘한 표정 변화가 보이는 것 같았다.

"많은 사람들 앞에서 권유를 하기는 했지만, 여행을 할 수 있으니 딱히 문제는 없지?"

"이렇게 되게 유도해놓고 무슨 소리를 하는 거죠? 아까 그 말을 그대로 받아들인다면, 한동안 돌아오지 않아도 괜찮은 거죠?"

"그건 곤란해. 전에도 말했다시피, 네가 충성하고 싶은 나라를 만들어서 기다리고 있을 테니까 반드시 돌아와."

"예, 기대하고 있겠습니다."

"좋아. 그건 그렇고 정말 멋진 싸움이었어. 특히 아저씨의 콧대를 눌러준 게 가장 마음에 들어!"

"리페, 그 발언은 좀 너무하군요."

"사실이잖아요. 그리고 아저씨도 가슴속의 응어리가 풀렸으니 됐죠? 그럼 아저씨도 한계인 것 같으니 이만 끝내도록 할까요. 세니아, 부탁해."

"예."

학교장은 멀쩡해 보였지만, 마력 고갈 때문에 서 있는 것도 힘든 상태인 듯 했다. 그런데도 쓰러지지 않는 것은 매직 마스터로서의 의지 때문이리라.

그리고 세니아가 마도구를 다시 발동시키자, 리펠 공주는 멜트에게서 넘겨받은 커다란 천을 나에게 건넸다.

『그럼 당신에게 이걸 수여하겠어요. 언젠가 이걸 걸치고 제 옆에 서주기를 고대하고 있겠습니다.』

그녀가 천을 펼치자, 그것은 엘리시온을 가리키는 증표가 수놓인 망토였다.

화려하지는 않지만, 상질 마법의 실로 만든 그것은 멜트가 걸친 망토와 같은 것이었다. 이것을 받는다는 것은 리펠 공주의 측근이라는 증거이리라.

즉, 이것은 왕녀라는 뒷배를 지녔다는 증거인 것이다.

권력을 휘두를 생각은 없지만, 이렇게 멋진 망토를 받았으니 이제 야반도주는 물 건너가고 말았다. 시기하는 자들도 있을 것 같으니, 함부로 걸치지는 말아야겠다.

마지막으로 관객석에 있는 학생들을 매료시킬 듯한 미소를 지은 리펠 공주는 시합장에서 나갔다.

『그럼 이걸로 특별 수업을 마치겠습니다. 학생 여러분은 교실로 돌아가 주십시오.』

학생들은 수업을 받으러 갔고, 우리는 싸움의 피로 대문에 이대로 해산하게 됐다. 학생들과 우리가 마주치지 않게 하기 위해 배려를 해주는 것 같았다.

만약 이대로 교실에 돌아갔다간, 나는 학생들에게 둘러싸여 질문공세를 당할 것이다. 솔직히 오늘은 피곤하니 잘됐다는 생각이 들었다.

하지만 시합장을 나서면서 받았던 수많은 감정이 섞인 무수한 시선을 떠올리자, 내일 이후로 어떻게 될지 상상도 되지 않았다.

내일 오전에는 평범하게 수업을 받아야 하니, 각오를 단단히 하고 등교해야겠다.

※ ※ ※ ※ ※

그 후, 다이아장으로 돌아간 우리는 몸을 씻고 저녁 식사를 마쳤다.

그 와중에도 여러 학생과 귀족이 나를 찾아왔지만, 피곤하다는 이유로 돌려보냈다. 그중에는 끈질기게 버티는 귀족도 있었지만, 에밀리아의 단호한 미소와 레우스의 위압 때문에 결국 돌아갔다.

시합이 끝나고 꽤 시간이 지났는데도 남매의 흥분은 가라앉지 않은 것 같았다. 레우스는 밖에서 고함을 지르며 검을 휘두르고 있었으며, 감격한 듯한 에밀리아는 나에게 어리광을 부리며 어깨를 살며시 깨물고 있었다. 그래도 에밀리아는 꽤 얌전하게 행동하고 있는걸.

나는 의문을 느끼면서도 오늘 있었던 일을 돌이켜보면서 침대에 들어갔다. 그리고 오래간만에 전력을 다해 싸운 덕분에 느낀 충실감을 맛보면서 눈을……

"실례합니다. 오늘은 추우니 동침 서비스를 해드려도 될까요?"

……감을 수가 없었다.

에밀리아는 잠옷 차림으로 내 이불 안에 들어오려 한 것이다.

몇 번이나 다시 반했다고 했으면서 하는 짓이 좀 얌전하다 싶더니…… 애초부터 이럴 작정이었던 거냐.

"다이아장의 룰, 동침 금지……는 잊은 거야? 자기 침대에서 자."

"저기…… 흥분이 가라앉지 않아서 잘 수가 없어요. 차라리 시리우스 님의 곁에 있으면 좀 마음이 진정될 것 같아요……."

너무 흥분해서 발정난 거 아냐? 이 상황에서 나와 잤다간 오히려 역효과만 날 것 같으니, 일단 진정시켜야 할 것 같았다.

"하아…… 잠이 올 때까지 머리를 쓰다듬어 줄 테니까, 네 방으로 가자. 리스가 안 깨게 조심해야겠네."

"안심하세요. 리스도 데리고 왔으니 그런 걱정을 할 필요는 없어요."

"자, 잘 부탁합니다……."

바로 그때, 문이 열리더니 잠옷 차림의 리스가 베개를 꼭 끌어안은 채 안으로 들어왔다.

부끄러움을 타고 있는 걸 보면, 또 에밀리아의 꼬임에 넘어간 걸까?

"형님, 나도 있어! 전에 리스 누나를 구했을 때처럼 다 같이 자자!"

"…………."

그리고 당연한 듯이 레우스도 들어오더니, 바닥에 모포를 깔기 시작했다.

내 침대에 들어오려고 하지 않는 걸 보면 조금은 성장한 것 같지만…….

"방에 돌아가! 하우스!"

제자들을 말리는 건 학교장과 싸우는 것보다 더 힘들었다.

그 후, 어찌어찌 제자들을 방에선 쫓아낸 내가 에밀리아의 머리를 쓰다듬어주자, 그녀는 곧 자신의 침대에서 깊은 잠에 빠져들었다.

다음 날…… 내 학교생활은 극적으로 달라졌다.

우선 아침에 있었던 일을 말하겠다.

내가 아침 훈련과 식사를 마치고 등교하니, 학생들의 시선이 나에게 집중됐다.

어제 내 싸움을 봤으니 이러는 게 당연하다고 생각하며 교문을 통과하자…….

"안녕하세요, 시리우스 선배!"

"좋은 아침입니다, 두목!"

"아, 안녕하세요, 시리우스 씨."

지금까지 남매에게 인사를 하는 자는 있어도, 나에게 인사를 하는 이는 후배를 포함해도 1할도 채 되지 않았는데…… 이렇게 달라진 것이다.

레우스의 부하와 후배는 그렇다 쳐도, 다른 반의 동급생까지 나에게 고개를 숙였다. 나보다 나이가 많고 잘난 척을 해대던 귀족 또한 내가 나타나자 길을 비키듯 옆으로 물러섰다.

그들이 품고 있는 감정은 공포와 존경이 반반씩인 것 같았다.

반응이 너무 달라지자, 내 뒤편에 서 있던 남매가 잘난 척하듯 가슴을 폈다.

"드디어 여러분도 시리우스 님이 얼마나 대단한지 이해한 것 같군요."

"누나, 드디어 이 날이 왔어! 어때? 이 사람이 우리의 주인이라고!"

"부끄러우니까 그만 좀 해."

나는 마치 자기 일처럼 기뻐하는 두 사람을 달래면서 교실로 향했다.

그 도중에도 나에게 인사를 하는 사람이 끊이지 않았으며, 나를 보자마자 도망치는 이도 있었다. 아마 도망치는 녀석은 나를 무시하던 귀족들일 것이다. 지금까지 그들이 했던 짓을 사과시키겠다면서 레우스가 사냥개처럼 그들을 쫓아가려했지만, 내가 말렸다.

솔직히 말해 교실에 도착하는 사이에 이렇게 지치게 될 거라고는 생각도 못했다.

같은 반 학생들은 나에 대해 어느 정도 아니, 태도가 크게 달라지지는 않았을 거라고 생각하고 싶다.

"······안녕."

"아, 어서 와. 시리우스 군. 에밀리아."

"안녕, 두목. 형님."

교실에 들어가 보니, 학생들의 태도가 평소와 별반 다르지 않아서 나는 안도했다.

시선을 모으며 자리에 앉자, 오늘은 클래스메이트들이 내 곁으로 몰려들었다. 평소 같으면 에밀리아와 레우스의 주위에 몰려들었을 텐데 말이다.

"어제는 정말 대단했어, 시리우스 군!"

"맞아! 왜 실력을 숨겼던 거야? 아, 들키면 귀족들이 성가시게 할 거라고 생각한 거구나."

"학교장 님이 날린 그 바위를 '임팩트'로 부순 거야?! 그건 상급마법으로도 무리일 거라고."

클래스메이트들에게 둘러싸였으니 도망칠 수도 없다.

그 후에도 이런저런 질문을 받았지만, 정리하자면…… 대체 어떻게 해서 강해진 건가, 였다.

그 질문에는 매일같이 노력해왔다고 대답할 수밖에 없었다. 그 말로 납득해줄지 걱정하고 있을 때, 마크가 인파를 헤치며 나타났다. 그가 아무 말도 하지 않았는데 클래스메이트들은 물러섰다. 아까 나한테 길을 비켜준 건 압도적인 공포 때문이었다면, 마크는 순수한 카리스마에서 비롯된 것 같았다. 다양한 의미에서 격이 다르다는 게 느껴졌다.

오늘도 마크는 시원한 미소를 지으며 나에게 인사를 건넸다.

이유는 알 수 없지만, 내가 마크와 이야기를 할 때는 클래스메이트들이 끼어들지 않았다. 구석에서 콧김을 뿜고 있는 여자애도 있지만…… 신경 쓰지 않는 편이 좋으리라.

뭐, 나도 마크와는 편하게 이야기를 나눌 수 있으니, 방해를 받지 않아서 오히려 좋았다.

"안녕, 시리우스 군. 예상을 했지만 인기가 정말 좋은걸. 뭐, 그렇게 자기 실력을 뽐냈으니 당연하겠지만 말이야."

"안녕, 마크. 어느 정도 예상은 했지만, 이렇게 달라질 줄은 몰랐어."

"하하하, 너는 그 정도로 엄청난 일을 해낸 거야. 자아, 주인이 인기가 좋아져서 시종들도 기뻐하고 있는 것 같으니, 너도 좀 더 자랑스럽게 생각하는 게 좋지 않을까?"

옆을 바라보니, 남매는 진심으로 기뻐하며 자기 자리에 앉아 있었다.

그들은 쭉 이 날을 기다려왔으리라. 왠지 좀 미안하다는 생각이 들었다.

"하지만 어제는 정말 아까웠어. 너라면 이길 수도 있을 거라고 생각했었거든."

"역시 매직 마스터는 강하더라니깐. 비처럼 쏟아지는 마법을 피하느라 바빴어."

"그걸 피하는 것만으로도 엄청난 일이라는 걸 눈치채줬으면 좋겠는데 말이야. 이 학교에 들어오고 네가 해온 일들을 보기는 했지만, 네 실력은 정말 미지수야. 그러니 이 반을 대표해서 묻겠어. 시리우스, 너는 대체 어떤 훈련을 해온 거야?"

마크가 그렇게 말하자, 주위에 있던 클래스메이트들도 일제히 고개를 끄덕였다. 딱히 훈련 내용을 숨길 생각은 없으니 가르쳐 줘도 되지만, 아마 다들 질려버릴 것이다.

게다가 슬슬 선생님이 올 시간이니 시간이 부족했다.

"안녕하십니까, 여러분. 자리에 앉아…… 역시 이렇게 됐나요."

내가 그런 생각을 하고 있을 때, 마그나 선생님이 교실에 들어왔다.

이렇게 됐으니 이야기는 이쯤에서 끝내야겠다고 생각하고 있을 때, 어떤 클래스메이트가 손을 들면서 마그나 선생님에게 말했다.

"마그나 선생님. 지금부터 시리우스 군이 어떻게 해서 이렇게 강해진 건지 가르쳐주기로 했어요. 그러니 수업 전에 시간을 좀 주세요."

"호오?"

마그나 선생님은 클래스메이트들의 말을 듣더니 미간을 살짝 찌푸렸다.

다음 쉬는 시간에 자세하게 이야기해줄 테니, 빨리 수업을 시작해줬으면 좋겠다.

"실은 저도 알고 싶었던 거니 허락하죠. 시리우스 군, 교탁 앞에 서세요."

"자, 잠깐만요?!"

"역시 마그나 선생님! 자아, 다들 자리에 앉자!"

모여 있던 클래스메이트들이 흩어지더니 자기 자리로 돌아갔다. 단결력이 끝내주는 그들을 보며 어이없어 할 때, 자리에 돌아가려던 마크가 나에게 질문을 던졌다.

"그런데 리스 양은 왜 안 온 거야? 그녀는 항상 네 곁에 있었잖아."

"리스는 오늘 학교에 안 올 거야. 가족과 중요한 이야기를 하기로 했다더라고."

"그래? 뭐, 가족 간의 문제는 중요하지. 그럼 시리우스 군. 네가 어떤 이야기를 해줄지 기다리고 있을게."

웃으면서 자리로 돌아가는 마크를 쳐다본 후, 나는 투덜거리면서 자리에서 일어났다.

조수로서 남매를 대동하며 교단에 선 나는 반전체를 둘러보며 입을 열었다.

"그럼 너희가 원하는 대로 설명을 해줄게. 우선 미리 말해두겠는데, 나는 어릴 적부터 훈련을 해왔으니까 이제 와서 따라해도 바로 강해지지는 않을 거야. 으음…… 에밀리아는 언제부터 나에게 훈련을 받았는지 기억해?"

"저는 아홉 살, 레우스는 일곱 살 때부터예요. 그리고 시리우스 님은 다섯 살 때부터죠?"

정확하게 말하자면 갓 태어나서 자기가 전생을 했다는 걸 자각했을 때부터지만 말이다. 그 당시에는 훈련이라고 말할 수 없는 레벨이었지만, 몸에 무리가 가지 않을 만큼 운동을 쭉 해왔다.

어느새 반전체가 조용해졌지만, 나는 개의치 않으면서 훈련 내용을 설명했다.

"우선 지구력이 필요하니까, 나는 무작정 달렸어. 그리고 그냥 달리기만 한 게 아니라, 때때로 전력질주를 하며 몸을 괴롭혔지."

"나도 옛날에는 형님에게 불평을 늘어놓으며 뛰었어……."

"그리고 요즘에도 우리는 아침 일찍 일어나서 다이아장 뒤편에 있는 산을 달리고 있어. 그 다음에는……."

"지, 질문 있어! 뒤편의 산? 먼 곳에서만 봐서 잘 모르지만,

그건 꽤 큰 산 같던데······."

"응. 정말 달릴 맛이 나는 산이지. 나무들이 울창해서 장애물이 많으니까, 더 오랫동안 달린 것 같은 느낌이 들어. 그리고 반사 신경을 단련하는 훈련도 되지. 그리고 산 정상에 도착하면 근육운동을 하는데, 이런 걸 해."

나는 거꾸로 서서 좌우 손가락 세 개로 체중을 유지하며 팔을 접었다 폈다.

몸의 균형을 유지할 수 있는 점, 그리고 온몸을 떠받칠 근력이 필요하기 때문에 힘들지만, '부스트'를 사용하면 간단히 할 수 있는 근육운동이다. 참고로 나는 '부스트'를 쓰지 않고 한다.

옆에 있는 레우스도 시범을 보였으니, 나만 특별하다고 생각하지는 않을 것이다.

"그 다음에는 다이아장으로 돌아가서 모의전을 하고, 아침을 먹은 후, 학교에 등교해."

"······정말이야? 그렇게 했다간 학교에 갈 체력이 없을 것 같은데······."

"무슨 소리를 하는 거야. 내가 이렇게 학교에 와 있잖아."

"그, 그렇구나. 그래······. 그걸 매일 하니 강해질 수밖에 없겠지."

"그리고 수업이 끝나면 다이아장에 돌아가서 또 산을 달리······."

"""더 하는 거야?!"""

내 훈련이 비정상적이라는 건 알고 있다.

얼간이 같아 보이고도 남을 짓이지만, 영양 균형을 고려한 식사를 하고, 때로는 내 재생활성 회복을 받으며 단련한 남매들이 내 옆에 있었다. 내 교육은 학교처럼 다수를 대상으로 하는 게 아니라, 소수정예에 적합한 교육인 것이다.

그리고 밤까지 계속되는 훈련에 대한 설명을 마치자, 클래스메이트들은 한 목소리로 이렇게 외쳤다.

""""무리!""""

아니, 무리는 아니다.

기합과 노력과 근성만 있으면 할 수 있다. 그 증거라 할 수 있는 사람들이 이 자리에 두 명이나 있는 것이다.

클래스메이트들은 질렸지만, 나는 현실이라는 것을 철저하게 가르쳐줬다.

—— 리스 ——

나는 다이아장에서 차를 준비하고 있었다.

왜냐면 나에게 있어 소중한 손님들이 올 것이기에, 성심성의를 다해 차를 준비하고 있었다. 에밀리아에 비하면 서투르지만, 그래도 꽤 괜찮은 차를 끓였다.

"언니, 아버님, 홍차 드세요."

"고마워. 으음…… 동생이 끓여주는 홍차는 각별하다니깐!"

"딸이 끓여주는 차, 라. 이렇게 마음이 행복해지다니…… 아 뜨뜨?!"

테이블 맞은편에는 차를 맛있게 마시고 있는 언니와 갓 끓인

차를 단숨에 들이키려다 혀를 데인 아버지가 있었다.

실은 어제 투기장에서 언니와 헤어지기 직전, 언니는 중요한 이야기가 있다면서 차분하게 대화를 나눌 만한 곳이 없는지 나에게 물었다.

내가 시리우스 씨에게 그 이야기를 하자, 그는 다이아장이 좋겠다고 말했다. 그래서 언니가 이곳으로 온 것이다. 하지만 언니뿐만 아니라 아버님도 같이 올 줄은 몰랐다.

참고로 세니아와 멜트 씨는 자리를 비웠으며, 다이아장 밖에서 경비를 서고 있었다. 즉, 가족끼리 중요한 이야기를 나누게 된 것이다.

"그런데 언니. 오늘은 왜 저만……."

"리스, 알고 있잖니? 네 장래에 대해 이야기하기 위해서란다."

언니뿐만 아니라 아버님까지 왔으니, 그런 이야기를 하게 될 거라는 건 예상했다.

나는 장래에…… 대체 뭐가 되고 싶은 걸까?

그러자 아름다운 드레스를 입은 내가 시리우스 씨의 옆에 서서 결혼…… 아, 아냐! 언니가 말한 장래란 이런 걸 가리키는 게 아닐 거야.

"저기, 리스는 학교를 졸업하고 나서 어떻게 할 거야? 슬슬 확실하게 정해주지 않으면 시리우스 군만이 아니라 나도 곤란해져."

그렇다. ……나는 아직도 망설이고 있다.

졸업하고 나서 시리우스 씨 일행과 함께 여행을 할지, 여기에 남아서 언니의 일을 도울지를 말이다.

엘리시온에 오고 얼마 지나지 않았던 시기의 나라면 주저 없이 전자를 선택했을지도 모르지만⋯⋯ 지금은 다르다.

엄청 부끄럽지만, 지금은 푸른 성녀라 불릴 정도의 실력을 지녔으며, 아버님과도 화해했다.

언니는 내 치료마법 실력을 높이 사서 자기 전속으로 고용해줄 수도 있다⋯⋯ 아니, 꼭 자기 전속이 되어줬으면 한다고 말했다.

그러니 이곳에 남는 것도 괜찮겠지만, 나를 바꿔준 시리우스 씨, 단짝 친구인 에밀리아, 동생 같은 레우스와 헤어지는 게⋯⋯ 너무 힘들다.

하지만 그렇다고 그들과 함께 여행을 떠나는 것도 괴로울 것이다. 대체 어느 쪽을 고르면 좋을까⋯⋯.

내가 고민하고 있을 때, 아버님은 진지한 표정으로 나를 쳐다보았다.

"리스. 모험가로서 그 남자와 함께 하고 싶다면 말리지 않겠다. 하지만 그 길을 선택할 거라면 발드펠드라는 이름을 버리거라."

"예?!"

아버지의 말을 듣고 내가 망연자실한 표정을 짓자, 언니는 허둥지둥 아버님의 머리를 때렸다.

"아빠는 바보! 그런 식으로 말하면 안 되잖아!"

"으윽! 아프지 않느냐, 리펠! 하지만 어쩔 수 없단 말이다!"

"그래도 말이라는 건 하기 나름이란 말이야! 봐! 리스가 금방이라도 울음을 터뜨릴 것 같잖아."

언니가 몸을 쑥 내밀면서 나를 끌어안아줬다. 처음 만났을 때와 마찬가지로, 언니가 이렇게 해주면 안심이 되었다.

"괜찮아요, 언니. 좀 충격을 받기는 했지만, 이해했어요."

"아버지의 말을 듣고 오해한 것 같은데, 딱히 가족의 인연을 끊자는 건 아냐. 어디까지나 그 정도 각오를 가지고 여행을 가라는 의미인 거야."

"그랬군요. 다행이에요. 언니를 언니라고, 아버님을 아버님이라고 이제 부르지 못하는 줄 알았어요."

"무슨 소리를 하는 거냐! 무슨 일이 있든 너는 내 딸이다. 본심을 털어놓자면 네가 여행을 가는 걸 말리고 싶지만, 나 또한 과거에 모험가가 되고 싶어서 여행을 떠났었지. 그러니 그럴 수가 없구나."

전부 내 결단에 달려 있는 것이다.

내 일이니 당연한 걸지도 모르지만, 귀족이나 왕족에게는 그런 선택지가 주어지지 않는다는 이야기를 자주 들었다. 그러니 이런 고민을 할 수 있는 것도 행운일 것이다.

엘리시온에서 가족과 평화롭게 살 것인가, 시리우스 씨와 함께 위험이 뒤따르는 모험가로서의 길을 걸어갈 것인가.

내가 고민하고 있을 때, 언니는 손가락을 세우면서 조언을 해줬다.

"결정 못하겠다면 상상을 해보는 건 어때? 우선 시리우스 군과 함께 여행을 떠나는 걸 상상해봐."

나는 언니의 말에 따라 눈을 감으며 천천히 생각해봤다.

가족과 이별한 후, 엘리시온을 떠나는 나…….

"괴로……워요. 모처럼 아버님과 화해했는데, 또 헤어지게 되다니……."

"다음은 시리우스 군 일행과 헤어지는 걸 상상해보렴. 언젠가 돌아오겠지만, 세계를 돌아다닌다고 했으니 한 10년은 못 볼 거라고 생각해봐."

세계는 넓고, 시리우스 씨라면 여행을 계속할 테니, 금방 돌아오지는 않을 것이다.

여행을 떠나는 시리우스 씨와 에밀리아, 레우스를 배웅하고, 다음에 만나는 건 10년 후…….

"……어? 왜…… 나?"

나는 어느새…… 눈물을 흘리고 있었다.

상상만 했을 뿐인데, 아직 다들 내 곁에 있는데, 이렇게……
슬프다.

"그게 네 대답이야. 정말, 우리보다 너와 더 가까워진 그 애들을 질투할 것만 같아."

"그럴 리가…… 저는 언니와 아버님도 소중히……!"

"괜찮아. 나도 알아. 그건 그렇고…… 결론을 내린 거지?"

"……예. 저는 그들과 함께…… 여행을 떠나겠어요."

그렇다. 가족과 헤어지는 것은 쓸쓸하지만, 나는 시리우스 씨 일행과 헤어지는 게 더 싫다.

시리우스 씨를 좋아하기 때문일지도 모르지만, 그걸 제쳐두더라도 나는 그들과 함께 여행을 하고 싶다. 어머님이 모험가였듯, 나도 모험가가 되어 세계를 돌아다니고 싶다.

이렇게까지 해야 결론을 내릴 수 있다니, 나는 아직 어린애다.

언니는 내 결단을 듣고 웃었고, 아버님은 표정을 찡그렸다. 하지만 언니가 때리자, 아버님은 억지로 미소를 지었다.

"리스가 직접 선택한 길이니까 찬물 끼얹지 마."

"큭…… 머리로는 그렇게 생각하지만 마음이……. 아무리 몰랐다고 해도, 너를 방치해둔 죄를 아직 다 갚지도 못했는데 말이다."

"죄송해요. 하지만 아버님의 마음은 저에게 전해졌어요."

"신경 쓰지 마라. 이건 내 억지다. 너는 네가 원하는 대로…… 살아가거라."

아버님은 주먹을 말아 쥐며 아쉬워했지만, 납득을 해주신 것 같았다.

언니는 아버지에게 홍차를 권하면서 달랬지만, 아버님은 뭔가를 결심하듯 주먹을 말아 쥐었다.

"역시 안 되겠다! 확 너한테 왕의 자리를 넘기고, 모험가로서 선배인 나도 함께……."

"꼴사나운 짓 하지 마! 아저씨에게 이긴 시리우스 군이 같이 가니까 아버지와 같이 가는 것보다 훨씬 안전할 거야."

"진짜로 이긴 것이냐? 그 늙은이가 봐준 것 아니냐?"

"내 눈을 믿지 못하는 거야? 리스, 미안해. 시간을 좀 줄래?

금방 설득할게."

"으음…… 예. 그럼 점심 준비를 할게요."

점심을 먹기에는 아직 이르지만, 오늘은 내가 요리를 해서 가족에게 대접하려고 준비를 해뒀다.

시간이 걸리는 부분은 전부 처리해뒀으니, 시간이 그렇게 걸리지는 않을 것이다.

내가 요리를 한다고 말하며 자리에서 일어나자, 두 사람은 대화를 멈추면서 나를 올려다보았다.

"뭐?! 진짜 만들어주려는 것이냐?"

"시리우스 씨에게 배웠어요. 기대해주세요."

"오오…… 딸이 손수 만든 요리를 맛보는 건가. 하지만 그 남자에게 배웠다니……."

"신부수업도 하고 있나 보구나. 기대하고 있을게."

"음, 나도 기대하마. 설령 독이 들었더라도 맛있게 먹어주마."

"심정은 이해하지만, 방금 그건 엄청 무례한 소리니까 자제 좀 해."

두 사람이 다시 말다툼을 시작한 가운데, 나는 부엌에 가서 요리를 준비했다.

그러자 세니아가 부엌으로 도와주러 왔기에, 함께 요리를 하기로 했다.

"후후…… 리스 님과 함께 요리를 하는 날이 올 줄은 몰랐습니다. 저는 뭘 하면 될까요?"

"으음, 저 상자는 냉장고라고 하는 거야. 저 안에 들어 있는 채소와 고기를 꺼내서 한 입 크기로 썰어줄래? 나는 수프 준비를 할게."

"알았습니다. 아하, 물 마법진을 이용해서 안쪽을 차갑게……어머?"

냉장고를 들여다보던 세니아가 움직임을 멈추더니, 갑자기 입을 손으로 막으며 웃음을 터뜨렸다.

그러고 보니 시리우스 씨가 아침에 부엌에서 뭔가를 만들어서 냉장고 안에 넣어뒀었다.

세니아의 뒤편에서 냉장고 안을 쳐다보니, 시리우스 씨가 과일 타르트라고 부르는 케이크가 들어 있었다. 맛있어 보이는데…… 먹어도 될까?

그런 생각을 하고 있을 때, 타르트 옆에 글자가 적힌 종이가 놓여 있었다. 아무래도 세니아는 그 종이를 보고 웃음을 터뜨린 것 같았다.

『먹어도 돼. 하지만 케이크 때문에 다투지는 마.』

그 사람은 정말…….

"그분은 리스 님과 여러분을 아끼고 있는 것 같군요. 폐하 앞에서도 전혀 주눅이 들지 않으시죠. 정말 불가사의한 남자세요."

"……응. 나, 시리우스 씨를 만나서 정말 다행이야."

그 후, 나는 요리를 만들었고, 멜트 씨도 불러서 다 같이 점심을 먹었다. 두 사람은 시종이라며 사양했지만, 아버님도 아무 말도 하지 않으셨고, 나와 언니가 설득을 하자 결국 같이 식사를 했다.

내가 만든 것은 산채(山菜)를 이용한 전골 요리다.

시리우스 씨가 처음으로 나에게 만들어준 것이며, 나에게 있어 추억의 요리 중 하나다.

언니 이외의 사람들은 한 냄비 안에 든 요리를 같이 먹는다는 걸 알고 약간 당황했지만, 맛있다고 말하며 먹어주니 기뻤다.

식사를 하면서 전골 요리는 가족이 사이좋게 함께 먹는 거라고 설명하자, 세니아와 멜트 씨는 황송해했다.

하지만 언니가…….

"그럼 문제될 게 없겠네. 세니아는 이미 가족이나 다름없고, 멜트도 장래에는 우리 가족이 될 거잖아?"

아버지는 그 말을 듣고 엄청난 살기를 뿜었고, 멜트 씨는 식은땀을 줄줄 흘리기 시작했다. 나는 응원 말고는 할 수 있는 게 없지만…… 힘내, 멜트 씨.

그리고 다른 사람들이 돌아오면, 같이 여행을 하고 싶다는 이야기를 해야겠다.

식후에 냉장고에서 꺼낸 과일 타르트를 사이좋게 먹으며, 나는 가족과 단란한 시간을 보냈다.

"아버지, 그게 과일이 더 많지 않아? 나 좀 나눠줘."

"그건 내가 할 말이다. 네 것이 좀 더 크지 않느냐."

"저기…… 싸우지 않는 편이…….."

""아앙?!""

"히익?!"

"우리가 싸우는 게 싫다면 멜트 걸 사이좋게 나눠먹자. 리스도 먹어."

"예! 멜트 씨, 잘 먹을게요."

"……장래에 당신은 분명 아내에게 잡혀 살겠군요."

우리는 먹을 것에 있어서는 절대 타협하지 않는다.

싸우지 말라고 시리우스 씨가 말했지만, 최종적으로 화해했으니 문제는 없을 거라고…… 이 일은 비밀로 해야겠다.

"좋아! 이번에는 등짐을 지고 달리자!"

"""뭐어어어어——?!"""

레우스의 목소리가 훈련장에 울려 퍼지자, 학생들의 비명이
뒤이어 들려왔다.

"고함을 지를 기운이 있는 걸 보니 괜찮겠지. 형님의 말에 따
르면 진짜로 한계에 도달하면 반응조차 하지 못한다더라고."

모래가 들어 있는 등짐은 언뜻 봐도 30킬로그램은 될 것 같았
다. 레우스는 그걸 짊어진 채 한 시간 넘게 달렸지만, 아직도 기
운이 있어 보였다.

하지만 등짐을 지지 않고 레우스와 함께 뛰던 학생들은 숨이
턱까지 찼으며, 금방이라도 죽을 것 같은 표정으로 지면에 쓰러
져 있었다.

"저기, 레우스 선배. 진짜로 매일 이렇게 뛰나요?"

"그래. 그리고 평소 같으면 훨씬 빨리 뛰는 데다, 산길에는 장
애물이 많아. 그에 비하면 이건 너무 편해서 안 뛴 것 같아 지루
할 지경이야."

"히, 히이이익……."

산속은 지면도 평탄하지 않고, 똑바로 달릴 수도 없기 때문에
훨씬 피곤할 것이다.

하지만 학생들은 다 죽어가고 있으니, 그들은 좀 더 기초부터

단련해야만 할 것 같았다.

레우스가 등짐을 짊어지고 계속 뛰려고 하자, 나는 그를 말렸다.

"오늘은 한계만 파악하기로 하고, 단련은 다음에 해. 다치기라도 하면 큰일이니까 이쯤에서 끝내."

"알았어, 형님. 그런데 나는 좀 더 달려도 돼?"

"그래. 뒷일은 나한테 맡기고 너는 마음껏 뛰고 와."

"응!"

레우스가 학생들을 인솔할 때보다 몇 배는 빠른 속도로 달리자, 쓰러져 있던 학생들은 망연자실한 표정으로 그를 쳐다보았다.

나는 그런 학생들 앞에서 가볍게 손뼉을 쳐서 그들의 주목을 모았다.

"처음에도 말했다시피, 지금은 레우스를 쫓아가려고 하지 마. 오늘 달린 건 자기의 한계를 알기 위해서이며, 나는 그 한계를 더욱 높이는 방법만 가르쳐줄 거야."

학생들은 내 말을 듣고 당황한 것 같았다. 유감스럽게도 시간이 없으니 기초만 가르쳐줄 수밖에 없다.

"그게 싫거나, 따라올 수 없겠다고 생각한 사람은 관두도록 해. 우리한테 있어서 이건 훈련이라기보다 준비운동에 가깝거든."

"저기…… 레우스 선배한테처럼 검술을 가르쳐주면 안 될까요?"

"레우스에게 검술을 가르친 사람은 내가 아냐. 검술에 대해 내가 가르쳐줄 수 있는 건 검을 마음껏 휘두를 체력을 만들어주는 것뿐이지."

대부분의 학생들은 그 말을 듣고 고개를 푹 숙였다. 착각을 하고 있는 학생이 예상보다 더 많은 것 같았다.

아무리 멋진 검술을 가르쳐주든, 육체가 따라가지 못한다면 의미가 없다. 특히 강파일도류는 몸에 부담을 많이 주기 때문에 육체를 단련하지 않으면 몸이 망가지고 말 것이다.

원래는 직접 깨달아줬으면 하지만, 때로는 계기를 만들어주는 것도 좋으리라.

그리고 내 생각을 말해주자, 절반 이상의 학생들이 눈치챘다.

"질문이 있으면 내일 물어봐. 오늘은 이만 해산하자."

지칠 대로 지친 학생들은 비틀거리면서 몸을 일으키더니, 기숙사로 돌아갔다. 이번에 참가한 사람은 서른 명 정도지만 내일은 절반으로 줄어들었을 것이다.

오늘 달리게 한 것은 개인의 한계만이 아니라 진짜로 계속할 마음이 있는지 없는지 확인하기 위해서다. 장난삼아 온 사람들을 가르칠 여유는 없다.

"우오오오오오——!"

레우스는 오늘도 흙먼지를 일으키며 전력으로 훈련장을 달렸다.

달리기가 끝나면 무게추가 달린 목검을 휘두르는 훈련을 할 것이다. 그런 레우스에게 지지 않겠다는 듯이, 학생 열 명이 필사적으로 그를 쫓아가고 있었다.

그들은 레우스의 부하이기도 하지만, 진심으로 강해지고 싶어 하는 이들이기도 했다.

"두, 두목! 너무 빨라요!"

"역시 두목! 하지만 나도 안 질 거야!"

"지, 질 것 같아! 나는 아카드 가문의 차기 당주다! 평민에게 질 수는 없단 말이다!"

그중에는 미궁 소동 때 레우스에게 시비를 걸었던 할트도 있었다.

지쳐서 쓰러지는 자도 있지만, 간호를 해줄 학생이 몇 명 대기하고 있으니 괜찮을 것이다.

나는 이 자리를 벗어난 후, 좀 떨어진 장소에 모여 있는 학생들에게 다가갔다.

"……그러니, 교과서에 적힌 대로 마법을 펼칠 필요는 없어요."

"중요한 건 이미지야. 타인의 시범에 구애되지 말고, 자신이 할 수 있다고 믿는 게 중요해."

거기서는 에밀리아와 리스가 마법에 대한 강의를 하고 있었다.

레우스가 검과 몸을 단련시키는 훈련을 담당하고 있다면, 여기서는 마법을 단련시키는 훈련이 이뤄지고 있었다.

서른 명 가량의 학생들 앞에 선 두 사람은 실제로 시범을 보이면서 내가 가르쳐준 마법 사용법을 가르쳐줬다.

오늘은 처음 참가한 학생도 섞여 있었으며, 그 학생은 손을 들면서 질문을 했다.

"믿는다는 게 정확하게 어떤 걸 말하는 건가요?"

"시리우스 님을 믿으면 돼요. 그분이 가능하다고 한다면, 분명 가능하니까요. 그리고 저는 겨우 며칠 만에 가능해졌어요."

"그건 에밀리아와 레우스니까 가능했던 거야. 아마 다른 사람들은 힘들 거라고 봐. 그러니 우선 자기 자신이 무영창도 할 수 있다고 믿는 연습부터 하자. 영창을 하지 않고 초급 마법을 발동시켜보는 거야."

그들은 영창을 하지 않고 마법명만으로 마법을 발동시키려 했지만, 역시 쉽지 않은 것 같았다.

머릿속에 정착한 상식을 무너뜨리는 것은 쉽지 않을 것이다.

지금은 무영창을 간단히 해내는 리스 또한 시간이 상당히 걸렸다. 게다가 이 자리에 모인 학생들은 이미 마법을 어느 정도 쓸 줄 아니 허들이 더 높을 것이다.

그들은 그저 하염없이 이미지를 하면서 마법명을 입에 담았다. 금방 결과가 드러나지는 않으니 그걸 계속 할 수 있을지 없을지에 따라 결과가 달라질 것이다. 이미지도 중요하지만, 그걸 계속하는 의지도 중요하니까 말이다.

며칠 만에 해내는 것은 무리라고 생각하지만, 처음부터 훈련에 참가했던 한 여학생에게서 징후가 나타났다. 우리보다 한 살 작은 후배인데, 그녀가 '플레임' 하고 읊조린 순간, 한순간이지만 불덩이가 생겨났던 것이다.

"해, 해냈어요, 언니!"

"예, 잘했어요. 이렇게 빨리 요령을 파악하다니, 정말 대단하군요."

"언니가 할 수 있다고 말해줬기 때문이에요. 전부 언니 덕분이에요!"

이 여자애가 에밀리아를 바라보는 시선은 사랑에 빠진 소녀의 시선이었다.

저 학생은 입학하고 만난 에밀리아에게 한눈에 빠졌다고 한다. 그 후로 에밀리아를 언니라고 부르며 따르고 있다.

역시 좋아하는 사람의 말이라 남들보다 굳게 믿었고, 그 결과 남들보다 빠르게 요령을 잡은 것이다. 에밀리아와 완전히 같은 케이스군.

좀 불안한 면이 보이기는 하지만, 상식적인 리스도 있으니 알아서 잘할 것이다.

에밀리아가 도중에 나를 쳐다보자, 나는 그녀를 향해 손을 흔들어준 후 다른 곳으로 향했다.

나만이 아니라 제자들에게도 후배를 가르치게 한 것은 좋은 경험이 될 거라고 생각했기 때문이다. 남에게 가르치면서 깨닫게 되는 것도 있을 테며, 이것도 훈련의 일환으로서 적극적으로 하게 한 것이다.

레우스는 가르친다기보다 앞장서며 남들의 목표가 되어 주고 있지만, 그것 또한 하나의 교육 방식이기에 좋을 대로 하게 뒀다.

물론 나도 가르치고 있으며, 어느 정도 기초를 갖춘 학생의 방향성을 찾아내서 가르쳐주느라 바빴다.

일단 각자의 훈련은 순조롭게 이뤄지고 있는 것 같았다. 오늘은 학교장에게 보고를 하는 날이기에, 나도 일단 제자들을 살펴보고 나서 학교장실로 향했다.

내가 학교장과 대결을 하고 이미 반년이 지났다.

무사히 졸업 자격을 얻었으니 졸업까지 남은 몇 달을 느긋하게 보내며 여행 준비나 할 생각이었는데, 내 실력을 안 학생들이 단련을 시켜달라는 둥, 무영창을 가르쳐달라는 소리를 했다.

솔직히 말해 학생들을 가르쳐보고 싶지만, 여러 이유 때문에 사양해왔다.

그러던 어느 날, 학교장이 나를 불렀다.

케이크를 내놓으라는 소리를 하려고 불렀나 했더니, 이번에는 학교장실이 아니라 선생님들과의 회의에 쓰이는 회의실로 불려갔다.

커다란 책상이 놓인 그 회의실에는 이 학교의 모든 선생님들이 모여 있으며, 나는 상석에 앉은 학교장과 마주 보는 자리에 앉았다. 모든 선생님이 다 모여 있는 게 신기하다 생각하며 주위를 둘러보고 있을 때, 한 선생님이 나를 노려보면서 고함을 질렀다.

"학교장 님! 진짜로 학생인 그에게 그걸 시킬 생각입니까?! 저는 반대입니다!"

"그렇습니다! 우리가 무엇 때문에 여기에 있는지 알고는 있는 겁니까? 아무리 학교장이라도 이건 너무 무례한 처사입니다!"

귀족으로 보이는 선생님이 언성을 높이자, 몇몇 선생님이 동조하면서 학교장에게 항의를 했다.

하지만 학교장은 태연한 표정으로 그 말을 흘려들으면서 준비해둔 홍차를 마셨다.

대체 무슨 일이지? 이유도 알려주지 않고 이 자리에 부른 걸로 모자라, 느닷없이 여러 선생님들이 나를 노려보잖아. 뭐가 어떻게 되고 있는 건지 모르겠네.

"그런데 무슨 일로 저를 부른 거죠?"

"아, 실례했습니다. 선생님 여러분, 아무것도 모르는 학생을 내버려 두고 멋대로 이야기를 진행하지 말아주세요. 마그나 선생님, 설명을 부탁합니다."

"알았습니다. 시리우스 군, 학교장 님과 싸운 후로 다른 학생들에게 지도를 부탁받는 일이 늘지 않았나요?"

"예. 훈련에 참가하고 싶다, 무영창을 가르쳐달라, 같은 말을 듣고 있습니다만 곧 졸업을 할 예정이라 사양하고 있습니다."

사양한 건 다른 선생님에게 무례하기 때문이기도 하지만, 가장 큰 이유는 시간이 너무 촉박하기 때문이다.

몇 달 정도로는 기초를 가르칠 수 있을지도 확실치 않은 데다, 어중간하게 단련시키는 게 가장 위험하다고 나는 생각한다. 다른 사람보다 좀 강해졌다고 으스대다 당하는 자는 몇 번이나 봤기 때문이다.

그리고 아까 학교장에게 항의했던 선생님이 내가 거절한 이유를 듣더니 몇 번이나 고개를 끄덕였다.

"옳은 판단이군요. 제 학생들에게 괜한 걸 가르치고 싶지 않으니까요."

"대체 뭐가 괜한 거라는 거죠? 적어도 무영창이 괜한 거라는 생각은 들지 않습니다만?"

"그, 그게…… 마법만이 아니라, 그 영문 모를 훈련도 수상하다는 소리입니다."

"수상하다고요? 하지만 호르티아 가문의 마크 군은 그의 훈련을 받고 얼마 전에 드디어 '플레임 랜스'를 동시에 다섯 개나 만들어내서 표적에 명중시키게 되었습니다. 그런 공적을 지닌 그의 훈련이 수상하다는 건가요? 애초에 학생들이 서로에게 가르침을 줘선 안 된다는 교칙을 만든 기억은 없습니다만?"

마크는 훈련을 시킨 게 아니라 그저 조언을 해줬을 뿐이지만, 참견할 상황이 아닌 것 같기에 그냥 입 다물고 있었다.

"하지만 저희에게는 저희 나름의 지도 방침이 있습니다! 그의 훈련을 받고 저희의 지도 학생이 이상해지면 누가 책임을 질 거란 말입니까!"

귀족으로 보이는 선생님이 학교장의 대답을 듣더니 초조해하며 그렇게 외쳤다. 솔직히 저 선생님의 말이 이해 안 되는 건 아니었다. 자신이 가르치는 학생의 지도 방침을 다른 선생이 아니라 학생이 바꾸는 게 싫은 것이다.

이대로 방관자라는 입장을 관철하고 싶었지만, 학교장이 나를 쳐다보고 있는 걸 보면 무리일 것 같았다.

"알겠습니다. 그런데 시리우스 군. 만약 당신이 학생들에게 훈련을 시킨다면 어떤 식으로 할 거죠?"

"글……쎄요. 아마 기초 체력 향상과 무영창의 요령을 가르쳐주는 정도겠죠. 졸업까지의 기간을 생각하면 그게 한계일 겁니다."

"들었죠? 그게 당신의 교육 방식에 어떤 영향을 끼친다는 거죠?

제 생각에는 학생들에게 있어 이점밖에 없을 것 같습니다만?"

"무영창이 그렇게 간단히 가능할 거라고 생각하지는 않습니다. 게다가 제가 가르치는 영창의 의미가……."

학교장은 점점 목소리가 작아지는 그 선생님을 쳐다보면서 한숨을 내쉬었다.

흠, 학교장이 뭘 하려는 건지 알겠다.

"어렵다고 생각해서 시키지 않아서 어쩌자는 거죠? 이 기회에 당신들도 무영창을 배우도록 하세요. 제가 가르쳐드리죠."

"예?! 그게 가능할 리가……."

"불가능하다는 소리는 하지 마시죠. 저 이외에도 시리우스 군, 그리고 그의 제자인 에밀리아 양과 레우스 군도 가능하니까요. 어린애인 그들에게 뒤진다는 게 부끄럽지도 않은 겁니까?"

학교장은 시비라도 거는 듯한 말투로 그렇게 말했다. 아마 그는 이 기회에 학생뿐만 아니라 선생의 질도 향상시킬 생각인 것이다. 가르치는 이들이 무영창을 몰라서야 학생들에게 그걸 가르칠 수 있을 리가 없는 것이다.

"교사라고 자만에 빠져 있는 시대는 끝났습니다. 시리우스 군, 당신은 학생들을 가르쳐보고 싶지 않나요?"

"가능하다면 해보고 싶습니다. 최선을 다하면 초급마법 정도는 무영창으로 가능하게 될 겁니다."

"그럼 부탁드려도 될까요? 가능한 범위 안에서만 가르쳐주면 됩니다. 그리고 절대 책임을 묻지 않겠어요. 참, 저와 승부를 하는 건 어떤가요? 시리우스 군이 가르치는 학생들과 제가 가르치

는 선생님들 중에서 누가 먼저 무영창을 익히는지 승부를 하는
겁니다."

"""'윽?!'"""

학교장이 멋대로 그런 결정을 내리자 선생님들이 반발했다.
하지만 학교장이 노려보자 그들은 그대로 입을 다물었다.

"저는 여러분이 위기감을 가졌으면 합니다. 이대로 가다간 학
생들에게도 지고 말 테니까요."

"말이 너무 심합니다! 저희도 나름대로 고생을 하며 이 자리
까지 올라왔단 말입니다! 그러니 학생 따위에게 지지 않아요!
방금 한 말은 취소해주십시오!"

"그럼 학생인 시리우스 군과 승부를 해주세요. 만약 이긴다면
방금 제가 한 말을 취소하죠."

그러자 선생님들의 시선이 나에게 집중됐다. 그러나 내가 쳐
다보자 대부분의 선생님들은 시선을 돌렸다.

저 선생님들과 학교장은 실력에서 크게 차이가 난다. 그러니
학교장과 대등하게 싸운 나에게 이길 수 없다는 걸 눈치챈 것
같았다. 간단히 그들을 닥치게 만드는 발언이기는 하지만, 콧대
가 센 녀석이 나한테 덤비기라도 하면 곤란하니 멋대로 나를 이
용하지는 말아줬으면 좋겠다.

하지만 나를 인정하는 듯한 몇몇 선생님들은 호의적인 미소를
머금고 있었다.

"그럼 이걸로 결정됐군요. 짧은 기간 동안이지만 학교에 새로
운 바람을 일으켜주십시오."

뭐, 이리하여 나는 희망자들을 모아서 교육을 시키고 있었다.

개인면담이 아니라 선생님들이 모인 자리에서 이런 제안을 한 것은 그들이 내 행동을 방해하지 못하게 하기 위해서이리라.

그리고 내 교육을 통해 무영창이 가능해진 학생이 생긴다면, 특별한 재능을 지닌 이들만 무영창이 가능하다는 변명도 못하게 될 것이다.

즉, 학교에 혁명을 일으키고 있는 것이다.

여러모로 이용당하고 있지만, 나로서도 나쁘지 않은 일이다. 교육자 흉내를 낼 수 있고, 어릴 적부터 단련시켜온 에밀리아와 레우스와 이제부터 단련시키는 학생들의 성장을 비교해볼 좋은 기회다. 겨우 몇 달 동안 얼마나 성장시킬 수 있을지 벌써부터 기대되었다.

그런 생각을 하는 사이에 학교장실 앞에 도착한 나는 학교장에게 훈련 내용을 보고했다.

"호오, 벌써 무영창의 징후를 보인 학생이 있는 겁니까? 순조롭군요."

"아직 장난삼아 하고 있는 학생과, 전력질주를 하는 레우스를 보고 포기하는 학생들도 속출하고 있지만 말이죠."

"그래도 괜찮습니다. 시리우스 군은 어디까지나 학생으로서 조언을 해주고 있을 뿐이니까요. 차이가 발생하면서 다른 학생이 흥미를 가지게 되면 충분합니다."

나는 어디까지나 불씨 역할이며, 그 다음에는 학생들의 의지와 다시 단련을 한 선생님들의 노력에 맡기자는 것이다.

참고로 학교장이 가르치고 있는 선생님들 쪽은 잘 풀리지 않고 있는 것 같았다. 역시 오랫동안 신봉해온 상식을 부수는 게 쉽지 않은 것 같았다.

"곧 저희도 졸업을 하는 군요. 처음에는 저와 제자들이 안전하게 수련을 할 환경을 손에 넣고 싶어서 입학한 겁니다만⋯⋯ 많은 일이 있었어요."

리스와의 만남을 비롯해, 미궁에서 살인귀 집단을 박살 냈고, 왕족의 문제에 관여했으며, 혁명 소동에도 얽혔다. 정말 5년 동안 많은 일이 있었다.

내가 구구절절한 목소리로 그렇게 말하자, 학교장은 유감 섞인 한숨을 내쉬었다.

"하아⋯⋯ 시리우스 군이 졸업을 한다면, 한동안은 케이크를 못 먹겠군요."

"이미 가르간 상회가 케이크를 팔고 있을 텐데요? 전문가가 만들고 있으니 제가 만든 것보다 맛있을 겁니다."

"예. 시식하러 몇 번 갔었는데, 정말 맛있더군요. 하지만⋯⋯ 뭔가 달라요. 가르간 상회의 케이크도 맛있지만, 시리우스 군이 만든 것에 비하면 뭔가가 부족하단 말이에요!"

듣고 보니, 가르간 상회에 시식을 하러 갔던 제자들의 반응도 미묘했다. 맛있기는 하지만, 내가 만든 게 몇 배는 더 맛있다고 했다.

어머니 손맛이군요. 하고 잭이 말하자 제자들은 손뼉을 쳤다. 나는 대체 언제부터 그 녀석들의 어머니가 된 걸까? 나는 같은 또래란 말이다.

"시리우스 군, 여행을 관두고 제 전속 요리사가 되지 않겠습니까? 최고의 대우를 약속하죠."

"무리예요."

이미 몇 번이나 이 말을 들었기에, 나는 대충 대답했다. 그때마다 학교장은 진심으로 아쉬워했지만, 오늘은 미소를 지으며 바로 포기했다.

"······오랫동안 살아왔지만, 이 5년은 정말 농밀한 시간이었습니다. 제 연구도 성과를 보이고 있으며, 새로운 걸 잔뜩 발견했죠. 시리우스 군에게는 정말 감사하고 있어요."

"저도 많은 일에 휘말리기는 했지만, 충실한 나날을 보냈습니다."

"후후······. 약간 가시가 돋친 듯한 발언이지만, 어쩔 수 없겠죠. 사과 삼아 답례를 하고 싶은데, 필요한 건 없습니까?"

"마법진 기술을 잔뜩 배웠으니, 딱히······ 아, 괜찮다면 저에게 '엘리멘탈 포스'의 요령을 가르쳐주지 않겠어요?"

"가르쳐주는 거야 괜찮습니다만, 무색인 시리우스 군은 쓰기 힘들 텐데요?"

"후학을 위해서입니다. 언젠가 학교장처럼 '트리플'과 만나면 조언을 해주거나, 마법진으로 재현을 해보는 것도 재미있지 않을까요?"

"······그렇군요. 뭐든 도전······이라는 거군요. 그럼 저도 협력하겠습니다. 시리우스 군의 선생이 아니라, 친구로서 말이죠······."

그렇게 모든 보고를 마치고, 잡담도 마쳤을 즈음, 학교장은
천천히 몸을 일으켰다.

"그럼 수고했습니다. 죄송하지만 저는 이제부터 다른 선생님
들에게 무영창을 가르치러 가야 하니 먼저 실례하죠."

"학교장 님이야말로 수고 많으십니다. 일거리가 늘어서 바쁘
시겠군요."

"좀 피곤하기는 하지만, 저는 충실한 나날을 보내고 있어요."

무슨 말을 하든 부정당하던 예전과 달리, 지금은 조금이라도
받아들이며 앞으로 나아가려 하고 있다는 걸 실감할 수 있는 것
이다.

이대로 가면, 몇 년 후에 졸업하는 학생들의 질은 훨씬 좋아질
것이다.

함께 방을 나선 우리는 복도를 함께 나아갔다. 그리고 헤어지
기 직전, 학교장은 나에게 이렇게 말했다.

"다음 보고 때는 치즈 케이크를 가지고 와주시면 고맙겠습니
다."

"사 먹어!"

결국 5년이 지났는데도 케이크에 대한 이 사람의 집착은 전혀
변하지 않았다.

※ ※ ※ ※ ※

그 후에도 학생들에게 교육을 계속했고, 좌절하거나 싫증을

내며 도망치는 학생도 속출했지만, 최종적으로 오십 명 정도의 학생들이 남았다.

예상했던 것보다 학생들에게 소질이 있는 건지 초급마법을 무영창으로 완벽하게 할 수 있는 이가 8할 정도이며, 중급이 가능해진 사람도 몇 명 정도 되었다.

기간이 짧았던 것 치고는 충분한 성과다. 특히 무영창 쪽은 에밀리아와 리스가 노력해준 덕분이니 칭찬을 해줬다.

체력 단련을 주로 한 학생들의 수준도 매우 좋아졌으며, 일반 학생과 명백하게 수준에서 차이가 났다. 물론 으스대는 학생도 있었지만, 나와 레우스가 자근자근 밟아줘서 현실을 직시하게 만들었다.

구체적으로 설명하자면, 나나 레우스와 그런 학생들과 모의전을 한 것이다. 철저하게 박살을 내서, 자기 실력이 보잘 것 없다는 사실을 가르쳐줬다. 학생들에게 물러터진 부분이 많은 데다, 기간이 짧은 바람에 좀 혹독하게 교육해야만 해서 어쩔 수 없었다.

훈련이 엄격하자, 어떤 학생이 내 제자들만 봐주는 게 아니냐는 항의를 하기도 했다.

하지만 제자들은 생활면에서 어리광을 부리기는 해도 훈련에 있어서는 어리광을 부린 적이 없기 때문에 엄격하게 할 필요가 없는 것이다. 오히려 자기들이 훈련을 더욱 혹독하게 하려고 들기에 무리하지 않도록 내가 말릴 정도다.

그런 녀석들은 나와 레우스의 모의전을 보더니 두 번 다시 그딴 소리를 하지 않았다.

학생들 사이에서는 교내에서 검술이 가장 뛰어나다고 알려진 레우스가 나한테 두들겨 맞고 지면에 쓰러졌으니 당연한 걸지도 모른다.

그리고 졸업 전날…… 나는 훈련장에 내 가르침을 받은 이들을 전부 모아놓고 이런 말을 했다.

"다들 지금까지 고생했어. 우리는 내일 졸업하지만, 지금까지 해온 훈련을 헛되이 하지 말도록 해."

"""예!"""

학생들은 줄지어 서더니, 한 목소리로 그렇게 외치자 마치 군데 같았다. 해이한 것보다는 낫지만, 나는 이런 걸 강요한 적이 없다.

범인은…… 아마 에밀리아일 것이다.

교육을 할 때마다 나의 위대함을 이야기했으며, 어찌 된 영문인지 시종 교육을 시키는 광경을 본 적도 있다. 그 결과가…… 이 군대 같은 상황이리라. 이런 걸 가르친 적은 없는데 말이다. 내 제자지만 무시무시하면서도 믿음직한 애다.

그중에는 울먹이는 이도 있었다. 그렇게 혹독하게 대했는데도 우리와의 작별을 아쉬워하고 있는 것 같았다. 이럴 때야말로 교육자로서 보람이 느껴졌다.

감동스러운 장면이지만, 나에게는 마지막으로 해야 할 일이 있다.

"그리고 마지막으로 한마디 하겠어. 몇 번이나 말했다시피 자신의 힘을 과신한 자는 그 대가를 톡톡히 치르게 돼. 너희는 다른 학생들에 비해 강해졌지만, 너희보다 더 뛰어난 녀석이 있다는 건 싫증날 정도로 이해하고 있지?"

내 옆에 있는 레우스가 위압감을 자아내고 있기 때문인지, 몇 번이나…… 그야말로 고개가 떨어질 것 같을 정도로 끄덕여댔다.

"오늘부터 너희는 내 손을 떠나지만, 내가 가르쳐준 것만 지킨다면 더욱 강해질 수 있을 거야. 너희가 얻은 힘을 어떻게 쓰건 그건 너희 마음이니 나는 말리지 않을 거고, 나쁜 일에 쓰지 말라는 소리도 하지 않겠어."

내가 그렇게 말하자, 학생들이 술렁거렸다.

목숨을 가볍게 여기는 세계에서 살기 위해서는 비정해질 수밖에 없을 때가 있다. 정의를 위해 이 힘을 쓰라고 말했다가 그들이 죽을 수도 있는 것이다.

"하지만…… 그 힘을 하찮은 일에 쓴 걸 내가 알게 된다면…… 살아 있다는 걸 후회하게 만들어주겠어. 잘 생각해보고 행동을 하도록 해."

""""히익?! 아, 알았습니다…….""""

죽일 작정으로 살기를 뿜자, 절반 이상의 학생들이 부들부들 떨면서 대답했다.

훈련 당초에 이걸 했을 때는 기절하거나 도망치는 등, 누구 한 명 대답을 못했는데 말이다. 이들이 성장했다는 게 여실하게 느껴졌다.

나는 마지막으로 학생들을 한 명씩 불러서 간단한 조언과 칭찬을 해준 후, 해산했다.

에밀리아에게 푹 빠진 여학생이 그녀에게 입맞춤을 하려다가 도리어 당한 것 이외에는 별다른 문제가 발생하지 않았다. 에밀리아에게 관절기를 당한 그 여학생이 황홀한 표정을 짓고 있었던 건 내가 잘못 본 거라고 생각하고 싶다.

앞으로 너희가 어떻게 될지는 모르지만, 자기 자신에게 부끄럽지 않은 삶을 살기를 나는 진심으로 바라겠어.

그리고 다이아장으로 돌아간 우리는 남아 있던 식량을 전부 써서 조촐한 파티를 열었다.

어찌된 영문인 리펠 공주도 참가했으며, 지금은 리스의 옆에서 사이좋게 로스트비프를 즐기고 있었다. 여러모로 바쁠 텐데…… 정말 공주님도 여전했다.

내가 마음속으로 어이없어 하고 있을 때, 쟈오라 스네이크 구이를 먹고 있던 레우스가 나를 쳐다보며 중얼거렸다.

"우물…… 우리도 드디어 졸업하네. 저기, 형님. 여행을 시작하면 우선 노엘 누나와 디 형을 만나러 갈 거지?"

"그래. 졸업하자마자 만나러 와달라고 노엘이 편지로 몇 번이나 재촉을 했으니까 말이야. 그 녀석, 바로 안 가면 삐칠 거야."

이미 몇 번이나 편지를 주고받았으며, 마지막에는 꼭 만나러 와주는 날을 손꼽아 기다리고 있다고 적혀 있었다.

아이도 무사히 태어났으며, 지금은 네 살 정도 되었다고 한다. 엄청 귀엽다는 이야기를 들었지만, 성별이나 이름은 몇 번을 물어도 가르쳐주지 않았다. 어떤 애인지는 만나봐야 알 수 있을 것 같았다.

"편지 내용으로 볼 때 언니는 변함이 없는 것 같네요. 아이 엄마가 되었는데도 여전하다고 편지에 적혀 있었어요."

"뭐, 그게 노엘의 매력이잖아. 나는 변함이 없다니 안심이 돼."

그 두 사람은 나에게 있어 소중한 이들이다.

좀 더 있어야 만날 수 있겠지만, 그들과의 재회가 벌써부터 기대되었다. 리스도 에밀리아에게서 몇 번이나 이야기를 들어서 그런지 두 사람을 빨리 보고 싶어 하는 것 같았다.

그리고 요리가 바닥을 보이기 시작했을 즈음, 나를 쳐다보던 리펠 공주가 아쉬운 듯이 한숨을 내쉬었다.

"하아…… 리스와 시리우스 군들이 진짜로 여기를 떠나는구나. 여기는 정말 편한 공간이었는데 말이야. 아쉬워……."

"언니, 여기는 왕족의 은신처가 아니에요."

"후후, 나도 알아. 아무리 편한 공간일지라도 너희가 없으면 아무 의미가 없지. 그런데 너희가 떠나면 이 다이아장은 어떻게 되는 거야?"

"빈집이 될 거예요. 학교 기숙사에는 빈방이 꽤 있고, 여기는 교통 면에서 꽤 문제가 있으니까요."

"이해는 하지만, 왠지 아까운걸……."

다이아장은 우리가 깨끗하게 청소했으며, 물을 끓이거나 환기를 위해 그려둔 마법진도 지웠다.

내가 만든 도구와 무기를 숨겨두는 지하공간은 없앴고, 여행에 필요한 물품은 가르간 상회에 맡겨뒀다.

내가 태어난 저택을 나설 때처럼 짐을 들고 나서면, 이 다이아장은 기숙사로서의 역할을 마칠 것이다.

5년 동안 지내며, 내가 마음대로 개조 및 개량을 한…… 다이아장.

내 집이나 다름없는 공간이기에, 여기를 떠나려니 감상적인 기분이 드는걸.

"언젠가 어딘가에 정착해서 집을 세운다면, 더 좋은 설비를 갖출 생각이야. 하지만 그때까지 에밀리아와 레우스는 부평초 같은 생활을 해야 하겠지. 왠지 미안한걸."

"미안해하실 필요 없습니다. 저와 레우스가 돌아갈 장소는 시리우스 님의 곁이니까요."

"그저 형님은 우리에게 따라오라고만 말하면 돼."

"……그렇구나. 너희 같은 제자를 둬서 나는 기뻐."

"저희도 시리우스 님의 제자라서, 그리고 시종이 되어서 행복해요. 물론 리스도 마찬가지죠?"

"뭐?! 으, 응. 나도…… 시리우스 씨와 함께할 수 있어서 기뻐."

"좋아! 리스, 말 잘했어!"

리스가 얼굴을 붉히면서도 부정하지 않자, 리펠 공주는 히죽거리면서 그녀를 쳐다보았다.

그렇게 파티는 늦은 시간까지 계속되며, 다이아장에서 보내는 마지막 밤이 끝났다.

졸업식 당일…… 입학 5년차인 학생들은 학교 부지 안에 있는 강당에 모였다.

이 세계에서는 졸업식을 거창하게 열지 않는다고 한다.

간략하게 설명하자면, 5년 동안 우수한 성적을 남긴 이에게 표창을 하고, 학교장의 말을 듣고 끝나는 것이다.

백 명이 넘는 졸업생 뒤편에는 수많은 사람들이 의자에 앉아 있는 장소가 있는데, 거기는 후배와 친족들이 견학을 하는 장소 같았다. 참고로 학생은 임의로 참가할 수 있으며, 작년에는 50명 정도만 참가했지만 오늘은 수많은 학생들이 그 자리를 가득 채우고 있었다.

우리가 교육을 한 학생을 비롯해, 에밀리아를 따르는 후배, 그리고 성녀라 불리는 리스와 불꽃의 왕자인 마크의 친위대, 그리고 레우스의 부하들이 온 것이다.

졸업식에 이렇게 많은 학생이 모인 것은 처음이라 많은 선생님들이 놀란 것 같았다.

그리고 사회를 담당하는 선생님이 '에코'를 펼치면서 졸업식이 시작되었다.

『그럼 졸업식을 시작하겠습니다. 우선 표창자를 호명할 테니, 호명된 학생은 단상에 올라와주십시오.』

표창자는 다양했다. 각 적성 속성 중 우수한 성적을 남긴 자를 비롯해, 무기 부문과 마법진 부분 등, 각양각색이었다.

표창을 받은 학생에게는 학교에서 특별한 망토를 수여하며, 호명된 학생은 당당하게 단상에 올라갔다. 그리고 당연히 내 제자들도 호명됐다.

에밀리아는 바람마법 부문.

리스는 물마법 부문.

레우스는 무기 부문.

그리고 마크는 불마법 부문에서 표창을 받았다.

참고로 나는…… 호명되지 않았다.

마법진 부문에서 불릴 가능성도 있지만, 생각해보니 나는 지식을 얻기는 했어도 딱히 성과를 남기지는 않았다.

하지만 원래부터 표창에는 흥미가 없었기에 전혀 분하지 않았다. 망토라면 엄청난 걸 이미 받았으니까 말이다.

제자들이 단상에 올라가서 망토를 수여받는 모습을 자랑스러운 듯이 지켜보고 있을 때…….

『그리고 특례로 추가된 무속성 부문, 시리우스 티처.』

……뭐?

내가 어안이 벙벙한 표정을 짓고 있을 때, 뜨거운 박수 소리가 터져 나왔다. 그리고 나는 반 강제적으로 단상에 올라갔다.

표창자인 제자들과 마크까지 박수를 치고 있는 가운데, 나는 약간 부끄러워하면서 단상에 서 있는 학교장 앞으로 이동했다.

"이번 졸업 기수만을 위한 특별부문입니다. 아무튼, 축하합니다. 시리우스 군."

"······감사합니다."

특례라니, 사적인 감정이 너무 섞인 건 아닐까?

내가 그런 생각을 하면서 노려보자, 학교장은 태연한 표정을 지으며 작은 목소리로 나에게 속삭였다.

"학교장으로서, 당신이 표창을 받지 않고 졸업하게 할 수야 없죠. 이건 제가 드리는 답례입니다."

학교장이 환한 미소를 지으며 건네준 것은 제자들도 받은 망토, 그리고 학교장을 상대로 잘 싸운 상으로서 금화 수십 닢은 할 듯한 커다란 마석이었다.

아무래도 이 일로 일부 귀족에게서 엄청난 원성을 산 듯한 느낌이 들었다.

그래도 곧 엘리시온을 떠날 거니 딱히 문제될 것은 없지만 말이다.

『표창이 끝났으니, 학교장 님의 말씀이 있겠습니다. 여러분, 정숙해주십시오.』

표창자가 단상에서 내려간 후, 학교장은 이야기를 시작했다.

입학식 때 했던 말을 다시 언급하며 시작된 이야기는 학생들에게의 격려 등으로 이어지지만, 올해는 내용이 꽤 달랐다.

"이번에는 특례로 무속성 부문을 만들었습니다. 그만큼 저는 그의 공적을 높이 평가하고 있습니다. 설령 무속성일지라도, 평민일지라도, 누구에게나 가능성은 존재합니다. 여러분, 그 점을 잊지 마시길."

내가 남긴 것은 확실하게 이 학교를 바꿔갈 것이다.

"저는 몇 번이든 말할 겁니다. 마법과 마찬가지로, 인간의 가능성은 무한대라고 말이죠."

이제부터 나는 바깥 세계를 향해 본격적으로 나아갈 것이다.

제자들도 충분히 성장했고, 여행 준비도 얼추 마쳤으니 문제될 것은 없다.

엘리시온을 출발하면, 노엘 가족을 만나러…… 아니, 그 전에 엄마 성묘를 가야겠다.

우리가 무사히 성장한 모습을 보여줘야 할 테니까 말이다.

"여러분, 졸업…… 축하합니다!"

이렇게…… 우리는 학교를 졸업했다.

……산다는 것은 매우 어려운 일이라 생각한다.

어릴 적에 부모를 잃고 고아원에서 자란 나는 열다섯 살에 모험가가 되면서 고아원을 떠났다.

고아원이 싫었던 것은 아니다. 고아원을 관리하는 수녀 엄마가 돈 때문에 고생하고 있다는 것을 알기 때문에 떠난 것이다.

나는 수녀 엄마에게 돈을 보내주기 위해 모험가가 됐지만, 의뢰를 수행하고, 마물을 해치워 소재를 팔아도 내 입에 겨우 풀칠만 할 수 있었다.

그래도 입 하나가 줄었으니 고아원도 조금은 상황이 나아졌을 것이다.

그렇게 필사적으로 살다보니, 어느새 5년이라는 세월이 흘렀다.

얼마 전에 사기를 당해 무일푼이 된 나는 자포자기 하는 심정으로 이 근처를 자기 구역으로 삼고 있는 도적단 『늑대의 송곳니』에 들어갔다.

도적단에 들어가고 이틀밖에 되지 않았기에 아직 아무것도 훔치지 않았고, 남에게 해를 끼치지도 않았지만…… 갈 데까지 갔다는 생각이 든 나는 왠지 웃음이 났다.

"꼬맹이, 왜 갑자기 웃음을 터뜨리는 거냐?"

"아…… 별것 아니니까 신경 쓰지 마."

내 일은 이 길을 지나는 상인을 감시하는 것이다.

그리고 돈이 있어 보이는 상인을 발견하면 근처의 나무를 쓰러뜨려 발을 묶은 후, 아지트에 돌아가서 보고를 하면 된다. 그래서 이 길을 계속 감시하고 있었지만, 상인은 고사하고 이상한 할아버지만 주웠다.

아침에 이 길을 감시하라는 말을 듣고 와봤더니, 몸집이 큰 할아버지가 쓰러져 있었다. 아무래도 배가 고파서 쓰러진 것 같았기에 내가 가지고 있던 휴대식량과 근처에 있든 마물을 사냥해서 간단히 조리한 후 먹여줬다.

도적이니까 돈 될 만한 것을 빼앗을까도 했지만, 공복의 고통을 알기에 무심코 돕고 말았다. 내가 도적질에 어울리지 않는 놈이라는 생각이 들었다.

그리고 식사를 마친 할아버지는 순식간에 기운을 되찾더니, 나에게 답례를 하겠다면서 같이 보초를 서줬다.

그 결과, 나는 비정상적일 정도로 거대한 검을 짊어지고, 비정상적일 정도로 근육질인 할아버지와 함께 보초를 서게 되었다.

"하지만 아무도 오지 않는 구나. 꼬맹아, 심심하지 않느냐?"

"이게 내 일이야. 심심하면 딴 데 가보라고."

"너한테 밥을 얻어먹었지 않느냐. 그 답례 정도는 하고 싶구나."

꼬맹이라 불리니 기분이 좋지 않았지만, 덤벼봤자 이 할아버지에게 이길 수 없다는 걸 알고 있기에 나는 그냥 참기로 했다. 저런 강철 덩어리를 아무렇지도 않은 듯이 짊어지고 다니는 할아버지에게 나 같은 녀석이 이길 수 있을 리가 없다.

점심때가 지났는데도 상인은 고사하고 여행자 한 명 지나가지 않았다. 그래도 딱히 할 일이 없기에 계속 보초를 서고 있을 때, 내 옆에 앉은 할아버지는 검을 손질하며 시간을 보내고 있었다. 심심해 죽겠는지, 검 손질이 끝나자 나에게 말을 걸었다.

"그런데 꼬맹이가 만든 요리도 꽤 맛있었다. 일전에 먹은 것보다는 못하지만 말이지. 손재주도 좋아 보이는데, 도적보다는 요리사의 길을 걷는 편이 낫지 않겠느냐?"

"……돈이 없어서 직접 식량을 조달해서 살던 시기가 길었던 덕분이야."

"그랬느냐. 으음, 실력이 괜찮은 편인데 아쉽구나."

실은…… 모험가나 도적이 아니라 요리사의 길을 걷고 싶었다.

그래서 열심히 요리를 익혔고, 언젠가 내 가게를 차리는 게 꿈이었지만…… 현실을 알고 포기한 게 언제였지?

요리사가 되는데도 돈이 필요했다.

가게를 차리는데도, 사람을 고용하는데도, 조리도구와 식재료를 마련하는데도…… 전부 돈이 필요했다.

하루 벌어 하루 먹고 사는 내가 어떻게 요리사가 되냐고. 내 처지도 모르면서 멋대로 지껄이지 마.

내가 그런 생각을 하면서 그 할아버지를 노려보자, 그는 날카로운 눈빛을 띠었다. 우와, 큰일 났다. 혹시 머릿속으로 하던 생각이 무심코 입 밖으로 튀어나온 건가?

"꼬맹아…… 아무래도 온 것 같구나."

할아버지는 그렇게 말하면서 길 쪽을 쳐다봤지만…… 아무것도 안 보이는데?

"할아버지, 말도 안 되는 소리 하지 마."

"이 속도라면 곧 도착할 거다. 자아, 저쪽을 봐라."

할아버지가 손가락으로 가리킨 곳을 보니, 마차 같은 게 눈에 들어왔다.

잠깐…… 저렇게 먼 곳에 있는 걸 이 할아버지는 대체 어떻게 발견한 거지?

눈이 좋은 편인 나도 할아버지의 말을 듣고 겨우 발견했는데 말인데, 이 사람은 처음부터 확신에 찬 어조로 말했다.

"저기, 할아버지. 혹시 마차가 오는 걸 알고 있었던 거야?"

"그럴 리가 없지 않느냐. 기척이 느껴진 것뿐이다. 모험가라면 이 정도는 할 줄 알아야 하지 않겠느냐?"

아니, 그렇지 않다.

과거에 중급 및 상급 모험가와 같이 일을 한 적이 있지만, 저렇게 떨어져 있는 곳에 있는 마차의 존재를 눈치채는 사람과는 만난 적이 없다.

내가 마음속으로 딴죽을 날리는 사이, 할아버지는 커다란 나무 앞에 나를 향해 고개를 돌렸다.

"이제 나무를 베어서 길을 막으면 되지?"

"으, 응……. 그래. 손도끼가 있으니까 이걸로 나무를 잘라서 길을 막으면 돼. 그 나무는 두꺼우니까 무리……."

내가 짐에서 손도끼를 꺼낸 순간, 쿠웅 하는 소리가 나더니 할아버지의 앞에 있던 나무가 쓰러졌다.

그리고 그 옆에는 검을 휘두른 할아버지가 서 있었다.

"나무가 약해빠졌구나."

아마 내가 쥔 손도끼로 쓰러뜨리려면 한 나절을 걸릴 듯한 커다란 나무를, 이 할아버지는 순식간에 쓰러뜨렸다.

"할아버지…… 대체 정체가 뭐야?"

"뭐, 나는 여행 중인 영감이 지나지 않는다. 그리고 그렇게 놀랄 필요는 없지. 꼬맹이도 언젠가는 이 정도는 할 수 있게 될 테니까 말이야."

"헛소리 하지 마!"

"그 꼬맹이도 해냈으니 충분히 가능할 것 같다만……."

할아버지는 혼잣말을 계속 중얼거리고 있었다. 나는 대체 어떤 사람을 도와준 거지?

나는 어쩌면 무시무시한 존재를 도와준 걸지도 모른다고 생각하며 후회에 사로잡혔다.

"아무튼 준비는 다 됐구나. 자아, 꼬맹이. 지금은 그런 얼간이 같은 표정을 짓고 있을 때가 아니지 않느냐."

"그, 그래……. 그래도 상대가 더 접근하면 확인을 해보고 시작하자."

강해 보이는 모험가가 호위가 있다면 피하라는 지시를 들었던 것이다.

얼마 후, 상대방의 얼굴이 보이는 지점까지 다가오자 나는 눈치챘다.

"호오, 아무래도 꼬맹이가 원하던 대로 상인인 것 같구나. 그럼 바로…… 음, 왜 그러느냐?"

"저자는…… 틀림없어."

마차 밖에는 호위로 보이는 꽤 강한 듯한 남자가 두 명 있었지만, 내가 주목하고 있는 이는 마부석에 앉은 남자였다. 저 툭 튀어나온 배와 돈 욕심으로 가득 찬 듯한 얼굴은…… 눈에 익었다.

저자는 우리 고아원을 몇 번이나 노렸던 남자다.

고아원에 찾아와서 고아인 나나 다른 애들을 입양하려 했지만, 수녀 엄마가 전부 거절했다.

이야기만 나눠봤을 때는 좋은 사람 같았지만, 나중에 저 자식이 노예상인이라는 걸 알았다. 수녀 엄마는 그걸 알고 있어서 아무리 생활이 힘들어도 우리를 넘기지 않았다.

얼마 후, 고아원에 화재가 일어나 그때 내 여동생이 죽었다. 그후로 노예상인이 나타나지 않을 뿐만 아니라 마을에서 사라졌다. 그래서 나는 그 화재의 범인이 저 상인일 거라고 확신했다.

저 노예상인과 이런데서 재회하다니…… 이것도 인연인 걸까.

도적이 되었다고 해도, 아직 무고한 자를 해치는 게 주저됐지만…… 저 녀석이라면 얼마든지 해칠 수 있을 것 같았다.

"꼬맹이가 아는 녀석이냐?"

"면식은 없지만, 어떤 녀석인지는 알아. 저 녀석은 노예상인인데, 우리 집에 불을 지른 악당이야."

"흠…… 잘은 모르겠다만 나쁜 녀석인 게지?"

"첫 상대가 저 녀석이라 다행이야. 이걸로 도적질을 계속할 각오를 다질 수 있을 것 같아."

할아버지 덕분에 길은 막았으니, 저 녀석들은 한동안 우왕좌

왕할 것이다. 호위 인원도 적은 것 같으니 서둘러 아지트에 보고할까 했지만, 할아버지는 길 한가운데에 당당히 섰다.

"뭐하는 거야?! 동료들을 불러올 테니까 쓸데없는 짓 하지 마!"

"저 녀석들한테서 돈이 될 만한 걸 빼앗기만 하면 되지 않느냐. 동료들을 부르는 사이에 도망칠지도 모르니 후딱 해치워버리자꾸나."

"호위가 있으니까, 우리 둘이서 처리하는 건 무리라고! 잔말말고 빨리 돌아와, 할아버지!"

"저 정도는 전혀 문제될 게 없다. 그리고 상대도 우리를 눈치챈 것 같구나."

나는 나무 사이에 숨어서 할아버지에게 그렇게 외쳤지만, 이미한 발 늦은 것 같았다. 마차 옆에서 걷고 있던 호위가 나무에 막힌 길과 당당하게 서 있는 할아버지를 보고 경계심을 드러냈다.

"영감, 길 한복판에서 뭐하는 거야? 방해되니까 비켜."

"혹시 할아버지도 이 나무 때문에 못 가고 있는 거야? 저기, 할아버지. 이 나무는 언제부터 이렇게 쓰러져 있었던 건지 알아?"

"방금부터니라. 내가 직접 쓰러뜨렸지."

""뭐?""

……어이, 할아버지. 호위들이 방심한 상태인데 꼭 그렇게 자기 범행을 실토해야겠어?!

그 말 때문에 마차 안에 있던 호위 세 명이 밖으로 나왔다. 아무리 할아버지가 강하더라도 다섯 명을 혼자서 상대하지는 못할 것이다. 나설지 말지 고민했지만, 내가 가세해도 수적으로 열세다. 좀 미안하지만 이건 저 할아버지의 자업자득이라 생각하며 포기할 수밖에 없을 것 같았다.

"어이, 무슨 일이야?"

"아니, 이 할아버지가 자기 손으로 길을 막았다고 하잖아. 어떻게 할지 고민하던 참이야."

"……고민이 되겠네. 어이, 할아버지. 대체 왜 이러는 거야?"

"나는 할아버지가 아니라 여행자니라. 그런고로 돈이 될 만한 것을 두고 가라."

그런고로, 라는 말의 의미를 도통 알 수가 없었다.

게다가 자기 입으로 여행자라고 말했지만, 저 할아버지의 행동과 대사는 영락없는 도적이다.

온몸이 근육 덩어리인 할아버지에게 이런 말을 듣고 상대는 당황한 것 같지만, 마부석에 앉아 있던 상인은 차가운 눈길을 띠면서 호위에게 명령을 내렸다.

"머리 나빠 보이는 영감 따위, 방해가 된다면 해치워버려라."

"알았어. 고용주의 명령에 따르는 거니까 나쁘게 생각하지 말라고, 영감."

"이런 어이없는 짓을 한 영감의 자업자득이라고."

"빨리 덤비기나 해라. 네놈들은 겉멋 삼아 무기를 들고 다니는 거냐? 이 멍청이들아!"

할아버지가 등에 맨 대검을 뽑아들며 호위들을 향해 크게 휘두르자, 바람이 휘몰아치면서 주위의 나무들이 크게 흔들렸다. 그 박력에 호위들은 동요했지만, 처음부터 밖에 있던 두 사람은 겁먹지 않으며 할아버지를 향해 무기를 들었다.

"이거 꽤 강해 보이는걸."

"그래. 하지만 우리 형제에게 이길 수 있을 거라고 생각하지 말라고."

형제라고 밝힌 그 두 사람은 같은 옷과 같은 장비를 착용하고 있었다. 외모도 비슷한 걸 보면 쌍둥이인 것 같았다. 그런 두 사람이 지그재그로 움직이면서 동시에 달려드니, 표적을 바로 정할 수가 없었다.

그리고 지면을 박찬 한 명이 공중에서, 그리고 다른 한 명은 옆쪽에서 동시에 공격을 날렸다.

나라면 허둥대다 제때 반응을 못해서 당하겠지만, 할아버지는…….

"나쁜 수는 아니다만, 이렇게 안이하게 공중으로 몸을 날리는 바보가 어디 있냔 말이다!"

할아버지는 상대방과 거의 같은 타이밍에 공중으로 몸을 날리더니, 그대로 검을 휘둘렀다. 공중이라 마음대로 움직일 수 없어 상대는 검으로 막으려 했지만, 할아버지의 검은 그 검과 상대를 동시에 두 동강냈다.

남은 남자는 분노에 찬 고함을 지르며 무기를 내질렀지만, 할아버지는 방금 상대를 벴던 검을 수평으로 휘둘러서 그 자의 상체와 하체를 분리시켰다.

어이어이…… 이 할아버지는 대체 뭐야?!

저렇게 무거워 보이는 검을 마치 깃털처럼 휘두르고 있잖아.

나는 대체 어떤 사람을 주은 거냐 말이야!

"자, 다음은 누가 덤빌 거냐!"

할아버지가 비정상적인 실력을 선보이자, 남은 세 호위가 완전히 겁먹고 말았다.

"……어, 어이. 네가 덤벼."

"싫어! 저런 사람을 상대하려면 목숨이 몇 개나 있더라도 부족할 거라고!"

"저건 대체 뭐야?! 저런 괴물이 왜 이런 곳에 나타난 거냐고!"

"안 덤빌 거냐? 그럼 내가 가마."

"""항복하겠습니다!"""

모험가답게 즉시 결단을 내린 세 사람은 무기를 버리면서 넙죽 엎드렸다.

그 광경을 본 할아버지는 김이 샌 듯한 표정을 지었지만, 검을 어깨에 짊어지며 전투태세를 풀더니 손가락으로 지면을 가리키며 이렇게 말했다.

"항복한다면 목숨을 빼앗지 않겠다. 하지만 내가 아까 했던 말은 기억하고 있겠지?"

"으, 으음…… 돈이 될 만한 것들을 두고 가라…… 말이죠?"

"음. 그렇다. 돈이 될 만 한 건 두고 가라. 옷은 봐주마."

"저기, 저희도 먹고 살아야……."

"그건 내가 알 바 아니다. 이딴 녀석의 호위를 맡은 너희의 자업자득이지. 목숨이라도 건진 걸 다행으로 여겨라."

……이 할아버지, 나보다 훨씬 도적질에 재능이 있는 것 같은

데?

　그 후에도 불합리한 명령이 계속되었다.

　"무기만이 아니라 방어구도 두고 가라! 돈이 될 만 한 건 전부 내놓으란 말이다!"

　"히익?!"

　"점프해봐라! 주머니에서 흘러나온 소리는 뭐지? 내가 전부 내놓으라고 했을 텐데!"

　"죄, 죄송합니다!"

　"만일의 사태에 대비해 옷에 돈을 꿰매두는 모험가도 있다고 들었다만……."

　"전부 다 내놓을 테니 봐주십시오!"

　할아버지……. 진짜로 다 빼앗을 생각인 거구나.

　목숨을 빼앗지 않으려는 것 같지만, 태도만 보면 도적보다 더 악질인 것 같은데?

　그렇게 호위들에게서 돈 될 만한 것들을 다 빼앗은 다음에 놓아주자, 이 자리에는 노예상인만 남았다. 할아버지가 계속 노려보고 있는 탓에 말이 겁을 먹어서 꼼짝도 하지 않아 도망을 치지 못한 상인은 완전히 얼어붙어 있었다.

　"흠, 예상했던 것보다 좀 적구나. 꼬맹아, 이 정도면 됐느냐?"

　"……진짜 예상 밖의 일이 연속해서 일어나네."

　나는 강탈한 물건을 세어보고 있는 할아버지를 보면서 모습을 드러냈다.

　저 할아버지의 동료로 여겨지고 싶지 않아서 나서지 않았지만, 저 상인에게 물어볼 게 있어서 어쩔 수 없었다.

"너, 너희는 대체 뭐냐?"

"아까 말했지 않느냐. 평범한 여행자다."

"너 같은 게 무슨 평범한 여행자라는 거냐! 대체 누가 보낸 놈이냐!"

"글쎄. 이 길로 가기로 정한 네놈 자신의 운을 탓해라."

"할아버지, 이 녀석과 할 이야기가 있어서 그러는지 잠시만 조용히 해주지 않겠어?"

"음."

내 진지한 분위기를 느낀 할아버지가 조용히 물러섰다.

나는 마음속으로 할아버지에게 감사했다. 그리고 검으로 위협해서 마부석에 앉은 상인을 내려오게 한 후, 질문을 했다.

"어이, 너는 옛날에 고아원에서 아이를 넘겨받는 짓을 한 적이 있지?"

"무, 무슨 소리를 하는 거냐. 그런 적 없다!"

"그래? 나는 확신을 가지고 있는데 말이야. 거짓말을 한다면 뒤편에 있는 할아버지가 가만히 있지 않을걸?"

그러자 할아버지는 미리 말을 맞추지 않았는데도 타이밍 좋게 검을 휘두르기 시작했다. 나도 할아버지가 검을 휘두를 때마다 바람을 느끼며 약간의 공포심을 느꼈지만, 이걸 이용하기로 했다.

"어떻게 할 거야? 나는 도적이니까 네 목숨 같은 건 아무래도 상관없어. 솔직하게 대답하지 않는다면 너를 죽이고 마차를 빼앗으면 되거든."

"으음! 더 베고 싶구나! 아, 마침 적당한 게 있군!"

"히익! 그, 그런 적 있습니다! 아이들을 넘겨받아서 노예로 팔았죠!"

갑자기 그런 소리를 한 할아버지가 자신이 벤 나무를 베기 시작했다. 두꺼운 나무가 종이처럼 잘려나가는 광경을 본 상인은 그대로 마음이 꺾이고 말았다.

"그럼 하나 더 묻겠어. 5년 전에 어느 고아원에 불을 지른 적 없어?"

"그, 그게……."

"우랴아아아아압──!"

"예, 예! 불을 질렀습니다! 건방진 여자가 하도 애들을 넘겨주지 않으니까 홧김에……."

상인은 더 이상 말을 잇지 못했다. 이유는 단순했다. 내가 그의 목을 벴기 때문이다.

모험가로서 5년 동안 살아오면서, 사람을 죽인 적은 있다. 하지만 그건 공격을 받고 나 자신을 지키기 위해 그랬던 것이다. 의도적으로 사람을 죽은 적은 없지만, 이 녀석은 가만히 놔둘 수가 없다.

이 녀석이 지른 불 때문에 고아원의 재정은 더 힘들어졌고, 고아원에 사는 의붓동생들이 고생을 하게 되었으며, 소중한 친동생마저 죽었다.

우연일지라도 거의 포기했던 복수를…… 나는 드디어 해냈다.

발치에 굴러다니는 목을 옆으로 차버린 후, 검을 집어넣은 내 눈에서 자연스럽게 눈물이 흘러내렸다.

내가 눈물을 흘리며 마음을 진정시키는 사이, 할아버지는 아무 말 없이 나무를 옆으로 치우는 작업을 했다.

"……할아버지, 고마워."

"뭐가 말이냐? 나는 그저 도적질 흉내를 냈을 뿐이다."

"그래도 할아버지 덕분에 나는 복수를 했어. 정말 고마워."

"개의치 마라. 꼬맹이는 나에게 먹을 것을 줬지 않느냐."

"그래? 아무튼 할아버지를 도와주기 정말 잘했어."

자아, 우울한 이야기는 이쯤에서 끝내기로 하고, 이제부터 어떻게 할지 생각해보기로 했다. 호위에게서 돈을 빼앗았고, 상인의 마차도 통째로 손에 넣었다. 도적으로서는 충분한 성과를 냈다고 할 수 있으리라.

하지만…… 복수로 머릿속이 가득 차 있던 나는 그제야 이 녀석이 노예상인이라는 사실을 떠올렸다.

즉, 이 마차 안에는…….

"……역시 있네."

"여자와 어린애들뿐이구나."

마차 안에는 커다란 우리가 있고, 그 안에는 노예 세 명이 갇혀 있었다. 전부 여자 수인이며, 예속의 목걸이를 차고 있었다. 그녀들은 갑자기 나타난 나와 할아버지를 두려움에 찬 눈길로 쳐다보고 있었다.

"저기…… 여러분은 누구세요? 호위……는 아니죠?"

"으음…… 우리는…….."

세 명 중에서 가장 나이가 많아 보이는 토끼 수인 아가씨가 말을 걸어오자, 나는 뭐라고 대답할지 고민했다. 바로 그때, 할아버지가 웃음을 터뜨리며 입을 열었다.

"지나가던 여행자와 도적이니라. 이 마차의 주인과 호위는 전부 쫓아냈지."

"도적?!"

"아아, 정말! 할아버지는 입 좀 다물고 있어!"

도적이라는 말을 듣고 그녀들이 떨기 시작하자, 나는 아무 짓도 하지 않을 거라고 말하며 그녀들을 달랬다. 세 사람이 겨우 진정했을 즈음, 할아버지는 나를 데리고 마차 밖으로 나갔다.

"그런데 저 노예들은 어떻게 할 거지? 아지트에 데려갈 게냐?"

"아, 그래야……겠지."

수인을 싫어하는 녀석이 다소 있기는 하지만, 도적들은 항상 여자에 굶주려 있다.

그러니 그녀들을 데리고 돌아가면 나는 인정받을 것이며, 앞으로는 보초를 서지 않아도 될 것이다. 출세를 하면 내 몫도 많아지며, 수녀 엄마에게 돈을 보낼 수 있을지도 모른다.

하지만…… 그녀들의 눈빛은 고아원에 있는 동생들의 눈빛과 똑같았다.

고통을 참으면서도, 도와달라고 필사적으로 호소하는 눈빛…… 이었다.

"놔주더라도 목걸이를 차고 있으니 살아가는 것조차도 힘들겠지."

"그래. 그러니 나는……."

"좋아! 다들 건배하자!"

우리는 그 후, 짐을 빼앗아서 아지트로 향했다.

아무래도 딴 곳에서 보초를 서던 녀석들도 상인을 덮쳤으며, 꽤 짭짤한 수익을 올렸는지 아지트에서는 연회가 열렸다.

"그건 그렇고 신참도 꽤 하는걸! 우리를 부르지도 않고 상인을 턴 거냐!"

"아…… 재수가 좋았을 뿐이야."

"그래도 아쉬운 걸. 상인이 상품을 팔고 돌아가는 길이 아니었다면, 너도 두목에게 칭찬을 받았을 거야."

그렇다……. 나는 결국 그녀들을 놓아줬다.

죽은 상인의 시체에서 목걸이의 열쇠를 찾아낸 다음, 그 애들을 해방시켜준 것이다.

그리고 빼앗은 금품 중 절반은 그 애들에게 주고 헤어졌다.

마음 같아서는 근처 마을까지 데려다주고 싶지만…… 나는 도적이다.

내가 할 수 있는 것은 그 아이들에게 찬스를 한 번 주는 것뿐이며, 이제 그 아이들은 자기 힘으로 살아남아 줬으면 한다.

그리고 절반의 금품을 가지고 아지트에 돌아간 나는 상인이 상품을 팔고 돌아가는 길이었다는 거짓 보고를 했다.

두목은 아쉬워했지만, 내가 어느 정도 금품을 가지고 돌아왔기에 딱히 꾸짖지는 않았다. 그리고 연회에 참가시켜준 것이다.

나는 술을 마실 기분이 아니었기에 식사에 전념했지만, 한쪽에서는 술판이 거하게 벌어지고 있었다.

"오오! 영감, 잘 마시는걸!"

"이렇게 물 같은 술이라면 얼마든지 마실 수 있지! 후하하하!"

"그럼 이건 어때? 상인에게서 빼앗은 건데, 불이 붙을 정도로 독한 술이야!"

"어디어디. 흐음…… 꽤 괜찮구나!"

보다시피, 할아버지도 이 아지트에 따라왔다.

그녀들과 함께 갈 줄 알았더니, 나에게 답례를 충분히 하지 못했다면서 그대로 따라온 것이다.

빼앗은 금품을 옮기는 것을 도와줬고, 엄청 강한 할아버지라 도움이 됐다고 내가 보고하자, 도적들은 뜻밖에도 순순히 이 할아버지를 받아줬다.

그리고 당연한 듯이 연회에 참가하여 다른 녀석들과 사이좋게 술을 퍼마시고 있었다.

그리고 저 할아버지가 마신 술은 입에 머금기만 해도 기절해버리고 말기에 일명 살인주라고 불리는 술이다. 그런데 저 할아버지는 그런 술을 잔이 아니라 병째로 벌컥벌컥 마시고 있었다.

"하하하! 네가 데려온 저 영감은 재미있는걸. 진짜로 저 검을 휘두르는 거야?"

"그래. 나뭇가지처럼 휘두르더라고. 저렇게 강한 할아버지는 처음 봤어."

"으음…… 뭔가 마음에 걸리는걸. 그런데 저 할아버지는 정말 괜찮은 거야? 두목이 허락하기는 했지만, 저런 사람이 적이 된다면 피해가 장난 아닐 거라고."

"아마 괜찮을 거야."

겨우 한나절 동안 알고 지냈을 뿐이지만, 이 할아버지는 이유 없이 적을 베지 않는다. 위험한 행동을 하기도 하지만, 나에게 은혜를 갚으려 했고, 자기를 공격한 상대만 벴다. 어설프게 적대하지 않는 한, 할아버지가 적이 되는 일은 없을 것이다.

"어이, 두목! 지금 돌아왔어!"

"어, 꽤 늦었구나. 무슨 일 있었냐?"

"그게 돌아오는 길에 괜찮은 걸 발견했거든. 자, 봐."

뒤늦게 돌아온 도적은 이번 성과라면서 보여준 것은 바로…….

"좀 더럽기는 해도 꽤 반반한 여자 셋이야! 오늘밤에는 꽤 즐길 수 있겠는걸!"

그들은 바로…… 내가 놓아준 세 여자애였다.

헤어질 때만 해도 미소를 짓고 있었지만, 지금은 우리에 갇혀 있을 때와 똑같은 눈빛을 띄고 있었다.

"어, 어이, 신참!"

정신을 차리고 보니, 나는 그녀들을 끌고 온 남자를 두들겨 팼다.

그리고 망연자실한 표정을 짓고 있는 그녀들을 감싸면서, 의혹에 찬 눈빛을 띤 도적들과 대치하고 말았다.

"어이…… 뭐하는 거냐?"

"그, 그게…… 이 녀석들은 내 동생들이거든. 그러니 건드리지 말아줬으면…… 한달까?"

아아, 정말! 나는 대체 무슨 짓거리를 하고 있는 거야?!

이렇게 되지 않도록 거짓 보고를 했고, 몰래 놔준 건데…… 왜 또 잡힌 거냔 말이야!

그냥 포기했으면 됐을 텐데, 나서지 않았으면 좋았을 텐데, 몸이 멋대로 움직였어!

"아무래도…… 저년들을 맛보기 전에 처형부터 해야겠군."

"어이, 여흥부터 즐겨보자고!"

두목의 호령에 따라 오십 명 정도 되는 도적들이 일제히 고함을 질렀다.

다들 무기를 손에 쥐며 우리에게 다가오자, 내 뒤편에 있는 여자애들이 내 옷을 움켜쥐었다.

어떻게든 해주고 싶지만, 나 혼자서 이 많은 이들을 쓰러뜨리는 건 무리다.

도망치고 싶지만, 이미 포위를 당했고…… 아무래도 목숨을 건지는 건 힘들 것 같았다.

"흐음…… 좀 이르기는 하지만 나서기로 할까."

그런 느긋한 목소리가 들린 순간…… 도적이 하늘을 갈랐다.

열 명 정도의 도적이 하늘을 가른 가운데, 할아버지가 검을 휘두른 자세로 웃음을 흘리고 있었다. 그리고 발치에 있는 망토를 나에게 던지더니, 근처에 있는 도적을 두 동강 내면서 외쳤다.

"꼬맹이! 계집들의 눈을 그걸로 가리거라! 그리고 죽는 한이 있어도 지켜줘라!"

나는 이유 같은 건 생각도 하지 않으며, 할아버지가 시키는 대로 그녀들의 눈을 망토로 가렸다. 좀 저항하기는 했지만, 내가 꼭 안아주자 그녀들은 얌전해졌다.

"걱정하지 마! 내가 꼭 지켜줄 테니까 움직이지 마!"

이유나 근거가 없으면서도, 내가 그렇게 외치며 고개를 돌려 보니…… 그곳에는 지옥이 펼쳐져 있었다.

"하하하! 약해빠졌구나! 차라리 나무가 나을 것 같다!"

"이 녀석, 뭐야—— 커억!"

"사, 살려…… 우윽!"

할아버지가 검을 휘두를 때마다 도적들은 튕겨져 날아갔고, 그들의 잘린 손발이 흩뿌려졌다. 내가 그녀들을 진정시키고 있는 사이, 도적들의 숫자는 절반으로 줄어들었다.

"도망쳐! 빨리 이 괴물한테서——!"

"한 명도 놓치지 않겠다! 하앗!"

할아버지가 뭐라고 외치면서 검을 휘두르자, 충격파가 발생하면서 도적들이 벽에 내동댕이쳐졌다. 나, 사람이 수평으로 날아가는 걸 처음 봤어.

"이 자식! 이딴 괴물을 데려오다니!"

내가 아무 짓도 하지 않더라도 상황이 마무리되어가고 있는 가운데, 한 도적이 나를 향해 돌진했다.

나는 바로 검을 들었지만 그 도적은 방금 그 말을 남기며 두 동강이 나더니, 그 자의 뒤편에는 검을 휘두른 할아버지가 서 있었다.

"한 명도 놓치지 않겠다고…… 내가 말했을 텐데!"

어…… 나한테 한 말이 아닌데, 왜 이렇게 떨리는 거지?

내 뒤편에 있는 여자애들도 할아버지의 살기를 느꼈는지 떨고 있었다.

"자아, 다음은 누구냐! 하하하!"

""""살려줘————!""""

그리고…… 지옥은 끝났다.

우리는 피로 범벅이 된 아까 그 방이 아니라 다른 방에 모여 있었다.

"여기라면 괜찮겠지. 이제 그만 망토를 벗겨줘라."

"아, 예…… 부탁할게요."

할아버지가 눈을 가리라고 말한 건 이 여자애들에게 방금 그 참상을 보여주지 않기 위해서였던 것이다. 확실히 남자인 나한 테도 꽤나 부담스러운 광경이었으니, 할아버지의 판단은 옳았 다고 생각한다.

괴물인가 했더니, 여자와 아이들을 배려하는 섬세한 마음도 가진 할아버지다.

"후후후…… 이걸로 나를 두려워하지도 않겠지. 나치고는 괜찮은 판단이었어."

 ……뭔가 다른 듯한 느낌이 드는 건 어째서일까.

 아무튼 나는 그녀들에게서 망토를 치운 후, 안심시키기 위해 미소를 지었다.

 "도적들은 전멸했으니까, 이제 안심해도 돼."

 "두 번이나 구해주셨군요. 정말 감사합니다."

 "고마워, 오빠!"

 "고맙습니다!"

 도움을 받았다는 사실을 이해한 그녀들은 눈물을 흘리면서 나에게 안겼다. 여러모로 기쁘지만…… 그녀들을 구해준 사람은 할아버지다. 나는 감사받을 자격이 없다.

 "저기, 너희를 구해준 건 내가 아니라 뒤편에 있는 할아버지야. 나는…… 아무것도 못했어."

 "그렇지 않아요. 당신은 도적인데도 저희를 풀어줬을 뿐만 아니라, 다시 잡힌 저희를 감싸줬죠. 그건 아무나 할 수 있는 일이 아니에요."

 "믿음직했어, 오빠."

 "오빠가 있었으니까 저희는 이렇게 무사한 거예요."

 이렇게 고맙다는 말을 들은 게 대체 얼마만이지?

 수녀 엄마의 곁을 떠나고 필사적으로 살아온 나는 칭찬을 받거나 고맙다는 말을 들은 적이 거의 없었다. 그렇기에 그녀들의 순수한 마음을 느끼고…… 정말 기뻤다.

 "할아버지. 저희를 구해주셔서…… 히익?!"

"고마워, 할아버······ 냐아아앙?!"

"정말 강하시군······ 꺄아아앗?!"

할아버지에게 고맙다는 말을 하기 위해 돌아선 그녀들은 비명을 지르면서 내 뒤편에 숨었다. 그 모습을 본 할아버지는 도적을 전멸시킨 남자가 맞는지 의심이 될 만큼 풀이 죽었다.

"어······어째서지?! 베는 광경을 보여주지 않았는데······ 왜 저렇게 무서워하는 거냔 말이다!"

"저기, 할아버지. 자기 몸 좀 봐."

피로 범벅이 된데다, 도적의 손가락과 살점이 몸 곳곳에 붙어 있다고.

피에 익숙한 나도 무서울 지경이란 말이야.

"크아아아아──! 손녀에게 할아버지라고 불리고 싶구나! 에밀리아──!"

손녀······ 그 에밀리아라는 애가 이 할아버지의 손녀인가?

그 후, 우리는 아지트에서 돈이 될 만한 것들을 전부 찾아내서 마차에 실은 다음, 근처 마을로 향했다.

그것들을 판 후, 할아버지가 도적단을 괴멸시켰다는 걸 모험가 길드에 포고해서 상금도 신청했다. 증거가 없다며 약간 말썽이 벌어지기도 했지만, 곧 길드의 수장이 나타나서 처리해줬다.

다음 날, 나는 그녀들에게 필요할 물건들을 사러 다녔다.

그녀들은 이제 노예가 아니라 평범한 여자애다. 지금까지 고생을 해왔으니 조금이라도 평범한 생활을 할 수 있게 해주고 싶었다.

참고로 그 돈은 전부 할아버지가 냈다. 호위에게서 빼앗은 돈이니 개의치 말라고 했고, 나도 여유가 없으니 호의를 받아들이기로 했다.

"이렇게 잔뜩…… 고맙습니다."

"할아버지가 마음대로 써도 된다고 했으니까 개의치 마. 그것보다, 너희는 이제부터 어떻게 할 거야?"

도적단이 괴멸되어서 이제 도적이 아니게 된 나는 고향으로 돌아가기로 결심했다.

이번 일로 돈이 꽤 들어올 것 같으니, 고향에서 요리점을 차리기로 결심했다. 그리고 가게에서 번 돈을 수녀 엄마에게 보낼 생각이다.

"그게…… 저희는 당신에게 보답을 하고 싶어요. 그러니 저희를 당신의 고향에 데려가 주지 않겠어요?"

"뭐?"

"나도 그럴래! 오빠에게 도움이 되고 싶어!"

"요리점을 차릴 거라고 어제 말했죠? 그럼 일손이 필요할 거잖아요. 그 정도는 저도 할 수 있어요."

"정말 괜찮겠어? 너희는 이제 자유잖아."

"자유니까 당신을 따라가기로 결정한 거예요. 안 될까요?"

"……멋대로 해. 그 대신, 엄청 부려먹을 거니까 각오해둬."

그녀들이 말한 것처럼 요리점에는 일손이 필요한데다 걱정도 되었다.

이대로 헤어지면 또 납치를 당해서 노예가 될 것 같으니, 내가 그녀들을 맡기로 했다.

"""감사합니다."""

내가 멋쩍은 마음에 제대로 대답도 못하면서 걷고 있을 때, 모험가 길드에서 할아버지가 나왔다. 몸집이 큰데다 커다란 검까지 쥐고 있으니 멀리서도 알아볼 수 있었다.

참고로 금품을 판 돈과 도적들의 상금 등의 계산은 복잡할 것 같았기에, 돈 분배는 이제부터 하기로 했다. 하지만 대부분 할아버지가 번 돈이나 마찬가지이니 나에게는 결정권이 없다. 그녀들을 내가 맡게 되었으니, 가능한 한 많이 줬으면 좋겠는데 말이다.

"자, 이게 그대들의 몫이다."

"아, 고마…… 어?!"

할아버지가 아무렇게나 건네준 주머니 안을 보니, 금화가 수십 닢이나 들어 있었다.

하지만 할아버지는 손에 금화 두 닢만 쥐고 있었다.

"하하하! 그 녀석들이 돈 될 만한 것들을 꽤 모아뒀더구나. 덕분에 꽤 수입이 짭짤했다."

"……그거, 백금화 아니지?"

"무슨 소리를 하는 거냐. 엄연한 금화다. 너희는 그 정도면 충분하지?"

이 할아버지, 뻔뻔한 거짓말을 하고 있잖아.

아마 돈에 눈이 먼 녀석들이 우리를 노리지 못하게 하려고 이러는 거겠지만, 대체 무슨 생각인 걸까? 할아버지 몫이 훨씬 작잖아.

그녀들도 옆에서 주머니 안을 보더니, 깜짝 놀라면서 입을 손으로 가렸다.

"왜…… 왜 이렇게까지 해주는 거야? 나는 할아버지에게 해준 게 거의 없잖아."

"네가 저 아이들을 맡을 거지? 그럼 돈이 필요할 게다."

"내가 벌써 이야기했었어? 아니, 그래도 이건 너무 많아."

"너라면 그럴 거라고 생각했는데, 아닌 거냐? 아무튼 나는 돈이라면 얼마든지 벌 수 있으니 걱정하지 마라. 뭐, 적당한 도적을 찾지 못해서 어제처럼 길바닥에 쓰러질 때도 있지만 말이다."

……뭐가 걱정 말라는 거야.

쓰러지기 전에 마물을 사냥해서 먹으려고 했지만, 굶주림 때문에 기가 날카로워진 탓에 마물이 전력으로 도망쳐버린 바람에 사냥에 성공하지 못했다고 한다.

정말…… 이 할아버지는 하루하루를 본능에 따라 살고 있는 것 같다.

"참고로 네가 아가씨들을 해방시켜주지 않고 아지트로 끌고 갔다면, 도적들과 함께 베어버렸을지도 모른다."

"뭐어?!"

위, 위험했네!

실은 내 목숨도 위험했던 거잖아. 욕망에 따라 행동하지 않아서 정말 다행이다.

"자아, 성가신 이야기는 이쯤 하기로 할까. 이걸 먹고 나면 나도 여행을 떠날 거다. 계산을 내가 할 테니 마음껏 먹어라."

"벌써 가는 거야?"

"음. 나는 강해지기 위해서 여행을 하고 있지. 이 근처에는 강자도 없으니 다른 곳에 가볼 생각이다."

"그렇구나. 신세 많이 졌어. 그런데 할아버지의 이름을 아직도 모르거든? 가르쳐주지 않겠어?"

실은 어젯밤에 눈치챘다.

거대한 검을 휘두르며 도적뿐만 아니라 모든 것을 베는, 상상을 초월하는 힘을 지닌 인물이라면 이 세상에 단 한 명뿐이다.

강검 라이오르…… 이 할아버지는 바로 그 전설의 남자가 틀림없다.

"내 이름은 일기당천이니라. 어떤 남자에게 이기기 위해 강해지려 하는 한 명의 도전자지."

이기기 위해? 전설의 남자보다 강한 사람이 있다는 거야?!

아…… 나와는 상관없나. 괜한 질문일 것 같은데다, 이름을 숨기고 있으니 괜히 들추지 않는 게 내가 할 수 있는 유일한 일 같았다.

"알았어. 정말 고마워, 당천 씨. 이 은혜는 절대 잊지 않을게."

"하하하! 신경 쓰지 마라. 그것보다 밥이나 먹자! 어이, 이 가게의 요리를 전부 내와라!"

전설의 남자는 주문도 정말 호쾌하게 하는 것 같았다.

그리고 당천 씨는 이 가게의 요리를 전부 먹어 치우고 계산을 하게 됐는데…….

"그, 금화 세 닢입니다…….."

"부족하구나. 꼬맹이, 좀 빌려다오!"

"…………알았어."

그리고 전설의 남자가 실은 바보였다는 사실을, 나는 처절하게 깨달았다.

번외편 《졸업 파티》

　무사히 졸업식을 마친 다음 날 밤…… 우리는 엘리시온의 성에서 열린 졸업 파티에 참가했다.

　매년 열리는 졸업 파티는 원래 성이 아니라 교내에서 열리지만 올해 졸업생은 혁명 소동 때 큰 공헌을 했으며, 또한 학교장의 추천으로 이렇게 성에서 졸업파티를 하게 되었다.

　어쩌면 양호한 성적을 남기면 성에 초대된다는 선례를 남겨서, 학생들의 의욕을 상승시키려는 의도가 있는 걸지도 모른다.

　뭐…… 그 외에도 이유가 있을 것이다. 어쩌면 리스의 아버지인 카디어스가 딸을 위해 파티를 개최하고 싶었던 것뿐일지도 모른다.

　리스의 아버지와 언니라면 적당히 이유를 꾸며 이런 일을 벌이고도 남으니까 말이다.

　그런고로 백 명이 넘는 졸업생들은 성 안에 설치된 파티장에 모여서 즐겁게 파티를 즐기고 있었다.

　참고로 이 파티는 입식(立食) 형식이지만, 요리의 종류와 양은 매우 풍부했다. 아마 리스를 위해 이렇게 많이 준비한 게 틀림없다.

　원래 성 안에서 개최되는 파티에는 드레스나 턱시도 같은 정장을 입어야 하지만, 오늘은 특례로 교복 차림으로 참가하는 게 허락되었다.

하지만 개인적으로 정장을 입는 게 허용되기 때문에, 파티장에 있는 학생들 중 4할 정도는 정장을 입고 있었다.

남은 6할에 속하는 나는 현재 파티장 구석에서 요리를 먹으며 주위를 둘러보고 있었다.

"우물…… 형님, 진짜 엄청나지? 이렇게 많은 요리가 준비되어 있잖아. 역시 리스 누나의…… 아니, 국왕 폐하야."

"평소에는 거의 신경써주지 못하니까 이럴 때라도 챙겨주고 싶은 거겠지."

나와 마찬가지로 교복 차림인 레우스가 요리가 잔뜩 담긴 접시를 들고 내 옆으로 왔다.

저기…… 마음껏 먹어도 되지만, 그래도 요리를 너무 많이 담은 거 아냐?

조금만 기울어도 쏟아질 것 같은데도, 레우스는 아무렇지도 않게 들고 왔다. 보는 사람이 다 불안할 지경이었다. 에리나의 시종교육을 이상하게 활용하고 있는 것 같았다.

"시리우스 님."

"아, 에밀리아도 준비를 마쳤……."

뒤편에서 들려오는 목소리를 듣고 고개를 돌려보니, 화려한 드레스를 입은 에밀리아가 눈에 들어왔다.

"시리우스 님, 왜 그러시죠?"

"아…… 에밀리아, 정말 아름다워. 무심코 넋을 놓고 쳐다봤을 정도야."

"누나, 잘 어울려!"

"우후후…… 고마워요."

긴 은발을 머리 뒤편으로 모아 올리고, 옅은 녹색 드레스를 입은 에밀리아는 정말 아름다웠으며, 주위의 시선을 꽤 모으고 있었다.

하지만 에밀리아는 남들을 전혀 쳐다보고 있지 않았으며, 내 말을 듣고 기쁘다는 듯이 꼬리를 흔들고 있었다. 왠지 나를 향한 미소가 평소보다 더 눈부신 것처럼 보였다.

이렇게 멋진 드레스를 준비해준 리펠 공주에게 감사해야겠군.

그리고 에밀리아가 드레스를 입었다면, 당연히…….

"휴우…… 오래 기다렸지? 언니와 세니아가 너무 신경을 써주는 바람에 이렇게 늦었어."

뒤이어 등장한 리스 또한 드레스를 입었다.

일전에 혼전의식 때 입었던 것과 다른 드레스였다. 옅은 붉은색 드레스는 리스의 푸른 머리카락을 돋보이게 했으며, 공주님이라 불러도 이상하지 않을 듯한 아름다움을 자아냈다. 뭐, 진짜로 공주님이지만 말이다.

"리스도 아름다워. 리펠 공주님께서 신경을 쓰는 것도 이해가 돼."

"에헤헤, 고마워."

리스가 멋쩍어하면서 배시시 웃자, 주위의 시선이 이쪽으로 더욱 몰리는 듯한 느낌이 들었다.

그러고 보니 학교 제일의 검사라 여겨지는 레우스도 이곳에 있고, 나 또한 학교장과의 대결 덕분에 실력이 알려졌으니, 우리가 주목받는 것도 어쩌면 당연했다.

"아, 시리우스 군. 여기 있었군요."

게다가 학교장까지 왔으니 더욱 주목을 받을 수밖에 없었다. 뭐, 학교장이 주목을 모은 것은 거대한 케이크가 놓인 접시를 들고 있었기 때문일지도 모르지만 말이다.

"이야…… 드디어 꿈이 이뤄졌어요. 체면불구하고 부탁한 보람이 있군요."

엄청난 크기의 케이크였다. 저건 파티장 한편에 놓인 몇 단이나 되는 케이크의 가장 꼭대기 부분을 통째로 자른 것 같았다.

외부에는 가르간 상회의 장인이 만든 걸고 되어 있지만, 사실 저 케이크는 내가 만든 것이다.

졸업식이 끝나고 성에서 파티가 열린다는 사실을 내가 알았을 때, 학교장이 갑자기 나를 찾아오더니 어쩌면 마지막이 될지도 모를 내 케이크를 먹어보고 싶다고 말했다.

아무래도 리스의 혼전의식 때 내가 만든 웨딩케이크 이야기를 어디서 들었는지, 전부터 실물을 먹어보고 싶었던 것 같았다.

하지만 케이크 사업도 어느 정도 궤도에 오른 가르간 상회에 거대 케이크 제작 의뢰를 해뒀으니, 내가 만들 필요가 없을 것 같지만…….

『당신이 만든 게 먹고 싶어요!』

학교장이 마치 프러포즈라도 하는 듯한 기세로 고개를 숙이며 부탁을 했기에, 나는 투덜거리면서도 오케이를 했다.

작업 자체는 그렇게 어렵지 않았다. 가르간 상회의 장인들이

성의 주방에서 케이크를 만들고 있을 때 끼어들어서 그대로 장인들에게 도움을 받았던 것이다.

보통 남이 도중에 끼어들면 싫어하겠지만, 나는 케이크 및 다양한 음식을 만드는 기술을 제공한 자이기에 가르간 상회에서는 나를 매우 반겼다. 그중에는 나를 진정한 지배인이라고 생각하는 종업원도 있다고 한다.

그렇게 완성된 거대 케이크는 파티장 한쪽을 점거했고, 장인들이 잘라서 학생들에게 나눠줬다.

"……맛있어 보여."

"양은 많지만, 먹고 싶다면 서두르는 편이 좋을 겁니다."

겉보기에도 임팩트가 있는 만큼 많은 학생들이 몰려 있었기에, 곧 바닥나고 말 것 같았다.

그래서 레우스가 인원수만큼의 케이크를 가지러 갔을 때……

파티장의 문이 열리더니 이 나라의 왕이 카디어스와 리펠 공주가 모습을 드러냈다.

갑자기 나타난 두 사람 때문에 파티장 안은 술렁거렸지만, 두 사람은 세니아와 멜트를 비롯한 몇몇 시종만 데리고 우리 쪽으로 바로 걸어왔다.

학교장에게 볼일이 있나 싶어 봤는데, 그는 케이크에 푹 빠져 있었다.

"흠…… 리펠이 권유한 남자가 바로 이자인가. 들었던 대로 젊군."

"예. 그는 언젠가 엘리시온에서 없어서는 안 될 인재가 될 거라고 생각해요."

아무래도 공적인 자리에서 왕에게 나를 소개하러 온 것 같았다. 즉, 졸업과제 때 리펠 공주가 했던 권유에 신빙성을 더하는 것이다.

두 사람이 평소와 다르게 왕족처럼 행동하자, 파티장 안은 찬물이 뿌려진 것처럼…….

"아, 더 크게 잘라줘. 이렇게 작으면 리스 누나가 화낼 거야."

그런 느긋한 목소리가 파티장 안에 울려 퍼졌다.

그리고 무난한 대화가 끝난 후, 리스를 본 카디어스가…….

"……훌쩍."

갑자기…… 울먹거리기 시작했다.

리스의 드레스 차림은 혼전의식 때도 봤을 테지만, 그때는 두 사람 다 복잡한 신경이었다. 그러니 아름답게 성장한 리스를 이렇게 보며 감동하고 만 것이리라.

"이 애가 언젠가 이 남자의 아내가 될 거라고 생각하니……."

……아니다. 단순한 딸 바보 같았다.

"아버지. 이 애가 아름다운 건 알지만, 우리는 할 일이 있잖아."

"음…… 그랬지."

목소리가 작고, 시종들이 자연스럽게 벽이 되어준 덕분에 카디어스의 변화를 주위에 있는 학생들은 눈치채지 못한 것 같았다.

다시 왕다운 표정을 지은 카디어스가 파티장에 있는 이들 모두에게 들릴 듯한 목소리로 말을 시작했다.

"다들 나 때문에 놀란 것 같구나. 나는 이 남자를 직접 보러왔을 뿐, 파티를 방해할 생각은 없다."

그리고 카디어스가 박수를 치자, 악기를 든 이들이 파티장 안으로 들어오더니 이곳 중심에 소규모 댄스장을 만들었다.

"자아, 모처럼 연 파티이니 나를 신경 쓰지 말고 즐겁게 즐기도록."

신경 쓰지 않는 건 힘들겠지만, 음악이 연주되면서 성에서 근무하는 귀족이 분위기를 띄우기 위해 먼저 나서서 춤을 추자, 학생들도 짝을 이뤄 춤추기 시작했다.

그렇게 사람들의 시선에서 벗어난 카디어스는 리스를 향해 손을 내밀었다.

"아가씨가 소문자자한 푸른 성녀……지?"

"아, 예! 그렇습니다."

"후후후, 어릴 적의 리펠이 생각날 만큼 귀엽구나. 괜찮다면 나와 한 곡 추지 않겠나? 실은 딸에게 댄스를 가르쳐주는 게 꿈이었는데, 리펠은 어느새 나보다 잘 추게 되었지. 그대가 딸 대신이 되어주면 좋겠군."

"예?!"

리스는 갑작스러운 제안을 듣고 망설였지만, 곧 고개를 끄덕이며 카디어스의 손을 잡았다.

그래……. 우리는 며칠 안에 엘리시온을 떠날 거니, 그러면 카디어스는 한동안 딸을 볼 수 없을 것이다. 그러니 가족의 소망을 들어주는 편이 좋으리라.

그리고 리스는 카디어스에게 에스코트를 받으면서 댄스장으로 향했다.

키 차이가 나기 때문에 댄스 자체는 어색했지만, 환하게 웃고 있는 두 사람에게 그런 것은 사소한 문제인 것 같았다. 지금은 잠시라도 부모자식간의 시간을 즐기게 해주고 싶었다.

그런 두 사람을 따뜻하게 지켜보고 있는 에밀리아를 향해 돌아선 나는 예를 표하면서 손을 내밀었다.

"에밀리아. 나와 춤추지 않겠어?"

"정말요?!"

"그래. 너와 춤이 추고 싶어. 자아, 가자."

"예!"

에밀리아가 환한 미소를 지으면서 내 손을 잡자, 우리 또한 댄스장으로 향했다.

하지만 나와 에밀리아는 엄마에게 춤의 기초만 배웠기 때문에 남들 앞에서 출 실력은 못 되었다.

그러니 춤추고 있는 학생들의 움직임을 참고하며 에밀리아를 리드할 생각이었지만…….

"……에밀리아, 잘 추네."

"시리우스 님의 움직임에 얼마든지 맞출 수 있어요. 쭉…… 당신만을 지켜봐 왔으니까요."

그렇게 말한 에밀리아는 내 움직임을 예측한 것처럼 움직였다. 그녀의 움직임은 더욱 정밀해지더니, 댄스 속도도 빨라졌다.

곡이 절반 정도 흘렀을 즈음, 우리의 움직임에서 어색함은 사라졌다. 대화 없어도 마음이 통하기 때문일까, 마치 한 몸이 된 것처럼 춤을 추는 게 너무 즐거웠다.

에밀리아 또한 즐거워 보였으며, 황홀한 듯한 미소를 짓고 있었다.

"아아…… 정말 행복해요. 제 꿈이 또 하나 이뤄졌군요."

"꿈? 나와 춤을 추는 게 말이야?"

"예. 이렇게 아름다운 드레스를 입고 시리우스 님과 춤추는 걸 꿈꿔왔어요."

"하나라고 했지? 그것 말고도 있는 거야?"

"물론이죠. 저한테는 시리우스 님과 함께 이루고 싶은 꿈이 잔뜩 있어요!"

꿈이 잔뜩 있다니, 왠지 고생일 것 같지만 그만큼 충실한 삶을 살고 있는 걸지도 모른다. 이 미소를…… 쭉 지켜보고 싶다.

"서로의 꿈을 이뤄줄 수 잇도록, 앞으로도 노력하자."

"예!"

아름다운 댄스로 주위의 주목을 받으면서 우리는 계속 춤췄다.

그렇게 나와 에밀리아가 춤을 추는 사이, 리스의 댄스 상대는 카디어스에서 리펠 공주로 바뀌었다.

근처에 있던 세니아의 설명에 따르면, 카디어스는 할 일이 남아 있기 때문에 춤을 춘 후 바로 파티장을 빠져나갔다고 한다.

그건 그렇고, 왕 뿐만 아니라 차기 여왕과도 춤을 췄으니 리스가 나중에 골치 아픈 상황에 처하게 될지도 모른다는 생각이 들었다. 뭐, 그녀의 언니와 아버지가 주위를 납득시킬 변명을 만들어주겠지만 말이다.

그리고 리펠 공주와 춤을 다 춘 리스는 내 주위를 쳐다보며 고개를 갸웃거렸다.

"어? 에밀리아와 레우스는 어디 갔어?"

"아까 다른 학생에게 댄스 신청을 받고 춤을 추러 갔어."

에밀리아를 노리는 남학생은 많지만, 나와의 댄스를 보고 전부 포기한 것 같았다. 그래서 지금은 같은 반 여학생과 춤을 추고 있다.

그리고 현재 가장 주목을 받고 있는 이는 레우스다.

레우스는 동급생 여자애와 춤을 추고 있으니까 말이다.

"아, 미안해. 또 발을 밟았네. 역시 검과 다르게 댄스는 어려워."

"괘, 괜찮으니까 신경 쓰지 마. 저기…… 말이야. 내가…… 댄스를 가르쳐줄까?"

"정말?"

"으, 응! 그리고 내년에도…… 같이 춤추고 싶어."

"그건 무리야. 나, 내년에는 엘리시온에 없을 거야."

"으으…….."

……또 퐝인 것 같았다. 어수룩한 레우스와 내성적인 여자애는 상성이 나쁜 것 같았다.

아니, 레우스는 검술을 갈고닦으면서 나를 쫓느라 필사적이라, 설령 솔직하게 고백을 하더라도 차일 것이다. 누나나 동생이나 난공불락이라니깐.

대체 레우스에게는 봄이 언제 찾아올까.

"레우스는 정말 여전하다니깐."

"뭐, 솔직한 녀석이니까 언젠가 함께 해줄 녀석을 찾을 수 있을 거야. 그런데 리스는 춤출 사람 있어?"

"응? 지금은 없는데…… 아, 혹시…….."

"그래. 나와 같이 추지 않을래?"

"에헤헤…… 좋아!"

배시시 웃고 있는 리스의 손을 잡은 후, 나는 댄스장으로 향했다.

아버지, 언니 덕분에 춤에 익숙해진 리스는 볼을 붉히기는 했지만 움직임에 여유가 있었다. 나는 그런 그녀에게 질문을 던졌다.

"두 사람과 춤을 추니 어땠어?"

"으음…… 실은 잘 생각이 안 나. 아버님과 출 때는 댄스를 추느라 필사적이었고, 언니는 너무 잘 춰서 따라가느라 바빴거든. 하지만…… 너무 기쁘고, 즐거웠어."

"그래……. 즐거웠구나. 리스가 원한다면 또 두 사람과 춤을 출 수 있어."

어머니와 함께 살았던 곳을 떠나 엘리시온에 갓 도착했을 때와는 다르게, 지금의 리스라면 성에서도 잘 지낼 수 있을 것 같았다.

내 말을 이해한 리스는 약간 생각하는 듯한 표정을 지었지만,

곧 부드러운 미소를 지으면서 나를 똑바로 쳐다보았다.

"그래. 확실히 맛있는 음식을 잔뜩 먹고, 아름다운 드레스를 입으며, 가족과 함께 지내는 것도 즐거울 거야. 하지만…… 역시 나는 너희와 함께 밥 먹는 게 좋아. 그러니까 같이 여행을 하기로 결정한 걸 후회하지 않아."

"……그렇구나. 괜한 걸 물었나 보네. 미안해."

"아냐. 나를 생각해서 물어본 거잖아? 그 마음만으로도 충분히 기쁘니까 신경 쓰지 마. 그럼…… 앞으로도 잘 부탁해."

"응. 나야말로 잘 부탁할게."

우리는 서로를 향해 미소를 지으며 계속 춤췄다.

며칠 후…… 엘리시온 전체에 푸른 성녀는 학생뿐만 아니라 왕과 왕녀마저 매료시켰다고 하는 당치도 않은 소문이 퍼져나갔다.

뭐, 그 두 사람이 리스에게 매료된 것은 사실이고, 그 즈음에는 우리도 여행을 떠났으니 딱히 문제될 게 없지만 말이다.

후기

여러분, 정말 오래간만입니다. 네코입니다.

이런저런 일이 있기는 했지만, 4권 발매 축하드립니다.

일러스트로 이 작품을 멋지게 꾸며주신 Nardack 님.

그리고 이 작품에 관여해주신 분들과 응원해주신 독자 여러분에게 진심으로 감사드립니다.

평범한 인사만 하고 있습니다만, 많은 분들께서 제 등을 밀어주시지 않았다면 여기까지 오지도 못했을 겁니다. ……진담입니다.

자아, 이번 후기는 한 페이지밖에 안 되니 빨리 진행하도록 하겠습니다.

이번 4권에서 시리우스 일행이 드디어 졸업을 했습니다. 넣고 싶었던 이벤트는 더 있습니다만, 세 권에 걸쳐 진행된 학교편이 더 길어지면 끝도 없을 것 같았기에 이쯤에서 끝내기로 했습니다.

참고로 이야기를 구성할 때는 여자 학생회장 같은 캐릭터도 등장시킬 생각이었습니다만, 어떤 식으로 이야기를 엮어나갈지 결정하지 못한 채 그대로 묻히고 말았습니다.

좀 짤막하기는 하지만, 이쯤에서 끝낼까 합니다.

그럼 여러분. 다음 권을 통해 다시 찾아뵙겠습니다.

World Teacher 4
©2016 by Koichi Neko
First published in Japan in 2016 by OVERLAP, Inc.
Korean translation rights reserved by Somy Media, Inc.
Under the license from OVERLAP, Inc., Tokyo JAPAN

월드 티처 이세계식 교육 에이전트 **4**

2017년 6월 1일 1판 1쇄 발행
2019년 2월 28일 1판 4쇄 발행

저   자 네코 코이치
일 러 스 트 Nardack
옮 긴 이 이승원
발 행 인 유재옥
본 부 장 조병권
담당편집자 김민지
편   집 김다솜 김민지 정영길 조찬희 이성호 박은정 강혜린
라이츠담당 박선희 오유진
디 지 털 최민성 박지혜
발 행 처 ㈜소미미디어
등   록 제2015-000008호
주   소 서울시 마포구 토정로222, 403호 (신수동, 한국출판콘텐츠센터)
판   매 ㈜소미미디어
마 케 팅 한민지 한주원
전   화 편집부 (070)4164-3962, 3963 기획실 (02)567-3388
           판매 및 마케팅 (070)4165-6888, Fax (02)322-7665

ISBN 979-11-5710-953-1 04830
ISBN 979-11-5710-455-0 (세트)

소미미디어 라이트 노벨 시리즈

제군들 나는 가슴이 좋다!!!!

고1이지만 이세계 성주로 부임했습니다

4

카가미 히로유키 지음
고반 일러스트
정우 옮김

젊은 성주 히로토는 성주 중에 성주, 주 장관을 노린다!!

◆ 초판 한정 ◆
스페셜 책갈피
증정

"전 이깁니다.
그렇다고 할까, 이길 수 있습니다."

이세계 성주 다음엔 주 장관?!

자신이 다스리는 솔무 성을 발전으로 이끈 젊은 성주 히로토는 마침내 성주들을 통솔하는 '주 장관'을 노리기로. 하지만 그를 위험시하는 페이에는 히로토를 곤경에 빠뜨리기 위해 비열한 함정을 파놓는다. 요염한 엘프 성주 에크세리스를 주 장관으로 입후보시켜, 히로토의 대항마로 삼으려 하지만…… 이 세계 벼락출세 판타지, 대망의 제4권!

ⓒ 2014 Hiroyuki Kagami
Originally published in Japan in 2014 by HOBBY JAPAN
Illustration Goban

학교편의 마지막! 신작 번외편 《졸업 파티》 수록!!

월드 티처
4

네코 코이치
Nardack
이승원

지음
일러스트
옮김

최강의 매직마스터와의 대결!!
그 순간, 마법은 '무한'의 가능성을 손에 넣었다——.

◆ 초판한정 ◆
양면 커버
쇼트 스토리 소책자
증정

©2016 by Koichi Neko / OVERLAP
Illustration by Nardack

"여러분, 졸업…… 축하합니다!"

엘리시온에서의 교육은 순조로우며, 제자들 또한 괄목할 정도의 성장을 거뒀다.

새로운 소란이 벌어진 가운데, 시리우스는 제자들을 성장시키기 위해 도움을 '주지 않기로' 결의한다. 시리우스가 곁에 없는 상황에서 에밀리아, 리스, 레우스는 자신의 진짜 실력을 시험받는다——!! 그리고 시간이 흘러, 충실했던 학교생활에 마침표가 찍히는 시기가 다가오기 시작했다. 그리고 졸업을 앞둔 학생들에게 과제가 내려졌다. 시리우스가 졸업을 하기 위해 치러야만 하는 시련—— 그것은 최강의 매직마스터인 학교장, 로드벨과의 공개 대전이었다!!

"당신과의 승부…… 받아드리죠. 물론, 전력을 다할 겁니다."

이세계식 육성 미션 제4막은 '학교 편' 클라이맥스—— 그리고 이야기는 졸업으로 이어진다.

만화가(밥벌레)와 아가씨(로리)의 진검승부!!!

오늘부터 나는 로리네 밥벌레
1

아카츠키 유키   지음
헨리더   일러스트
손종근   옮김

미소녀 초등학생과 보내는 스위~티 밥벌레 생활

◆초판 한정◆
PET 책갈피
어나더 커버
쇼트스토리 리플렛
증정

나는, 로리네 밥벌레가 된 것이었다.

일단은 만화가가 목표인 나 텐도 하루는 어느 날, 인생에서 더 이상 없을 승자가 되었다. 세상에나, 투자를 통하여 직접 돈을 번다는 엄청난 부자 미소녀 초등학생 니조 토우카가 내 만화의 굉장한 팬이고, 게다가 후원자가 되어주겠다고 한다! 토우카의 집에서 살게 되면서 의식주는 반영구적으로 걱정할 필요가 사라졌다. 게다가 작품 제작의 자료로 만화도 블루레이도 피규어도 코스프레 의상도, 뭐든 마음대로 살 수 있고 게임 과금도 내 마음대로! 자료를 모은다고 해서 반드시 만화를 그릴 수 있는 것은 아니지만, 이만큼 이상적인 환경이 주어졌으니 틀림없이 언젠가 좋은 만화를 그릴 수 있을 것이다. ……응, 아마도 그릴 수 있겠지……? 스위티하고 즐거운 이상적인 밥벌레 생활 스타트다!

©Yuki Akatsuki 2016
KADOKAWA CORPORATION

플레임 왕국 흥망기
5

소다 요우　지음
니리츠　일러스트
조민정　옮김

역사가 움직이는 이세계 경제 판타지, 제5막 출간!!!

◆초판한정◆
스페셜 책갈피
증정

**"저는 평범한 '은행원'이라니까요! 마왕
도 뭐도 아닌, 그냥 '은행원'이라고……
계속, 계속 말했잖습니깨!"**

수많은 고난을 헤치고 겨우 얻은 평온을 음미
하던 코타는 어느 날 플레임 왕국 여왕 리즈의
부름을 받는다. 그렇게 찾아간 왕성에서 만난
두 연구자 시온과 아리아. 그녀들이 바로 코타
를 이 세계에 소환한 장본인이었는데──. 그
리고 밝혀지는 플레임 왕국의 건국 제왕 '알렉
스 1세'와 마츠시로 코타의 공통점은?!
한편 그 무렵 랄키아 왕국과 라임 도시국가동
맹이 왕녀 제시카의 불행한 자살을 계기로 전
쟁 상태에 돌입하게 된다. 그 여파로 테라의
경제가 직격탄을 맞는데! 닥쳐오는 고난에 모
두, 다시 한 번 코타의 '마법'을 기대하고…….
평범한 '은행원' 코타가 자아내는 이세계 경제
판타지, 제5막!

©You Soda / OVERLAP
Illustration by Nilitsu

닌자 슬레이어
4

브래들리 본드 + 필립 N 모제즈 지음
와라이나쿠 일러스트
김완 옮김

사이버 펑크 닌자 활극 드디어 1부 완결!!!

◆초판한정◆
스페셜 책갈피
어나더커버
증정

"……도─모, 라오모토 상.
닌자 슬레이어입니다."

아내와 아들의 복수를 위해 모든 닌자를 죽이기 위해 다시 태어난 닌자 슬레이어.
소우카이야의 모든 음모를 파헤치고 남은 것은 소우카이야의 수장 라오모토!!!
지사 선거에 출마해 권력을 얻어 네오 사이타마의 빛과 어둠을 모두 지배하려는데…
각종 뇌물과 살인으로 점철된 라오모토의 계획을 그저 닌자를 죽이는 것으로 방해하는 닌자 슬레이어!!
"……도─모, 라오모토 상. 닌자 슬레이어입니다."
닌자 슬레이어의 분노에 네오 사이타마는 불길에 휩싸이는데…

Illustration by Warainaku
©2013 Ninj@ Entertainment All Rights Reserved.
KADOKAWA CORPORATION